Nebel im Fjord der Lachse

EDITION RICHARZ
Bücher in großer Schrift

C·C· BERGIUS
NEBEL IM FJORD DER LACHSE

ROMAN

Edition Richarz
Verlag CW Niemeyer

CIP-Titelaufnahme der Deutschen Bibliothek

Bergius, C. C.
Nebel im Fjord der Lachse: Roman / C. C. Bergius. – 1. Aufl.
– Hameln: Niemeyer, 1990
(Edition Richarz, Bücher in großer Schrift)
ISBN 3-87585-892-1

Lizenzausgabe mit freundlicher Genehmigung
der C. Bertelsmann Verlags GmbH, München
© 1973, 1979 C. Bertelsmann Verlag GmbH, München

Die Rechte dieser Großdruckausgabe liegen beim
Verlag CW Niemeyer, Hameln
1. Auflage 1990
Schutzumschlag: Christiane Rauert
Foto: Klaus Bossemeyer, Bilderberg Archiv
Gesamtherstellung: Ueberreuter Buchproduktion
Gesellschaft m.b.H.
Printed in Austria
ISBN 3-87585-892-1

1

Randolph Bush, ein in den Vereinigten Staaten zu großem Erfolg gelangter Filmregisseur, war zutiefst aufgewühlt, als er die Säulenbasilika *San Francesco* verließ, in der das Schweizer Sinfonische Orchester die *1. Peer-Gynt-Suite* dargeboten hatte. Schweiß perlte auf seiner Stirn. Der stampfende, wilde Rhythmus des letzten Satzes hatte ihn plötzlich um viele Jahre zurückversetzt und noch einmal erleben lassen, was sein Dasein wie ein Fluch überschattete. Kometenhaft war sein Aufstieg gewesen, doch selbst in Augenblicken größter Triumphe konnte er sich nicht von dem freimachen, was ihm häufig wie ein Gespenst im Nakken saß.

In Hollywood hatten böse Zungen behauptet, seine oftmals zutage tretende Unruhe und Nervosität resultiere aus der peinlichen Erkenntnis, außer einer imposanten Erscheinung nur über den Geschmack eines Lieschen Müller zu verfügen. Er versuche deshalb, das ihm Fehlende durch jene weißen Handschuhe zu ersetzen, ohne die er niemals Regie führe.

Ihn hatten solche Redereien nicht angefochten. Angesichts der phantastischen Honorare, die er kassierte, schien es ihm ganz natürlich zu sein, daß man sich ein Vergnügen daraus machte, ihn zu bespötteln und seine Marotten anzuprangern. Erst als üble Bemerkungen über seine Eheschließung mit dem um fast dreißig Jahre jüngeren Star-Mannequin Claudia die Atmosphäre zu vergiften drohten, verlor er seinen Gleichmut. Aber er unterdrückte seinen Zorn und verließ Hollywood, um sich mit seiner attraktiven Frau in Ascona zur Ruhe zu setzen.

Claudia Bush hakte sich bei ihrem Mann ein. Sie ahnte, daß die Musik ihn aufgewühlt hatte. Nordische Klänge gingen nicht spurlos an ihm vorüber. Sie versetzten ihn in ein Spannungsfeld, das Episoden von lyrischer Zartheit und unbegreiflicher Grausamkeit zu bilden schien. Mehrfach war es in letzter Zeit vorgekommen, daß ihr Mann plötzlich in einen Aufruhr geriet, den sie sich nicht erklären konnte. Er wich jedoch jedem Gespräch hierüber aus. Besorgt fragte sie sich, ob seine absonderliche Veränderung eine Folge der Nichtausübung seines Berufes sei. Mußte sich seine kaum zu bändigende Tatkraft nicht zwangsläufig verhängnisvoll aufstauen?

An dem Tage, da sie sich bereit erklärt hatte, Randolph Bush zu heiraten, war ihr klar gewesen, daß die Melodie ihrer Ehe keine himmelhochjauchzende, sondern eine weit ausschwingende sein würde. Doch danach hatte sie sich gesehnt. Rhythmen der Leidenschaft waren zur Genüge über sie hinweggefegt. Ihr Bedarf an Abenteuern war gedeckt. Nur sich selbst wollte sie noch gehören.

Ihr Wunsch ging in Erfüllung: Sie war kein Freiwild mehr. Durch ihre Eheschließung war sie zu einer beschützten, begehrenswerten Frau geworden. Und ihr Mann behandelte sie, als sei sie aus Porzellan. Dafür mußte sie allerdings gelegentliche Depressionen und schwer zu ertragende Melancholien hinnehmen.

Randolph Bush spürte den Arm seiner Frau und warf ihr einen dankbaren Blick zu. Seine Nerven vibrierten. So geht es nicht weiter, dachte er beklommen. Meine Vergangenheit quält mich noch zu Tode. Ich muß etwas unternehmen. Hätte ich doch damals nicht geschwiegen!

Ein Taxi brachte das Ehepaar zum Hotel *La Palma au Lac*, in dessen Rôtisserie Randolph Bush einen Tisch hatte reservieren lassen. Auf dem dunkelglänzenden Wasser des Lago Maggiore flimmerte das Spiegelbild von ungezählten Uferlampen. Die Luft war sommerlich mild. Es roch nach Tang und See.

»Wollen wir ein paar Schritte gehen?« fragte Claudia, als sie das an der Uferpromenade gelegene Hotel erreichten.

»Ja, gerne«, antwortete ihr Mann. Seine Stimme ließ erkennen, daß er zu sich zurückgefunden hatte.

Sie atmete insgeheim auf.

Er wies den Fahrer an, in zwei Stunden wiederzukommen und vor dem Hotel zu warten. Dann führte er seine Frau zum See hinüber.

Ein Mimosenbaum, auf den grelles Neonlicht fiel, glich einer Wolke aufgewirbelten Goldstaubes.

»Das Tessin ist ein einziges Wunder«, begeisterte sich Randolph Bush und blickte mit den Augen des Regisseurs in die Runde. »Der Blütenreichtum der Zistrosen erinnert an einen schäumenden Wasserfall. Die hochaufgerichteten

Palmen lassen an alttestamentarische Priester denken. Agaven breiten ihre stacheligen Blätter wie die Arme einer Krake aus. Der Duft des Ginsters weckt verführerische Träume. Hortensien so blaublütig wie adelige Damen. Hibiskus, Bougainvillae, Magnolien und Tamarisken bilden ein Paradies von frühlingshafter Süße. Jeder Windhauch ist eine Liebkosung.«

»Möchtest du jemals in die Staaten zurückkehren?« fragte seine Frau, nicht ganz ohne Hintergedanken.

Er schüttelte den Kopf. »Um Gottes willen, nein!«

Aber ihm fehlt die Arbeit, dachte sie bedrückt.

Als erriete Randolph Bush ihre Gedanken, sagte er nach einer Weile: »Laß mir noch etwas Zeit. Ich weiß, daß es so nicht weitergehen kann. Es muß etwas geschehen, und ich habe auch schon einen Plan. Ich möchte ihn nur zu Ende gedacht haben, bevor ich mit dir darüber spreche.«

Sie fühlte, daß ihre Wangen sich röteten. Ihr Mann hatte noch nie über seine absonderlichen Erregungszustände, die sie nicht verstand, mit ihr gesprochen. Spontan beugte sie sich zu ihm hinüber und küßte seine Wange.

Er drückte ihren Arm.

Es wird alles wieder gut werden, dachte sie erleichtert.

»Gehen wir essen?« fragte er unvermittelt.

»Nur zu gerne«, antwortete sie lebhaft. Sie verspürte plötzlich einen unbändigen Hunger und lechzte nach einem Getränk.

Als das gutaussehende Paar wenige Minuten später in die Rôtisserie *Coq d'or* eintrat, eilte ihm der Maître sogleich entgegen.

»Madame – Monsieur...!« begrüßte er sie zuvorkommend und wies in den hinteren Teil des mit erlesenem Geschmack gestalteten Raumes. »Der Ecktisch steht für Sie bereit.«

Randolph Bush bedankte sich und schritt mit der Gelassenheit eines Mannes, der es gewohnt ist, sich in der Öffentlichkeit zu bewegen, durch das bereits fast vollbesetzte Lokal.

Unwillkürlich richteten sich die Blicke vieler auf das im Alter so unterschiedliche Paar.

Dem erfolgsgewohnten Regisseur machte es nichts aus, angestarrt zu werden, und seine Frau schätzte es, wenn man sie beachtete. Relikt ihrer früheren Tätigkeit. Im übrigen war sie stolz auf ihren Mann, dessen graumeliertes Haar und struppiger Bart einen lebhaften Kontrast zu seinem sonnengebräunten Gesicht bildeten. Sie wußte nur zu genau, wie sehr sie an der Seite ihres Mannes gewann. Durch ihn erst erhielt das schillernde Licht ihrer Vergangenheit eine prikkelnde Note.

Ihr kastanienbraunes Haar glänzte im Schein der auf den Tischen brennenden Kerzen. Über ihrer Schulter lag eine Stola von einzigartiger Schönheit. Schmuck trug sie nicht.

Der Maître half Claudia beim Platznehmen. »Wünschen Sie einen Apéritif?« fragte er, nachdem auch der Regisseur sich gesetzt hatte.

»Gewiß«, erwiderte sie und blickte zu ihrem Mann hinüber. »Wenn es dir recht ist, würde ich heute gerne ein Glas Champagner trinken.«

Er schmunzelte. »Nur heute?«

Sie gab sich verliebt.

»Also, eine halbe *Roederer*«, sagte er, an den Maître gewandt. »Und bezüglich der Vorspeise ist der Geschmack meiner Frau ja ebenfalls bekannt.«

»Cocktail d'hommards préparé à la table«, bestätigte der Inhaber des Hotels, der in diesem Augenblick an den Tisch trat. Snobistische Gründe hatten ihn bewogen, die Rôtisserie mit goldenen Kerzenleuchtern, Tellern und Bestecken auszustatten.

»Danach eine ›Lady Curzon‹ und eine Mulligatawny«, fügte Claudia lächelnd hinzu und reichte dem Gastronomen die Hand.

»Anschließend Rognons de veau flambés au Ratafia«, leierte Randolph Bush monoton herunter.

»Und den Abschluß bilden Crêpes à l'Aldo, auch Brézilienne genannt«, ergänzte Claudia mit einem gespielten Seufzer.

Alle lachten, und eine heitere Stimmung kam auf, die erst nach dem Essen, als Randolph Bush seine Pfeife anzündete, eine Wandlung erfuhr. Der beim Entzünden sich hochkrümmende Tabak ließ den Regisseur und passionierten Angler unwillkürlich an in Köderdosen sich windende Würmer denken.

Ich sollte meine Idee von vorhin in die Tat umsetzen, ging es ihm durch den Sinn. Die Lachse treten jetzt in die Flüsse ein. Wie aber gelangen wir in den Fjord? Eine Schiffahrtgesellschaft läuft ihn nicht an. Dafür ist er zu einsam. Damals brachte mich ein Flugboot der Versorgungseinheit dorthin.

Nachdenklich legte er den Kopf zurück und paffte süß duftenden Qualm in die Höhe.

In der Annahme, er betrachte die Holzdecke, sagte seine Frau: »Bachmann ist ein Künstler, der sich nicht vorschreiben läßt, wann er zu arbeiten hat. Es dürfte noch eine Weile dauern, bis er den von dir erteilten Auftrag in Angriff nimmt.«

Er war wie abwesend. Im Geiste sah er einen schmalen Fjord. Ein einziges Haus gab es an seinem Ufer.

Wir müßten ein Wasserflugzeug chartern, sagte er sich. Woher aber den Piloten nehmen? Ein Norweger darf es nicht sein. Ob Lars Larsen überhaupt noch lebt? Einunddreißig Jahre sind seit damals vergangen. Wir feierten seinen fünfundzwanzigsten Geburtstag. Seine Frau war noch nicht achtzehn. Thora! Wenn Lars nicht gewesen wäre...

»Wo bist du mit deinen Gedanken?« fragte Claudia verwundert.

Sag ihr, was du vorhast, befahl er sich. Über die Sache selbst brauchst du ja nicht zu reden. »Um ehrlich zu sein«, antwortete er zögernd, »ich war gerade in Norwegen. Beim Lachsfang!«

»Und was brachte dich darauf?«

»Der Plan, von dem ich vorhin gesprochen habe.«

Sie war wie elektrisiert.

»Einen Haken gibt es allerdings«, fuhr er nachdenklich fort. »Ich weiß nicht, woher ich den erforderlichen Piloten nehmen soll.«

Claudia glaubte nicht richtig zu hören. »Wovon redest du eigentlich?«

Er legte seine Hand auf ihren Arm. »Entschuldige, ich vergaß, daß wir über die Sache noch nicht gesprochen haben. Um es kurz zu machen: Ich möchte mit dir nach Norwegen fliegen. Bis in die Nähe des Nordkaps. Du weißt, daß ich im Krieg da oben war. Zur Zeit scheint dort die Mitternachtssonne. Die Schönheit des Landes tritt jetzt richtig zutage. Ich bin überzeugt, daß es dir gefallen wird. Und mir wird es guttun, eine Weile zu fischen. Im Fjord der Lachse konnte ich vor einunddreißig Jahren einen sechsunddreißigpfündigen Milchner landen.«

Sie vermochte ihre Enttäuschung kaum zu verbergen. Hatte ihr Mann nach dem Konzert nicht gesagt, daß etwas geschehen müsse! Und jetzt entpuppte sich das, was er einen ›Plan‹ nannte, als Angelurlaub? Da stimmte doch etwas nicht.

»Nun?« fragte er aufmunternd. »Wie gefällt dir mein Vorschlag?«

Sie wollte eine negative Antwort geben. Aber dann erfaßte sie instinktiv, daß ihr etwas verheimlicht wurde. Nur wenn sie auf ihren Mann einging, bestand die Möglichkeit zu erfahren, was hinter seinem seltsamen Plan steckte. Womöglich gab es in dem von ihm erwähnten Fjord ein Geheimnis. Ohne weitere Überlegungen anzustellen, antwortete sie beherzt: »Der Gedanke, mit dir nach Norwegen zu fliegen, ist natürlich verführerisch. Ich verstehe nur nicht, was du vorhin sagtest. Wieso weißt du nicht, woher du einen Piloten nehmen sollst? Möchtest du nicht mit einer Verkehrsmaschine fliegen?«

»Doch, doch«, beeilte er sich zu versichern. »Im Fjord der Lachse kann ein Linienflugzeug aber schlecht landen. Und eine Schiffahrtsgesellschaft läuft ihn nicht an. Da ist alles wie im Urzustand. Nur ein altes norwegisches Bauernhaus, in dem ein Fischereiaufseher mit seiner Frau lebt, gibt es am Ende des Fjords.«

Claudia begriff das alles nicht. »Wozu ein Aufseher, wenn der Fjord nicht erreichbar ist?« fragte sie verblüfft.

Ihr Mann lachte. »Hast du eine Ahnung, wieviel kapitalkräftige Angler zur Laichzeit dort mit ihren Jachten aufkreuzen! Der Fluß, der in den Fjord mündet, ist einer der lachsreichsten Europas. Nur in Kanada und Alaska gibt es in etwa vergleichbare Fischwasser. Traumhaft, sage ich dir!«

»Und mit einem Wasserflugzeug möchtest du dorthin gelangen?«

»Erraten! Bestimmt gibt es in Norwegen Maschinen zu chartern.«

»Dazugehörige Piloten nicht?«

Randolph Bush zog an seiner Pfeife. »Ich denke schon. Aber das würde Schwierigkeiten mit der Verständigung geben. Außerdem ist damit zu rechnen, daß Norweger auf Deutsche noch schlecht zu sprechen sind.«

Sie sah ihn entgeistert an. »Trägst du nicht seit über zwanzig Jahren einen amerikanischen Paß in der Tasche? Und bin ich durch unsere Heirat nicht ebenfalls Amerikanerin geworden?«

Er fuhr sich über die Stirn. »Ich scheine völlig durcheinander zu sein. Wahrscheinlich, weil ich zu viel an frühere Zeiten gedacht habe.«

Seine Antwort konnte Claudias Mißtrauen nur erhöhen. »Du möchtest also einen deutsch oder englisch sprechenden Piloten engagieren«, entgegnete sie und überlegte fieberhaft, welchen Grund es dafür geben mochte. Zweifellos stand die Wahl des Piloten in irgendeinem Zusammenhang mit den beängstigenden Anfällen ihres Mannes.

Der nickte. »Am liebsten wäre mir ein Schwyzer.«

»Dann solltest du morgen den Flughafen anrufen und dich erkundigen, ob du einen Schweizer Piloten bekommen kannst. Wenn nicht, gibst du eine Annonce auf. Das ist doch kein Problem.«

»Gewiß«, erwiderte er steif. »Ein Problem aber wird es sein, in unseren Breiten einen Piloten zu finden, der die Qualifikation für Wasserflugzeuge besitzt.«

Claudia blickte nachdenklich vor sich hin. Was veranlaßte ihren Mann, plötzlich den Wunsch zu haben, mit einem Nichtnorweger an einen Platz zu fliegen, an dem er während des Zweiten Weltkrieges als Berichterstatter einer Propaganda-Kompanie tätig gewesen war und in seiner Freizeit Lachse gefischt hatte? »Gib die Annonce in mehreren überregionalen Zeitungen auf«, sagte sie nach kurzer Überlegung. »Es wäre doch schön, wenn du mir bald den Fjord zeigen könntest.«

Er war begeistert. Sie aber kam sich wie eine Verräterin vor.

2

Der Himmel hing grau über München, als Flugkapitän Flemming seine Wohnung verließ, um ein nahegelegenes Lokal aufzusuchen, in dem er seit geraumer Zeit allmorgendlich frühstückte. Früher hätte er es sich nicht leisten können, täglich bis neun Uhr zu schlafen und wie ein Pensionär ein Restaurant aufzusuchen. Sein plötzlich geruhsam gewordenes Leben verdankte er zwei *Mistakes*, wie Fehler in der Fliegersprache genannt werden. Zunächst hatte er das Pech gehabt, von einem ›Hijacker‹, einem Flugzeugentführer, zu einer beachtlichen Kursänderung gezwungen zu werden. Und das mit einer Schreckschußpistole! Dieser blamable Umstand würde seine Fluggesellschaft jedoch nicht veranlaßt haben, schwerwiegende Konsequenzen zu ziehen. Erst das, was der Captain in der Folge tat, brachte ihm den Zorn seiner Vorgesetzten ein. Allerdings auch ein in Fachkreisen vieldiskutiertes Anerkennungsschreiben des Generalsekretärs der *Ifalpa*, der Internationalen Flugzeugführervereinigung.

Peter Flemming hatte es sich nicht anmerken lassen, wie sehr ihm die Entlassung aus dem Liniendienst zusetzte. Daran vermochte auch die Tatsache nichts zu ändern, daß ihm mehrere Chartergesellschaften sofort großzügige Angebote machten. Liniendienst ist *sunrise*; Charterdienst *freezing rain*. Aber immerhin: er fand einen neuen, gut bezahlten Job, bis er infolge eines Mißverständnisses mit seinem Co-Piloten einen Millionenschaden herbeiführte, bei dem er noch von Glück sagen konnte, daß niemand eine Verletzung erlitt. Man hätte zwar darüber streiten können, wer den Fehler machte: der ›Chief‹ oder der ›Co‹. Aber davon wollte Peter Flemming nichts wissen. Er hatte im entscheidenden Augenblick auf dem linken Sitz gesessen, war also der ›Erste Flugzeugführer‹ gewesen. Die Verantwortung hatte damit bei ihm gelegen.

Sein gut geschnittenes Gesicht war seit jenem Tag schmaler geworden, und seine Art, sich auszudrücken, bestand nun vornehmlich aus eindrucksvollem Schweigen.

Wenn die Fliegerei für Peter Flemming nicht etwas anderes gewesen wäre als nur eine Erwerbsquelle, würde er längst den Entschluß gefaßt haben, sich ein neues Tätigkeitsfeld zu suchen. Zu offensichtlich war es, daß er als Pilot nicht mehr die Anstellung finden würde, die er sich erwünschte. Er trug sich auch bereits mit dem Gedanken, zu studieren, aber er brachte es noch nicht über sich, seine so verheißungsvoll begonnene fliegerische Laufbahn schon jetzt endgültig zu beenden. Täglich schrieb er Bewerbungsschreiben, die er bis in den Afrikanischen Busch versandte. Doch niemand antwortete ihm.

An diesem Morgen aber schien der grau verhangene Himmel es gut mit ihm zu meinen. Kaum hatte er sein Stammlokal betreten, da griff der Inhaber hinter seinem

Tresen nach der Morgenzeitung und schwenkte sie wie eine Siegesfahne. »Ich hab eine Überraschung für Sie!« rief er mit bedeutungsvoll hochgezogenen Augenbrauen. »Sie besitzen doch die Qualifikation für Wasserflugzeuge, nicht wahr?«

Der Captain ging auf den Gastronomen zu. Sein Herz schlug unwillkürlich schneller. Nur keine falsche Hoffnung aufkommen lassen, sagte er sich.

Der Wirt faltete die Zeitung auseinander, legte sie auf den Tisch und tippte auf eine Annonce. »Da, lesen Sie!«

Peter Flemming beugte sich über das Morgenblatt.

Mit Befriedigung registrierte der Inhaber des Lokals, daß die Gesichtsmuskeln seines Gastes arbeiteten. Er schätzte den Piloten, und da er selber Sportflieger war, kannte er das Urteil, das Freunde über diesen fällten: außerordentlich befähigt, aber leider vom Pech verfolgt. Das kann selbst der Tüchtigste nicht verkraften.

Der Captain richtete sich auf.

»Was sagen Sie?« fragte der Gastronom und sah ihn erwartungsvoll an.

Peter Flemmings Miene blieb unbewegt. »Sieht etwas windig aus.«

»Wieso?«

»Für voraussichtlich zwei Monate!«

Der Wirt erwiderte aufgebracht: »Na, und...? Hauptsache, die Kohlen stimmen. Und Ascona! Da kostet doch alles das Doppelte. Also auch ein Pilot!«

Die Züge des Captains erhellten sich ein wenig.

Kalte Wintersonne, dachte der Inhaber des Lokals. Man

muß ihm Feuer unter dem Hintern machen. »Wirklich, in Ascona können Sie getrost das Doppelte verlangen. Die Schwyzer wissen doch nicht, wohin mit ihrem ›Diridari‹. Im übrigen steht Ihnen mein Telefon zur Verfügung. Rufen Sie gleich mal an.«

Einen Moment noch schwankte Peter Flemming, dann aber reizte es ihn, Näheres zu erfahren. »Okay!« sagte er. »Versuchen wir unser Glück.«

Der Gastronom führte ihn in einen Raum, in dem ein heilloses Durcheinander herrschte. Briefe, Rechnungen, Kartons und Dosen lagen ungeordnet herum. »Sieht nicht schön bei mir aus«, entschuldigte er sich treuherzig. »Aber wenn ich etwas brauche, finde ich es sofort. Und nun: Toi – toi – toi! Schweiz hat die Vorwahl: null, null, vier, eins.« Sprach's und war verschwunden.

Der Captain wählte die in der Anzeige angegebene Nummer. Eine Weile hörte er nichts, dann ertönte das Freizeichen.

»Bush!« meldete sich kurz darauf eine dunkle Stimme.

Der Pilot nannte seinen Namen und den Grund des Anrufes.

Die Stimme am anderen Ende wurde augenblicklich lebhaft. »Und Sie besitzen die Erlaubnis, Wasserflugzeuge zu steuern?«

»Sonst hätte ich mich nicht gemeldet«, entgegnete Peter Flemming kaltschnäuzig. »Ich möchte aber gleich erwähnen, daß ich ohne Anstellung bin, weil ich zweimal Pech hatte. Einmal Flugzeugentführung, dann Bedienungsfehler mit schwerem Sachschaden.«

»Den Sie höchstwahrscheinlich nicht nochmals anrichten werden«, erwiderte der Regisseur gelassen.

»Ich hoffe es.«

»Und Sie könnten sofort zur Verfügung stehen?«

»Ja. Aber ich möchte gerne wissen . . .«

»Kommen Sie nach Ascona, und Sie erfahren alles«, unterbrach ihn Randolph Bush. »Die Kosten übernehme ich. Wann darf ich Sie erwarten?«

»Wann immer Sie wollen.«

»Vorsichtig! Wenn ich heute nachmittag sage, sitzen Sie schon fest.«

Peter Flemmings Hirn arbeitete präzise. Seine Überlegungen waren die eines reaktionsschnellen Piloten. Bis zum Funkfeuer Zürich-East brauchte ich mit der *DC-8* normalerweise vierzehn Minuten. Von dort zum *VOR* Saronno zwölf. »Wie ist das Wetter in Ascona?«

»Strahlendblauer Himmel!«

Dann kann auf Saronno verzichtet und *ADF* Monte Ceneri genommen werden. Ersparnis: **drei Minuten.** Das Ganze mal vier macht zweiundneunzig. Plus Frühstück, Kofferpacken und Fahrt zum Flughafen ergibt das im Höchstfall hundertachtzig Minuten. Ein Blick auf die Uhr zeigte ihm, daß es kurz nach zehn war. »Ich werde zwischen Viertel nach eins und halb zwei in Ascona landen«, sagte er kurz entschlossen. Eine *Cessna* bekam er jederzeit. »Ist Ihnen das recht?«

Die Stimme am anderen Ende lachte. »Und ob!«

»Wo soll ich Sie aufsuchen?«

Randolph Bush gefielen Tempo und Offenheit des Piloten. Da ließ sich gut Regie führen. »Steigen Sie im Hotel *La Palma* in Locarno ab. Ich reserviere inzwischen ein Zimmer für Sie. Rufen Sie mich an, wenn Sie eingetroffen sind. Ich komme dann ins Hotel, und wir essen gemeinsam zu Mittag.«

*

Während Peter Flemming in aller Eile frühstückte, rief der Gastronom den Flughafen an und beauftragte einen Clubkameraden, unverzüglich eine gut instrumentierte *Cessna* startbereit zu machen und alle erforderlichen Vorbereitungen für einen Flug nach Ascona zu treffen. Danach kehrte er zum Captain zurück und erklärte diesem strahlend: »Sie bekommen eine ›Hundertzweiundachtzig‹ mit Verstell-Luftschraube!«

»Kostenpunkt?« fragte Peter Flemming und löffelte den letzten Rest aus einem Ei.

»Hundertsechzig die Flugstunde. Start- und Landegebühren nicht inbegriffen.«

»Okay!« erwiderte der Captain, trank noch einen Schluck Kaffee und zog seine Geldbörse. »Was habe ich zu zahlen?«

»Wie immer. Vier Piepen.«

»Kommt nicht in Frage. Das Telefongespräch . . .«

»Ist erledigt«, fiel der Wirt abwehrend ein.

Peter Flemming klopfte ihm auf die Schulter. »Werde mich revanchieren.«

Bereits eine Stunde später rollte er mit der *Cessna* über den *Taxiway*. Die Zeit war günstig; es herrschte nur mäßiger Verkehr. Der *Tower* gab ihm sogar die Weisung, das

Rollen zu beschleunigen, und kaum hatte die Maschine die *Take-off position* erreicht, da wurde der Start auch schon freigegeben.

Der Captain gab Gas und beobachtete konsterniert die Piste, die langsam unter ihm zurückwich. Er war es gewohnt, schnelle und große Maschinen zu fliegen; nun saß er in einem Flugzeug, dessen viersitzige Kabine dem Fahrgastraum eines Kleinwagens entsprach. Das Vibrieren der Instrumente mißfiel ihm. Ihre Anzeige war aber offensichtlich in Ordnung. Er ließ die Maschine deshalb bedenkenlos in die Wolken steigen, als ihm die Sicherungsstelle eine Flughöhe von 2000 Metern zuteilte.

Noch vor Erreichen des Schweizer Funkfeuers drehte er nach Süden ab und stieg, entsprechend einer ihm gegebenen Weisung, auf 4200 Meter. Da er im Augenblick nichts anderes tun konnte, als die Maschine mit Hilfe der Blindfluginstrumente in der richtigen Lage zu halten, schaltete er frühzeitig den Sender Monte Ceneri ein, der im Gegensatz zu den üblichen UKW-Funkfeuern ein Rundfunkprogramm ausstrahlt und gerade eine flotte Musik sendete. Er fand es mit einem Male ganz schön, nicht in einem Düsenriesen zu sitzen. Wie von Geisterhänden zum Himmel emporgetragen zu werden, war eigentlich schon nicht mehr interessant. Hier, in dem kleinen Reiseflugzeug, mußte er um jeden Meter Höhe kämpfen. Hier wurde er wie von Riesenfäusten durchgeschüttelt. Hier hatte er in gewissem Sinne noch körperliche Arbeit zu leisten.

Und dann geschah etwas, das er in solcher Eindringlichkeit seit vielen Jahren nicht mehr erlebt hatte: Die Wolkendecke riß jäh auf, und er sah eine Landschaft unter sich liegen, wie sie schöner nicht sein konnte. Genau auf Locarno, Ascona und den Lago Maggiore flog er zu. Das Blau des Himmels glich der berühmten Farbe der Côte d'Azur. Die von der Sonne angestrahlten Berge schimmerten in seltener Pracht.

Der Herrgott scheint die Erde hier mit einem Zauberstab berührt zu haben, dachte Peter Flemming und drückte die Maschine auf das Maggia-Delta zu, dessen Geröll aus der Höhe einem feinen Sandstrand glich. Wie oft schon war er im Anflug auf das Funkfeuer Saronno über das Tessin hinweggebraust, niemals aber hatte er es gesehen wie in dieser Stunde. Die Düsenriesen flogen eben zu hoch. Aus ihrer Höhe sieht man die Erde nur noch als Relief.

Man müßte ein naturalistischer, expressionistischer, kubistischer und surrealistischer Maler sein, um dieses Bild festhalten zu können, ging es ihm durch den Sinn. Alle Kontinente hatte er beflogen, im nahen Ascona aber war er noch nicht gewesen. Nicht in Monte Carlo, nicht in Genf, nicht an all den vielen berühmten Punkten der Erde, auf die er seine Passagiere im Darüberfliegen aufmerksam gemacht hatte. ›Ladies and gentlemen, wir passieren in wenigen Minuten Zaragoza, dessen herrliche Kathedrale zu den schönsten gotischen Bauwerken zählt.‹

Herrliche Kathedrale! Gesehen hatte er sie nie. Dafür war er zu hoch geflogen. Nun aber empfand er die Herrlichkeit dessen, was unter ihm lag.

Am meisten jedoch begeisterte ihn der Flugplatz von Ascona, dessen schmale Asphaltbahn rechts und links von Villen gesäumt war. Beim Anschweben schauten die Piloten ungeniert in deren Räume hinein, und den Anwohnern war es zur lieben Gewohnheit geworden, Landungen kritisch zu beurteilen und mit Plus- beziehungsweise Minuspunkten zu belegen.

*

Peter Flemming war in bester Stimmung, als er zum Hangar rollte und dort den Motor seiner Maschine abstellte. Einen ›Einwinker‹ gab es ebensowenig wie einen Kontrollturm. Aber ein zuvorkommender Flugleiter begrüßte ihn und erkundigte sich nach seinen Wünschen. Es war wie in längst vergangenen Zeiten.

Der Captain hatte gerade zum Ausdruck gebracht, daß er die Maschine gerne unterstellen würde, als eine kleine, stämmige Gestalt aus der Halle heraustrat und sichtlich erfreut auf ihn zuging.

»Sie in Ascona?«

Peter Flemming konnte sich nur undeutlich an den Mann erinnern.

Der streckte ihm die Hand entgegen. »Casablanca!«

»Ja, richtig!«

»Schön 'rausgepaukt haben Sie mich damals!«

»War doch Ehrensache. Ich hoffe nur, Sie vergessen so schnell nicht wieder, daß Devisenbestimmungen auch für Sportflieger gültig sind.«

Der Stämmige verzog sein Gesicht. »Sagen Sie mir lieber, was Sie in Ascona machen.«

»Bin privat hier. Fliege morgen zurück nach München.«

»Dann können Sie erneut ein gutes Werk für mich tun. Ich hatte eine *Cardinal* zu überführen und muß nach Salzburg zurück. Angeblich soll München auf der Strecke liegen.«

»Wie sich so was 'rumspricht«, entgegnete der Captain, auf den Ton eingehend. »Wo wohnen Sie hier?«

»Bei einer Bekannten.«

»Hat sie Telefon?«

»Na klar.«

»Dann schreiben Sie mir die Nummer auf. Ich rufe Sie an, sobald die Startzeit festliegt.«

Eine halbe Stunde später saß er in der Empfangshalle des Hotels *La Palma* und beobachtete das Kommen und Gehen der Gäste. Mit Spannung erwartete er Randolph Bush. Stimme und Reaktion des Regisseurs hatten ihn auf einen kalten Managertyp schließen lassen. Als er jedoch einen stattlichen, sportlich-salopp gekleideten graumelierten Herrn in das Vestibül eintreten sah, wußte er, daß er sich getäuscht hatte. Er mußte der Erwartete sein.

Randolph Bush schaute zu ihm hinüber und wechselte augenblicklich seinen Kurs. Befriedigt registrierte er: Schlank, durchtrainiert, offenes Auge, blauer Anzug – ein Flugkapitän, wie er im Buche steht. »Ich gehe wohl nicht fehl in der Annahme, daß wir beide miteinander verabredet sind?«

Peter Flemming erhob sich und nannte seinen Namen.

»Bush!« entgegnete der Regisseur und reichte die Hand. »Freut mich, daß Sie gleich gekommen sind. Ihr Tempo entspricht dem meinen.«

»Hatte lange genug nichts zu tun.«

Randolph Bush wies nach draußen. »Ich habe einen Tisch im Freien reservieren lassen. Man sitzt dort recht nett. Die wahre Freude ist es allerdings auch nicht mehr. Die vorbeiflitzenden Autos . . . Aber ich will mich nicht beklagen. Im Tessin haben wir immer noch eine ganz hervorragende Luft.«

Der Captain nickte.

»Dort, wohin Sie mich fliegen sollen, ist die Atmosphäre allerdings noch besser«, fuhr der Regisseur geschäftig fort. »Norwegen heißt das Ziel. Genauer gesagt: ein Fjord in der Nähe des Nordkaps.«

Peter Flemming spitzte die Lippen. »Das höre ich gerne. Ich kenne zwar nur Oslo und Bergen . . .«

»Herrlich, nicht wahr!« fiel Randolph Bush lebhaft ein. »Ich liebe Norwegen.«

»Sind Sie des öfteren dort?«

»Nein, das nicht. Ich . . . Aber schauen wir erst mal, welcher Tisch für uns reserviert ist.«

Der plötzliche Wechsel des Themas erschien dem Captain unmotiviert.

Sie betraten eine von blühenden Rabatten gesäumte Terrasse. Ein Kellner führte sie zu dem reservierten Tisch.

»Einen Apéritif?« fragte der Regisseur, nachdem sie Platz genommen hatten.

»Einen Campari-Soda.«

»Für mich ebenfalls«, sagte Randolph Bush, an den Kellner gewandt, und begann übergangslos zu schildern, welche Aufgabe er dem Piloten zu übertragen gedachte. Knapp und präzise tat er es, und noch bevor Peter Flemming den Campari ausgetrunken hatte, wußte er bis ins kleinste Detail, was ihn erwartete.

Als erstes sollte er umgehend nach Nord-Norwegen reisen, dort für seinen Auftraggeber den staatlichen Fischereischein beschaffen, anschließend ein Wasserflugzeug chartern, mit diesem in den Fjord der Lachse fliegen und dort – koste es, was es wolle – bei dem Fischereiaufseher die örtliche *Fiskekort* erwerben.

»Die Angelkarte ist das allerwichtigste«, fügte Randolph Bush mit Nachdruck hinzu. »Ohne sie darf niemand in dem Fluß, der zum Fjord führt, fischen. Im übrigen ist jeder Tag jetzt kostbar. Die Saison beginnt in sieben Wochen. Für die Zeit ab Anfang Juli ist der Fluß bestimmt schon in seiner ganzen Länge verpachtet. Früher angelten dort ausschließlich Mitglieder des englischen Hochadels. Wie die Verhältnisse heute liegen, weiß ich nicht. Ich bin seit einunddreißig Jahren nicht mehr dort gewesen.«

Peter Flemming errechnete, in welchem Jahre das gewesen sein mußte. Das Ergebnis verblüffte ihn. 1941! Im Krieg war der Amerikaner in Norwegen gewesen?

Randolph Bush erkannte, zu welcher Überlegung er sein Gegenüber animiert hatte. Er erklärte deshalb nach kurzem Zögern: »Ich bin gebürtiger Deutscher. Einen Teil des Krieges erlebte ich in Norwegen, das ich nun, da ich mich zur Ruhe gesetzt habe, einmal wiedersehen möchte. Ich glaube, es gibt keinen Teilnehmer des Norwegenfeldzuges, der sich nicht danach sehnt, das Land der Mitternachtssonne nochmals zu erleben.«

Nochmals erleben? Der Captain war sprachlos. War der Krieg denn eine Art Urlaub gewesen? Nicht zum erstenmal hörte er einen ehemaligen Wehrmachtsangehörigen mit beinahe verklärten Augen von Norwegen reden.

Er tat Randolph Bush aber unrecht, wenn er annahm, daß dieser gedankenlos über eine Zeit spreche, die den Norwegern unendliches Leid gebracht hatte. Diesen Mann trieb etwas anderes. Und wenn er behauptete, Sehnsucht nach dem schönen Land zu haben, dann belog er sich selbst. Einunddreißig Jahre lang hatte er seine Vergangenheit verdrängt, anstatt zu versuchen, sie zu bewältigen; einunddreißig Jahre lang hatte er geschwiegen, wo nur Offenheit ihm hätte Erlösung bringen können. Nun endlich war er willens, aufzuräumen und Ordnung zu schaffen. Doch er kapitulierte vor den Furien, die er selber heraufbeschworen hatte: er brachte es nicht fertig, den entscheidenden Schritt zu tun. Jedenfalls jetzt noch nicht. Erst mußte er im Fjord der Lachse gewesen sein. Bis dahin blieb ihm nichts anderes übrig, als sich hinter billigen Erklärungen zu verschanzen. Und hinter phantastischen Geschichten über kapitale Lachse, die er, wie er erzählte, mit der ›Fliege‹ und dem ›Löffel‹ an die Rute gebracht und ›gedrillt‹ hatte, bis sie endlich ihre silberne Flanke zeigten.

An diesem Mittag aber steigerte er sich so in seine Rolle hinein, daß er Raum und Zeit vergaß und, ohne sich dessen bewußt zu sein, plötzlich sagte: »Ja, es war seltsam da oben. Wir lebten am Arsch der Welt, unser Wahlspruch aber lautete: ›Kirkenes, wir lieben es. Schade wär's, wär's nicht gewesen.‹«

Freudsche Fehlleistung, diagnostizierte Peter Flemming betroffen. Und damit stellte sich für ihn die Frage, ob er in eine peinliche Situation geraten könne, wenn er den zwar sympathischen, nun jedoch auch zwielichtig erscheinenden Regisseur in ein Land kutschierte, in dem dieser möglicherweise in einer nicht ganz unwichtigen Funktion tätig gewesen war. Aber dann sah er die offenen, wenngleich wie gehetzt wirkenden Augen des Regisseurs, und spontan schlug er sich auf dessen Seite. Dabei spielte natürlich die Chance, die sich ihm bot, eine Rolle, vielleicht auch der Umstand, daß er, der vom Pech Verfolgte, in Randolph Bush einen Parallelfall witterte. Doch was immer es gewesen sein mochte, er erklärte kurz und bündig: »Ich übernehme den Auftrag und fliege schon morgen nach Oslo.«

Die Züge des Regisseurs glätteten sich. »Mit Ihrer Maschine?«

Peter Flemming schüttelte den Kopf. »Ich verfüge über keinen Jet-Liner, sondern über eine kleine *Cessna*, deren Instrumentierung wohl den Blindflug, aber keine Schlechtwetterlandung gestattet. Der blaue Himmel über uns scheint eine Privatabmachung zwischen dem Herrgott und dem Kanton Tessin zu sein. Nördlich der Alpen ist das Wetter verheerend. Ich würde morgen höchstwahrscheinlich nicht einmal bis Zürich kommen.«

»Und wie gedenken Sie Oslo zu erreichen?«

»Indem ich zunächst einmal in einem Kursbuch und in einem Flugplan blättern werde.«

Randolph Bush beauftragte einen Boy, die gewünschten Unterlagen zu beschaffen, und dann dauerte es nicht mehr lange, bis sie sich der Ähnlichkeit ihrer Temperamente bewußt wurden. Im Handumdrehen wurden Beschlüsse gefaßt, Telefongespräche geführt und Buchungen vorgenommen.

»Und was wird aus Ihrer *Cessna*?« fragte der Regisseur, als festgelegt und gesichert war, daß Peter Flemming am nächsten Morgen um 7 Uhr 26 mit dem Zug nach Zürich fahren und von dort um 12 Uhr 15 mit Flug SK 602 nach Oslo fliegen würde.

»Die Maschine braucht Ihnen kein Kopfzerbrechen zu machen«, antwortete der Captain. »Ich kenne hier jemanden, der sich freuen wird, sie nach München überführen zu dürfen.«

»Well, dann wäre auch das Problem gelöst, und wir können zur Bank fahren. Außer Traveller-Checks gebe ich ihnen einige Blanco-Verrechnungsschecks mit. Wir wissen ja nicht, wie hoch die Chartergebühr für das Wasserflugzeug sein wird und was Versicherung, Haftpflicht und so weiter kosten werden. Der Erwerb des Fischrechtes ist auch nicht gerade billig. Wahrscheinlich haben Sie dafür mehr zu zahlen als für die Maschine.«

»Das gibt's doch nicht«, zweifelte Peter Flemming.

»Wait and see!« warnte Randolph Bush. »Der Lachsfang ist ein teurer Spaß. Manchmal noch teurer als das Weidwerk. Im übrigen«, er blickte um sich und dämpfte seine Stimme, »ich möchte in Norwegen nicht als ehemaliger Deutscher auftreten.«

Damit habe ich bereits gerechnet, dachte der Captain.

»Meine Frau und ich besitzen amerikanische Papiere.«

»Wird Ihre Gattin Sie begleiten?«

Der Regisseur nickte und klopfte seine Pfeife aus. »Ich mache Sie nachher mit ihr bekannt. Sie konnte nicht mitkommen, weil sie zu ihrer Schneiderin mußte. Und dann zum Beauty-Shop. Sie werden das kennen.«

»Nur vom Hörensagen«, entgegnete Peter Flemming. »Bisher entdeckte ich immer etwas auf der Piste, das mich störte. Bin dann prompt durchgestartet.«

Randolph Bush lachte. »Die Fliegersprache scheint recht bildhaft zu sein.«

»Wie man es nimmt.«

»Auf alle Fälle habe ich den Eindruck, daß wir uns gut verstehen werden.«

»Das glaube ich auch.«

»Vergessen Sie vor allen Dingen nicht, in Norwegen von einem in der Schweiz lebenden amerikanischen Ehepaar zu sprechen. Ich betone das noch mal, weil die Möglichkeit besteht, daß im Fjord der Lachse der Fischereiaufseher von früher noch tätig ist. Lars Larsen hieß er. Seine Frau: Thora. Ich hoffe, beide wiederzusehen. Es soll dann eine Überraschung werden.«

*

Es war schon spät am Nachmittag, als Randolph Bush und Peter Flemming in einem Taxi nach Ascona fuhren.

»Wir benutzen keine eigenen Wagen mehr«, erklärte der Regisseur, als sie in eine Verkehrsstockung gerieten. »In der Kolonne zu fahren ist wahrhaftig kein Vergnügen. Und dann der ewige Kampf um den Parkplatz! Wir setzen uns lieber in ein Taxi und steigen aus, wo wir wollen. Und obendrein sparen wir Geld! Amortisation, Unterhaltung und Pipapo eingerechnet, kostet ein Chevi oder Mercedes im Jahr mindestens zwölftausend Franken. Das sind tausend im Monat. Fahren Sie die mal im Taxi ab!«

»Vernünftige Überlegung«, entgegnete der Captain.

»Wir machen uns doch alle verrückt«, fuhr Randolph Bush gesprächig fort. »Da lobe ich mir die Verrücktheiten derer, die früher den Monte Verità bewohnten.« Er wies nach draußen. »Dort drüben, das ist er.«

Peter Flemming blickte in die gewiesene Richtung.

»Kennen Sie seine Geschichte?«

»Nein.«

»Ich erzähle sie Ihnen in Stichworten: Etwa um die Jahrhundertwende entschlossen sich die Pianistin Ida Hoffnung und der belgische Großindustrielle Oedenkoven, der verlogenen Gesellschaft den Rücken zu kehren. Frei nach Rousseau: Rauf auf die Bäume, ihr Affen! Die beiden erwarben Asconas Hausberg, nannten ihn ›Berg der Wahrheit‹ und errichteten auf ihm eine vegetarische Naturheilanstalt. Aber nicht nur dem Körper, auch dem Geist wünschten sie frische Nahrung zuzuführen. Also fütterten sie ihn mit Vorträgen, Konzerten, Weihestunden und dergleichen Erbaulichem. Erfolg: das Sanatorium wurde zum Pilgerort für Spiritisten, Astrologen, Theosophen und Weltverbesserer. Man schlief im Freien, kleidete sich in wallende Gewänder, ließ sich die Haare lang wachsen, trug Stirnbänder, gürtete sich mit Stricken, ging barfuß, badete nackt, lebte in wilder Ehe – spielte den Naturmenschen.«

»Sprechen Sie von heute oder von der Zeit um die Jahrhundertwende?« fragte der Captain verblüfft.

»Habe ich etwa das Wort ›Hippie‹ gebraucht?« antwortete Randolph Bush in gespielter Entrüstung. »Aber ich gebe zu: zwischen damals und heute besteht kein nennenswerter Unterschied, wenn man davon absieht, daß die Hippies unserer Tage als schmuddelig bezeichnet werden. In jener Zeit bewunderte man sie. Persönlichkeiten wie Leoncavallo, Stephan George, Klabund, Mary Wigman, Paul Klee und Hermann Hesse vertrauten sich ihnen an. Der ›Berg der Wahrheit‹ wurde zum ›Berg der Prominenz‹. Doch man ließ die Zügel schleifen und machte eines Tages sogar den Versuch, die Attraktivität des Unternehmens durch erotische Spiele zu erhöhen. Die ›Heilstätte‹ wurde zum Tollhaus. Oedenkoven setzte sich ab. Ein Kunstsammler erwarb den Berg einschließlich aller Baulichkeiten für hundertsechzigtausend Franken!«

»Und was wurde aus dem Sanatorium?«

»Na, was schon? Ein Hotel mit Swimming-pool und allem Drum und Dran.«

Der Fahrer des Taxis bog in die am See entlangführende *Via Moscia* ein und hielt bald darauf an der Uferseite auf einer, wie es schien, eigens zum Anhalten geschaffenen Plattform, die ein Eisengitter einfriedete.

»Gefällt Ihnen unser Heim?« fragte Randolph Bush, nachdem sie ausgestiegen waren und er den Fahrer entlohnt hatte.

Der Captain blickte über die Straße hinweg zu den wie Schwalbennester am Berg klebenden Villen empor. »Da müßte ich erst einmal wissen, welches der Häuser das Ihre ist.«

Der Regisseur tat geringschätzig. »Dort oben würde ich niemals wohnen. Ich bin Angler, brauche also den See und ein Boot an seinem Ufer.«

Da hinter dem Gitter nur der etwa dreißig Meter tiefer gelegene Lago Maggiore zu sehen war, trat Peter Flemming an das Geländer und schaute nach unten. Außer Felsen und beinahe tropisch wuchernden Gewächsen war nichts zu entdecken.

Randolph Bush klopfte ihm auf die Schulter. »Bemühen Sie sich nicht. Unser Haus liegt hinter dem Felsvorsprung. Ich habe den Weg hierher verlegen lassen, um keine Stufen steigen zu müssen.« Damit schloß er ein Tor an der Seite auf. »Sie gestatten, daß ich vorgehe.«

Der Captain folgte ihm. Als sie jedoch den Felsvorsprung umgangen hatten, blieb er wie angewurzelt stehen. »Das ist ja sagenhaft!« rief er aus.

Der Regisseur drehte sich um. »Herrlich, nicht wahr!«

»Phantastisch!«

Vor ihnen lag eine von Bougainvillea bewachsene Pergola, die auf ein Haus zuführte, das nur aus riesigen Fenstern und Markisen zu bestehen und aus dem Felsen herauszuwachsen schien. Flankiert wurde es von kerzengerade gewachsenen Dattelpalmen. Auf einer Terrasse standen dekorative Sonnenschirme und ›Liegemaschinen‹. Kaskaden von Blumen versprühten ein Feuerwerk von Farben.

Reich müßte man sein, ging es Peter Flemming durch den Sinn.

Randolph Bush winkte zum Haus hinunter. »Da kommt meine Frau.«

Der Captain war überrascht von der jugendlichen Erscheinung, die auf die Terrasse hinaustrat. Unschwer erkannte er, daß Mrs. Bush wesentlich jünger war als ihr Mann.

Der beschleunigte seine Schritte.

Das Pferd wittert den Stall, dachte Peter Flemming anzüglich. Als sie sich jedoch dem Haus bis auf etwa zwanzig Meter genähert hatten und die in einer eleganten Hose und Leonard-Bluse gekleidete Frau des Regisseurs deutlicher in Erscheinung trat, jagten ihm andere Gedanken durch den Kopf: schnittig wie ein Starfighter. Bei ihr würde ich nicht durchstarten. Eher den Nachbrenner einschalten.

»Es ist alles geklärt!« rief Randolph Bush seiner Frau zu. »Captain Flemming wird schon morgen nach Oslo fliegen.«

Claudia ging ihnen einige Schritte entgegen. »Das freut mich für dich.« Ihre Stimme hatte einen angenehmen, warmen Klang.

Der Regisseur umarmte seine Frau.

Sie blickte über seine Schulter hinweg zu Peter Flemming hinüber.

Dessen Miene wurde um einiges kälter. Ich würde doch durchstarten, dachte er enttäuscht. Ihre Schönheit ist Kosmetik. Wenn die Farbe abgekratzt und der Bilderrahmen weggenommen wird ...

Sie reichte ihm die Hand.

Er verneigte sich steif. Fast zu steif.

»Ich freue mich, Sie bei uns begrüßen zu dürfen.«

»Die Ehre ist auf meiner Seite.«

»Das riecht nach einem schlechten Drehbuch«, polterte Randolph Bush unwillig. »Tut mir bloß den Gefallen und brecht euch keine Verzierung ab.«

Seine Frau schaute irritiert zu ihm hinüber.

Er tätschelte ihre Wange. »Mach uns einen Longdrink. Wir haben furchtbaren Durst. Nicht wahr?« wandte er sich an den Piloten.

Der nickte lebhaft.

Das wiederum machte Claudia Bush nervös. Weshalb hatte der Pilot sie mit einer so ausdruckslosen Miene angesehen? »Haben Sie einen besonderen Wunsch?«

Peter Flemming schüttelte den Kopf. »Mir ist alles recht.«

»Sie können auch Bier haben.«

Sein Gesicht erhellte sich. »Das wäre natürlich großartig.«

Typisch, dachte sie ärgerlich. Bei Bier fängt er an zu strahlen. Sie wandte sich an Ihren Mann. »Bleiben wir draußen?«

»Wir werden doch jetzt nicht ins Haus gehen«, antwortete er und hakte sich bei dem Piloten ein. »Kommen Sie, wir setzen uns drüben hin. Von dort können Sie die Brissago-Inseln sehen.«

Claudia wurde eifersüchtig. Noch nie hatte ihr Mann einem anderen gegenüber eine so freundschaftliche Geste gezeigt. Beinahe überhastet verließ sie die Terrasse, um die Getränke zu besorgen.

Randolph Bush deutete zu den Inseln hinüber. »Die kleinere der beiden wird ›Venusinsel‹ genannt. Man fand auf ihr einen Stein, den man für die Platte eines der Göttin Aphrodite geweihten Altares hielt. Aber man täuschte sich. Der Fund gehörte zum Grab einer Römerin.«

Der Captain hörte kaum zu. Er dachte an die Frau des Regisseurs. Hatte sie seine Gedanken erraten?

»Doch ob Venusaltar oder nicht, auf der Insel herrschte ein so unglaublicher Fruchtbarkeitszauber, daß man eines Tages nur noch von der ›Kaninchen-Insel‹ sprach.«

Ich werde ihr etwas Nettes sagen, nahm Peter Flemming sich vor.

Der Regisseur lachte hölzern. »Das Liebesidyll währte aber nicht lange. Man brauchte Sprengstoff für den Bau des Sankt-Gotthard-Tunnels. Pulver, das war in der damaligen Zeit eine gefährliche Sache. Also errichtete man die erforderliche Fabrik auf der herrlichen Insel, die dadurch praktisch wertlos wurde. Sehr zur Freude einer russischen Baronin, die geduldig wartete, bis man keinen Sprengstoff mehr brauchte. Für einen Spottpreis konnte sie das Eiland erwerben.«

Claudia kehrte zurück und servierte die Getränke.

»Lassen Sie mich schnell noch erzählen, was die Russin aus der Insel machte«, nahm Randolph Bush das Gespräch wieder auf, nachdem er einen kräftigen Schluck getrunken hatte.

»Dazu hast du später Zeit«, fiel seine Frau unwillig ein. »Ich würde gerne erfahren, wie weit die Reisepläne gediehen sind.«

»Das ist gleich gesagt«, erwiderte ihr Mann, der nicht bemerkte, daß die Stimmung seiner Frau nicht mehr die beste war. »Mister Flemming wird morgen nach Zürich fahren und von dort nach Oslo fliegen. Übermorgen reist er weiter. Wahrscheinlich nach Bodø, Narvik oder Tromsø, wo er voraussichtlich in zwei Tagen alles Notwendige erledigen kann. Dann fliegt er zum Fjord der Lachse, regelt dort die erforderlichen Dinge und kehrt zum Ausgangshafen zurück, um uns anzurufen. Wir müssen also in vier Tagen abreisebereit sein.«

Seine Frau betrachtete den Captain prüfend. »Macht es Ihnen Spaß, nach Norwegen zu fliegen?«

»Gewiß«, antwortete er wortkarg.

»Sie kennen das Land?«

»Nur den südlichen Teil.«

»Was für ein Flugzeug werden Sie chartern?«

»Das kann ich Ihnen nicht sagen. Ich weiß nicht, welche Typen zur Verfügung stehen.«

Seine nüchterne Art reizte Claudia plötzlich so sehr, daß sie es nicht unterlassen konnte, auf eine Frage hinzusteuern, die den Piloten treffen mußte. »Ist es Ihnen gleichgültig, welche Maschine Sie fliegen?«

Er zögerte. »Gleichgültig vielleicht nicht. Ein Düsenriese zum Beispiel macht mir mehr Spaß als eine ›alte Krähe‹. Aber auch diese hat ihre Vorteile.«

»Als da sind?«

»Mit langsamen Flugzeugen kann man auf kleinen Feldern landen; mit einem Jet-Liner nicht.«

»Als Linien-Pilot brauchten Sie das ja wohl auch nicht, oder?«

Peter Flemming kniff die Augen zusammen. Was sollte diese Frage? »Ich bin glücklicherweise nie in die peinliche Lage geraten.«

Claudia wußte, daß sie sich verrannt hatte, doch sie fand den Weg nicht zurück. »Und warum mußten Sie Ihre Tätigkeit aufgeben?«

»Worauf willst du hinaus?« fuhr ihr Mann dazwischen.

Jetzt nicht die Nerven verlieren, beschwor sich der Captain und antwortete in aller Ruhe: »Die Frage ist nur zu verständlich. Ihre Gattin soll mir schließlich ihr Leben anvertrauen.«

Randolph Bush rang die Hände. »Aber ich habe ihr doch gesagt, daß Sie...«

»Pardon«, unterbrach ihn Peter Flemming. »Sie können Ihrer Gattin nicht mehr erzählt haben, als ich Ihnen am Telefon sagte. Es ist ihr Recht, zu erfahren, welche Fehler ich machte.«

Claudia schoß das Blut in die Wangen.

Ihre Schminke scheint dünner zu sein, als ich annahm, dachte der Captain überrascht.

Sie zerrte an einem Tuch, das sie in der Hand hielt.

Ihr Mann saß wie erschöpft da. So hatte er seine Frau noch nicht erlebt.

Sie erhob sich. »Verzeihen Sie, ich habe mich unmöglich benommen. Und wenn Sie mich erschlagen: ich weiß nicht, warum.«

Peter Flemming bot ihr die Hand. »Ich werde Sie nicht erschlagen.«

Randolph Bush drohte seiner Frau. »Komm mir nicht in die Mädchenjahre! Dafür bin ich zu alt. Ansonsten war es ein hübscher Premierendonner. Der bringt bekanntlich Glück.«

»Entschuldigen Sie mich für einen Moment«, bat Claudia und ging auf das Haus zu.

Ihr Mann blickte schmunzelnd hinter ihr her.

Aufregende Figur, dachte der Captain. Im Windkanal würde sie keinen Wirbel verursachen.

3

Der strömende Regen, der über Zürich herabprasselte und die Stadt in ein tristes Kleid zwängte, konnte Peter Flemming nichts anhaben. Er war in denkbar bester Stimmung, und er war es nicht zuletzt deshalb, weil die verheerende Wetterlage die Richtigkeit seines Entschlusses, mit der Bahn zu fahren, bestätigte. Zwar hätte er den kurzen Aufenthalt in Zürich gerne dazu benutzt, sich einige sportliche und vor allen Dingen warme Kleidungsstücke zu kaufen, aber das konnte er auch in Oslo tun. Dort stand ihm der ganze Nachmittag zur Verfügung.

Unwillkürlich dachte er an Randolph Bush, der ihn großzügig aufgefordert hatte, sich auf seine Kosten mit allem zu versorgen, was er für den geplanten Aufenthalt im fern gelegenen Fjord benötige. Seine Gedanken waren oft bei dem Regisseur, zu dem er sich hingezogen fühlte, obwohl er über dessen Wesen kein klares Bild gewonnen hatte. Aber er wurde von ihm behandelt, als wäre er ein Freund, und Freundschaften fehlten ihm. Sein zweifaches Pech hatte ihn einsam gemacht. Daran änderte auch die Tatsache nichts, daß nicht seine Kameraden es gewesen waren, die sich von ihm abgesetzt hatten. Er selbst beging den Fehler, ihnen aus dem Wege zu gehen.

Das tat er auch an diesem Vormittag, als er in den Bus einstieg, um zum Flughafen zu fahren. Kaum hatte er ihn betreten, da drehte er sich um, nur weil vorne zwei Piloten der Linie saßen, für die er tätig gewesen war. Er fürchtete jedes Zusammentreffen mit ehemaligen Kameraden, die sich stets angelegentlich nach seinem Ergehen erkundigten. Sie nahmen echten Anteil an seinem Geschick, aber gerade damit wurde er nicht fertig. Ihm genügte es, seinen Job verloren zu haben. Das Gefühl, bemitleidet zu werden, war ihm unerträglich.

Später, als er in der Wartehalle des Flughafengebäudes Platz genommen hatte und das quirlende Durcheinander von Menschen, Rassen, Sprachen, Glockentönen und Ansagen auf sich einwirken ließ, fühlte er sich wieder wohler. Es war seltsam für ihn, einmal alles mit den Augen eines Passagiers zu betrachten. Als Pilot hatte er andere Ein- und Ausgänge benutzt. Die Flugvorbereitung war das Wichtigste für ihn gewesen. Sie machte viele Konsultationen notwendig. Das hatte ihn freilich nicht daran gehindert, hier und dort ein paar Worte mit einem Kameraden zu wechseln. Oder mit einer Stewardeß zu scherzen. Niemals aber war er mit Fluggästen in Berührung gekommen. Allenfalls die Passagiere der Ersten Klasse hatte er gesehen, wenn sie über die vordere Gangway einstiegen und er beim *Pre-flight-check* zufällig aus dem Fenster hinausschaute. Nun saß er da, hatte nichts zu tun, stellte sich das relativ kleine Cockpit der *DC-9* vor, die ihn nach Norwegen bringen sollte, und atmete erleichtert auf, als die Reisenden nach Oslo aufgefordert wurden, sich zur *Gate* zu begeben.

Die Wartezeit war damit jedoch nicht vorüber. Erst eine halbe Stunde später wurde der Start freigegeben. In der Kabine roch es nach Kerosin. Die Turbinen jagten auf vollen Touren. Ihr Ton wurde erregend. Das Flugzeug setzte sich in Bewegung. Man spürte die Belastung auf den Rädern. Die Geschwindigkeit steigerte sich. Der Druck im Kreuz nahm zu. Das Stoßen der Räder ging in ein Rollen über, wurde leichter, verlor sich. Die Maschine hob ab und richtete ihren Bug nach oben. Ein gequetschtes Zischen ertönte. Gleich darauf machte es zweimal: Plock! Das Fahrwerk war eingefahren.

Die Geschwindigkeit erhöhte sich. Drei-, vier-, fünfhundert Meter Höhe wurden erreicht. Erneutes Zischen. Das Flugzeug schien etwas durchzusacken. Die Startklappen gingen in Nullstellung.

Peter Flemming saß verkrampft da. Seine Empfindungen glichen denen eines Rennfahrers, dem ein Regenschauer die Sicht versperrt.

An den Fenstern zogen Schwaden vorbei. Tropfen bildeten Streifen. In der Kabine erlosch die Anzeige, nicht zu rauchen. Stewardessen schoben einen Getränkewagen in den Gang.

Die Turbinen wurden gedrosselt. Böen zerrten an den Tragflächen. Die Schwaden verdichteten sich. Dann wurde es plötzlich hell. Das Flugzeug stieg aus den Wolken heraus. Gleißendes Licht blendete die Augen. Vorne erlosch die Anzeige, die Gurte anzulegen. Der Kommandant begrüßte die Passagiere über Lautsprecher.

Peter Flemming zwang sich, das Flugzeug und dessen

Lage zum Horizont nicht mehr zu beachten. Er griff nach einer Zeitung und las Artikel um Artikel, bis das Essen serviert wurde. Es gab geräucherten Lachs.

Die tief unter der Maschine liegende Wolkendecke riß auf und ließ einen Teil der Kieler Bucht erkennen. Peter Flemming rechnete sich aus, daß Oslo nicht vor 16 Uhr erreicht werden würde. Wenn er noch Einkäufe tätigen wollte, würde er sich beeilen müssen. Er nahm sich vor, ausnahmsweise mit einem Taxi in die Stadt zu fahren. Das Wetter am Ziel schien gut zu sein. Eventuell konnte er am Abend den Holmenkollen aufsuchen. Von ihm aus war der Blick über die Stadt einzigartig. Mehr aber noch schätzte er die Fahrt den Berg hinauf. Hunderte von kleinen Villen gab es dort, die zu beiden Seiten der Strecke inmitten eines herrlichen Waldes errichtet waren.

Oslos Umgebung schätzte er sehr. Er starrte deshalb angespannt aus dem Fenster der DC-9, als die Motoren gedrosselt wurden und der Fjord ins Sichtfeld rückte. Das lebendige Zusammenspiel von Natur und moderner Gesellschaft, das die Lebensverhältnisse in Norwegen bestimmt, trat bereits hier zutage. Es gab keine Bucht, in der nicht hübsche Häuschen zu sehen waren, keine Insel, die nicht von einem schmucken Kranz weit auseinander stehender Sommervillen gesäumt wurde. Und da der Himmel strahlte, gab es an diesem Tage auch keinen aus dem Wasser herausragenden Felsen, auf dem nicht Menschen in der wärmenden Sonne lagen.

Überaus verwundert aber war Peter Flemming, als er beim Anflug zum Flugplatz wahre Wälle von Fliederbüschen entdeckte. In seinem ganzen Leben hatte er noch nicht so viele lila Blüten beieinander gesehen. Der Golfstrom, die ›Warmwasserheizung Europas‹, machte sich bemerkbar und ließ eine Flora gedeihen, die an Üppigkeit mit jener der Riviera konkurrieren konnte.

Die Landung verlief programmgemäß, und die Abfertigung ging erstaunlich formlos vonstatten. Auch war es dem Captain innerhalb weniger Minuten möglich zu ermitteln, daß er in Bodø jederzeit ein Wasserflugzeug würde chartern können. Also nahm er eine entsprechende Buchung vor und begab sich dann zum Taxistand, um auf schnellstem Wege in die Stadt zu fahren. Er freute sich auf die Einkäufe. Deshalb war er überaus betroffen, als er beim Erreichen des Stadtzentrums feststellte, daß die Straßen wie leergefegt waren.

»Ist heute etwa Feiertag?« fragte er den Fahrer.
Der schüttelte den Kopf.
»Es sind aber kaum Menschen zu sehen.«
Der Chauffeur nickte.
»Und die Geschäfte scheinen geschlossen zu sein.«
Erneutes Nicken.
»Aber warum, wenn kein Feiertag ist?«
Der Fahrer wies auf die Uhr des wuchtigen Rathauses, auf das sie gerade zufuhren.
Die Uhr zeigte zwanzig nach vier.
Erst jetzt erinnerte sich Peter Flemming an den ungewöhnlichen Tageslauf der Norweger. Bei ihnen beginnt das Geschäftsleben um halb zehn. Um vier Uhr endet es.
Faule Säcke, fluchte er insgeheim. Wann soll ich nun die

dringend benötigten Dinge kaufen? Morgen früh geht's auch nicht, denn die Maschine startet bereits kurz nach zehn. Ich werde es in Bodø versuchen müssen. Herrgott, ist das hier ein faules Pack!

Nicht lange blieb er bei dieser Meinung. Als er aus lauter Langeweile und um den leeren Straßen zu entfliehen an einer Bootsfahrt über den Oslo-Fjord teilnahm und Tausende von Familien an seinen Ufern im bleichen Licht der Abendsonne liegen sah, da erkannte er, daß zwingende Notwendigkeit die Norweger treibt, ihre Arbeitszeit stark zu begrenzen. Monatelang bekommen sie die Sonne kaum oder überhaupt nicht zu sehen, monatelang leben sie in Dämmerung und Dunkelheit. Da müssen die Tage des Lichtes ausgenutzt und Kräfte gesammelt werden für die Zeit der Finsternis, durch die der Wind wie eine Frucht des Hasses heult.

Kein Wunder, daß die Menschen hier herb und still sind, dachte er und leistete heimlich Abbitte. Und wie klug sie sind! Sie leben für das Leben. Wir hingegen . . .?

*

Peter Flemming hatte nicht damit gerechnet, ein Schauspiel besonderer Art geboten zu bekommen, als er am nächsten Morgen in eine Maschine der *SAS* einstieg, um über die zerrissene Bergwelt Norwegens hinweg nach Bodø zu fliegen. Er kannte schließlich die Alpen, deren Höhen die Gipfel der skandinavischen Gebirge weit übertreffen. Die erstarrte Mächtigkeit und einsame Größe der alpinen Riesen hatte oft erstaunliche Empfindungen in ihm wachgerufen. Das Bild der sich kantig und makellos weiß gegen den stahlblauen Himmel abhebenden Zinnen machte ihn auf seltsame Weise gläubig und ließ ihn im Brausen der Turbinen Bachsche Kantaten hören. Dieser rauschartige Zustand währte aber jeweils nur kurze Zeit; dann waren die Alpen in ihrer vollen Breite überflogen, und die Technik verdrängte jede innere Regung.

Wie anders hingegen war die Wirkung der norwegischen Bergwelt. Nicht wenige Minuten, sondern anderthalb Stunden, genauso lange, wie der Flug von Oslo nach Bodø dauerte, jagte die Maschine über eine erregend wilde Landschaft dahin. In ihr gab es anstelle von majestätischen Gipfeln eine Unzahl von Höhenrücken, die an Urzeiten gemahnten. Sie krümmten sich wie Fabeltiere und stießen ihre Hörner in vorbeistreichende Wolken hinein. Zerklüftete Kämme, schwarzäugige Fjorde, schroffe Abhänge, samtschimmernde Wiesen, nackte Felsen, leuchtende Ebenen, graue Schluchten, schäumende Wasserfälle, gefrorene Seen, Gletscher, Wälder, Höhen und Täler bildeten einen unaufhaltsamen Wechsel und inszenierten ein Schauspiel von beklemmender Dramatik. Hier dominierte keine tote Materie. Zwerge, Kobolde und Riesen schienen aus Spalten hervorzukriechen. Der Atem der Ewigkeit wehte wie eisiger Wind. Die Flanken der Berge waren übersät von den Wunden längst vergangener Schlachten. Jahrmillionen waren hier nicht erstarrt, sondern blickten mit blutunterlaufenen Augen zum Himmel empor. Hier litt die Natur und wurde das Schweigen in die Wiege der Menschen gelegt.

Ein ergreifendes, grandioses, maßloses Land, dachte Peter Flemming, als die DC-9 über wogenumspülte Felsschären in die Anflugschneise von Bodø einschwenkte. Die weißen Häuser der nach dem Zweiten Weltkrieg neu erbauten Stadt blinzelten in der erbarmungslosen Helligkeit der Sonne, die im hohen Norden von Anfang Mai bis Ende August nicht untergeht. Brandungsstreifen wurden überflogen. Polternd fuhr das Fahrwerk aus. Die Tragflächen jagten über glitzerndes Wasser dahin. Eine Betonbahn tauchte auf. Ächzend berührten die Räder den Boden.

Der Captain stellte seinen Daumen hoch, wie er es früher getan hatte, wenn er mit der eigenen oder der Leistung seines Co-Piloten besonders zufrieden gewesen war. Der Flug hatte ihn beeindruckt, und es drängte ihn, so schnell wie möglich zum Wasserflughafen zu gelangen. Dieser lag, wie ihm gesagt worden war, unmittelbar neben dem SAS-Hotel *Royal*, in dem er ein Zimmer für sich hatte reservieren lassen.

Der Weg dorthin war nicht weit, das Taxi teuer und der Fahrer vorsichtig wie alle Automobilisten in Norwegen. Er drückte seine Zigarette aus, bevor er anfuhr, achtete peinlich genau auf die Geschwindigkeitsbeschränkung, hielt vor jeder nicht voll übersichtlichen Straßenkreuzung kurz an und fand es ganz in Ordnung, daß der Staat Übertretungen von Verkehrsbestimmungen mit drakonischen Strafen belegt.

Das Hotel *Royal*, ein modernes Hochhaus mit annähernd zwanzig Etagen, lag keine fünfzig Schritt vom Wasserflughafen entfernt. Peter Flemming kribbelte es in den Fingern, als er aus dem Taxi stieg und drei hellgrün gestrichene

Hochdecker am Kai vertäut liegen sah. Hätte er keinen Koffer bei sich gehabt, wäre er gleich hinübergelaufen. So jedoch ging er zunächst in das Hotel, dessen Parterre zu einem Einkaufszentrum ausgebaut war. In der ersten Etage befand sich die Reception. Er suchte sie auf, nannte seinen Namen, empfing den obligaten Anmeldeschein, nahm den Zimmerschlüssel entgegen und begab sich, wie in Norwegen allgemein üblich, mit seinem Koffer auf die Suche nach dem ihm zugeteilten Raum.

Warum mag es in diesem Land so selten Hausdiener geben, überlegte er, als er mit dem Lift in die fünfzehnte Etage fuhr. Hängt es mit der norwegischen Auffassung von Menschenwürde zusammen?

Welcher Grund es auch sein mochte, der Captain grübelte nicht lange darüber nach. Er fand sein Zimmer und war begeistert, als er feststellte, daß er vom Fenster aus direkt auf den Hafen und die Schwimmerflugzeuge, die wie grüne Vögel an einem Holzsteg lagen, hinunterblicken konnte.

De Havilland, dachte er zufrieden. *Sea-Otter!* Alte Schlitten, aber zuverlässig und gutmütig.

Prüfend schaute er zu den Bergen hinüber, die den Hafen im Norden begrenzten. Westlich bot eine Mole Schutz vor rauher See. Er schätzte die Entfernungen und fand, daß die Start- und Landefläche nicht sonderlich groß sei. Aber dann fiel ihm ein, daß die *Sea-Otter* höchstens 2500 Kilogramm wog und über einen bulligen Sternmotor von 600 PS verfügte. Wozu da Überlegungen anstellen?

Er verließ sein Zimmer. Vor dem Hoteleingang lungerte eine große Anzahl junger Leute. Der männliche Teil durchweg mit langen Haaren, verblichenen Hosen und Segeltuchschuhen. Die Mädchen in Mini-mini-Röcken und weißen Stiefeln.

Peter Flemming zwängte sich zwischen den jungen Leuten hindurch. Bis zu dem Steg, an dem die Maschinen vertäut lagen, waren es nur wenige Schritte. Doch dann versperrte ihm eine Kette den Weg.

Während er noch überlegte, was er tun sollte, trat aus einer Baracke neben der Anlegestelle mit der Aufschrift *Widerøe's Flyveselskap A/S* ein junger Mann, dessen feingeschnittenes Gesicht an ein hübsches Mädchen denken ließ. Er war sehr schlank, trug eine hellblaue Uniform und schleppte mehrere Postsäcke.

Der Captain rief ihn an und stieg, ohne die Reaktion abzuwarten, über die Absperrkette.

Der junge Mann schaute kurz zurück und eilte weiter auf die Flugzeuge zu. Ungeachtet der Last, die er trug, entwickelte er eine erstaunliche Behendigkeit.

Peter Flemming folgte ihm.

Der Norweger sprang auf den Schwimmer der vordersten Maschine und schleuderte die Säcke in die Kabine.

»Beg your pardon«, wandte sich der Captain an ihn.

Der Uniformierte kletterte in die Kabine.

»Ich möchte ein Flugzeug chartern. An wen muß ich mich da wenden?«

»Moment«, entgegnete der junge Mann, verschwand in der Maschine und verstaute die Säcke. Als er wieder in der Tür erschien, musterte er sein Gegenüber. »Ein Flugzeug wollen Sie chartern?«

»Ja.«

Der Norweger stieg auf den Schwimmer hinab. »Für einen Rundflug?«

»Nein. Ich benötige die Maschine für etwa sechs bis sieben Wochen.«

Der junge Mann sprang auf den Steg und eilte zur Baracke zurück.

Verrückter Kerl, dachte Peter Flemming und ging hinter ihm her.

Weit vor ihm erreichte der Uniformierte die Baracke, aus der er gleich darauf wieder mit Säcken beladen heraustrat. Mit dem Daumen wies er hinter sich.

Dürfte bedeuten, daß ich in die Baracke gehen soll, dachte der Captain eben, als deren Tür aufgestoßen wurde und ein Mann erschien, der an Stattlichkeit nichts zu wünschen übrigließ. »Ole Martin«, stellte er sich vor. »Sie möchten eine Maschine chartern?«

Peter Flemming nickte und nannte seinen Namen.

»Und wohin soll die Reise gehen?«

»Nicht weit. Zum Fjord der Lachse. Das Flugzeug wird aber für längere Zeit benötigt.«

»Und wer soll die Maschine fliegen?«

»Ich.«

»*Har De legitimasjon?*« fragte der Norweger unwillkürlich in seiner Sprache. Dann korrigierte er sich schnell. »May I see your Pilot-Licence?«

Der Captain übergab seinen Flugzeugführerschein.

Die Farbe des Umschlages überraschte Ole Martin. »You have the professional authorization?«

»Yes.«

Der Norweger schlug das Heft auf und stutzte. »Flemming? Sind Sie womöglich der Pilot, der bei der Entführung . . .?«

Der Captain hob abwehrend die Hände. »Reden wir nicht davon.«

»Was Sie gemacht haben, war absolut richtig!« widersprach Ole Martin, nunmehr in deutscher Sprache.

»Mein Verhalten bleibt dennoch umstritten.«

Der Norweger rümpfte die Nase. »Und was hat der Generalsekretär der Pilotenvereinigung gesagt? Aber kommen Sie herein«, fügte er rasch hinzu. »Wir werden Ihnen mit Freude behilflich sein.«

Daß die verdammte Geschichte mir einmal Nutzen bringen könnte, hätte ich nicht für möglich gehalten, dachte Peter Flemming angenehm überrascht.

»Ich bin Chef-Pilot der *Sea-operation*«, erläuterte Ole Martin.

Hinter ihnen trat der junge Mann in den Raum, der die Säcke zum Flugzeug getragen hatte.

Der stattliche Norweger legte ihm die Hand auf die Schulter. »Unser jüngster Pilot. Obwohl erst einundzwanzig, steht er bereits seit zwei Jahren im Streckendienst.«

»Knut Ødven«, stellte sich der junge Mann vor.

Der Captain reichte ihm die Hand.

»Er kann heute abend den Einweisungsflug mit Ihnen machen«, fuhr der Chef-Pilot fort, noch bevor die beiden sich richtig bekannt gemacht hatten. »Jetzt muß er nach

Svolvaer fliegen. Sie werden verstehen, daß wir aus Sicherheitsgründen . . .«

»Ist doch üblich«, unterbrach ihn Peter Flemming.

»Ich würde Sie selber einweisen, wenn ich nicht in einer halben Stunde nach Kirkenes starten müßte. Übernachtung habe ich heute in Tromsø.«

»Können wir die Formalitäten vorher noch erledigen?«

Ole Martin nahm einige Formulare aus einer Mappe. »Uns bleibt sogar noch Zeit für eine gute Tasse Kaffee.«

Als der Captain eine Stunde später zum Hotel hinüberging, dachte er zufrieden: Reibungsloser hätte die Geschichte nicht über die Bühne gehen können. Und gegen den Preis ist nichts einzuwenden.

Er schaute zu der Maschine mit dem Kennzeichen LN-LMM zurück. Bring mir Glück, alte Dame! Ich kann's gebrauchen.

*

Peter Flemming war kaum wiederzuerkennen, als er zwei Tage später das Hotel *Royal* verließ, um zum Fjord der Lachse zu fliegen. Statt seines dunkelblauen Anzuges trug er jetzt sportliche Kleidung. Cordhose, norwegischer Pullover, Jacke aus Rentierleder und strapazierfähige Schuhe gaben ihm ein völlig verändertes Aussehen. Er machte einen recht glücklichen Eindruck. Es befriedigte ihn, daß alles programmgemäß verlaufen war. Darüber hinaus hatte er wertvolle Erkenntnisse gesammelt. Zum Beispiel, daß sich norwegische Piloten mit der ihnen gestellten Aufgabe so stark identifizieren, daß sie es als selbstverständlich erachten, Postsäcke eigenhändig zum Flugzeug zu tragen, wenn diese verspätet angeliefert werden.

»Unpünktliches Starten ist uns ein Greuel«, hatte der junge Pilot geantwortet, als der Captain ihn nach dem Einweisungsflug wie beiläufig fragte, ob es in Norwegen zu den Aufgaben der Flugzeugführer gehöre, sich um die Post und dergleichen zu kümmern. »Bei uns greift jeder zu, wenn es der Gemeinschaft dient. Jeder ist sein eigener König. Und Könige vergeben sich bekanntlich nichts.«

Die Worte des Norwegers gefielen Peter Flemming so sehr, daß er es widerspruchslos hinnahm, als dieser ihm in aller Offenheit empfahl, sich in den nächsten Wochen nicht allzusehr auf seine Erfahrungen mit Düsenflugzeugen zu verlassen.

»Sie beanstandeten vorhin das Fehlen gewisser Instrumente«, sagte er. »Das zeigte mir, daß Sie sich nicht ganz darüber im klaren sind, was auf Sie zukommt. Hier müssen Sie Küstenfliegerei betreiben. Die schönsten Anzeigegeräte nutzen Ihnen nichts, wenn der anzufliegende Ort weder über einen Landekurs- noch Gleitwegsender verfügt. Sie haben einen Fjord anzusteuern, der einem Blinddarm gleicht. Da können Ihnen bei schlechter Wetterlage nur erstklassige Augen, ein guter Riecher und fliegerisches Gefühl helfen. Mit einem *Attitude Director Indicator* lassen sich keine jäh auftauchenden Inseln umfliegen, Schären überspringen und Fjorde auffinden. Fliegen Sie also nach Sicht, machen Sie Kleinnavigation bis zum Erbrechen, und merken Sie sich jeden Leuchtturm, den Sie passieren. Bei plötzlicher Wetterverschlechterung kann ein Leuchtfeuer in der Hinterhand zum rettenden Engel werden.«

Peter Flemming erinnerte sich an die Worte des jungen Piloten, als er auf die LN-LMM zuging, die er am Abend zuvor mit einem Monteur einsatzbereit gemacht hatte. Er wäre froh gewesen, wenn er den Norweger an diesem Tag hätte mitnehmen können. Die Düsenfliegerei mit ihren ungezählten Raffinessen und Hilfsmitteln war eben doch etwas anderes.

»Der Motor ist warmgelaufen«, meldete ihm der Monteur.

Der Captain reichte ihm ein Köfferchen mit Übernachtungsutensilien, ohne die er nie flog. »Legen Sie das in die Kabine. Ich muß mir noch den Wetterbericht besorgen.«

»Okay«, erwiderte der Norweger. »Die Tanks sind gestrichen voll. Für sieben Stunden sind Sie versorgt.«

Bei einer Geschwindigkeit von nur hundertachtzig komme ich damit nicht weit, dachte Peter Flemming. Gerade zwölfhundert Kilometer. Voraussichtlich werde ich auf dem Rückflug in Tromsø zwischenlanden müssen. Er winkte dem Steuermann einer schwarz-gelb gestrichenen Barkasse zu. »Sie können schon anlegen.«

»In Ordnung!«

Der Monteur stieg auf den Backbord-Schwimmer, um das Schleppseil zu übernehmen. Indessen begab sich der Captain in die Baracke, wo ihm ein kurzberocktes Mädchen den Wetterbericht überreichte.

»Bis Tromsø sieht es gut aus«, sagte es mit einer Stimme, die Unangenehmes verriet. »Weiter nördlich leider nicht.«

»Machen Sie mir keinen Kummer«, erwiderte Peter Flemming. Von Tromsø aus hatte er noch gut hundertfünfzig Kilometer in nordöstlicher Richtung zu fliegen. Ein Blick auf die Wetterkarte zeigte ihm, daß der Norden des Landes von einer geschlossenen Wolkendecke überzogen war. Er mußte sich also parterre durchmogeln.

Verdammter Mist, fluchte er insgeheim und trat an eine Wandkarte, um sich über die Lage der im Bericht aufgeführten Ortschaften zu informieren. Akkavik, Loppa, Harvik und weitere Stationen im Norden meldeten übereinstimmend eine Wolkenuntergrenze von knapp dreihundert Metern.

Das müßte reichen, überlegte er, nachdem er die Karte nochmals gründlich studiert hatte. Und wenn nicht, dann wird eben kehrtgemacht.

Dennoch war er nervös. Aber er schob das, was ihn belastete, schnellstmöglich von sich. Hing er erst in der Luft, dann fand er keine Zeit mehr, sich Gedanken zu machen. Er kehrte deshalb unverzüglich zum Flugzeug zurück, an dessen Schwimmer die Barkasse bereits angelegt hatte. »Herzlichen Dank für Ihre Bemühungen«, sagte er dem Monteur und drückte ihm die Hand.

Der grinste. »Hals- und Beinbruch. Und sollte Ihnen ein *Troll* begegnen, dann vergessen Sie nicht, daß er eine norwegische Sagengestalt ist. Überwundener Schreck bedeutet lachen.«

Der Captain stieß ihn vor die Brust. »Gib mir die Axt, sagte der Hahn, ich soll geschlachtet werden.« Damit kletterte er in das Cockpit, schloß die Türen und schnallte sich an.

Der Barkassenführer schaute zu ihm hoch.

Er hob die Hand.

Hinter dem Boot quirlte Wasser auf. Schäumende Strudel bildeten sich. Das Flugzeug legte vom Steg ab.

Peter Flemming streifte den Kopfhörer über und betätigte den Netzschalter.

Kreiselinstrumente begannen zu surren, überkugelten sich und gerieten schließlich langsam in eine stabile Lage.

Er drückte auf den Sprechknopf seines Mikrophones. »Bodø tower, this is Lima November – Lima Mike Mike, pre-flight check, over.«

Im Kopfhörer wurde eine gequetschte Stimme hörbar. »Bodø tower, reading you five, over.«

»Lima Mike Mike, request taxi-clearance, over.«

»Bodø tower, wind hundred and eighty, ten knots, over.«

»Roger! – Verstanden!«

Die Barkasse stampfte gegen leichte Wellen an.

Peter Flemming stellte seinen Höhenmesser auf Null.

Der Bootsführer blickte fragend hoch.

»Nur weiter, nur weiter!« rief der Captain und wies in die eingeschlagene Richtung.

Der Norweger zuckte die Achseln. Die Piloten, die er sonst zu bugsieren hatte, brauchten niemals eine so lange Startstrecke. Und deren Maschinen waren in der Regel schwer beladen!

Peter Flemming zeigte die geöffnete Hand.

Die Barkasse drehte gegen den Wind.

Der Captain ließ den Anlasser anlaufen.

»Startup clearance!« rief der Norweger, nachdem er sich über den Rand des Bootes gebeugt und das Verbindungsseil gelöst hatte.

Das Heulen des Anlassers steigerte sich.

Die Barkasse legte ab.

Peter Flemming schaltete die Zündung ein und öffnete den Benzinhahn. Dann betätigte er den Starter.

Jaulend übertrug das auf hohe Touren gebrachte Schwungrad seine Kraft auf den Motor, der dröhnend ansprang und helle Ölwolken aus den Auspuffen schleuderte.

Der Captain nahm den Gashebel zurück.

Der Lauf des Motors wurde ruhiger.

Peter Flemming überprüfte die Instrumente. Öldruck? Check. Öltemperatur? Check. Ladedruck? As required. Kühlklappen? Open. Tankschaltung? Both. Kraftstoffpumpe? On. Startklappen? Down fifteen. Fluginstrumente und Radio? Set. Kabinentüren? Locked. Er drückte auf den Sprechknopf seines Mikrophones. »Bodø tower, this is Lima Mike Mike, ready for take-off, over.«

»Bodø tower, cleared for take-off, over.«

»Roger!« beendete er die Startzeremonie und schob den Gashebel vor.

Der Motor brüllte auf. Das Flugzeug bebte. Ohrenbetäubender Lärm erfüllte die Luft. Der Propeller wurde zur silbernen Scheibe. Die Maschine setzte sich in Bewegung. Gischt sprühte hoch.

Der Captain blickte auf die Triebwerkinstrumente. Der Start und das dazu erforderliche ›Auf-Stufe-Setzen‹ der

Schwimmer konnte nicht problematisch werden, da das Wasser stark gekräuselt war. Bei rauher Oberfläche kam schnell Luft unter die stufenartig geformte Unterseite der Schwimmer und bestand nicht die Gefahr, daß diese sich infolge der Adhäsion des Wassers nicht abheben lassen würden.

Das Flugzeug wurde schneller, die Stöße härter, der Gischt lebhafter.

Nochmals prüfte er den Ladedruck- und den Drehzahlmesser. Alles war in bester Ordnung.

Die Maschine raste auf die Mole zu. Ihre Geschwindigkeit steigerte sich. Es fehlte nicht mehr viel, dann konnte sie abgehoben werden.

Unwillkürlich umfaßte Peter Flemming das Segment fester. Konzentriert schaute er über die mächtige Motorhaube hinweg. Die Schwimmer furchten sprühende Bahnen. Er spürte den wachsenden Druck auf dem Steuer, zog es an, setzte die Schwimmer ›auf Stufe‹, hob die Maschine aus dem Wasser, ließ sie steigen, drosselte den Motor, verstellte die Luftschraube, reduzierte den Ladedruck, nahm die Startklappen zurück, trimmte die Maschine kopflastiger, leitete eine Kurve ein, meldete dem Tower die beabsichtigte Flugrichtung, stellte den roten Pfeil der Borduhr auf die Abflugzeit, wählte das Frequenzband des UKF-Funkfeuers Bodø, drehte den Kurswähler auf den gewünschten Leitstrahl, justierte den Kurskreisel, legte sich die Navigationskarte auf den Schoß und gab sich schließlich genüßlich dem farbigen Bild hin, das die unter ihm dahinziehende Landschaft bot.

Es war herrlich, in einer alten ›Donnerbüchse‹ zu sitzen. Der Motor protzte mit seiner Kraft. Die Tragflächen waren klobig wie Brücken aus dem vorigen Jahrhundert. Und wunderbar langsam ging alles vor sich. Man konnte Autos verfolgen und Spaziergänger beobachten, konnte zusehen, wie Fischer ihre Netze auslegten, Bauern auf ihren Feldern arbeiteten, Holzfäller einen Wald rodeten, Frauen ihre Wäsche walkten. Und dazu pastellblauer Himmel, rotbraune Felsen, olivgraue See, lehmgelbe Flußmündungen, schwarzglänzende Fjorde, saftgrüne Ufer, malvenfarbene Hochebenen, weißblaue Gletscher.

Angesichts der Vielfältigkeit der Natur fiel es dem Captain schwer, den Rat des jungen Norwegers zu befolgen und ›Kleinnavigation bis zum Erbrechen‹ zu betreiben. Doch er tat es, wenngleich die Wetterlage dies vorerst nicht erforderte und die Strecke keinerlei navigatorische Schwierigkeiten bot. Die wilde Schönheit des Landes aber entging ihm nicht. Er bewunderte Sandsteinschichtungen, die modernen Plastiken glichen. Granitberge wälzten ihre Leiber in das Meer hinein. Wände aus erodiertem Basalt stiegen aus Fjorden empor. Er sah Berge, die im Innern zu brennen schienen, Felsen, die wie Schmuck glitzerten, Schroffen, gegen die das Meer wie in ohnmächtiger Wut anbrandete.

Narvik tauchte auf. Endstation der Erzbahn von Schweden. Stadt dunkler Erinnerungen. Krieg. General Dietl. Gebirgsjäger. Marineeinheiten. Fallschirmtruppen. Zerstörungsgefechte. Untergehende Schiffe. Ratlose Norweger. Flüchtende Engländer, Franzosen und Polen. Und dennoch: es war der Anfang vom Ende gewesen. Aber auch der eines neuen Anfanges. Auf dem Kriegerehrenhain liegen norwegische, englische, französische, polnische und deutsche Gefallene in ewigem Frieden vereint. Wie gut, einer neuen Generation anzugehören.

Nicht denken. Instrumente kontrollieren. Die Flugüberwachungsstation verständigen. Kleinnavigation betreiben.

Die Küste blieb seitlich zurück. Wolken tauchten auf und verdichteten sich. Tromsø kam in Sicht. Eine verführerische Stadt auf einer Insel, die eine kühngeschwungene, über tausend Meter lange Brücke mit dem Festland verbindet. Gelb, weiß und rot stehen die Häuser in grünen Anlagen. Eine heitere Stadt. König Haakon zog sich hierher zurück, um den Kampf gegen die deutsche Besatzung fortzusetzen. Hier begann das tragische Unternehmen des Schweden Andrée, der auszog, die Arktis mit dem Ballon zu bezwingen. Roland Amundsen startete von Tromsø nach Spitzbergen, um das Lager des italienischen Generals Nobile zu suchen. Dieser Amundsen! Obwohl mit dem General verfeindet, machte er sich auf den Weg, ihn zu retten. Es wurde sein letzter Flug.

Peter Flemming drückte die Maschine an, um unter den Wolken zu bleiben. Die Sicht verschlechterte sich. Der Grötsund lag vor ihm. Vorsorglich ließ er die Stoppuhr anlaufen. Seine Flughöhe betrug nur noch fünfhundert Meter. Er kontrollierte den Benzinverbrauch. Wenn er den beabsichtigten Kurs einhalten konnte, war es nicht nötig, auf dem Rückflug in Tromsø zu landen.

Der Grötsund ging in den Ullsfjord über. Die Stoppuhr zeigte zwölf Minuten. Das entsprach der vorausberechneten Zeit. Die Wolken sanken auf vierhundert Meter ab. Das

Wasser verlor seine dunkle Farbe und wurde grau. Erste Schaumkämme tauchten auf.

Der Motor dröhnte sein monotones Lied. Ein Walfangschiff kreuzte den Weg. Wenn die Stoppuhr einunddreißig Minuten zeigte, mußte das Leuchtfeuer Fuglöykaven querab liegen und der Kurs gewechselt werden.

Die Böigkeit nahm zu. Die Wolkenuntergrenze sank auf dreihundert Meter. Ein steifer Nordwest fegte durch den Sund. Das offene Meer lag in unmittelbarer Nähe.

Das Leuchtfeuer kam in Sicht. Brandungsgischt jagte die Felsen hoch. Peter Flemming kurvte auf 70 Grad ein. Zwölf Minuten lang gab es nun keinen Orientierungspunkt für ihn. Immer wieder schaute er auf das Instrumentenbrett. Fiel der Öldruck ab, dann dauerte es nicht lange, bis der Motor sein Leben aushauchte.

Die Zeit schien stillzustehen. Wie mochte Lindbergh es durchgehalten haben, dreißig Stunden lang nur Wasser zu sehen und nie exakt zu wissen, wo er sich befand. Welch ein Gottvertrauen! Und das mit einem Motor, der nur 220 PS leistete.

Die Insel Loppa wurde um ein Geringes früher als errechnet erreicht. Der kräftige Nordwestwind hatte den Flug beschleunigt.

Erneuter Kurswechsel. Heftige Böen machten die Maschine zum Spielball der Elemente. Der Captain zog seine Anschnallgurte nach, ohne eine auf der Steuerbordseite liegende Inselgruppe aus den Augen zu lassen. Jede Kleinigkeit registrierte er.

Die gewissenhafte Navigation trug ihre Früchte. Fast auf

die Minute genau wurde der Fjord der Lachse sichtbar.

Er drosselte den Motor, ließ das Flugzeug auf hundertfünfzig Meter sinken und blickte angespannt zu den steil aus dem Wasser ragenden Felsen hinüber, die in den Wolken verschwanden und mit diesen eine Art Tor bildeten.

Dantes Höllentor? Peter Flemming beugte sich vor. Die Perspektive verzerrte die Wirklichkeit und ließ den Fjord unheimlich schmal erscheinen. Er reduzierte die Geschwindigkeit. Die Maschine schwebte in das Tor hinein. Spätestens in drei Minuten mußte das Ende des etwa neun Kilometer langen Fjordes ins Blickfeld rücken. Die Felsen waren von violettroter Farbe.

Zweieinhalb Minuten vergingen. Ein Wasserfall stürzte ungehemmt in die Tiefe. Randolph Bush hatte ihn erwähnt. Für den Captain war er das Signal, die Landeklappen auszufahren. Voraus wurden Wiesen sichtbar. Durch sie donnerte ein wild schäumender Fluß, der sich kurz vor der Mündung teilte und eine Insel bildete. An seinem linken Ufer stand ein Bauernhaus, auf der Insel eine rotgestrichene Hütte.

Peter Flemming nahm den Gashebel zurück und setzte zur Landung an. Er sah zwei Menschen aus dem Haus herausstürzen. Die Schwimmer berührten das Wasser. Gischt sprühte zu den Seiten. Das Flugzeug verlor schnell an Fahrt. Mit etwas Gas dirigierte er es in eine Ausbuchtung des Ufers, in der ein kleines Boot lag und das Wasser stillzustehen schien. Dabei entdeckte er eine seltsame Gestalt, die langsam am Ufer entlangging und auf den Boden blickte, als suche sie etwas. Zweifellos handelte es sich um einen Mann, obwohl sein Gesicht von einem Kopftuch umrahmt war. Er trug einen bis an die Knöchel reichenden, zerschlissenen Mantel und hielt in seiner verkrampft wirkenden linken Hand eine eigenartige Schnur mit Steinen. Eine Art Rosenkranz? Dem Flugzeug schenkte er merkwürdigerweise nicht die geringste Beachtung.

Vom Bauernhaus eilte barhäuptig ein älterer Mann auf die Bucht zu. Sein Haar stand ihm wirr auf dem Kopf. Er war in einen blauen Leinenkittel gekleidet. Seine Hosenbeine steckten in Gummistiefeln.

Ihm folgte gemessenen Schrittes eine Frau, deren adrettes Aussehen an blitzblanke Wohnräume denken ließ.

Der Alte blieb in der Nähe des Bootes stehen und schwenkte die Arme mit nach außen gekehrten Handrükken.

Der Captain glaubte nicht richtig zu sehen. Im Fjord der Lachse gab es einen *Marschaller*? Eindeutig wurde ihm das Zeichen gegeben, geradeaus zu rollen.

Der Norweger senkte die Arme mit abgespreizten Händen.

Das hieß: langsamer werden!

Der Alte gab das Zeichen anzuhalten und den Motor abzustellen.

Peter Flemming lachte und winkte seinem ›Einweiser‹ zu.

Der strahlte über das ganze Gesicht, stieg in das am Ufer liegende Boot und pullte auf das Flugzeug zu. »Throw the cable!« rief er übermütig.

Der Captain stieg auf den Schwimmer hinab und warf das Seil über.

Der Norweger fing es auf. »Mister Claridge on board?«
»Wer?« fragte Peter Flemming verblüfft.
Der Alte horchte auf. »Sie sind Deutscher?«
»Ja.«
»Nicht Pilot von Claridge?«
»Nein.«

Diese Antwort enttäuschte den Norweger offensichtlich sehr; jedenfalls war seine Lebhaftigkeit plötzlich wie weggeblasen. »Nun«, sagte er nach einer Weile, »Mister Claridge wollte ja auch erst Anfang Juli kommen.« Damit pullte er zum Ufer zurück und befestigte das Seil an einem Pflock.

Seine Frau näherte sich dem Wasser, blieb jedoch einige Meter hinter ihrem Mann stehen.

»*Han er ikke Claridge*«, rief er ihr zu.

Sie nickte, als habe sie dies erwartet.

Er stieg wieder in das Boot, um den Piloten an Land zu holen.

Der erwartete ihn auf dem Schwimmer stehend.

»Ich spreche besser deutsch als englisch«, sagte der Alte beim Anlegen.

Peter Flemming nannte seinen Namen und reichte die Hand.

»Lars«, antwortete der Norweger. »Lars Larsen.«
Der Captain stieg ungeschickt in das schmale Boot.
Der Alte verzog seine Miene. »Angst, daß es kippt?«
»Na ja..., Es sieht empfindlich aus.«
»Weshalb sind Sie hierher gekommen?«
Peter Flemming berichtete von seinem Auftrag.

Lars Larsen legte am Ufer an, ohne Stellung zu nehmen. »Meine Frau«, sagte er, hinter sich weisend.

Der Captain ging auf sie zu.

Ihren hellblauen Augen haftete etwas Prüfendes an.

Er nannte seinen Namen.

Sie nickte kaum merklich.

Der Alte kam hinzu. »Sie heißt Thora. Er ist Deutscher.«

In ihrem Gesicht bewegte sich kein Muskel. »Guten Tag.«

Lars Larsen rieb seine Bartstoppeln. »Sie spricht etwas Deutsch.«

»Das freut mich«, erwiderte Peter Flemming. Das von Randolph Bush erwähnte Paar hielt sich also noch im Fjord auf.

Der Alte sprach einige Worte auf norwegisch, woraufhin seine Frau dem Piloten zunickte und sich entfernte.

»Sie geht Essen kochen.«

Der Captain nahm das Gespräch über den Zweck seines Kommens wieder auf. »Wie ist es nun? Werden Sie die Angelerlaubnis erteilen?«

Lars Larsen blickte unschlüssig zu Boden. »Für die Saison ist der Fluß verpachtet.«

»Und wann beginnt die Saison?«

»Mitte Juli. Mister Claridge hat den Fluß aber ab Anfang Juli gepachtet.«

»Dann können Sie ihn bis Ende Juni doch Mister Bush zusprechen.«

Der Alte stieß einen Stein zur Seite. »Nicht gut in diesem Jahr.«

»Was wollen Sie damit sagen?«

»Es ist zu warm. Der Schnee ist zu früh geschmolzen. Der Fluß führt mehr Wasser als sonst.«

»Na und . . .? Das wird Mister Bush nicht stören.«

Lars Larsen schnitt eine Grimasse. »Es stört aber die Lachse. Nur wenige kommen. Sie bleiben vor dem Fjord stehen. Der Wasserdruck ist zu groß.«

Der Captain glaubte, zum Narren gehalten zu werden. »Wollen Sie mir etwa erzählen, daß Lachse einen Druckmesser bei sich haben?«

»Haben sie!« ereiferte sich der Norweger. »Natürlich nicht wie im Flugzeug. Anders. Jeder Fisch hat an der Seite eine feine Linie. Sie sieht aus, als wären Löcher in die Schuppen gebohrt. Noch nicht gesehen?«

»Doch, ich glaube schon.«

»Da wird die Erschütterung gemessen. Die Linie ist aber auch am Kopf. Da wird der Druck gemessen.«

Peter Flemming war sprachlos.

»Außerdem beträgt die Temperatur des Wassers zur Zeit vier Grad! Die Lachse kommen erst bei fünf Grad.«

Der Captain begriff das Ganze nicht. »Sie meinen, der Aufenthalt im Juni könnte sich nicht lohnen?«

Lars Larsen hob die Schultern. »Vielleicht. Mister Bush wird dann schimpfen.«

»Da täuschen Sie sich«, entgegnete Peter Flemming. »Er hat mir selber gesagt, daß die Saison erst später ist. Er weiß also Bescheid. Ihm geht es, meines Erachtens, um die sportliche Seite und nicht darum, möglichst viele Lachse zu fangen.«

Der Norweger brütete vor sich hin. »Woher kennt er diesen Fjord?«

»Keine Ahnung.«

»Und er lebt in der Schweiz?«

»Ja. In Ascona. Er ist sehr vermögend.«

Der Alte tat geringschätzig. »Reiche sind nur selten gute Fischer. Mister Claridge, ja, das ist top-man!«

»Soviel ich weiß, ist Mister Bush ebenfalls ein top-man. Er angelte früher in Kanada.«

»Hm!« Lars Larsen rieb seine Nase. »Und er ist sehr vermögend?«

»Ich sagte es.«

»Hm. Fischgebühr kostet viel.«

»Darüber ist er sich im klaren.«

»Hm.« Er blies die Backen auf. »Sechzehnhundert Kronen pro Tag.«

»Das sind ja siebenhundert Mark!« entgegnete Peter Flemming entgeistert.

»Natürlich für den ganzen Fluß!«

»Das ist dennoch ein sagenhafter Preis.«

Lars Larsen blinzelte, als würde er geblendet.

Er befürchtet, seine pfiffigen Augen könnten ihn verraten, dachte der Captain.

»Der teuerste Fluß in Norwegen kostet dreiundsiebzigtausend Dollar für vier Wochen!«

Peter Flemming wollte gerade etwas erwidern, als er ein junges Mädchen kommen sah, dessen kupferrotes Haar trotz des trüben Wetters wie von der Sonne angestrahlt glänzte. Höchstens sechzehn Jahre mochte sie sein. Sie trug einen weiten blauen Rock und einen roten, blaupaspelierten Kittel, der in der Taille von einem Gürtel gehalten wurde. Ihr Gang war fest, ihre Haltung aufrecht. Ewas Hoheitsvolles ging von ihr aus.

»Meine Tochter Kikki«, sagte der Alte, der den verwunderten Blick des Piloten bemerkt hatte.

Das Mädchen blieb sieben oder acht Schritt vor den Männern stehen.

»Dreiundsiebzigtausend Dollar!« wiederholte Lars Larsen gewichtig. »Damit verglichen, sind sechzehnhundert Kronen nicht viel.«

Jetzt werde ich dich zappeln lassen, dachte Peter Flemming zufrieden und schaute zu Kikki Larsen hinüber, die ihn ungeniert von Kopf bis Fuß musterte. In ihren Augen lag etwas Rätselhaftes. Warum kam sie nicht zu ihnen? Ihr Gesicht war mit Sommersprossen bedeckt. Sie war nicht gerade hübsch, aber ungemein reizvoll.

»Für Boot und Rudern erhalte ich außerdem fünfzig Kronen.«

»Pro Tag?« fragte der Captain wie abwesend.

»Natürlich.«

Wahrscheinlich hat sie eine dunkle Stimme.

»Allein ich weiß, wo die Lachse stehen.«

Ob sie schon mal geflogen ist?

Kikki Larsen rührte sich nicht von der Stelle und schaute Peter Flemming an, als traue sie ihm nicht über den Weg.

»Also gut, ich verpachte den Fluß bis Ende Juni.«

Der Captain hielt dem Norweger die Hand hin. »Abgemacht!«

Lars Larsen schlug ein. »Sie wohnen dann bei uns. In der Hütte auf der Insel gibt es nur Betten für zwei Personen.«

Seine Tochter wandte sich um und ging auf das Bauernhaus zu.

Welch ein Mädchen, dachte Peter Flemming fasziniert Das können aufregende Wochen werden.

4

Entgegen der Aufforderung des Fischereiaufsehers, gemeinsam mit ihm und seiner Familie zu Mittag zu essen, startete der Captain schon eine Viertelstunde später zum Rückflug nach Bodø. Gerne wäre er der Einladung gefolgt, aber ein leichter Sprühregen, der plötzlich einsetzte, ließ es ihm angeraten erscheinen, den Fjord schnellstmöglich zu verlassen. Besprochen war ja alles. Sofern Randolph Bush durch Vorlage eines Einzahlungsscheines belegte, daß der Pachtzins für sechs Wochen auf das Konto der Vereinigung der Fischrechtsbesitzer eingezahlt worden war, galt das Angelrecht für ihn bis Ende Juni als erteilt. Und Lars Larsen gab sich mit der Zusage zufrieden, daß er für seine Dienste als Bootsführer täglich fünfzig Kronen bekommen würde. Für Lebensmittel und Getränke hatten die Anreisenden selber zu sorgen. Lediglich Milch, Butter und Käse konnten ihnen zu handelsüblichen Preisen zur Verfügung gestellt werden. Natürlich auch Fische. Erstklassige Seeforellen.

Der Alte ist ein Fuchs, dachte Peter Flemming, als er in zweitausend Meter Höhe in strahlendem Sonnenschein über den Wolken dahinflog. Er konnte es sich leisten, den Rückflug ohne Erdsicht durchzuführen, da das Wetter im Zielgebiet gut war. Im Geiste telefonierte er bereits mit Randolph Bush. Er war froh, daß er die ihm gestellte Aufgabe in kürzester Zeit gelöst hatte, und er freute sich auf das Wiedersehen mit dem Regisseur und dessen Ehefrau, die ihn gewiß nicht nochmals mit ihren Fragen provozieren würde. Sie hatten sich ja in Ascona in bestem Einvernehmen getrennt.

Die Richtigkeit seiner Annahme wurde ihm bestätigt, als er am Abend mit Randolph Bush telefonierte. »Moment«, unterbrach dieser das Gespräch plötzlich. »Meine Frau kommt gerade. Sie möchte Ihnen unbedingt persönlich sagen, wie sehr sie sich auf Norwegen freut.«

»Und auf das Zusammensein mit Ihnen«, bekräftigte sie burschikos, als sie den Hörer übernahm.

Peter Flemming deutete ihre Worte als die liebenswürdige Geste einer Frau, die am Telefon mehr zu sagen wagt, als sie es unter anderen Umständen tun würde. Er war daher guter Laune, als er zwei Tage später zum Flughafen fuhr, um das im Alter so ungleiche Paar abzuholen. Zu seinem Erstaunen sah Claudia völlig verändert aus. Sie war ebenso sportlich-salopp gekleidet wie ihr Mann. Auf jedes *Make-up* hatte sie verzichtet. Ein fescher Wildlederrock mit dazu passenden Stiefeln und ein Pullover mit weitem Rollkragen gaben ihr eine natürliche Note. Einen Trenchcoat hatte sie sich über die Schulter geworfen. Schon von weitem winkte sie dem Piloten zu.

Der erwiderte ihren Gruß und dachte: So gefällt sie mir besser.

Randolph Bush beschleunigte seine Schritte und reichte dem Captain die Hand, noch bevor dieser seine Frau begrüßen konnte. »Mein Kompliment, alter Junge. Großartig haben Sie gearbeitet.«

Peter Flemming blickte zur Frau des Regisseurs hinüber. »Willkommen in Bodø.«

Randolph Bush ließ ihr keine Zeit zur Erwiderung. »Gibt es hier genügend Taxis?« fragte er hastig. »Wir benötigen mindestens zwei.«

»Wir sind doch nur zu dritt«, antwortete der Captain verdutzt.

»Sie ahnen aber nicht, wieviel Gepäck mein Mann bei sich hat«, fiel Claudia lachend ein. »Allein drei Segeltuchsäcke mit Angelutensilien. Dazu ein halbes Dutzend Ruten, etliche Zeltplanen, Watstiefel und dergleichen mehr. Möglicherweise hat er auch noch ein Hemd eingepackt«, fügte sie anzüglich hinzu. »Vielleicht sogar einige dicke Socken.«

Der Regisseur zwinkerte dem Piloten zu. »In meinem Gepäck befinden sich bestimmt keine Hemden oder Socken. Die mitzunehmen überlasse ich seit Jahren mit großem Erfolg meiner Frau. Aber jetzt müssen Sie erzählen. Die Larsens haben also eine Tochter?«

»Ja.«

»Und auf der Insel steht eine Fischerhütte?«

»Ja.«

»Und wer ist der Mann, den Sie am Telefon erwähnten?«

»Keine Ahnung. Ich habe ihn nur einmal ganz kurz gesehen.«

»Laß uns doch erst mal in die Abfertigungshalle gehen«, redete Claudia unwillig dazwischen.

»Wozu?« ereiferte sich ihr Mann. »Hier haben wir frische Luft und Sonne. Bis das Gepäck kommt, vergeht eine ganze Weile. Aber wir könnten inzwischen die Taxis organisieren.«

»Das mach ich schon«, sagte der Captain und ging davon.

Claudia schüttelte den Kopf. »Muß denn immer alles hektisch vor sich gehen?«

Ihr Mann zog seine Pfeife aus der Tasche. »Was heißt hier hektisch? Ich habe mich lediglich erkundigt...« Er unterbrach sich mit einem gespielten Seufzer und stopfte seine Pfeife.

Sie gab ihm einen Schubs.

Er deutete einen Kuß an. »Ich werde mich bemühen, dem einschläfernden Temperament von Dero Gnaden zu entsprechen.«

Peter Flemming kehrte zurück. »Zwei Wagen sind uns gewiß.«

»Fein. Um aber nochmals auf jenen Unbekannten zurückzukommen: Wie alt schätzen Sie ihn?«

»Das ist schwer zu sagen. Er stand ziemlich weit von mir entfernt. Merkwürdigerweise beachtete er die Maschine überhaupt nicht. Er verhielt sich, als sei der Anblick eines Flugzeuges eine alltägliche Sache für ihn.«

»Seltsam.«

»Nicht den Bruchteil einer Sekunde hob er den Kopf. Unentwegt blickte er zu Boden.«

»Weshalb denn das?«

Der Captain hob die Schultern. »Es sah aus, als suche er etwas.«

Claudia schaute unauffällig zu ihrem Mann hinüber. Warum interessierte ihn der Unbekannte?

Randolph Bush entzündete seine Pfeife. »Und der alte Larsen ist noch quicklebendig?«

»Das kann man wohl behaupten.«

»Erzählen Sie mir von ihm.«

Peter Flemming schilderte nun seine Begegnung mit dem Fischereiaufseher und dessen Frau. Die Tochter erwähnte er nur beiläufig und mit einer Zurückhaltung, die Claudia nicht entging.

»Ist sie hübsch?« erkundigte sie sich neugierig.

Über das Gesicht des Captains glitt ein Lächeln. »Das ist sie wohl nicht.«

»Aber nett?«

»Ja.«

Die Frau des Regisseurs sah ihn bittend an. »Lassen Sie sich doch nicht alles aus der Nase ziehen.«

Was sollte er darauf erwidern? »Ich habe kein Wort mit ihr gesprochen.«

»Wissen Sie, wie sie heißt?«

»Kikki.«

»Ist das ein norwegischer Name?«

»Vermutlich.«

»Und wie sieht sie aus?«

Er schmunzelte. »Wie eine Königin mit Sommersprossen.«

Das Mädchen hat's ihm angetan, dachte Claudia amüsiert und wechselte das Thema. »Sind die Geschäfte in Bodø ebenfalls nur bis vier Uhr geöffnet?«

Peter Flemming nickte.

»Dann müssen wir uns beeilen«, erklärte der Regisseur augenblicklich. »Ich brauche mindestens zwei Stunden, um mich in Ruhe umschauen zu können.«

»Er spricht von einem Geschäft für Angelgeräte«, erläuterte Claudia. »Und wir beide werden die Ehre haben, ihn zu begleiten. Ein Angler ist nämlich todunglücklich, wenn er über die absonderlichen Dinge, die Fischern angeboten werden, mit niemandem reden kann. Ist es nicht so, mein Liebling?«

Randolph Bush lächelte maliziös. »Du bist ein Goldstück.«

»Und darum wirst du mir, als Äquivalent für meinen heutigen Opfergang, morgen vormittag Gesellschaft leisten, wenn ich mir in Ruhe ein wenig die Geschäfte ansehen will.«

»Boing . . .!« machte der Regisseur. »Ring frei zur ersten Runde. Dein Wunsch ist zu meinem Leidwesen nicht erfüllbar, weil wir morgen schon in aller Herrgottsfrühe starten müssen.«

»Welch einfältige Täuschung«, entgegnete sie gelassen. »Ich benötige einige Sachen, und ich *werde* sie mir morgen vormittag besorgen.«

»Aber Claudia!« erwiderte Randolph Bush, nun keinesfalls mehr siegesgewiß. »Der Fluß ist ab morgen gepachtet!«

Peter Flemming räusperte sich vernehmlich.

»Ich meine ab übermorgen«, korrigierte sich der Regisseur mit der größten Unschuldsmiene.

Seine Frau warf dem Captain einen dankbaren Blick zu.

»Das aber bedeutet, daß wir das Angelgerät spätestens morgen an Ort und Stelle in Ordnung bringen müssen«, fuhr Randolph Bush unbeirrt fort. »Stunden brauche ich dafür! Stunden! Wir müssen also sehr, sehr zeitig losfliegen.«

»Jedoch nicht vor zwölf«, bemerkte Peter Flemming, so sanft wie möglich. »Bis dahin werden nämlich erst die Lebensmittel angeliefert.«

»Knock out!« triumphierte Claudia und puffte ihren Mann.

Der zog verbissen an seiner Pfeife. »Ich kann die Richtigkeit der Ausführung unseres Herrn Piloten bedauerlicherweise nicht kontrollieren, da ich dich morgen vormittag begleiten muß«, entgegnete er, sich grimmig gebend. »Aber das sage ich dir: Wenn besagter Herr meine Regieanweisungen nochmals durchkreuzen sollte, erhält er Atelierverbot.«

Sie waren in ausgelassener Stimmung. Peter Flemming führte das Ehepaar Bush als erstes zum Hafen, um ihm das Flugzeug zu zeigen, in das er inzwischen einen Zusatztank hatte einbauen lassen, der es ihm auch unter ungünstigen Verhältnissen ermöglichte, ohne Zwischenlandung zum Fjord der Lachse und zurück nach Bodø zu fliegen. Claudia stand dem grünen Vogel etwas ratlos gegenüber, ihr Mann aber fand ihn ›großartig‹.

»*Pratt and Whitney!*« sagte er, mit Kennermiene auf den Motor weisend. »Äußerst zuverlässig. Doch jetzt müssen wir zum Hotel und dann in die Stadt.«

»Er wittert Angelgeräte«, bemerkte seine Frau spöttisch.

Tatsächlich drängte ihr Mann in die Stadt, als würde er von einem Magneten angezogen. Er nahm sich kaum die Zeit, das Hotelzimmer aufzusuchen. Und als sie schließlich die prächtig angelegte Hauptstraße erreichten, wußte er nur zu sagen: »Keines dieser Häuser hat früher hier gestanden. Bodø war damals eine unscheinbare Ansiedlung von Holzhäusern und Baracken.« Damit wandte er sich unvermittelt an den Captain und fragte: »Sie haben sich noch nie mit dem Angelsport befaßt?«

Der Pilot verneinte.

»Dann werden Sie gleich aus dem Staunen nicht herauskommen.«

Er täuschte sich nicht. Nie zuvor hatte Peter Flemming eine Fülle von so unterschiedlichen Dingen beieinander gesehen wie in dem Geschäft, in das sie bald darauf eintraten.

Die Augen des Regisseurs glichen denen eines Kindes unterm Weihnachtsbaum. Beinahe ergriffen steckte er seine Pfeife fort. »Für Angler ist Norwegen ein Dorado«, schwärmte er und nahm eine Rute in die Hand. »Schauen Sie sich nur diesen Griff an. Nach oben wird er leicht dicker. Das verhindert Verkrampfungen. Und diese Hülsen! Verchromtes Neusilber. Kein Bambusteil ist gequetscht. Natürlich Tonkin-Rohr. Palakona. Kein Tarner, kein Tarner!«

Der Captain konnte ein Lachen nicht unterdrücken. »Was ist ein Tarner?«

»Eine Rute, die mit brauner Farbe behandelt wurde, um ihre Bambusqualität zu tarnen, das heißt, ihr den Anschein zu geben, als sei sie hitzegehärtet. Aber davon verstehen Sie ja nichts.«

»Gottseidank«, flüsterte Claudia dem Piloten heimlich zu.

Ihr Mann stellte die Rute zurück und begab sich zu einer Theke, unter deren Glasplatte ein Riesensortiment von künstlichen Fliegen ausgestellt war. »Ist das nicht herrlich!« begeisterte er sich. »Hier kann ich meinen Vorrat beachtlich erweitern. Das ist auch dringend notwendig, weil der Fluß, wie Sie am Telefon sagten, zur Zeit viel Wasser führt. Mit normalen Fliegen ist da nichts zu machen. Größe zehn bis sieben werden bestimmt gebraucht. Ich nehme aber keine so populäre wie *Jock Scott* oder *Black Doctor*.« Er wies auf eine Fliege mit blauen Hecheln und rotem Schwanz. »Das ist die *Silver Doctor*. Drüben, die Rote heißt *Red Ibis*. Aber das sind Trockenfliegen. Ich will es mit nassen versuchen. Dort, die *Blue Upright*, das ist eine Naßfliege. Was sagen Sie? Ist das nicht aufregend?«

Peter Flemming schaute fassungslos auf Hunderte von verschiedenfarbigen und seltsam geformten künstlichen Fliegen, die allesamt Phantasiegebilde waren und sich wesentlich eigentlich nur durch die Art ihrer Bindung unterschieden. Während die Trockenfliegen dichte, hohe Hecheln hatten, die ihnen die Fähigkeit verleihen, auf dem Wasser zu schwimmen, waren die Naßfliegen mit weichen, enganliegenden Hecheln ausgestattet, welche untertauchen und in der Strömung Leben vortäuschen. »Damit fängt man Fische?« fragte er ungläubig.

»Allerdings.«

»Ich habe immer geglaubt, dazu brauche man unbedingt Würmer.«

Randolph Bush lachte. »Nicht in jedem Fall. Forellen zum Beispiel schlürfen mit Vorliebe auf dem Wasser treibende Insekten. Darum deren mannigfache Nachbildung, wie Sie sehen.«

»Und Lachse *schlürfen* ebenfalls Fliegen?«

Der Regisseur strich über seinen Bart. »Wie soll ich Ihnen das erklären? Paradoxerweise ist es nämlich so, daß der Lachs von dem Augenblick an, da er das Meer verläßt und zum Laichen die Flüsse hinaufsteigt, überhaupt keine Nahrung aufnimmt.«

»Woher weiß man das?«

»Man hat in den Mägen der im Fluß gelandeten Lachse niemals Nahrung gefunden. Sie erreichen ihr Laichgebiet oft so geschwächt, daß sie nach Ablage der Eier beziehungsweise nach deren Besamung kaum noch schwimmen können. Hilflos treiben sie dann dem Meer entgegen. Ein großer Teil von ihnen geht auf der Talfahrt zugrunde.«

»Sie fressen überhaupt nichts und gehen dennoch an die Angel?«

»Das ist das Paradoxe, für uns Fischer allerdings Erfreuliche an der Geschichte. Bis heute gibt es keine eindeutige Erklärung dafür. Aber da der Lachs ein Raubfisch ist, wird zumeist die Auffassung vertreten, er stürze sich aus Mordlust auf die Fliege oder den Löffel.«

»Vorsichtig, Sir!« warnte der Captain. »Die Lust zu morden soll bei Tieren nicht vorhanden sein. Doch was nennen Sie einen ›Löffel‹?«

Randolph Bush entnahm einem Regal ein metallisch schimmerndes Gebilde, das vorne löffelartig war und am Hinterende einen dreifachen Haken besaß. »Dies ist ein *Löffelspinner*. Wenn er durch das Wasser gezogen wird, versetzt ihn seine asymmetrische Form in eine flatternde, unregelmäßige Bewegung. Er verhält sich damit ähnlich wie ein kranker Schwarmfisch, der aus seinem Verband ausschert oder vertrieben wird. Solche Fische benehmen sich nämlich ›falsch‹; ihre Krankheit oder Entkräftung läßt sie torkeln und sich drehen. ›Spinner‹ nennt man sie ihres anomalen Verhaltens wegen, und es ist eine der biologischen Aufgaben der Raubfische, krankes Leben zu vernichten. Mit diesem Löffel ahmen wir einen kranken Fisch nach. Das Weitere werden Sie sich denken können.« Er wies auf den ›Drilling‹ am Hinterende. »Da bleibt der Räuber hängen, wenn er zuschnappt. Apropos Drilling: Ich brauche eine ganze Menge davon.«

»Oje!« stöhnte seine Frau.

Er beachtete ihren Stoßseufzer nicht, sondern nahm ein paar lederne Handschuhe aus der Tasche und ging auf einen Stand zu, an dem eine schier unübersehbare Menge von Haken in allen Größen und Stärken ausgestellt war.

Claudia sagte zum Captain: »Angler sind eine besondere Gruppe der Spezies *Homo sapiens*. Sie verlieben sich in Fanggeräte, heiraten Frauen und sprechen mit Fischen.«

Der Regisseur zog seine Handschuhe an und winkte einen Verkäufer herbei. »*God dag. Jeg vilde gjerne ha Drillinge af den bedste kvalitet.*«

Seine Frau verdrehte komisch die Augen. »Jetzt spricht er auch noch norwegisch.«

Der Angestellte wies bereitwillig auf die ausgestellten Haken. »Speziell auf diesem Gebiet führen wir ausschließlich erste Qualität.«

Randolph Bush nahm einen Drilling und versuchte ihn auseinanderzubiegen. Prompt brach der entzwei. »Hoppla, ist das Material hier allgemein so spröde?«

Der Verkäufer schaute entgeistert drein.

Die Augen des Regisseurs bekamen einen eigenartigen Glanz. »Probieren wir den nächsten.« Er prüfte einen zweiten Haken. »Ja, der ist in Ordnung. Den nehme ich. Ist doch Größe vier/null?«

»Gewiß, mein Herr.«

»Und der . . .?« Er belastete einen dritten Drilling. »Der ist ebenfalls gut.«

»Entschuldigen Sie, mein Herr, aber wenn weitere Haken brechen . . .«

»Schon geschehen«, fiel Randolph Bush trocken ein. »Und dieser . . .? Nein, der ist okay.« Er bog einen Drilling auseinander. »Der leider nicht. Aber der nächste wird hoffentlich brauchbar sein. Jawohl, der ist absolut in Ordnung.«

»Mein Herr!« erklärte der Verkäufer aufgebracht. »Sie belasten das Material entschieden über Gebühr.«

Der Regisseur schüttelte den Kopf. »Das lassen Sie nur meine Sorge sein.« Er prüfte weitere Drillinge, zerbrach hin und wieder einen oder bog ihn auf und warf das defekte Stück zur Seite.

»Aber wir können doch nicht...«

»Was nicht?« unterbrach Randolph Bush den Angestellten mit Stentorstimme. »Erwarten Sie etwa von mir, daß ich einen an der Leine hängenden Lachs opfere, nur weil das Material des Hakens zu spröde oder zu weich ist?«

»Natürlich nicht, mein Herr«, versicherte der Verkäufer beflissen. »Aber wir können unmöglich die Benachteiligten sein. Sie wissen, was Drillinge kosten.«

»Selbstverständlich. Und darum werde ich für den angerichteten Schaden aufkommen.«

Der Norweger wurde unsicher.

Randolph Bush lachte ihn an. »Sie dürfen unbesorgt sein. Ich zahle auch die unbrauchbar gemachten Haken. Oder meinen Sie, ich wüßte nicht, daß ich das Material einer reichlich harten Prüfung unterworfen habe? Aber nur so kann man sich vor späteren Ärgereien schützen. Finden Sie nicht auch?«

Claudia entnahm ihrer Handtasche ein Zigarettenetui und hielt es dem Captain hin. »Was meinen Sie, wie oft ich diese Szene schon erlebt habe!«

Er dankte. »Ich rauche nicht.«

»Richtig. Sie sagten es bereits in Ascona. Ihr Motto lautet: Wozu sich etwas angewöhnen, das man sich eines Tages wieder abgewöhnen muß.«

»Ich bewundere Ihr Gedächtnis.«

Sie lächelte kokett.

Er reichte ihr Feuer.

Sie schaute dabei zu ihm hoch.

Ihr Blick irritierte ihn.

Ist er nun spröde oder sensibel, fragte sie sich angesichts seines plötzlich veränderten Gesichtsausdruckes. Sollte sie ihn bitten, mit ihr einen Spaziergang zu machen? Sie sah zu ihrem Mann hinüber. Bei ihm hatten sachkundige Gespräche jetzt den Vorrang. »Wirst du noch lange zu tun haben?« erkundigte sie sich scheinheilig.

»Das weißt du doch«, antwortete er brummig.

»Dann schlage ich vor, daß wir einen Bummel machen. Um vier kommen wir zurück und holen dich ab.«

»Einverstanden«, erwiderte er und bat den Verkäufer, ihm eine ›Multirolle‹ zu reichen, die er gerade entdeckt hatte. »Ist die Schnurführung mit einer Achateinlage versehen?«

»Selbstverständlich, mein Herr.«

Claudia drückte ihre Zigarette aus und sah den Captain erwartungsvoll an. »Vermutlich sind auch Sie zu der Überzeugung gelangt, daß wir nicht mehr benötigt werden.«

Er zuckte die Achseln.

»Wollen Sie mir Gesellschaft leisten?«

»Haben Sie nicht bereits über mich verfügt?« entgegnete er frech.

Ihr Gesicht verdunkelte sich.

Für ihn war es das Signal, seine Frage schnellstens in rosarotem Licht erscheinen zu lassen. »Ich hoffe zuversichtlich, mich keinen Illusionen hingegeben zu haben.«

*

Es war gut, daß Peter Flemming und Claudia Bush Gelegenheit fanden, sich eine Weile allein zu unterhalten. In ihnen war noch ein Rest jener Verkrampfung aus ihrer ersten Begegnung zurückgeblieben. Und beide empfanden es als angenehm, einmal nicht unter der Regie des ›lieben Gottes Randolph‹ zu stehen, wie Claudia ihren Mann scherzhaft nannte.

In erster Linie sprachen sie über Norwegen und seine Bewohner, über deren Lebensgewohnheiten und Eigenarten. Persönliche Dinge berührten sie nicht. Beide bemühten sich, das Gespräch so leicht wie möglich dahinplätschern zu lassen und den Fjord der Lachse, das Ziel des nächsten Tages, nicht zu erwähnen. Und doch wußte jeder von ihnen, daß hinter Randolph Bushs hektischer Geschäftigkeit eine Unruhe stand, die er zu verbergen und zu überwinden versuchte. Beide wußten, daß der wahre Grund der Reise in einem weit zurückliegenden Geschehen zu suchen war. Lars Larsen spielte offensichtlich eine Rolle darin. Aber welche? Und warum hatte der Regisseur sich plötzlich so sehr für den Unbekannten interessiert? Claudia und Peter Flemming gingen solchen Fragen aus dem Wege und unterhielten sich zumeist über belanglose Dinge. Sie waren deshalb ganz froh, als es Zeit wurde, Randolph Bush abzuholen.

Dessen Miene verriet, daß er nur noch an Angelfreuden dachte und nicht bestrebt war, irgend etwas zu kaschieren. Zumindest nicht in diesem Augenblick. »Gut, daß es daheim keine solchen Geschäfte gibt«, sagte er voller Begeisterung. »Ich würde mich total ruinieren. Es ist sagenhaft, was hier in Norwegen alles angeboten wird. Ich habe da zum Beispiel einen . . .«

»Stop!« unterbrach ihn seine Frau. »Wenn du weiterhin von Angelgeräten sprichst, bekomme ich einen Schreikrampf. Ich bin nahe daran, vor Hunger umzufallen.«

»Bitte nicht!« rief er theatralisch und umarmte sie. »Ich werde schweigen und schnellstens ein hervorragendes Essen organisieren.«

»Wo?«

»Im Hotel. Es ist gerade die richtige Zeit zu ›spise middag‹, wie man hier sagt.«

Sie verließen den Laden.

»Sprichst du eigentlich gut norwegisch?« fragte Claudia, als sie die *Storgata* hinuntergingen.

Er machte eine wegwerfende Bewegung. »Ach was. Ich radebreche ein bißchen. ›Spise middag‹ heißt zu Mittag essen, wobei diese Mahlzeit auch am Abend eingenommen werden kann. In jedem Fall aber heißt sie ›middag‹; denn ›middag‹ kennzeichnet hier keine Zeit, sondern eine aus mehreren Gängen bestehende Hauptmahlzeit.«

»Und wann ißt man zu Abend?«

»Wann man will. ›Aftens‹ besteht in der Regel aus kaltem Fleisch und einigen warmen Gerichten.«

»Mir gefällt das Frühstück am besten«, warf Peter Flemming ein.

Randolph Bush nickte lebhaft. »›Spise frokost ist die schönste Jahreszeit‹, haben wir immer gesagt. Ich freue mich jetzt schon auf morgen früh. Allein der Anblick der Riesentafeln in den Frühstücksräumen, an die jeder herantritt und sich nimmt, was und soviel er will, ist überwältigend. Fleisch, Schinken, Wurst, Speck, Eier, Salate, Cornflakes,

Heringe, Marmeladen, Käse, Kaffee, Tee, Milch und Buttermilch sind im Überfluß vorhanden.«

Sie erreichten das Hotel, doch angesichts des luxuriösen Speisesaales, in dem livrierte Hostessen und Kellner lautlos hantierten, legte keiner von ihnen mehr Wert darauf, zu ›spise middag‹.

»Wir gehen in die Kafeteria«, bestimmte Randolph Bush kurz und bündig. »Dort essen wir ein paar belegte Brote, zischen dazu gutes norwegisches Bier, und die Sache hat sich. ›Middag‹ findet am Abend statt. In großer Toilette werden wir von Zivilisation, Schmutz und Staub Abschied nehmen. Einverstanden?«

Ob er jemals aufhören wird, Regie zu führen, fragte sich der Captain. Aber er freute sich auf den Abend. Er war immer zu müde gewesen, um noch Spaß daran finden zu können, sich für sich selbst umzuziehen.

Der Abend verlief jedoch anders, als er es sich vorgestellt hatte. Zunächst lag es daran, daß die Gäste fast ausschließlich amerikanische Touristen waren. Allerdings solche der Ersten Klasse mit Abendroben, Dinnerjackets, viel Straß und Flitter. *Cooks High-Society*. Und die wollte auf ihre Kosten kommen. Eine Musikkapelle war ihr dabei nach besten Kräften behilflich. Man tanzte zwischen den Speisefolgen, schunkelte nach rheinischen Liedern, schwelgte im Walzertakt und zerschmolz unter schmachtenden Pußtaklängen.

»American way of life«, lästerte Randolph Bush gerade, als die Tonkünstler *Anitras Tanz* aus der *Peer-Gynt-Suite* anstimmten.

»Na, bitte«, sagte Peter Flemming. »Grieg ist sogar in Norwegen bekannt.«

Der anzügliche Scherz verpuffte; denn im selben Moment erhob sich der Regisseur und hastete überstürzt aus dem Raum.

Claudia blickte betroffen hinter ihm her.

Der Captain wußte nicht, was er von der Sache halten sollte.

»Die Melodie...«, stammelte sie verlegen. »Er kann sie nicht ausstehen. Bitte, vergessen Sie den Vorfall.«

»Schon geschehen«, erwiderte Peter Flemming. »Kann ich etwas für Sie tun?«

Claudia erhob sich. »Ich wäre Ihnen dankbar, wenn Sie die Rechnung abzeichnen und nachkommen würden. Mein Mann ist gewiß an die frische Luft gegangen.«

»Wird gemacht«, erwiderte er leichthin und dachte: Da stimmt doch etwas nicht.

Später, als er am Hafenkai wieder mit dem Ehepaar zusammentraf, ging ihm Randolph Bush einige Schritte entgegen. »Ich bin Ihnen eine Aufklärung schuldig«, sagte er verlegen.

»Aber ich bitte Sie!« entgegnete der Captain mit weltmännischer Geste. »Gehen wir lieber in das Dachrestaurant. Den Anblick der Mitternachtssonne habe ich mir nämlich für diesen Abend aufgespart.«

Die Situation war gerettet. Eine gute Stimmung aber wollte nicht aufkommen. Zwischen fast hundert Gästen, die alle mit einem Glas Champagner in der Hand nach Norden blickten und den Lauf der sich langsam dem Horizont nähernden Sonne verfolgten, standen das Ehepaar Bush und Peter Flemming wie verloren da. Keiner von ihnen vermochte das Naturschauspiel zu würdigen oder gar zu verstehen, daß die sie umgebenden Menschen sich um Punkt Mitternacht wie am Silvesterabend zuprosteten, feuchte Augen bekamen und ihre Kameras blitzen ließen. Die Sonne wurde fotografiert. Wie ein Glutball hing sie am Himmel. Ihr feuriges Licht aber war gefiltert von der Kälte des Nordens.

5

Der Monteur der LN-LMM faßte Peter Flemming beim Ärmel und wies auf einige Möwen, die dicht neben der Maschine zur Landung ansetzten. »Ein besseres Zeichen können Sie sich nicht wünschen.«

»Daß Möwen in unserer Nähe landen, betrachten Sie als gutes Omen?«

Der Norweger gab sich unwillig. »Das tun doch viele. Entscheidend ist, daß sie von Luv angeflogen sind.«

Der Captain lachte. »Sie sind abergläubisch?«

»Ich . . .?« Die Mundwinkel des Monteurs bogen sich abfällig herab. »Ich nehme doch nicht jedes Wort, das in der Zeitung steht, für bare Münze. Nein, ich glaube an Zeichen, die der Himmel schickt. Mein Onkel zum Beispiel hatte eines Tages einen toten Seehund am Dorschhaken. Da wußte ich, was los war. Und das Meer hat ihn tatsächlich wenige Tage später geholt!«

Peter Flemming wollte etwas erwidern, unterließ es jedoch, weil er Claudia über den Holzsteg kommen sah.

»Na bitte«, sagte der Monteur triumphierend. »Alles hat seine Bedeutung. Wenn eine Dame bei einsetzender Ebbe . . .«

»Schon gut«, unterbrach ihn der Captain und ging der Frau des Regisseurs entgegen. »Ich vermutete Sie und Ihren Gatten beim Einkaufsbummel.«

»Den machten wir auch. Allerdings nur für kurze Zeit. Dann fiel meinem Mann ein, daß er einige wichtige Dinge zu beschaffen vergaß. Einen Arkansas-Stein zum Schleifen der Haken, Vorfächer, Verlängerungsschnüre und dergleichen. Sie werden sich denken können, wo er sich jetzt aufhält.«

Der Captain nickte. »Ich bedaure Sie aufrichtig.«

»Seien Sie nicht zynisch.«

Er lächelte spöttisch. »Wie hätten Sie mich gerne?«

Sie tat, als sei sie verärgert. »Ich kam, weil ich auf Verständnis hoffte. Und was tun Sie? Sie machen sich lustig über mich.«

Wie um Verzeihung bittend faltete er die Hände. »Kann ich meinen schrecklichen Fehler wiedergutmachen, gnädige Frau?«

»Selbstverständlich, mein Herr«, antwortete sie, auf seinen Ton eingehend. »Da ich meine Einkäufe beendet habe, wäre es schön, wenn Sie mich ein wenig mit dem Flugzeug vertraut machen würden.«

Dazu war Peter Flemming nur zu gerne bereit. Ohne jede Scheu half er ihr beim Übersteigen auf den Schwimmer und beim Hinaufklettern in das Cockpit, wo er ihr die Funktion der einzelnen Geräte auf möglichst einfache Weise erklärte.

Wie verändert er ist, dachte sie überrascht. Nichts Sprödes

mehr. Seine Augen glänzen, seine Stimme ist voller Wärme. Er spricht, als wäre von einer Geliebten die Rede.

Der Monteur meldete die Anlieferung einer Sendung von Nahrungsmitteln.

»Das Verstauen muß ich persönlich überwachen«, sagte der Captain, an Claudia gewandt, und zwängte sich durch eine schmale Tür in den Kabinenraum.

Allein im Cockpit sitzend, mußte sie plötzlich gegen ein Angstgefühl ankämpfen, das die vielen Hebel, Knöpfe und Instrumente in ihr auslösten. Für kein Geld in der Welt hätte sie Pilot sein mögen. Dann aber fand sie es reizvoll, den bevorstehenden Flug vom rechten Führersitz aus zu erleben.

»Hätten Sie etwas dagegen, wenn ich mich nachher neben Sie setze?« fragte sie, als Peter Flemming nach einer Weile zurückkehrte.

»Nicht das geringste«, antwortete er. »Wir sollten die Rechnung aber nicht ohne Ihren Gatten machen, der bestimmt hier Platz nehmen möchte. Oder sind Sie anderer Meinung?«

Claudia war es nicht, und der Captain tröstete sie mit dem Hinweis, daß Sie das Cockpit vom vordersten Kabinensitz aus voll übersehen könne. »Im übrigen«, fügte er hinzu, »werde ich Ihnen einen Kopfhörer geben, so daß Sie mit uns reden und auch den Funksprechverkehr hören können. Und vom Fjord der Lachse fliegen wir dann einmal allein zum Nordkap.«

Er wirkt ungezwungener, stellte Claudia mit Befriedigung fest. Und Randolph kennt er schon so gut, daß er dessen Teilnahme an einem Flug zum Nordkap für unmöglich hält.

Sie wußte, daß ihr Mann um keinen Preis zu bewegen sein würde, sich an irgendeinem Ausflug zu beteiligen. Zweimal hatte sie ihn zum Angeln nach Kanada begleitet, und beide Male war er nicht bereit gewesen, ›seinen‹ Fluß vor Ablauf der Pachtfrist auch nur für einen halben Tag zu verlassen.

Randolph Bush schwelgte keineswegs in Anglervorfreuden. Er hatte es einfach nicht mehr ausgehalten, mit seiner Frau über Dinge reden zu müssen, auf die er sich an diesem Morgen beim besten Willen nicht konzentrieren konnte. Ihn bewegte einzig und allein die Frage, ob Lars und Thora Larsen ihn wiedererkennen würden. Wenn ja, dann blieb ihm nichts anderes übrig, als gleich nach der Ankunft vor Claudia und dem Piloten in aller Offenheit zu bekennen, weshalb er gekommen war. Am liebsten wäre er auf der Stelle nach Ascona zurückgekehrt. Er gehörte zu jenen Menschen, die unangenehme Dinge gerne vor sich herschieben. Dreißig Jahre lang hatte er es in dieser Sache getan. Und nun sah er keinen Ausweg mehr, sich nochmals eine Gnadenfrist zu gönnen.

Unzufrieden mit sich selbt, lief Randolph Bush im Hafen umher. Immer wieder schaute er hinüber zum Flugzeug, in dessen Cockpit er seine Frau und den Captain sitzen sah. Für zwölf Uhr war der Start angesetzt. Eine halbe Stunde mußte er sich noch gedulden. Wie mochte Claudia reagieren, wenn sie erfuhr, was ihn seit Jahren bedrückte?

Nicht denken, beschwor er sich. Durchhalten. Eine Umkehr ist nicht mehr möglich.

Wie ein Verfemter lief er durch das Hafengelände, bis er sich endlich zum Flugzeug begeben konnte, ohne gezwungen zu sein, noch lange den freudig erregten Angler spielen zu müssen.

Peter Flemming begrüßte ihn übermütig mit der Meldung: »Lebensmittel verstaut. Madam an Bord. Maschine startklar. Streckenwetter hervorragend.«

Nanu, dachte Randolph Bush überrascht. Der Herr Pilot wird gesprächig. Er reichte ihm die Hand. »Dann wollen wir keine Zeit mehr verlieren.«

Der Captain war dem Regisseur beim Einsteigen behilflich und zwängte sich dann selber durch die schmale Kabinentür.

Der Barkassenführer ließ den Bootsmotor an.

Peter Flemming gab ihm das Zeichen, das Flugzeug zum Startplatz zu bugsieren.

Randolph Bush schnallte sich an und blickte in die Kabine zurück. »Alles klar?«

Claudia nickte.

Der Captain reichte ihr einen Kopfhörer. »Wenn Sie sprechen wollen, müssen Sie auf diesen Knopf drücken.«

»Okay.«

Er schaltete das Netz ein und erledigte routinemäßig, was getan werden mußte. Die Flugüberwachungsstelle nahm seine Meldung entgegen. Er verglich den ihm genannten Bodendruck mit dem Höhenmesser.

»Kennzeichnet die Boje die Startposition?« erkundigte sich der Regisseur.

»Ja.« Peter Flemming ließ den Anlasser anlaufen.

Der Barkassenführer drehte bei und löste das Verbindungsseil. »Startup clearance!«

Der Captain grüßte zu ihm hinunter und kuppelte den

Anlasser ein. Der Motor sprang donnernd an. Ein letztes Mal kontrollierte er die Instrumente und die Stellung der Bedienungshebel. Dann gab er Vollgas.

Der Lärm des Motors wurde ohrenbetäubend. Das Dröhnen und Vibrieren des Flugzeuges verwirrte Claudia. Sie war bisher nur mit Düsenmaschinen geflogen. Krampfhaft umklammerte sie die Armstützen ihres Sessels. Ihre Füße stemmte sie gegen die Trennwand vor ihr.

Stöße ließen die Kabine erbeben. Doch dann hörten sie plötzlich auf, und alles wurde ruhiger. Das Dröhnen verebbte, der Lärm verringerte sich.

»Na, wie geht's?« vernahm sie Peter Flemmings gequetscht klingende Stimme im Kopfhörer.

»Den Verhältnissen entsprechend«, sagte sie mutig.

»Sie müssen auf den Knopf drücken, sonst höre ich Sie nicht!«

Claudia tat es und wiederholte, was sie gesagt hatte.

Der Captain lachte. »Und wie sind die Verhältnisse?«

»Fremd, sehr fremd. Ich denke aber, daß ich mich daran gewöhnen werde.«

»Fein«, erwiderte er und schaltete auf den Funksprechverkehr um. »Bodø tower, this is Lima Mike Mike, climb with . . .«

Randolph Bush saß wie gebannt da. Alte Zeiten wurden wach in ihm und verdrängten, was ihn belastete. Wie oft war er früher mit lärmenden Wasserflugzeugen über Norwegen hinweggebraust. Eine Zeitlang hatte ihm eine *Arado AR 196* zur Verfügung gestanden. In ihr war sein Platz hinter dem Piloten gewesen. In der dreimotorigen *Do 24* saß er zumeist neben dem Kommandanten. Ebenso in dem viermotorigen Großflugboot *Do 26*, das für die Versorgung von Narvik eingesetzt gewesen war.

Claudia stellte einen Fuß gegen die Cockpittür, die hin und her pendelte und zuzuschlagen drohte. Bodø lag hinter ihnen. In der Tiefe sah sie vom Wind zerfressene Berge und vom Wasser geschliffene Klippen. Eine Urwelt tat sich auf. Um sie ertragen zu können, muß man in sie hineingeboren sein, ging es ihr durch den Sinn. Die grandiose Herbheit des Landes erdrückte sie. Dunkle Hänge, weiße Gletscher und rotviolette Felsen ließen sie an Melodien von Edvard Grieg denken.

Am Himmel segelten vereinzelte Wolken dahin. Da auch im Zielgebiet erstklassiges Wetter herrschte, steuerte Peter Flemming den Fjord der Lachse auf direktem Kurs an.

Randolph Bush verfolgte den Flug mit gespannter Aufmerksamkeit. Kaum ein Wort kam über seine Lippen. Das Land und die Erinnerung an frühere Zeiten hatten ihn verstummen lassen.

Er vergißt Regie zu führen, dachte der Captain belustigt und zeigte nach vorne. »Narvik kommt in Sicht!«

Claudia drückte auf den Knopf ihrer Sprechanlage. »Hat da nicht eine Schlacht stattgefunden?«

Oje, dachte Peter Flemming. Das ist gerade dreißig Jahre her, und Narvik liegt fast schon so weit zurück wie Austerlitz und Waterloo.

»Ja, dort ist manches Schiff untergegangen«, antwortete ihr Mann. »Aber es war grandios, was die Soldaten geleistet haben.« Er blickte nach Osten. »Von Narvik bin ich oft über finnisches Gebiet nach Kirkenes geflogen. Die Strecke war zwar langweiliger als die vorgeschriebene Route über Alta und Lakselv, aber man sparte Benzin. Das war damals kostbar.«

Kostbarer als Menschen, dachte der Captain gereizt und fragte wie nebenbei: »Waren Sie etwa bei der Luftwaffe?«

»Nein.«

»Ich dachte es, weil Sie den Motor dieses Flugzeuges kennen.«

»Das ist Zufall. In Hollywood stand mir eine *Stinson* zur Verfügung.«

»Und welchem Zweck dienten die Flüge von Narvik nach Kirkenes?«

»Der Versorgung«, erwiderte Randolph Bush und überlegte: Anscheinend möchte er wissen, in welcher Funktion ich hier tätig war. »Als Kriegsberichterstatter hatte ich des öfteren Gelegenheit, mit allen möglichen Maschinen zu fliegen.«

Die Unterhaltung verstummte. Der Motor dröhnte sein eintöniges Lied. Ein leichter Rückenwind beschleunigte die Geschwindigkeit. Peter Flemming errechnete, daß das Ziel fünfzehn Minuten früher als angenommen erreicht werden würde.

Die Berge und Gletscher von Lyngen kamen in Sicht. Kantig hoben sie sich gegen den blauen Himmel ab.

Randolph Bush wurde lebhaft. »Das Gebiet kenne ich wie meine Westentasche. Wir nannten es die norwegischen Alpen.«

»Es besteht tatsächlich eine gewisse Ähnlichkeit«, bestätigte der Captain.

»Ewiges Eis bei einer Höhe von nur fünfzehnhundert Metern!«

»Aber siebzigster Breitengrad! Der Polarkreis liegt weit hinter uns.«

»Wie hoch fliegen wir?«

Peter Flemming wies auf den Höhenmesser. »Zweitausendfünfhundert über NN.«

Mein Gott, das ist die Höhe, die ich damals geschätzt hatte, durchfuhr es den Regisseur. Sein Herz klopfte plötzlich schneller. War es nicht Wahnsinn, alles aufrollen zu wollen? Er schloß die Augen. Ruhe bewahren. Nur keine überstürzten Entschlüsse jetzt. Vielleicht erkannte man ihn nicht. Dann gewann er Zeit und dazu noch herrliche Angelfreuden.

Claudia drückte auf den Knopf der Sprechanlage. »Nehmen Sie es mir nicht übel, wenn ich die Tür jetzt zuschlagen lasse. Mein Bein ist eingeschlafen.«

Der Captain schaute verwundert zurück. »Wieso denn das?«

»Die Tür pendelt dauernd. Da habe ich meinen Fuß dagegengestellt. Mit dem Erfolg, den ich eben nannte.«

»Ich könnte mir die Haare raufen! Oben ist ein kleiner Hebel. Wenn Sie den herunterdrücken, rastet die Tür automatisch ein.«

»Wie schön, das zu wissen«, erwiderte Claudia trocken. Und nach einer Weile: »Das Ding ist tatsächlich da.«

»Werde ich meinen Fehler wiedergutmachen können?«

»Mal sehen.«

Randolph Bush, der in Gedanken versunken gewesen war, wandte sich an den Captain. »Wann sind wir da?«

»In zirka fünfzehn Minuten.«

Sie überflogen einen großen Gletscher.

»Der Öksfjordjökelen?«

Peter Flemming prüfte die Karte. »Sie kennen die Gegend wirklich sehr genau.«

Der Regisseur überhörte die Bemerkung.

Die Hand des Captains legte sich auf den Gashebel, um die Tourenzahl zu reduzieren und das Ziel im gestreckten Gleitflug anzusteuern. Randolph Bush hinderte ihn jedoch daran.

»Bleiben Sie in dieser Höhe«, sagte er fast im Kommandoton. »Ich möchte den Fjord in seiner ganzen Länge überblicken.«

»Das können Sie auch aus tausend Meter.«

»Ich wünsche ihn aber aus dieser Höhe zu sehen«, entgegnete Randolph Bush schroff. Im nächsten Moment tat es ihm offensichtlich leid, so heftig reagiert zu haben; denn er fügte hastig hinzu: »Entschuldigen Sie, das klang schärfer, als es gemeint war. Ich wollte nur ... Wissen Sie, alte Erinnerungen ... Aus dieser Höhe ...« Er sprach plötzlich nicht weiter und suchte den Horizont ab.

Ein breiter Fjord lag unter ihnen. Ihm folgte ein Sund, dessen Wasser trotz des klaren Himmels aschgrau schimmerte. Das Ziel rückte in unmittelbare Nähe.

Mit brennenden Augen blickte der Regisseur dem Fjord der Lachse entgegen. Seine Gedanken überschlugen sich: So muß der Engländer ihn gesehen haben. Und dann geschah es. Eine plötzliche Detonation, die Tragfläche sauste davon...

Der Captain schaute zurück in die Kabine und deutete nach unten. »Das Ziel ist erreicht!«

Claudia entdeckte in der Tiefe einen schmalen, finster aussehenden Fjord. Dahinter lag ein heiter anmutendes, grünes Tal, dem ein wild schäumender Fluß eine romantische Note verlieh.

»Darf ich jetzt Gas wegnehmen und zur Landung ansetzen?« erkundigte sich Peter Flemming aufreizend devot.

Der Regisseur fuhr sich über die Stirn. »Natürlich«, antwortete er grob. »Soviel ich weiß, habe ich mich entschuldigt!«

»Was ist los mit dir?« fragte Claudia.

»Ach, nichts«, erwiderte er ruppig. »Ich bin nur etwas nervös.«

»Den Eindruck habe ich auch.«

»Vergiß nicht die vielen Jahre, die seit damals vergangen sind.«

Ein seltsamer Grund, nervös zu werden, dachte der Captain und leitete eine weite Kurve ein. Irgend etwas stimmte da nicht. Schon bei der ersten Unterredung mit diesem Mann hatte er es gespürt. Aber was ging ihn das an? »Sind Sie angeschnallt?« fragte er, an Claudia gewandt.

Sie nickte. »Ich habe die Gurte überhaupt nicht geöffnet.«

»Sehr vernünftig«, lobte er und drückte die Maschine stärker an.

Der Fluß bot ein imposantes Bild. Zwei gewaltige Stromschnellen unterteilten ihn. Im Oberlauf verlor er sich in einer Schlucht mit riesigen Wasserfällen. In den zerstäubten Schleiern ließ die Sonne Regenbogen aufleuchten.

Peter Flemming kurvte in den Fjord ein. Die violettroten Felsen fielen bis zu vierhundert Meter senkrecht ab. Da die Gezeitentabelle Ebbe anzeigte, die Strömung also zum Meer verlief, setzte er in Richtung auf die Flußmündung zur Landung an.

Randolph Bush sah aus, als müsse ihm der Schädel platzen.

Zu hoher Blutdruck, registrierte der Captain.

Er täuschte sich. Der Regisseur versuchte vielmehr, seine Angst davor zu unterdrücken, in den nächsten Minuten erkennen zu müssen, daß es besser für ihn gewesen wäre, dem Fjord der Lachse ferngeblieben zu sein.

Peter Flemming nahm die Maschine flacher und fuhr die Landeklappen aus.

Unter ihnen strich ein Pulk schwarzer Lummen vorbei. Sie erreichten den in den Fjord stürzenden Wasserfall. Voraus tauchten einladende Wiesen auf. Das Bauernhaus wurde sichtbar.

Der Captain nahm den Gashebel voll zurück.

Die Schwimmer berührten das Wasser. Gischt sprühte hoch. Das Flugzeug verlor an Fahrt.

»Bravo!« rief Claudia und streifte ihren Kopfhörer ab. »Wunderbar haben Sie das gemacht. Die Landung war kaum zu spüren.«

Ihr Mann nickte zustimmend und reckte sich, um über die Motorhaube hinwegsehen zu können.

Peter Flemming dirigierte die Maschine zu der Bucht hinüber, in der er das letztemal angelegt hatte. Die Strömung war aber so stark, daß er abgetrieben wurde. Doch das war gut; denn der alte Fischereiaufseher am Ufer zeigte aufgeregt seine Handflächen und bewegte sie heftig nach unten.

Das heißt: Rückwärts rollen, sagte sich der Captain. Ob er möchte, daß ich mich von der Strömung treiben lasse?

Wie ein Wiesel lief Lars Larsen am Ufer entlang und deutete immer wieder wild gestikulierend an, unbedingt zurückzurollen.

Klarer Fall, er will verhindern, daß die Schwimmer quer zur Strömung geraten und die Maschine mit voller Wucht gegen das Ufer abgetrieben wird. Ich soll einem Punkt zutreiben, von dem aus es möglich ist, im spitzen Winkel die Bucht anzusteuern. »Der Alte ist großartig!« sagte er begeistert und arbeitete sich näher an das Ufer heran.

Randolph Bush starrte wie hypnotisiert zu Lars Larsen hinüber. Niemals hätte er ihn wiedererkannt. Warum also sollte der andere ihn wiedererkennen?

Der Norweger gab das Zeichen, vorwärts zu rollen, und lief zur Bucht zurück, in der diesmal ein Boot lag, das mit einem Außenbordmotor ausgestattet war. Wenige Meter vom Ufer entfernt standen Thora und Kikki Larsen.

Es dauerte nun nicht mehr lange, bis Peter Flemming das Flugzeug wohlbehalten in die Bucht dirigiert hatte und dem eilig heranrudernden Fischereiaufseher das Halteseil zuwarf, das dieser mit kraftvollem Schwung an seine Tochter weiterleitete, die es sachgemäß an einem Pflock befestigte.

»Gut, daß Sie mich vor der Strömung gewarnt haben«, rief der Captain dem Norweger zu.

»Hier ist es gefährlich, wenn das Wasser zum Meer rennt.«

Sie gaben sich die Hand.

»Herzlich willkommen!«

»*Mange takk!*«

Lars Larsen grinste.

Der Regisseur kletterte auf den Schwimmer hinab und streckte dem Fischereiaufseher die Hand entgegen. »Bush!« sagte er, wobei er das ›u‹ wie ein ›a‹ aussprach. Und dann im breitesten Amerikanisch: »Ich freue mich, Ihre Bekanntschaft zu machen. Mein Pilot hat mir schon von Ihnen berichtet.«

Peter Flemming glaubte nicht richtig zu hören. Die beiden kannten sich doch! Aber dann fiel ihm ein, daß Randolph Bush in Ascona angedeutet hatte, den Norweger überraschen zu wollen. Allem Anschein nach gehörte sein eigenartiges Verhalten dazu.

»Welcome to you!« entgegnete der Alte und schüttelte kräftig die Hand.

Randolph Bush standen Schweißtropfen auf der Stirn. Dem Herrgott sei Dank. Lars Larsen hatte ihn nicht erkannt.

»Bitte, steigen Sie in das Boot ein.«

Der Regisseur folgte der Aufforderung mit dem Elan eines

durchtrainierten Sportlers. Zum Teufel mit den Sorgen. Die schwierigste Klippe lag hinter ihm.

Der Captain war Claudia beim Aussteigen behilflich.

Ihr Mann machte sie mit dem Norweger bekannt. Er tat dies allerdings so, daß sie erkannte, nicht von früheren Zeiten sprechen zu sollen.

Was treibt ihn, sich zu verstellen, überlegte sie verwirrt, als sie dem Alten die Hand reichte. Zu Hause redete er stundenlang über den Norweger, und hier gibt er sich ihm nicht zu erkennen?

Erneut entbot Lars Larsen sein: »Welcome to you!«

»Dafür danke ich Ihnen sehr«, erwiderte Claudia betont herzlich. »Ich freue mich schon darauf, Ihre Frau und Ihre Tochter kennenzulernen.«

Der Alte wies zum Ufer hinüber. »Dort stehen sie.«

»Ja, ich habe sie bereits gesehen.«

»Come in!« forderte Randolph Bush seine Frau auf.

Claudia schaute zu Peter Flemming hinüber. »Fahren Sie auch mit?« Vorsorglich stellte sie die Frage auf englisch.

Er nickte. »Das Ausladen erledigen wir später.«

»Dafür habe ich ein Boot mit Motor bereitgemacht«, erklärte der Norweger. »Wir laden hier ein und bringen alles gleich zur Insel. Dann brauchen wir nichts über die schwingende Hängebrücke zu tragen.«

Claudia stieg in das Boot ein und warf ihrem Mann einen vernichtenden Blick zu.

Wenn ich mit ihr gesprochen habe, wird sie mich verstehen, tröstete er sich und hoffte zuversichtlich, daß Thora Larsen ihn ebenfalls nicht erkennen würde.

Seine Hoffnung erfüllte sich. Wie hätte die Frau des Fischereiaufsehers in dem stattlichen Amerikaner, dessen braungebranntes Gesicht ein struppiger, graumelierter Bart umrahmte, auch den einstmals bartlosen, schmalen und blassen deutschen PK-Mann wiedererkennen sollen?

Randolph Bush begrüßte sie überschwenglich.

Sie antwortete mit einem hoheitsvollen Nicken und begrüßte ihn in der englischen Sprache.

»Oah, you speak English?«

»Only a little.«

»And your daughter?« wandte er sich an Kikki.

Die strahlte Unnahbarkeit aus. Ihre Augen waren voller Trotz. Die Sonne spielte in ihrem kastanienroten Haar.

Er wurde unsicher. »Ich freue mich, Sie kennenzulernen.«

»God dag«, erwiderte sie ohne jede Betonung. Es klang, als wollte sie sagen: Auch wenn ich jemanden nicht mag, bleibe ich einen Gruß nicht schuldig.

Völlig anders reagierten sie und ihre Mutter, als die Frau des Regisseurs an sie herantrat. Beide waren durchaus freundlich, wenngleich ihnen Claudias Welt fremd sein mußte.

Peter Flemming genoß es, Mutter und Tochter zu beobachten. Ihre Augen blickten prüfend, ihr Mienenspiel war beherrscht. Sie machten einen herben und distanzierten Eindruck. Hinter ihrer Zurückhaltung und Unnahbarkeit aber verbargen sich Wärme und Herzlichkeit.

Er grüßte zu den Frauen hinüber.

Thora Larsen nickte ihm zu wie einem alten Bekannten.

»Guten Tag.«

Er erwiderte ihren Gruß und wandte sich an Kikki. »Wir haben uns das letztemal zwar gesehen, aber nicht kennengelernt.«

Ihre Lippen preßten sich aufeinander, als fände sie seine Worte komisch.

Lars Larsen fuhr sich durch sein wirres Haar. »Kikki spricht nicht deutsch.«

»Englisch?«

Er spreizte die Hand. »Ein bißchen.«

Der Captain wandte sich erneut an Kikki. »You speak English?«

Sie schüttelte den Kopf.

»Aber Sie verstehen mich?«

»Yes – if – you – speak – slowly.«

Es wird himmlisch werden, dachte er und sah nur noch Sommersprossen.

6

Randolph Bush war wie verwandelt. Die für ihn eben noch triste und graue Welt erschien ihm plötzlich in leuchtenden Farben. Das Glück, nicht wiedererkannt worden zu sein und Zeit gewonnen zu haben, versetzte ihn in eine euphorische Stimmung. Nun konnte sich alles in Ruhe entwickeln. Und der Lachsfang war nicht mehr gefährdet.

»Ich schlage vor, daß Sie uns zunächst in unsere Unterkunft einweisen«, sagte er dem Fischereiaufseher. »Danach transportieren wir das Gepäck zur Insel, wo meine Frau das Einräumen übernehmen wird. Wir beide können dann den Fluß inspizieren. Einverstanden?«

Peter Flemming war verblüfft. Was ist geschehen, fragte er sich. Die Regie liegt wieder in seinen Händen?

Claudia war nicht minder überrascht.

»It's allright«, antwortete Lars Larsen und forderte seine Frau auf, den Gästen zunächst das eigene Heim zu zeigen. »Ihr Pilot wohnt bei uns«, fügte er, an Randolph Bush gewandt, hinzu.

Begleitet von ihrer Tochter schritt Thora Larsen gleich einer Gestalt aus der nordischen Sagenwelt auf das Bauernhaus zu, das etwa zweihundert Meter vom Ende des Fjordes entfernt auf einer kleinen Anhöhe lag. Während die Bucht graugelben Sand, Kies und viel Geröll aufwies, war das Gelände, das zum Anwesen führte, eine vermooste Wiese, auf der es weder Steine noch Bäume oder Sträucher gab. Hinter dem Haus stiegen die Berge nicht allzu steil an. Der Zauber der Weltentrücktheit wäre vollkommen gewesen, wenn das Tosen des vorbeifließenden Wassers unterhalb des Gehöftes dem Tal nicht einen wildromantischen Charakter verliehen hätte.

Das aus schweren Rundhölzern gebaute Bauernhaus stand auf Pfosten, die so gehauen waren, daß Ratten und Mäuse nicht an ihnen hinaufklettern konnten. Auf dem Dach, das mit Birkenrinde und Erde abgedeckt war, wuchs langhalmiges Gras. Wie bei allen alten norwegischen Höfen besaß die nur knapp 1,60 Meter hohe Eingangstür eine Schwelle von gut 40 Zentimeter Höhe, so daß es nicht gerade leicht war, in das Haus einzutreten.

»Ist die Tür aus besonderen Gründen so gestaltet?« fragte der Captain, den sogleich die technische Seite des ungewöhnlichen Einganges interessierte.

Der Norweger wurde lebhaft. »Wenn Sie in das Haus eintreten wollen, was müssen Sie dann als erstes tun? Bitte, versuchen Sie es.«

Peter Flemming stieg mit einem Bein über die Schwelle.

»Jawohl! Genauso haben es meine Frau und Tochter da eben gemacht. Nur so kann man eintreten. Und nun weiter. Was jetzt?«

Der Captain bückte sich und führte den Kopf unter den Türrahmen.

»Halt!« rief der Alte. »Könnten Sie auch anders in das Haus gelangen?«

Peter Flemming trat ins Freie zurück. »Nein«, sagte er nach kurzer Überlegung. »Da die Tür niedrig und die Schwelle hoch ist, muß man zuerst mit einem Bein übertreten, sich dann bücken und den Kopf vorstrecken.«

Lars Larsen strahlte. »Richtig. Und so soll es sein. Warum? In Norwegen liegen die Bauernhäuser in einsamen Gegenden. Kommt nun ein Räuber – heute nicht mehr, aber früher –, muß er den Kopf vorstrecken, wenn er in das Haus gelangen will. Dann aber: Bums, Schlag auf Kopf und Räuber kaputt.«

Schallendes Gelächter quittierte seine amüsante Erklärung.

Ungewöhnlich wie die Tür war auch das Innere des Hauses. Der hell gescheuerte Fußboden und die ins Auge fallende Sauberkeit des Raumes, in den sie eintraten, paßten trefflich zu Thora Larsens Aussehen, und die Einrichtung war an klarer Gliederung und Schlichtheit kaum zu überbieten. Gleich hinter der Tür stand ein Bett, dessen Rahmen so hoch war, daß man nur über Stufen hineinsteigen konnte. Gegenüber der Tür standen zwei mit bunten Blumen bemalte Schränke, zwischen denen sich der ›Hochsitz‹, der erhöhte Sitz des Familienoberhauptes, vor einem weit in den Raum hineinragenden Tisch befand. In eine der Seitenwände waren vier kleine, holzgerahmte Fenster eingelassen, die ebenso *rosemalt* waren wie die Schränke, die Deckenbalken und die zur Küche und zu zwei weiteren Nebenräumen führenden Türen. Einen der Räume bewohnte Kikki, der andere war für den Captain vorgesehen. Im Gegensatz zur geräumigen Küche waren die Kammern sehr klein. In beiden standen lediglich ein Eckschrank und ein hohes Bett, vor dem sich eine als Sitzbank ausgebildete Stufe befand. Die Eltern schliefen im oberen Stockwerk und erreichten ihre Kammer über eine beängstigend steile Treppe. Aus der Küche drang der Geruch von glimmendem Holz.

»Das Haus gefällt mir«, sagte Claudia ehrlich begeistert. »Hier möchte ich leben.«

Thora Larsens Züge erhellten sich.

Der Regisseur pflichtete seiner Frau bei. »Ja, es ist richtig gemütlich hier.«

Peter Flemming gewahrte, daß Kikki ihn anschaute, als warte sie auf seine Stellungnahme. Sollte auch er Plattheiten vom Stapel lassen? Er verzichtete darauf und nickte statt dessen mit anerkennender Miene zu ihr hinüber.

Sie schaute fort, als sei sie bei etwas Unrechtem ertappt worden.

Claudia bemerkte das Zwischenspiel der beiden und amüsierte sich.

»Ja, dann wollen wir uns mal unser Heim ansehen«, sagte Randolph Bush und ging auf den Ausgang zu. »Bestimmt ist es drüben nicht so gemütlich wie hier.«

»Aber zweckmäßig!« gab Lars Larsen zu bedenken. »Mister Claridge hat die Hütte entworfen.«

»Kommt er jedes Jahr?«

»Seit acht Jahren. Immer mit seinem Freund. Zunächst wohnten sie in einem Zelt. Er hat die Hütte bezahlt. Sehr guter Fischer. Top-man!«

Sie traten ins Freie. Das Tosen des Flusses erfüllte das Tal. Die Insel lag genau dem Bauernhaus gegenüber. Der Weg zu ihr führte wiederum über die Wiese und betrug etwa dreihundert Meter. Fünfzig davon lagen auf dem anderen Ufer, und dreißig Meter maß die Hängebrücke über den Fluß, die primitiv und offensichtlich selbst gebastelt war. Sie bestand aus zwei parallel aufgehängten Stahlseilen, von denen ungezählte Drahtschlaufen herabhingen, in die schmale Bretter gelegt waren, über welche das andere Ufer mehr oder weniger schwankend erreicht werden konnte. Es war unangenehm, das reißende Wasser, das eine ununterbrochene Folge schäumender Stromschnellen darstellte, aus denen stellenweise große Felsen herausragten, auf ihr überqueren zu müssen. Schritt man nicht in einem bestimmten Rhythmus, so geriet die Hängebrücke in Schwingungen, die diametral zur eigenen Bewegung standen. Die Gefahr zu stürzen war dann groß.

»Am besten geht immer nur einer«, sagte der Fischereiaufseher. »Sonst schwingt die Brücke zu stark.«

Er selber machte den Anfang, um das Tempo zu veranschaulichen. Ihm folgte der Regisseur, dann dessen Frau und schließlich Peter Flemming.

»Haben Sie die Brücke selber gebaut?« fragte Randolph Bush, als er das andere Ufer erreicht hatte.

»Mit Mister Claridge und dessen Freund«, antwortete Lars Larsen.

Der Regisseur deutete auf die unterschiedliche Stärke der Drähte und auf Spleißungen in den Stahlseilen, die erkennen ließen, daß kein fabrikneues, sondern zusammengetragenes Material verwendet worden war. »Und woher haben Sie das Zeug?«

Die Augen des Alten blickten noch pfiffiger als für gewöhnlich. »Ehemaliges deutsches Heeresgut.«

Das hab ich vermutet, dachte Randolph Bush und schoß seine nächste Frage ab. »War hier eine Einheit?«

»Nein.«

»Überhaupt keine Soldaten?«

Der Norweger schaute zu Claudia hinüber, die in der Mitte der Hängebrücke stehengeblieben war und einen unsicheren Eindruck machte. »Nur weiter«, rief er ihr aufmunternd zu. »Es kann nichts passieren.«

»Aber es schwankt so!«

»Keine Anstellerei!« rief ihr Mann lachend. »Let's go!«

Sie setzte vorsichtig einen Fuß vor den anderen und hielt sich krampfhaft an den Drähten fest.

»Frauen können sich schon furchtbar anstellen«, knurrte Randolph Bush.

Der Fischereiaufseher enthielt sich einer Stellungnahme.

»Apropos Deutsche. Waren überhaupt keine Soldaten hier?«

Lars Larsen zog ein Tuch aus der Tasche und schneuzte sich. »In der Mitte schwingt die Brücke am stärksten. Aber Ihre Frau hat die kritische Stelle bereits hinter sich gebracht.«

Der alte Fuchs will nicht reden, dachte der Regisseur. Doch das wird sich geben.

Aufseufzend erreichte Claudia das Ufer. »Die Insel werde ich voraussichtlich nur selten verlassen.«

Ihr Mann schloß sie in die Arme. »War es so schlimm?«

Sie machte sich von ihm frei. »Es gibt bekanntlich Schlimmeres.«

Er wußte, worauf sie anspielte.

Nachdem auch Peter Flemming die Hängebrücke passiert hatte, führte Lars Larsen seine Gäste an verkrüppelten Sträuchern und Zwergbirken vorbei zu einer erhöht stehenden roten Fischerhütte, deren Tür- und Fensterrahmen mit weißer Farbe frisch gestrichen waren. Der schlichte, aber gut eingeteilte Holzbau besaß einen überdachten Altan, von dem aus das ganze Tal zu überschauen war. Sogar die untere der beiden großen Stromschnellen, die über einen Kilometer entfernt lag, konnte man gut überblicken. Hinter der Eingangstür befand sich ein als ›Fischerstube‹ bezeichneter Vorraum mit Tischen und Wandschränken zum Ausbreiten und Aufbewahren des Angelgerätes. Wie zur Dekoration waren an den Wänden einige Ruten befestigt, die Randolph Bush ehrfürchtig flüstern ließen:

»Mein Gott, welche Kostbarkeiten. Eine gespließte Payne! Und eine Leonhard! Eine Hardy!«

Die weiteren Räume interessierten ihn nicht mehr. Sie boten auch nichts Erwähnenswertes. Die Küche verfügte zwar über einen modernen Herd, für den der Captain einige Gasflaschen mitgebracht hatte, darüber hinaus aber gab es nur noch einen kleinen Wohnraum und zwei winzige Schlafkammern mit je einem Feldbett.

Peter Flemming überraschte der Gleichmut, mit dem Claudia die primitiven Räume hinnahm. Ihm war nicht bekannt, daß sie ihren Mann schon des öfteren zum Fischen begleitet hatte und sehr wohl wußte, was sie erwartete: Wochen ohne jeden Komfort, angefüllt mit Einsamkeit und endlosen Gesprächen über das Angeln im allgemeinen und den Lachsfang im besonderen.

»Dann wollen wir mit dem Entladen beginnen«, sagte Randolph Bush, nachdem er die Ruten an der Wand liebevoll untersucht hatte. Er konnte es kaum erwarten, den Fluß entlangzulaufen.

»Am besten bleiben Sie unten am Ufer und nehmen das Gepäck in Empfang«, entgegnete Lars Larsen. »Mister Flemming, Kikki und ich laden die Sachen in das Boot und bringen sie nach hier.«

»Ein guter Gedanke«, erwiderte der Regisseur, der Wert darauf legte, seiner Frau so schnell wie möglich zu erklären, weshalb er sich dem Fischereiaufseher nicht zu erkennen gegeben hatte. Dieses Thema aber schnitt Claudia selber an, als der Norweger und Peter Flemming gegangen waren.

»Fast bis ans Ende der Welt sind wir gereist, um einen Mann aufzusuchen, von dem du behauptest, ihn sprechen zu müssen. Und nun gibst du dich ihm nicht einmal zu erkennen!« empörte sie sich. »Du hast doch gesagt...«

»Moment«, unterbrach er sie bestimmt, aber ohne jede Schärfe. »Ich stehe zu allem, was ich gesagt habe. Zuvor möchte ich jedoch eine Frage an dich richten: Glaubst du, daß die Unterredung, die ich mir erwünsche, einen erfreulichen oder unerfreulichen Inhalt haben wird?«

»Woher soll ich das wissen?« antwortete sie überaus gereizt.

»Dann will ich es dir sagen: Wäre die Unterredung erfreulich, hätten wir nicht hierherzufliegen brauchen. Erwarte also nicht von mir, daß ich sie gleich nach unserer Ankunft führe. Noch dazu vor Menschen, die nichts mit der Sache zu tun haben!«

Claudia wurde verlegen. Gegen das Argument ihres Mannes ließ sich nichts einwenden.

»Gedulde dich also«, fuhr er fast väterlich fort. »Ich brauche Zeit, um Lars Larsens Vertrauen zu gewinnen. Nur im Notfall, das heißt, wenn er oder seine Frau mich erkannt hätten, würde ich sofort geredet haben.«

Sie bot ihm die Hand. »Verzeih meine Gedankenlosigkeit.«

»Und du mir meine Geheimniskrämerei.«

Claudia fühlte sich wie erlöst. »Ich werde dir bei der Übernahme der Sachen behilflich sein«, sagte sie und begleitete ihn zum Ufer.

Der Weg dorthin führte über einen Teppich von Moos und altem Laub. Der würzige Geruch feuchter Erde lag in der Luft.

Randolph Bush genoß es, mit seiner Frau durch die anscheinend unberührte Natur zu gehen. Er legte seinen Arm um ihre Schulter und wies auf die rotgrau schimmernden Hänge der Berge, die lediglich in ihrem untersten Teil bewachsen waren. »Die Baumgrenze liegt in diesen Breiten bei dreihundert Metern.«

Claudia blieb stehen und roch an einem Wacholderbusch.

»Es ist schön hier, aber für immer könnte ich in solcher Einsamkeit nicht leben.«

Er zuckte die Achseln. »Wahrscheinlich ist das Gewohnheitssache. Auch vermögen wir nicht zu erfassen, wie naturverbunden und gesund die Menschen hier leben. Im Grunde genommen sind sie reicher als wir. Wir hetzen uns doch alle von morgens bis abends ab, nur um Dinge erwerben zu können, die wir überhaupt nicht benötigen. Das bißchen, was man zum Leben braucht, ist schnell beschafft. Die Familie Larsen wird vermutlich höchstens drei Stunden am Tag arbeiten. Sie kann sich das leisten, weil sie weder den Erwerb eines Kühlschrankes noch den eines Fernsehapparates oder Autos anstrebt und frei von jedem Konsum-Terror ist.«

Vom Ufer ertönte ein knarrender Ruf. Gleich darauf flog ein gedrungener, dickköpfiger Vogel mit schwarz-weißem Gefieder, orangeroten Füßen und rot-blau-gelbem Schnabel auf.

»Ein Papageitaucher!« rief der Regisseur begeistert. »In den nächsten Wochen färbt sich sein Schnabel noch kräftiger.«

»Gibt es eigentlich Tiere, die du nicht kennst?« fragte Claudia mit einem bewundernden Unterton in der Stimme.

Er wehrte ab. »Ich kenne nur solche, mit denen ich durch das Fischen, diese Torheit der Weisen, in Berührung gekommen bin.«

Sie erreichten das rückwärtige Ufer der Insel, das von Felsbrocken gesäumt war. Das Wasser stand hier beinahe still. Es war so klar, daß man bis auf den Grund sehen konnte.

Claudia aber blickte wie gebannt zum anderen Ufer hinüber. »Dort geht die Gestalt, von der Peter Flemming erzählte.«

Randolph Bush sah einen Mann, dessen blasses Gesicht aus einem Tuch herausschaute, das er sich um den Kopf gebunden hatte. Er trug einen knöchellangen, zerschlissenen Mantel und hielt in seiner verkrampft wirkenden Hand eine Kette von flachen Steinen. Bedächtig schritt er am Ufer entlang und blickte dabei wie suchend zu Boden.

»Komischer Kauz«, sagte der Regisseur gedämpft, nachdem er die Gestalt eine Weile beobachtet hatte.

»Mir ist er unheimlich«, entgegnete Claudia beklommen. »Wer mag das sein?«

»Keine Ahnung.«

Noch während sie sich über den Unbekannten unterhielten, steuerte Lars Larsen die Insel an. Die Gestalt am gegenüberliegenden Ufer nahm keinerlei Notiz von ihm.

»Wer ist das dort drüben?« fragte Randolph Bush den Fischereiaufseher, als dieser anlegte.

Der Norweger stellte den Bootsmotor ab und stieg mit seinen Gummistiefeln ins Wasser. »Ein armer Mensch. Sein Verstand . . . Ich reiche Ihnen jetzt die Pakete.«

Der Regisseur beugte sich zu ihm hinab und übernahm ein kleines Kistchen. »Er ist nicht richtig im Kopf?«

Lars Larsen nahm einen Karton auf. »Das wäre zuviel gesagt.«

»Und was macht er am Ufer?«

Dem Alten war anzumerken, daß ihm das Gespräch nicht behagte. »Er geht spazieren.«

»Es sieht aber so aus, als suche er etwas.«

»Schon möglich«, antwortete Lars Larsen und hob zwei Gasflaschen aus dem Boot.

»Am Ufer gibt's doch nichts zu suchen.«

Der Norweger wurde mürrisch. »Hab ich nicht gesagt, daß er ein armer Mensch ist!«

Randolph Bush gab es auf, den Fischereiaufseher mit weiteren Fragen zu bedrängen.

*

Nach drei Fahrten waren nur noch einige Kleinigkeiten vom Flugzeug zur Insel zu transportieren. Diese Aufgabe überließ Lars Larsen seiner Tochter, die ihn auf der dritten Fahrt begleitet hatte und dann allein zu Peter Flemming zurückkehrte, der inzwischen damit begonnen hatte, den Motor und das Cockpit der Maschine mit einer Segeltuchplane abzudecken.

»Sie fahren mit zur Insel?« fragte sie ihn, jedes Wort bedächtig wählend, als die letzten Sachen im Boot verstaut waren.

Der Captain zögerte einen Moment. Er hätte sich gerne noch etwas mit Kikki unterhalten, hielt es jedoch für angebracht, der Frau des Regisseurs behilflich zu sein. Gewiß hatte sich ihr Mann mit dem Fischereiaufseher bereits auf den Weg gemacht. »Ja«, antwortete er. »Ich möchte Mistress Bush helfen.«

Sie sah ihn an, als begreife sie den Sinn seiner Worte nicht.

Er stieg zum Cockpit hinauf, um die Plane zu befestigen. »Ich freue mich schon darauf, mit Ihnen das Starten bei Glattwasser zu üben.«

Ihr Gesicht erhellte sich. »Sie das wirklich mit mir wollen?«

»Habe ich es Ihnen nicht versprochen?«

Er gab dieses Versprechen, als Kikkis Vater zum erstenmal zur Insel übersetzte und er die günstige Gelegenheit benutzt hatte, ihr die Führerkabine zu zeigen. Angesichts der vielen Instrumente und Hebel verlor sie ihre Unnahbarkeit und erzählte radebrechend, daß das Flugzeug von Mr. Claridge im letzten Herbst beim Start nicht hätte aus dem Wasser herauskommen können, weil dessen Oberfläche vollkommen glatt gewesen sei. Der Engländer habe daraufhin gebeten, daß jemand mit dem Motorboot über den Fjord fahre und Wellen mache. Das habe sie getan, doch beinahe wäre es schiefgegangen. Sie schätzte die Geschwindigkeit des Flugzeuges falsch ein und fuhr zu spät zur Seite. Wenn der Pilot die Maschine nicht in letzter Sekunde beherzt zur Seite gerissen hätte, wäre sie nicht mehr zu retten gewesen.

Nach ihrer zum Teil recht mühevollen Erzählung hatte der Captain Kikki gefragt, ob sie Lust habe, das Starten bei Glattwasser mit ihm zu üben. Sie hatte sogleich begeistert zugestimmt, und er hatte ihr versprochen, mit dem Training schon in den nächsten Tagen zu beginnen.

»Wenn Sie wollen, können Sie beim Start auch einmal im Cockpit sitzen«, fügte er nun hinzu.

»Aber ich doch muß Boot steuern«, gab sie zu bedenken.

»Das übernimmt dann eben jemand anderer. Mistress Bush zum Beispiel.«

Kikkis Augen wurden dunkel. »Sie das kann?«

»Ich glaube schon.«

»Sie nicht wissen genau?«

»Nein.«

»Warum nicht?«

»Ich kenne Mistress Bush erst seit zwei Tagen.«

Kikki legte den Kopf in den Nacken. »Ich ihr zeigen, wie Boot wird gesteuert.«

»Fein«, erwiderte Peter Flemming und dachte zufrieden: Jetzt leisten mir beide Gesellschaft. »Wenn Sie noch einen Moment warten, fahre ich mit zur Insel.«

»Zu helfen Mistress Bush?«

»Ja.«

»Und sie erst zwei Tage kennen?«

»Ich sagte es.«

Ihre Augen verfärbten sich aufs neue.

»Wenn auch Sie etwas mithelfen, können wir gemeinsam zurückfahren.«

Kikki lächelte zufrieden. »Ich Ihnen dann zeige Schafe, von denen ich erzählt.«

»Vor allen Dingen den Platz oberhalb der Stromschnelle, den Sie so lieben.«

Ihre Augen glänzten. Für sie war Peter Flemming ein besonderes Wesen. Er konnte fliegen und war darüber hinaus der erste jüngere Mensch, der für einige Wochen im Fjord der Lachse leben würde. Jung war allerdings auch Mrs. Bush, aber die gefiel ihr nicht. Warum, das wußte sie nicht. Vielleicht, weil sie so hübsch war und keine Sommersprossen hatte.

Der Captain kletterte auf den Schwimmer hinunter und stieg in das Boot über. »So, von mir aus kann es jetzt losgehen.«

Kikki warf den Motor an und steuerte das Boot am Flugzeug vorbei in die Strömung hinaus.

Er schaute zum Ufer hinüber und sah jene eigenartige Gestalt, die ihm bei seinem ersten Besuch bereits aufgefallen war. »Wer ist das?« fragte er unwillkürlich.

»Nøkk«, antwortete sie einsilbig.

Der Mann am Ufer hob den Kopf, als habe er Kikkis Stimme gehört. Sekundenlang blieb er wie angewurzelt stehen, dann rannte er plötzlich wie in panischer Hast zur Hängebrücke und überquerte diese mehr stolpernd als laufend.

Kikki beobachtete ihn besorgt.

Peter Flemming bemerkte es und fragte: »Was hat das zu bedeuten?«

»Er Angst um mich. Außer mit Vater, er mich nie gesehen mit Mann in Boot. Meist völlig abwesend. Kommt aber Fremder in meine Nähe, Mister Claridge oder anderer, dann er sofort rennt zu mir und bleibt, bis ich wieder allein.«

»Und warum tut er das?«

Kikki dirigierte das Boot gegen die Strömung. »Seit ich geboren, er wacht über mich. Früher nie gegangen von meiner Seite. Für Eltern war schwer, ihm sagen, er nicht soll immer stehen hinter mir. Er nicht richtig im Kopf. Denkt, ich sein Geschöpf.«

Der Geistesgestörte lief von der Brücke zum Ufer hinunter.

Claudia sah ihn auf sich zukommen und schrie vor Entsetzen.

»Nøkk!« rief Kikki, ohne ihre Stimme wesentlich zu heben.

Sofort blieb er stehen.

»Warte, bis ich komme!«

Er atmete schwer.

Claudia wich ängstlich zurück.

»Sie brauchen sich keine Sorge zu machen«, rief der Captain ihr zu.

Sie entfernte sich dennoch weiter von Nøkk.

Kikki legte am Ufer an. »Verlassen Sie Boot. Dann Nøkk einsteigen. Ich Ihnen reiche die Sachen.«

Peter Flemming sah sie prüfend an. »Ist er doch gefährlich?«

»Nein, nein. Nur jetzt aufgeregt. Er Sie nicht kennt. Muß sich beruhigen.«

»Ich verstehe.«

»Bitte, auch verstehen, wenn ich fahre zurück mit Nøkk. Wir uns sehen zu Hause.«

*

Nøkk war unversehens zur Hauptperson geworden. Claudia konnte und wollte sich nicht beruhigen. Immer wieder betonte sie aufs neue, vom ersten Augenblick an gespürt zu haben, daß der Irre gefährlich sei. Sie blieb auch bei ihrer Auffassung, als sie von Peter Flemming erfuhr, was Kikki ihm erzählt hatte. Das plötzliche Auftauchen der unheimlich anmutenden Gestalt hatte ihr förmlich einen Schock versetzt.

Merkwürdigerweise überging Randolph Bush die Schilderung seiner Frau nicht mit der Unbekümmertheit, die ihm in solchen Fällen sonst zu eigen war. Aufhorchend fragte er: »Nøkk? Nøkk heißt der Mann?«

»Sein Name spielt doch keine Rolle«, antwortete Claudia.

»Da bin ich anderer Meinung«, entgegnete er. »In den Sagen Norwegens ist Nøkk ein Wassergeist. Er soll die Fähigkeit besitzen, Lebewesen in die Tiefe zu ziehen. Wenn das auch Humbug ist, so sollte man einen Menschen doch nicht Nøkk nennen. Schon gar nicht einen Verrückten.« Nach dieser prononciert geäußerten Meinung wechselte er das Thema so abrupt, daß Claudia und Peter Flemming fassungslos waren. »Ihr könnt euch nicht vorstellen, wie phantastisch es an der Stromschnelle ist. Im Augenblick führt der Fluß zwar noch reichlich viel Wasser, aber die Lachse sind da! Drei haben wir gesehen. Mordskerle, sage ich euch. Sie springen, daß es eine Freude ist. Gleich morgen früh geht es los. Das heißt, erst um zehn Uhr«, korrigierte er sich. »Der Herr Fischereiaufseher will sein Amt als Bootsführer nicht eher ausüben. Er behauptet, die Lachse würden nicht früher beißen. Von wegen Flut und so. Das stimmt zwar, aber ich habe mich dennoch gerächt. Er fischt, wie ich weiß, gerne mit der Garnele. Da habe ich ihm erzählt, nach neuesten Erkenntnissen wende der Lachs sich von Garnelen ab, wenn deren Augen Verletzungen aufweisen.« Er lachte polternd. »Bestimmt glaubt Larsen den Quatsch und wird seine Köder nun immer gründlich untersuchen. Aber genug davon. Euch beide führe ich jetzt hinauf zur Stromschnelle. Das Wasser prickelt da wie Champagner.«

Claudia schüttelte verständnislos den Kopf. »Du kommst doch gerade von dort.«

»Woraus du ersehen magst, wie herrlich es da oben ist.«

Sie seufzte. »Heute habe ich keine Zeit. Vielleicht begleitet dich Herr Flemming.«

Der war gerne bereit, einen Spaziergang zu machen. Und Randolph Bush freute sich, jemanden zu haben, der vom Angeln nichts verstand, also ein guter Zuhörer sein würde.

Nachdem sie die Hängebrücke überquert hatten, deutete er auf das Ufer des Flusses, das von Felsen und Rollsteinen gesäumt war und frei von Bäumen und Sträuchern war. »Dort können keine Haken hängenbleiben.«

Der Captain sah ihn fragend an. »Wie soll ich das verstehen?«

»Wenn Gestrüpp oder Bäume in der Nähe sind, gibt es schnell ›Hänger‹.«

»Wie denn das?« fragte Peter Flemming verwundert. »Man hält die Angel doch übers Wasser.«

Randolph Bush war in seinem Element. »Aber nicht, wenn man mit der Fliege fischt! Dann sitzt man nämlich nicht einfach still da, sondern führt mit der Rute Bewegungen durch, die es mit sich bringen, daß man mit dem Haken schon mal irgendwo hängenbleibt.«

»So weit holen Sie aus?«

»Ach was! Der Vorgang ist völlig anders, als Sie es sich vorstellen.« Er bückte sich und hob einen Kieselstein auf. »Werfen Sie den so weit über den Fluß, wie Sie können.«

Peter Flemming holte aus und erreichte fast das gegenüberliegende Ufer.

Der Regisseur zupfte einen Grashalm ab. »Und nun werfen Sie das da über das Wasser.«

»Wollen Sie mich auf den Arm nehmen?«

»Keineswegs. Ich versuche nur, Ihnen eines der Probleme verständlich zu machen, die das Fliegenfischen uns stellt. Eine Fliege, auch die künstliche, wiegt praktisch nichts. Dennoch muß sie über beachtliche Entfernungen geworfen werden. Sie muß ja, um es einmal ganz einfach auszudrükken, der Forelle oder dem Lachs so vorgesetzt werden, daß die Strömung sie auf diese zutreibt. Wie aber soll man einer Sache, die nichts wiegt, eine Bewegungsenergie verleihen? Erst eine geeignete Rute vermag dieses Problem zu lösen. Richtig angewendet wirkt sie wie eine Spannfeder. Wir übertragen die Kraft unserer Muskeln auf die federnde Rute, die ihrerseits die Energie auf die Schnur überträgt, an der wir die fast gewichtslose Fliege befestigt haben. Auf diese Weise können wir wenige Gramm schwere Köder weit über das Wasser hinweg zu genau der Stelle schleudern, wo wir den auf der Lauer liegenden Fisch vermuten oder sehen. Dieser darf natürlich nicht merken, daß die Fliege an einer Schnur hängt. Sonst ist er gleich vergrämt und denkt nicht daran zu beißen.«

»Wollen Sie mir einreden, daß Fische die hauchdünnen Schnüre sehen können?«

»Die erkennen sogar jeden Knoten an der Schnur. Auch Farben vermögen sie zu unterscheiden. Darum die bunt gefärbten Köder. Und sie hören so scharf und genau, daß es gelungen ist, Fische auf unterschiedliche Lautklänge zu dressieren. Aber nicht allein wegen ihrer erstaunlichen Hörfähigkeit müssen Angler sich an stillen Gewässern leise verhalten, sondern der Erschütterungssinn läßt Fische einen am Ufer gehenden Menschen registrieren, noch bevor dieser in ihre Sicht- oder Hörweite gerät.«

Peter Flemming war überrascht. »Das klingt wie im Märchen.«

»Entspricht aber den Tatsachen.«

»Da fällt mir ein, daß Lars Larsen mir erzählte, Lachse könnten den Wasserdruck ermitteln? Stimmt das?«

»Natürlich, mit Hilfe ihrer Seitenlinienorgane. Erst die kontinuierliche Feststellung des Wasserdruckes ermöglicht es ihnen, die Flüsse hinaufzusteigen. Unentwegt weichen sie den stärksten Strömungen aus.«

»Und haben Fische auch einen Geruchssinn?«

»Der ist sogar so hervorragend, daß sich manche von ihnen an den Duftstoffen der einzelnen Gewässer orientieren. Die Riechleistung der Lachse zum Beispiel ist so groß, daß sie jederzeit, und wenn sie sich im Laufe der Jahre noch so weit in die Weltmeere entfernt haben, ihren Fluß wiederfinden können.«

»*Ihren* Fluß?«

»Ja. Ein Lachs, der im Oberlauf der Elbe das Licht der Welt erblickt hat, kehrt nach vier Jahren, wenn er geschlechtsreif wird, zum Laichen in die Elbe zurück. Er ist gewissermaßen auf die Duftstoffe dieses Flusses programmiert.«

Peter Flemming grinste ungläubig.

»Es ist eine unbestrittene Tatsache, daß ein Lachs aus der Seine in die Seine und einer aus dem Rhein in den Rhein zurückkehrt«, fuhr Randolph Bush mit Nachdruck fort. »Heute erscheint natürlich keiner mehr in diesen versauten Flüssen. Aber in Norwegen, Schottland, Kanada und Alaska, wo die Welt in großen Teilen noch heil ist, kehrt jeder Lachs in ›seinen‹ Fluß zurück. Inzwischen hat man interessante Versuche gemacht und herausgefunden, daß der Dottersack, mit dem das Lachsbaby in den ersten Tagen ausgestattet ist, dabei eine wichtige Rolle spielt. Setzt man einen gezüchteten Lachs mit dem Dottersack beispielsweise in den Alta, so kehrt er später, nach einem jahrelangen Aufenthalt im Meer, in den Alta zurück. Setzt man ihn aber ohne Dottersack in einen Fluß, dann findet er diesen in seinem ganzen Leben nicht wieder.«

Der Captain war beeindruckt. »Es ist großartig, was die Natur alles zuwege bringt. Der Orientierungssinn der Fische ist aber nicht so verwunderlich, wie es im ersten Augenblick den Anschein hat. Sie existieren schließlich Jahrmillionen länger als wir.«

Das Gespräch verstummte, da sie die Stromschnelle erreichten, deren tosendes Brausen jedes Wort übertönte. Über Felsen und Klippen stürzte der Fluß auf einer Strecke von fast zweihundert Meter Länge in ein etwa fünf Meter tiefer gelegenes Becken, das sich am anderen Ufer stark verbreiterte und einen Kolk bildete, in dem sich das Wasser staute und fast träge floß.

»Da! Lachse!« schrie Randolph Bush aufgeregt.

Der Captain sah mehrere große Fische aus dem weißschäumend herabdonnernden Fluß herausschießen und platschend wieder eintauchen. »Toll!« rief er begeistert. »Ich verstehe nur nicht, warum sie das tun. Wenn man sich gegen eine anbrandende Welle wirft, wird man doch zurückgeworfen. Taucht man aber unter ihr hinweg, kommt man vorwärts. Was die Lachse da machen, widerspricht dem Gesetz...«

»Die springen doch nicht, um vorwärtszukommen«, unterbrach ihn Randolph Bush laut schreiend.

»Sondern?«

»Weil sie Läuse loswerden wollen. Diese Biester, die sich im Meer wie Blutegel an ihnen festsetzen, schlagen sie sich in der Brandung vom Körper. Um die Stromschnelle zu überwinden, schwimmen sie normalerweise unten entlang.«

»Was heißt normalerweise?«

Randolph Bush zögerte mit der Antwort. »Wir wissen erst wenig von den Lachsen.«

Der Captain trat näher an den Regisseur heran, um nicht so schreien zu müssen. »Dennoch sollten Sie zum Fernsehen gehen und eine Sendereihe über ›Die lausigen Lachse‹ machen. Käme bestimmt gut an.«

*

Als Randolph Bush und Peter Flemming zur roten Hütte zurückkehrten, hatte Claudia den Abendtisch bereits gedeckt. »Gut, daß ihr kommt«, rief sie den beiden entgegen. »Ich habe mächtigen Hunger. Alles ist vorbereitet. Wir können gleich essen.«

»Was gibt's denn?« fragte ihr Mann.

»Corned beef, Bratkartoffeln und Spiegeleier. Dazu frische Milch. Kikki hat sie gebracht.«

»Das ist aber nett von ihr.«

»Bedanke dich bei Herrn Flemming dafür.«

Der Captain horchte auf.

»Wieso denn das?« fragte der Regisseur.

»Weil Kikki die Milch nur gebracht haben dürfte, um unserem kühnen Luftfahrer ausrichten zu können, er möge heute abend nicht zu spät ins Bettchen gehen.«

»Wie bitte?« rief Peter Flemming überrascht.

Claudia amüsierte sich. »Kikki drückte sich natürlich anders aus. Sie sagte, der Herr Pilot möge heute nicht zu spät nach drüben kommen. Sinngemäß ist das ja aber wohl das gleiche.«

Randolph Bush lachte dem Captain ins Gesicht. »Eine tolle Leistung, innerhalb weniger Stunden unter den Pantoffel zu geraten.«

Euch werd ich's geben, dachte Peter Flemming und entgegnete: »Ich konnte nicht wissen, daß Norwegerinnen so sind. Glauben Sie mir, für mich war's eine reine Alberei.«

»Was?« fragte Claudia mit angehaltenem Atem.

Er gab sich unbekümmert. »Die paar Küsse waren nicht der Rede wert.«

»Sie haben Kikki geküßt?«

»Unter Küssen verstehe ich an sich etwas anderes. Es waren flüchtige Cockpit-Küsse, weiter nichts. Hätte ich gewußt, daß Kikki plötzlich so leidenschaftlich werden würde ...«

»Die Kleine wurde leidenschaftlich?« fragte der Regisseur verdächtig interessiert.

»Ich kann es nicht anders nennen.«

»Und wie äußerte sich das?«

»Nun, als erstes legte sie ihre Sommersprossen ab.«

»Sie Schuft!« rief Claudia und warf dem Captain mit aller Wucht eine Serviette an den Kopf. »Uns so hereinzulegen!«

Er lachte. »Ich mußte mich rächen.«

Randolph Bush klopfte ihm auf die Schulter. »Sie hätten Schauspieler werden sollen.«

Unversehens wurde die Stimmung fast übermütig. Das nachfolgende Essen verlief dementsprechend unterhaltsam, und am Schluß, als Peter Flemming sich auf den Weg zum Bauernhaus machte, wurden ihm ironische Ratschläge erteilt.

»Er ist ein netter Kerl«, sagte der Regisseur danach seiner Frau.

Gefährlich nett, dachte Claudia. Sie hätte plötzlich gerne Kikki sein mögen.

Indessen fragte sich der Captain, was die junge Norwegerin veranlaßt haben mochte, ihn zu bitten, nicht zu spät zu erscheinen. Ihr Vater hatte ihm gesagt: »Die Haustür wird nicht verschlossen. Sie können kommen, wann Sie wollen.«

Als er die Hängebrücke hinter sich gebracht hatte und eben seine Schritte beschleunigen wollte, fuhr er erschrocken zusammen. Der Geistesgestörte stand unmittelbar vor ihm. Wahrscheinlich hatte er sich am Ufer hinter einem Felsen verborgen gehalten. Sein jähes Auftauchen war damit aber nicht erklärt. Regungslos stand er da und schaute Peter Flemming an.

Der registrierte nüchtern: Ausdruckslose dunkle Augen; feingeschnittenes Gesicht; vernarbte Haut; um den Kopf gelegtes Leinentuch; zerschlissener Mantel; eine im Gelenk falsch stehende, verkrüppelte Hand, die eine Kette von etwa dreißig flachen, durchbohrten Kieselsteinen hält. Jawohl, durchbohrte Kieselsteine! Auf der anderen Seite fragte er sich: Was tun? Stehenbleiben? Weitergehen? Ihn nicht beachten? Zu ihm reden?

Kikki fiel ihm ein. Sie hatte vorhin, als der Irre zum Ufer hinuntergehastet war, ganz einfach und ohne Betonung seinen Namen gerufen. »Nøkk«, sagte er unwillkürlich und nickte ihm zu.

Der Geisteskranke rührte sich nicht. Seinen Augen aber war anzusehen, daß er etwas ihm Unerklärliches zu ergründen versuchte.

»Nøkk«, wiederholte Peter Flemming.

Der Kopf des Angesprochenen legte sich schräg. Wie der eines Hundes, zu dem man spricht.

Dem Captain lief es kalt über den Rücken. »Gehen wir zu Kikki.«

Ihr Name versetzte Nøkk in helle Aufregung.

»Zu Ihrer Kikki!« fügte Peter Flemming schnell hinzu. »To your Kikki! *Till dere Kikki!*«

Etwas Besseres hätte er nicht sagen können. Nøkk war mit einem Male wie verwandelt und trat zur Seite.

Der Captain ging auf das Bauernhaus zu. Für ihn war es klar, weshalb er sein Nachtquartier an diesem Abend nicht zu spät aufsuchen sollte. Man wollte ihn wegen des Irren sprechen. Er schaute sich um. Nøkk war spurlos verschwunden.

Das ist unheimlich, dachte er betroffen. Verständlich, daß Claudia sich vor diesem Menschen fürchtet.

Ein Ruf riß ihn aus seinen Gedanken.

Er schaute zur Bucht hinüber und sah Lars Larsen von dort auf das Bauernhaus zugehen.

»Hab die Maschine richtig verankert«, rief er mit an den Mund gehaltenen Händen.

»Das wäre meine Aufgabe gewesen«, entgegnete Peter Flemming in der gleichen Weise.

Sie wechselten ihre Richtung und gingen aufeinander zu.

Als sie zusammentrafen, fragte der Captain wie nebenbei: »Wieso kennen Sie sich eigentlich mit Flugzeugen so gut aus?«

Der Alte blinzelte, als würde er von der Sonne geblendet. »Im Winter muß ich auch ein paar Kronen verdienen. Ich arbeite in Tromsø bei der Fischerei-Inspektion, die über Flugzeuge verfügt, um fängig gestellte Lachsnetze ausfindig machen zu können.«

»Mit Flugzeugen werden Lachsnetze überwacht?«

»Ja. Von den Elternfischen erreichen immer weniger die Laichplätze, weil viele Menschen den Lachsfang mit Hilfe von Netzen betreiben. Laut Gesetz darf jeder in den Fjorden fischen. Nun hat man eine neue Bestimmung erlassen. Von Freitag abend bis Montag achtzehn Uhr darf kein Lachsnetz fängig gestellt sein. Es kann also niemand mehr übers Wochenende Lachse fangen. Die meisten aber haben nur am Wochenende Zeit und Gelegenheit. Die Lachse haben somit jetzt von Samstag bis Montag freie Bahn in den Fjorden, und überall überwachen Inspektoren von Flugzeugen aus die ordnungsgemäße Befolgung des Gesetzes. Verstöße werden schwer bestraft.«

»Interessant.«

»Ja, ja.«

»Und den Winter über leben Sie in Tromsø?«

»Hier ertrinkt das Haus im Schnee. Und Kikki muß die Schule besuchen. Dort erlernt sie auch die englische Sprache.«

»Ist das ein Pflichtfach?«

Lars Larsen nickte. »Zunächst Englisch. In der höheren Schule Deutsch.«

»Jetzt verstehe ich, daß so viele Norweger englisch und deutsch sprechen.«

»Wir sind ein großes Land mit wenig Einwohnern und vielen Gästen.«

»Haben Sie ein Haus in Tromsø?«

»Hm.« Der Fischereiaufseher blies die Backen auf. »Ganz kleines.«

»Und weshalb ließen Sie mich bitten, heute nicht zu spät zu kommen?«

Lars Larsen stellte sich dumm. »Ich . . .?«

»Ja. Kikki sagte es Mistress Bush.«

»Ach so. Sie erzählte von Nøkk. Armer Mensch. Er tut niemandem etwas zuleide. Aber jetzt ist er aufgeregt, weil Kikki und Sie allein im Boot waren. Er kennt Sie nicht. Darum soll er sehen, daß Sie bei uns wohnen. Vielleicht hätte er sich aufgeregt, wenn Sie spät kommen und er nicht weiß, daß Sie in der Kammer schlafen.«

Peter Flemming fragte sich, ob er seine Begegnung mit dem Irren erwähnen sollte.

»Noch eins«, fuhr der Alte ein wenig zögernd fort. »Nøkk bringt Kikki immer in den Schlaf. Denken Sie also nichts Böses, wenn er in ihre Kammer geht.«

»Er bringt Kikki in den Schlaf?« fragte der Captain verwundert. »Wie macht er denn das?«

Lars Larsen strich über sein unrasiertes Kinn. »Mit seinen Steinen. Er knüpft die Schnur auf und läßt einen Stein auf den anderen fallen. Dazwischen macht er mal große, mal kleine Pausen. Kikki wartet folglich darauf, wann der nächste Stein fällt. Dabei schläft sie ein.«

»Haben Sie ihm das beigebracht?«

Der Fischereiaufseher verzog sein Gesicht. »Ich wollte, ich könnte es ihm abgewöhnen. Er macht es, seit Kikki lebt. Erst spielte er nur mit der Kette, wenn er neben ihrer Wiege saß. Das andere hat sich so ergeben.«

Peter Flemmings Miene verriet Neugier. »Und wer hat die Steine mit Löchern versehen?«

Die Frage brachte den Alten in Verlegenheit. »Wissen Sie . . .«, antwortete er und fuhr sich durch die Haare. Dann bohrte er in seinem Ohr, schaute zum Himmel hoch, räusperte sich und sagte schließlich: »Nøkk ist ein armer Mensch. Er fand einmal einen Stein mit einem Loch und sucht seitdem unablässig nach solchen. Die gibt es natürlich nicht. Also bohre ich hin und wieder einen Stein auf und werfe ihn ans Ufer. Nøkk findet ihn dann und ist überglücklich.«

7

Randolph Bush bot ein eigenartiges Bild, als er am nächsten Vormittag über die schwingende Hängebrücke schritt, an deren Ende Lars Larsen und Peter Flemming ihn erwarteten. Er trug eine enganliegende Hose, niedrige Gummistiefel und ein Hemd, dessen Ärmel die Unterarme fest umschlossen. Seinen Kopf bedeckte ein alter Filzhut mit breiter Krempe. Von ihr hing ein Moskitonetz herab, das vorne mit einer Klappe versehen war, aus der seine Pfeife herausragte. Gesicht und Hände waren dick mit Creme beschmiert. Er führte drei Ruten und eine aufgerollte Zeltplane mit sich. Über seine Schultern liefen die Riemen eines prall gefüllten Rucksackes, auf dem Watstiefel und ein Lodenmantel festgeschnallt waren.

Der Fischereiaufseher sah ihn entgeistert an.

Peter Flemming mußte sich zusammennehmen, nicht laut aufzulachen.

»Warum Moskitonetz?« fragte der Norweger. »Wir haben doch Juni. Erst ab Mitte Juli stehen die Mücken wie Heiligenscheine um die Köpfe der Angler.«

Der Regisseur erwiderte gewichtig: »Ich habe mir den Fluß sehr genau angesehen. Überall waren Fliegen, deren

Aussehen mir mißfiel. Es waren welche mit großen Flügeln. Ich kenne sie zwar nicht, werde mich von ihnen aber keinesfalls verrückt machen lassen.«

»Wie Sie wollen«, entgegnete der Alte und beugte sich vor, um die Angelruten seines Gastes zu begutachten. Er beschnupperte sie förmlich.

Randolph Bush drückte dem Captain die Abdeckplane in die Hand. »Halten Sie mal.« Dann sonderte er eine der Ruten aus und übergab sie dem Norweger. »Parabolic! Dreizehn Fuß! Luxor-Lachsrolle!«

Der Fischereiaufseher verzog sein Gesicht. »Die ist viel zu schwach.«

»Das werden wir sehen.«

Lars Larsen wies auf die Rute, die er vorsorglich mitgebracht hatte. Es war eine verbogene Greenhart von 15 1/2 Fuß Länge. Sie besaß eine gewöhnliche Nottingham-Rolle und zeigte am Vorfach einen Devon-Spinner. »Vierzehneinhalb ist das Mindestmaß!«

»Bitte sehr«, entgegnete der Regisseur geschäftig und reichte eine andere Angel. »Diese mißt vierzehneinhalb.«

Der Alte deutete auf die dritte im Bunde. »Und was ist mit der?«

»Das ist eine neuneinhalb Fuß Einhandrute.«

»Damit können Sie doch nicht...«

»Will ich auch nicht«, unterbrach ihn Randolph Bush. »Mit ihr möchte ich lediglich einiges ausprobieren.«

Lars Larsen schnaubte verächtlich. »Ich empfehle Ihnen dringend, die Rute zu nehmen, wenn der Wasserstand steigt.«

»Dann ist doch kein Lachs in Bewegung.«

»Eben! Und Sie haben somit eine Garantie dafür, daß nichts kaputtgeht.«

Der Regisseur nahm seine Ruten wieder an sich. »Wir werden ja sehen, wer recht hat.«

Peter Flemming begriff nicht das geringste von dem, worüber die beiden Fischer sprachen. Unter Angeln hatte er sich immer etwas sehr Geruhsames und Beschauliches vorgestellt. Beim Lachsfang schien das aber nicht der Fall zu sein. Doch selbst wenn er sich täuschte, er wäre nie auf den Gedanken gekommen, daß Angeln enorme Erfahrung verlangt und fast einer Wissenschaft gleicht, die nicht von heute auf morgen erlernt werden kann.

Randolph Bush schlug sein Moskitonetz zurück. Es störte ihn beim Gehen und beim Rauchen, und das um so mehr, als er sehr genau wußte, daß er es überhaupt nicht benötigte. Der Gazeschleier war ebenso eine Marotte von ihm wie jene weißen Handschuhe, ohne die er niemals Regie geführt hatte. Er liebte theatralische Effekte, wenn diese ihm die Möglichkeit boten, sich über sich selbst lustig zu machen.

Der Himmel leuchtete kobaltblau. Das taufrische Gras der Wiese glänzte silbern. Vereinzelt dahinziehende Wolken glichen aufgeblähten Segeln. Mantelmöwen strichen über den Fluß. Ihr rauhes und tiefes »Ouk« verlor sich in der tosenden Brandung. Auf einigen Felsen im Wasser standen spitzschnäblige Kampfläufer.

Der Captain überlegte, warum seine beiden Begleiter, die er bislang nur barhäuptig gesehen hatte, an diesem Morgen

Kopfbedeckungen trugen. Kurz entschlossen, fragte er den Regisseur.

Der antwortete, ohne seine Pfeife aus dem Mund zu nehmen: »Erzählte ich Ihnen gestern nicht, daß Angelhaken schnell irgendwo hängenbleiben!«

»Allerdings.«

»Nun stellen Sie sich einmal vor, es saust ein mit dem Arkansas-Stein nadelspitz geschliffener Haken in Ihre Kopfhaut oder Wange. Man kann schließlich einen Angelhaken nicht ohne weiteres wieder herausziehen. Die haben gefährliche Widerhaken!«

Lars Larsen deutete an seinen Hals und auf den Rücken seiner Hand. »Diese Narben stammen von Hängern. Man kann sich nicht grundsätzlich schützen. Ein Hut ist aber gut für den Kopf.«

Randolph Bush paffte süßlich duftenden Qualm in die Luft. »Zum Angeln gehört eben viel Passion.«

Das scheint wahrhaftig der Fall zu sein, dachte Peter Flemming, und er wurde in seiner Auffassung noch bestärkt, als er später sah, was der Regisseur aus seinem Rucksack auspackte und säuberlich auf der mitgebrachten Zeltplane ausbreitete: Haken in den verschiedensten Größen. Verlängerungsschnüre. Vorfächer mit seltsamen Ködern. Dosen mit künstlichen Fliegen. Etliche ›Spinner‹, ›Blinker‹ und ›Wobbler‹. Ein Gaff mit Teleskopstiel. Hakenauslöser. Löseschere. Maulsperre. Ein kleines chirurgisches Besteck. Verbandkasten. Leinentücher zum Halten der Fische und zum Reinigen der Hände von Fischleim. Feile. Abziehstein. Seitenschneider. Köchernadeln. Rollen ...

Bei jedem Gegenstand, den er hervorkramte, nickte der Fischereiaufseher anerkennend. Die Ruten seines Gastes betrachtete er allerdings nach wie vor voller Skepsis. »Sind Sie soweit?« fragte er, als der Regisseur den Rucksack geleert hatte und seinen Mantel anzog.

»Gleich«, antwortete Randolph Bush und steckte seine Pfeife, einen Tabaksbeutel sowie ein klobiges Feuerzeug in die Brusttasche seines Überziehers, den er penibel zuknöpfte. Dann grüßte er, an seinen breitkrempigen Hut tippend, zu Peter Flemming hinüber.

Der wünschte: »Weidmanns Heil!«

Lars Larsen und Randolph Bush sahen ihn entgeistert an.

»Hab ich etwas falsch gemacht?«

Der Regisseur schnaubte. »Weidmanns Heil! Wir sind Fischer, mein Herr! Bei uns heißt es: Petri Heil!« Sprach's, drehte sich um und stapfte mit dem Norweger zum Ufer hinunter, an dem ein Boot verankert lag, das über einen breiten Sitz mit Rückenlehne und über eine unmittelbar dahinter befindliche Bank für den Ruderer verfügte.

»Geben Sie mir das Gaff«, sagte der Fischereiaufseher, als er das Boot losgebunden hatte.

Randolph Bush zögerte einen Moment. Er hatte noch keinen Bootsführer erlebt, der mit dem Gaff, einem hakenförmig umgebogenen Metallstab mit scharfer Spitze, nicht viel zu schnell bei der Hand gewesen war. Den Ruderern gehörte die Hälfte des Fanges. Sie hatten daher immer Angst, einen Lachs, der schon an der Angel hängt, in letzter Minute noch zu verlieren. »Aber nicht zu schnell und brutal einschlagen!« warnte er, als er das Gaff übergab.

Der Alte antwortete mit einem vorwurfsvollen Blick und ließ den Regisseur in das Boot einsteigen. Er selbst setzte sich so hinter ihn, daß er in die gleiche Richtung schaute. Dann stieß er ab und wies zum Kolk hinüber, das auf der anderen Seite des Flusses lag. »Drüben, seitlich von der Stromschnelle, ist bei dem augenblicklichen Wasserstand der beste Fangplatz.«

Das weiß ich nur zu genau, dachte Randolph Bush. Er ließ sich aber nichts anmerken, sondern fragte scheinheilig: »Dort, wo die Gryllteiste sitzt?«

Der Norweger kniff die Augen zusammen. Er hatte den schwarzen Tauchvogel nicht bemerkt. »Ja, genau dort. Aber woher kennen Sie die Gryllteiste?«

Der Regisseur war sich augenblicklich darüber klar, daß er einen Fehler gemacht hatte. »Ich weiß es nicht genau«, antwortete er ausweichend. »Wahrscheinlich von Schottland.«

»Das wäre möglich. Haben Sie dort gefischt?«

»Nur einmal. War nichts Besonderes«, fügte er vorsorglich hinzu.

Lars Larsen strahlte und legte sich in die Riemen. »Wahrscheinlich kommen deshalb viele Engländer nach Norge.«

»Ganz bestimmt.«

Sie näherten sich der Strömung, die zu kreuzen war. Das Boot drehte und trieb flußabwärts.

»Anders geht es nicht«, rief der Alte. »Das Überqueren ist nur schräg abwärts möglich.«

Wellen griffen nach dem Boot und warfen es hin und her.

Randolph Bush schaute zur Stromschnelle hinüber. Zerstäubter Gischt wehte ihnen entgegen.

Der Fischereiaufseher holte kräftig aus, brauchte aber doch eine gute Weile, bis der ›Pool‹ erreicht war. »Jetzt können Sie den Löffel werfen«, rief er. »Ich mach Harlingsfischerei. Kennen Sie die Art?«

»Nein«, log der Regisseur. Ein zweites Mal wollte er sich nicht in Verlegenheit bringen lassen.

»Ich rudere Zickzack über die ganze Breite des Pools. Sie brauchen dann keine Schnur einzurollen. Die Strömung bewegt den Löffel. Ist das klar?«

»Absolut.«

Lars Larsen ruderte nun gemächlich durch den Kolk bis in die Nähe des gegenüberliegenden Ufers, das steil anstieg und von verkrüppelten Föhren bewachsen war. Plötzlich bog sich die Rute, aber noch bevor der Regisseur reagieren konnte, rief der Alte: »Hänger! Einrollen!«

Randolph Bush konnte sein Mißgeschick nicht begreifen und machte eine Bewegung, als wollte er ›anhauen‹.

»Hänger!« wiederholte der Norweger bestimmt und wies auf die straff gespannte Leine.

Der Regisseur fluchte insgeheim und löste den Löffel. Dann warf er ihn erneut aus und ließ ihn zirka vierzig Meter hinter dem Boot spielen.

Der Fischereiaufseher wendete. Kurs der Harlingsfischer: hinüber, herüber – herüber, hinüber. Kein Anbiß. Aber ein erneuter Hänger ließ die Rute hoffnungsvoll durchbiegen.

»Die Schnur ist zu lang. Sie müssen verkürzen.«

Randolph Bush biß sich auf die Lippen. Mit Hängern anzufangen war wirklich keine Empfehlung.

Lars Larsen wendete. Zum dritten, zum vierten, zum fünften Mal. Nichts. Kein Anbiß.

»Ich versuch's mit dem ›Schwingenden Löffel‹«, rief der Regisseur, nachdem sie über eine Stunde erfolglos hin und her gefahren waren.

»Hier ist kein Flachwasser«, warnte der Alte. »Aber wie Sie wollen.«

Randolph Bush holte die Schnur ein und griff nach seiner Parabolic.

»Die ist zu schwach.«

»Abwarten«, entgegnete der Regisseur und warf seinen Löffel.

Der Norweger zuckte die Achseln und ruderte wieder an. Kurs der Harlingsfischer: hinüber, herüber.

Peter Flemming, der sich ans Ufer gesetzt hatte, verfolgte das Boot mit schwindendem Interesse. Er fand es langweilig, von einer Seite zur anderen zu rudern. Ich schau mir lieber die Gegend oberhalb der Stromschnelle an, dachte er eben und erhob sich, als er Claudia keine zwanzig Schritt hinter sich stehen sah. »Schon lange hier?« rief er gegen das Rauschen des Flusses an.

Sie schüttelte den Kopf.

Beide gingen aufeinander zu.

Sie reichte ihm die Hand. »Gut geschlafen?«

»Prächtig. Und Sie?«

»Mit dem Einschlafen hat's gehapert. Das ungewohnte

Tosen des Wassers hat mich nicht zur Ruhe kommen lassen.«

»Da weiß ich Rat«, erwiderte der Captain. »Nøkk!«

Sie sah ihn verwundert an.

»Da staunen Sie, was? Aber im Ernst: Nøkk hat Kikki und mich großartig in den Schlaf gewiegt.«

Claudia verstand nicht den Sinn seiner Worte.

Er deutete flußaufwärts. »Gehen wir hinter die Stromschnelle. Da ist es bestimmt nicht so laut, und wir können uns besser unterhalten.«

Sie schaute zum Kolk hinüber. »Werden wir von dort oben das Boot sehen können?«

Er blickte prüfend über das Gelände. »Wahrscheinlich nicht.«

»Dann möchte ich hierbleiben. Und nun los. Berichten Sie von Nøkk. Er hat Sie und Kikki in den Schlaf gewiegt?«

Peter Flemming nickte und schilderte, was Lars Larsen ihm am Abend zuvor über den Geisteskranken erzählt hatte.

»Und er hat wirklich mit den Steinen . . .?«

»Ja«, fiel der Captain lebhaft ein. »Und ich muß gestehen, daß das monotone Aufeinanderschlagen der Steine mich schneller als gewöhnlich einschlafen ließ.«

Claudia schüttelte den Kopf. »Hoffentlich steckt Verrücktheit nicht an.«

»Mir würde es nichts ausmachen.«

»Mir aber viel.«

»Das wundert mich.«

»Was wollen Sie damit sagen?«

Er wies auf das Boot und antwortete mit der Gegenfrage: »Ist es etwa normal, daß sich Ihr Gatte, der vor einunddreißig Jahren schon mit Lars Larsen fischte, sich diesem nicht zu erkennen gibt?«

»Ich glaube, Sie sollten es meinem Mann überlassen, seine Angelegenheiten in seiner Weise zu erledigen«, entgegnete Claudia mühsam beherrscht. »Er kümmert sich ja auch nicht um Kurse, die Sie als Pilot einzuschlagen haben.«

Peter Flemming stieg das Blut in den Kopf. »Pardon«, entgegnete er betroffen. »Ich hielt unser Gespräch für ein lustiges Wortgeplänkel und nicht für einen Überlandflug. Welche Veranlassung sollte ich haben ...«

Weiter kam er nicht. Der Ruf: »Lachs!« übertönte das Tosen der Wassermassen.

Unwillkürlich schauten beide zum Boot hinüber.

Randolph Bush, der den Schrei ausgestoßen und den ›Anhieb‹ im selben Moment durchgeführt hatte, saß nicht mehr auf seinem Platz. Der gehakte Lachs hatte ihn vom Sitz gerissen. Nun lag er im Vorboot, umklammerte mit beiden Händen die stark durchgebogene Rute und versuchte, wieder auf die Beine zu kommen.

»Mehr Schnur geben!« rief Lars Larsen.

Der Regisseur rappelte sich hoch. Halb kniend, halb sitzend begann er Leine einzurollen. Der Lachs aber zog weiter Schnur ab.

»Nachlassen!« rief der Alte erregt.

Etwa dreißig Meter vom Boot entfernt sprang der Lachs

aus dem Wasser. Mit dem Schwanz schlug er dicht an der Leine vorbei.

Randolph Bush, der schon befürchtet hatte, die Nylonschnur würde durchschlagen werden, holte tief Luft. Welch einen Prachtkerl hatte er an der Angel! Kein Wunder, daß er von seinem Sitz heruntergeholt worden war. Ein Lachs entwickelt das Zwanzigfache seines Gewichts an Kraft. Bei dreißig Pfund wären das dreihundert Kilogramm.

»Das geht nicht gut!« schrie der Fischereiaufseher angesichts der scharf durchgebogenen Angelrute. »Die Bremse los! Spiel lassen!«

Der Regisseur zog die Bremsmutter an. »Keinen Zentimeter gebe ich her.« Aus seinem Gesicht war alle Farbe gewichen. Er umklammerte die Rute so fest, daß seine Knöchel weiß wurden.

Lars Larsen versuchte, zum Ufer zu gelangen. Das Boot aber näherte sich der Stromschnelle. »Schnur geben!« rief er verzweifelt.

Randolph Bush blickte den herabstürzenden Wassermassen entgegen. War das Boot abgetrieben, oder hatte der Lachs sie fortgezogen? Ihm blieb tatsächlich nichts anderes übrig, als Leine abrollen zu lassen. Hätten sie doch die Schwimmwesten angelegt!

»Endlich«, seufzte der Norweger, als die Schnur abspulte. »Ich rudere jetzt ans Ufer.«

Im selben Moment machte der Lachs einen Sprung auf das Boot zu.

»Einrollen!« rief Lars Larsen.

»Schon dabei«, schrie der Regisseur unwillig zurück. Er haßte es, wenn Bootsführer laufend Ratschläge erteilten.

Die Kurbel wirbelte mit voller Geschwindigkeit. Die Rutenspitze näherte sich immer mehr dem Wasser. Dann blokkierte die Rolle unversehens.

»Ein toller Bursche«, keuchte Randolph Bush und begann zu pumpen. »Er hat sich auf den Grund gelegt und schlägt mit dem Kopf.«

Das Gesicht des Alten war voller Sorgenfalten. »Aufpassen, daß er nicht unter dem Boot vorschießt. Die Schnur reißt sonst sofort.«

Der Regisseur pumpte mit aller Kraft weiter, doch ohne Erfolg. Plötzlich aber verspürte er lockere Leine; vermutlich war das Vorfach freigekommen, das sich im Kampf um den Leib des Fisches geschlungen haben mochte. Um diesem keinen Fingerbreit Schnur zu lassen, rollte er gleich ein. Da aber geschah, was Lars Larsen befürchtet hatte. Der Lachs sauste unter dem Boot hindurch. Randolph Bush blieb nichts andere übrig, als schleunigst die Bremse zu lösen, so daß die Leine mit nur geringer Reibung unter dem Kiel entlanglief. Stoppen durfte er erst, wenn das Boot beigedreht hatte.

Der Fischereiaufseher manövrierte geschickt und schnell, konnte aber nicht verhindern, daß fast siebzig Meter Schnur abliefen. Und dann wendete der Lachs und bewegte sich geradenwegs auf die Stromschnelle zu.

Nun war es Randolph Bush, der nervös wurde. Siebzig Meter Leine lagen im großen Bogen in der Strömung. Würde sie dem ungeheuren Wasserdruck standhalten, der jetzt auf ihr lastete? Wenn Lars Larsen versuchte, in Richtung auf das Ufer zu rudern, mußte sie reißen.

Der Alte aber kannte sein Metier. Noch bevor der Regisseur ihm zurufen konnte, was er tun sollte, ruderte er behende hinter der Schnur her, um den auf ihr liegenden Druck zu verringern.

»Bravo!« rief Randolph Bush erleichtert.

Der Lachs aber schoß jäh aus dem Wasser; es sah aus, als wollte er sich orientieren.

»Ich nehme langsam Leine zurück.«

»Aber vorsichtig! Ganz langsam!«

Der Lachs wendete zur Seite.

Randolph Bush versuchte ihn zu stoppen, indem er zunächst Schnur freigab und den Zug dann behutsam wieder anwachsen ließ. Es entwickelte sich eine Art Tauziehen, bei dem mal dieser, mal jener im Vorteil war, bis der Lachs plötzlich in die Hauptströmung auswich. Wenn die Leine nicht reißen sollte, mußte sie jetzt bedingungslos freigegeben werden. Der Regisseur ließ sie abrollen. Die Verlängerungsschnur wurde sichtbar. Hundert Meter. Hundertzwanzig. Hundertfünfzig.

Lars Larsen tat, was er konnte, um dem Fisch zu folgen. Aber das war unmöglich. Das Boot geriet in die Strömung und sauste mit großer Geschwindigkeit über eine Stromschnelle hinweg.

»Wenn das nur gutgeht«, rief Randolph Bush besorgt.

Der Alte preßte den Mund zusammen. Dieser Lachs hatte es verdient, daß man etwas riskierte. Und wenn das Boot den ganzen Fluß hinunterjagen sollte. Er würde es schon durch die Klippen bringen.

Glücklicherweise wendete der Fisch erneut. Der Regisseur holte soviel Schnur ein wie möglich.

»Strömung, Lachs und Boot bilden jetzt eine Linie«, rief Lars Larsen. »Kein Wasserdruck liegt mehr auf der Leine. Nun einholen! Zu Ende drillen!«

Randolph Bush tat, was er konnte. Der Schweiß stand ihm auf der Stirn. Er gewann Schnur zurück, aber nicht genug.

Nochmals wendete der Lachs. Die Rolle näherte sich bis nahe an die Gefahrengrenze.

Das Boot schlug gegen einen Felsen.

Claudia und Peter Flemming liefen zum Ufer hinunter.

Lars Larsen führte das Boot verbissen aus der Strömung heraus. »Jetzt einholen um jeden Preis! Der Lachs ist geschwächt. Er kann nicht mehr ausweichen.«

Hoffentlich, dachte der Regisseur. Er war naß am ganzen Körper. Seine Parabolic aber hatte gehalten. Meter um Meter holte er Schnur ein. Zeitweilig gab es zwar noch ein heftiges Gezerre, doch die Kräfte des Lachses schwanden dahin. Die eigenen allerdings nicht minder. Wie lange kämpften sie schon miteinander?

»Er ist aus der Strömung!« rief der Alte triumphierend. »Ich rudere ans Ufer.«

»Nur zu!«

Der Abstand verringerte sich. Vierzig Meter war die Leine noch lang.

Erneut ging der Lachs auf Grund. Vermutlich legte er sich hinter einen Stein.

Randolph Bush zögerte. Keinesfalls durfte er es riskieren, die Schnur in letzter Minute noch reißen zu lassen. Vorsichtig fing er an zu pumpen.

Der Gejagte reagierte. Er verließ den Grund, wurde folgsam und ließ sich heranführen. Aber er blieb immer noch in der Tiefe.

Dreißig Meter. Zwanzig. Zehn.

Der Lachs war jetzt zu sehen. Er fing an zu kreisen.

»Großer Gott, das ist ja ein Traumfisch!« rief der Norweger und griff aufgeregt nach dem Gaff.

»Nicht zuschlagen, solange er noch tief steht!« warnte Randolph Bush, der vor Erregung kaum wußte, was er tun sollte.

Der Alte beugte sich über den Rand des Bootes. »Schön langsam heranholen.«

Dem Regisseur zitterten die Knie.

Das Opfer kam an die Oberfläche, legte sich zur Seite und zeigte seine silberne Flanke.

Lars Larsen holte aus und schlug zu.

Das Wasser färbte sich rot.

Beide ergriffen das Gaff, um den Lachs in das Boot zu heben.

»Welch ein Gegner«, jubelte Randolph Bush. Er vermochte nicht zu begreifen, daß er gleich am ersten Tag einen ›Riesen‹ hatte landen können.

»Wiegt bestimmt über vierzig Pfund«, schätzte der Norweger.

Der Regisseur blickte zu seiner Frau hinüber und tat einen Freudenschrei.

Sie winkte und zeigte fünfmal ihre gespreizten Hände.

»Fünfzig Minuten hat der Kampf gedauert!« rief Randolph Bush dem Fischereiaufseher zu. »Meine Frau hat die Zeit soeben signalisiert.«

»Er hat mich verstanden«, sagte Claudia, an den Captain gewandt. »Und ich hoffe, Sie verstehen mich auch. Ich nahm vorhin an . . .«

»Ist doch längst vergessen«, unterbrach er sie. »Und was meine Steuerkurse anbelangt, um die sich, wie Sie richtig bemerkten, Ihr Gatte nicht kümmert, da möchte ich eine Bitte an Sie richten.«

Claudia sah ihn erwartungsvoll an.

Er erzählte, daß er Kikki versprochen habe, mit ihr Glattwasserstarts zu üben, und fragte: »Hätten Sie nicht Lust mitzumachen?«

»Gerne«, antwortete sie erfreut. »Aber ohne Cockpit-Küsse!«

8

Randolph Bush war glücklich. Er sah zwar verschwitzt und abgekämpft aus, als er am Nachmittag in die rote Hütte zurückkehrte, aber er konnte einen Erfolg verbuchen, wie er ihn in seinen kuhnsten Träumen nicht erhofft hatte. Vier Lachse waren der Fang des Tages. Keiner von ihnen wog unter fünfundzwanzig Pfund. Und der ›Riese‹, ein Rogner mit laichschwerem Leib, brachte achtundvierzig Pfund auf die Waage. Es war der schwerste Fisch, den er je gelandet hatte. Der Drilling sah allerdings dementsprechend aus. Zwei Haken waren aufgebogen gewesen.

»Zufrieden?« fragte Claudia, als ihr Mann sich erschöpft auf einen Stuhl fallen ließ und die Beine von sich streckte.

Er nickte und fuhr sich durch die Haare. »Und wie! Ich kann's noch gar nicht fassen.«

»Sind dir auch Lachse vom Haken gegangen?«

»Sechs«, bekannte er freimütig. »Sie bissen mit einem Male, daß es eine Pracht war. Mein Anhieb ließ aber zu wünschen übrig. Das Alter macht sich bemerkbar. Die Reaktionsfähigkeit läßt nach.«

»You are fishing for compliments?«

»Ich bin doch kein kleines Mädchen. Übrigens«, er reckte sich und schaute durch das Fenster des Vorraumes zur Hängebrücke hinüber, »da kommt unser Herr Pilot. Kümmere dich um ihn, bis ich fertig bin.«

Sie wandte sich der Tür zu. »Ich gehe mit ihm auf die Altane. Frische Wäsche hab ich dir herausgelegt. Du findest alles in deiner Kammer.«

Er warf ihr einen Handkuß zu. Anstatt aber unter die Dusche zu gehen, wie er vorgehabt hatte, blieb er sitzen. Wie ausgepumpt kam er sich vor. Er mußte dafür büßen, daß er es sich nicht hatte nehmen lassen, den schweren Rogner persönlich zur Räucherkammer hinter dem Bauernhaus zu tragen. Immerhin waren es fast anderthalb Kilometer bis dorthin.

Hoffentlich hat Thora vorhin nicht bemerkt, daß ich einen Fehler machte, dachte er, während er vor sich hinbrütete. Aber dann würde sie reagiert haben. Nein, er brauchte sich keine Gedanken zu machen.

Müde strich er sich über die Stirn. Es war gar nicht so leicht für ihn, stets den Anschein zu erwecken, als sei ihm im Fjord der Lachse alles fremd. Und ausgerechnet dieses ständige Bemühen hatte ihn in eine peinliche Situation gebracht.

Als er mit dem Fischereiaufseher die Räucherkammer erreicht hatte, war ihm plötzlich schlecht geworden. Ihm war zumute gewesen, als schwanke der Boden unter den Füßen. Unwillkürlich hatte er sich an die Mauer gelehnt.

Lars Larsen hatte es gesehen und besorgt gefragt: »Ist etwas nicht in Ordnung?«

»Nein, nein«, hatte er geantwortet. »Ich fühle mich nur

ein bißchen schlapp. Bin es nicht gewohnt, so schwer zu tragen.«

»Gehen Sie ins Haus«, hatte ihm der Norweger geraten. »Ich komme sofort nach. Muß nur schnell die Lachse in den Rauchfang hängen. Die Katze feiert sonst ein großes Fest. Meine Frau wird Ihnen Milch geben. Oder Wasser. Was Sie wünschen.«

Die Vorstellung, ein Glas frische Milch zu trinken, war so faszinierend für Randolph Bush gewesen, daß er sich gleich in das Bauernhaus begab, wo Thora an dem langen Tisch saß und mit Näharbeiten beschäftigt war. Als sie ihn eintreten sah, erhob sie sich und ging ihm entgegen.

»Hai!« begrüßte er sie, bewußt den Amerikaner herauskehrend.

Sie senkte kaum merklich den Kopf. »Good day.«

Er berichtete von seinem Fischerglück und bat, die Empfehlung ihres Mannes erwähnend, um ein Glas Milch.

»Das gebe ich Ihnen gerne«, erwiderte sie und wies zum Tisch hinüber. »Bitte.«

Er trat an den Hochsitz heran und wollte sich eben setzen, als ihm einfiel, daß nach einem ungeschriebenen Gesetz nur das Familienoberhaupt den Platz einnehmen darf. Unwillkürlich griff er nach dem danebenstehenden Stuhl und sagte leichthin: »Da hätte ich mich beinahe auf den Hochsitz gesetzt.«

Thora stutzte. Ihre Lider verengten sich. Aber sie hatte sich in der Gewalt und ging in die Küche, um die Milch zu holen.

Randolph Bush wurde es heiß. Wie hatte er nur so unüberlegt reden können! Wenn er sich auf den Platz des Familienoberhauptes gesetzt hätte, wäre das nicht weiter schlimm gewesen. Erst seine Worte machten ihn verdächtig. Woher sollte ein Amerikaner, der behauptet, nie zuvor in Norwegen gewesen zu sein, landesübliche Bräuche und Eigenarten kennen? Aber es schien noch einmal alles gutgegangen zu sein. Denn als Thora zurückkehrte, war sie durchaus freundlich gewesen. Nein, er brauchte sich keine Gedanken zu machen.

Schwerfällig erhob sich Randolph Bush. Am liebsten würde er sich für eine Weile hingelegt haben, doch der Wunsch, Claudia und dem Piloten seinen Kampf mit dem ›Super-Lachs‹ in allen Details zu schildern, war größer als seine Müdigkeit. Also entkleidete er sich und duschte gründlich. Erfrischt begab er sich dann auf die Altane, wo seine Frau und Peter Flemming Platz genommen hatten und den herrlichen Ausblick auf den Fluß und das Tal genossen. Überschwenglich und geradeso, als habe er den Captain seit Jahren nicht gesehen, klopfte er diesem auf die Schulter.

»Na, was sagen Sie, Peter? Ich darf Sie doch so nennen?«

»Selbstverständlich.«

»Wir sind dann Claudia und Randolph für Sie. Das ist in den Staaten so üblich. Nicht wahr, mein Schatz?«

Seine Frau nickte.

»Und jetzt wollen wir meinen Lachs feiern. Eine Flasche Champagner sind wir ihm schuldig.«

Claudia erhob sich. »Dann habe ich es ja richtig gemacht.«

»Was?«

»Unterhalb der Brücke hängt dein Landekescher mit zwei Flaschen im Wasser!«

Mit großem Hallo wurden die Flaschen geholt, die infolge der euphorischen Stimmung des Regisseurs jedoch viel zu schnell zur Neige gingen. Aber dann stellte sich heraus, daß nicht nur Claudia edles Angelgerät zweckentfremdend eingesetzt hatte. Auch ihr Mann hatte vorsorglich bereits am Abend zuvor einen Setzkescher in den Fluß gestellt. Allerdings mit nur einer Flasche. Diese aber ließ die Stimmung weiterhin steigen und verleitete Randolph Bush, von alten Zeiten zu sprechen. Von Oslo, Stavanger, Bergen, Trondheim, Narvik, Tromsø und Kirkenes. Es schien keine namhafte norwegische Stadt zu geben, die er nicht genauestens kannte.

»Bekleideten Sie damals einen höheren Dienstgrad?« fragte Peter Flemming, erstaunt über die Bewegungsfreiheit, die Randolph Bush offensichtlich besessen hatte.

»Ach was«, antwortete der Regisseur. »Schmalspur-Offizier war ich, wenn Ihnen das ein Begriff ist.«

»Nicht genau.«

»Verwaltungsbeamte, Meteorologen, Ingenieure und ähnliche Gestalten wurden während des Krieges, sofern sie nicht als Soldaten einberufen waren, entsprechend ihrem Zivildienstgrad als Beamte im Offiziersrang eingestuft. Ein Sekretär erhielt den Rang eines Leutnants, der Assessor den des Hauptmanns, der Regierungsrat den eines Majors. Um den Herren Offizieren und aktiven Wehrmachtsbeamten aber nicht zu nahe zu treten, gab man den ›Heinis‹ billig aussehende, schmale Schulterstücke. Daher der Name Schmalspur-Offizier.«

»Waren Sie denn im Zivilberuf Beamter?«

Der Regisseur lachte. »Wo denken Sie hin! Sehe ich etwa so aus?«

»Aber Sie sagten...«

Randolph Bush hob die Hände. »Ich will Ihnen erzählen, wie ich, der ich weder gedient hatte noch Beamter gewesen war, von heute auf morgen Schmalspur-Offizier im Range eines Majors wurde. Es ist eine Geschichte, die zeigt, was Glück und Zufall zuwege bringen können.«

»Du solltest mit Amerika anfangen«, warf Claudia ein. »Sonst bleibt für Peter manches unverständlich.« Mit diesem Hinweis versuchte sie, ihren Mann zu einer chronologisch aufgebauten Erzählung zu verleiten. Sie hoffte, daß er dann zwangsläufig auf den Fjord der Lachse zu sprechen kommen würde, den er ihr gegenüber, außer an jenem Abend in Ascona, nie zuvor erwähnt hatte.

Er lehnte sich gedankenverloren zurück. »Du hast recht. Aber ich werde zusammenraffen müssen, sonst wird's eine endlose Geschichte.«

Sie trank einen Schluck Champagner und blickte unauffällig zu Peter Flemming hinüber.

Der sah ihren Mann erwartungsvoll an.

»Um es kurz zu machen«, begann Randolph Bush und strich sich über den Bart, »mit siebzehn Jahren begleitete ich meinen Vater auf einer Geschäftsreise nach Hollywood. Er war Bankier und hegte insgeheim den Wunsch, mich drüben bei seinen Freunden unterzubringen. Meine Mutter war gestorben. In der Schule war ich nicht der Beste. Dauernd hatte ich Krach mit den Lehrern.«

»Mein Mann hieß damals noch Rudolf Busch«, warf Claudia ein.

Er verneigte sich vor ihr. »Welch unschätzbare Unterstützung du mir doch immer wieder gewährst! Um aber bei der Sache zu bleiben: in Hollywood lebten viele Freunde meines Vaters. Er hatte in den Tagen der Inflation in Berlin die *Efa*, eine Filiale der *Paramount*, gegründet. Aus dieser Zeit kannte er fast alle Filmgrößen, die ihn auch noch um Rat angingen, als die *Efa* wieder aufgelöst worden war und viele Schauspieler und Regisseure es vorgezogen hatten, nach Hollywood zu gehen.«

»Wann war das?« fragte Peter Flemming.

»Etwa neunzehnhundertvierundzwanzig. Fünfundzwanzig begleitete ich meinen Vater nach Amerika. Lubitsch drehte gerade den Film *Lady Windermeres Fächer*. Ich war von ihm, den Ateliers und Hollywood fasziniert. Mein Vater reiste allein nach Berlin zurück. Wahrscheinlich sehr erleichtert. Ich träumte von großen Erfolgen. Lubitsch hielt seine schützende Hand über mich. Ich wurde Hilfskameramann, stand eines Tages selbst hinter dem Kurbelkasten und avancierte schließlich zum Regisseur. Damals lernte ich Gott und die Welt kennen. Vor allen Dingen Victor Fleming, Ihren Namensvetter, der mit Emil Jannings den großartigen Film *Way of all Flesh* drehte. ›Too-much-Fleming‹ nannte ihn Jannings. Wenn letzterer nämlich so richtig aufdrehte und im höchsten Maße theatralisch wurde, hauchte Fleming: ›Too much! – Zu viel!‹ Und dann hob er seinen kleinen Finger und sagte: ›Wenn Sie so machen, ist das, als wenn ein anderer die Faust hebt.‹«

»Too much!« flüsterte Claudia.

Randolph Bush stutzte.

»Zu viel von Hollywood!«

Er lachte. »Deine Intelligenz ist beängstigend.«

»Das hör ich gerne.«

»Schenk mir lieber noch etwas ein.«

»Die Flasche ist leer!«

Er seufzte. »Dann kann ich ja endlich Bier trinken.«

Claudia erhob sich. »Möchten Sie auch eine Flasche, Peter?«

»Bitte.«

Randolph Bush stand ebenfalls auf und trat an die Balustrade. »Es ist merkwürdig, wie man plötzlich alles wieder vor sich sieht, wenn man über vergangene Zeiten spricht. Damals, es mag im Jahre achtundzwanzig gewesen sein, freundete ich mich in Hollywood mit einem Mann an, von dem ich nicht ahnte, daß er mir einmal entscheidend helfen würde. Unter Kaiser Wilhelm war er Offizier eines berühmten Regiments gewesen. Ulanen oder so. Er hatte Verwandte in den Staaten, die ihm einen Job als Vertreter einer Elektrofirma besorgt hatten. Wir verstanden uns gut. In seiner Waschküche brauten wir heimlich ein recht anständiges Bier. Amerika stand in jenen Tagen noch im Zeichen der *Prohibition*.«

»Gab es in den Vereinigten Staaten damals wirklich keinen Alkohol?«

»Jede Menge konnten Sie haben. Uralte Cognacs. Berühmte Whiskyjahrgänge. Die besten Champagnermarken. Aber fragen Sie nicht, zu welchen Preisen.«

Claudia kehrte mit zwei Bierflaschen zurück. »Too much, Randolph!«

»Was sagen Sie zu dieser Frau?« wandte ihr Mann sich an den Captain. »Erst animiert sie mich, über meine Zeit in Amerika zu sprechen, und nun ist sie unzufrieden.«

Claudia schenkte das Bier ein. »Ich verspreche dir, zu schweigen, solange du dich nicht im Gestrüpp der Vergangenheit verhedderst.«

Die Männer stießen miteinander an.

»Um meine Frau zu beruhigen und Amerika hinter mich zu bringen«, fuhr der Regisseur nach einem kräftigen Schluck fort, »will ich von Hollywood nur noch erwähnen, daß ich die Stadt und die Vereinigten Staaten, den Spuren namhafter Schauspieler folgend, neunzehnhundertdreißig wieder verließ. Der Tonfilm war aufgekommen. Für Akteure, die nicht einwandfrei amerikanisch sprachen, bedeutete das die Heimreise. Für mich die Chance, mit den hochqualifizierten und an Hollywood-Usancen gewöhnten Rückkehrern eine ersprießliche Zusammenarbeit einzuleiten.

Das gelang mir auch. Aber dann kam der große Umbruch des Jahres dreiunddreißig und der Krieg, der mein Leben in eine völlig neue Bahn lenkte. Letzteres begann damit, daß ich in Berlin mit einigen Kollegen der *Tobis* und der *Ufa* bei *Borchert* zu Abend aß. Dort gab es immer noch herrliche Sachen. Ganz ohne Marken. In vorgerückter Stunde nun wurden, wie das in jener Zeit so üblich war, politische Witze gerissen. Ich machte mich über Goebbels lustig. Ist der Ihnen ein Begriff?«

»Von der Schule her. Bin Jahrgang achtunddreißig.«

»Goebbels war damals Reichsminister für Volksaufklärung und Propaganda. Da er einen Klumpfuß hatte, wurde der Spruch ›Die Lüge humpelt durch das Land‹ bald zur stehenden Redensart. Weiß der Teufel, was an diesem Abend mit mir los war. Ich zog plötzlich vom Leder. Gegen Goebbels, mit dessen Reichskulturkammer ich auf dem Kriegsfuß stand. Ich erinnere mich, daß ich wenig schmeichelhafte Parallelen zu Talleyrand zog, der ja ebenfalls ein Bein nachzog, ein großer Lügner war und Weibergeschichten hatte. Mein Pech war nur, daß einer der anwesenden Herren meine Rede dem Ministerium meldete. Mit dem Ergebnis, daß meine ›Uk-Stellung‹ aufgehoben wurde. Ich war nicht mehr ›unabkömmlich‹ und konnte einberufen werden. Was dann auch geschah.

Und nun kommt das, was ich Glück und Zufall nenne. Der Kommandeur des für mich zuständigen Wehrbezirkskommandos war, ich traute meinen Augen nicht, mein väterlicher Freund und Braukumpan aus Hollywood. Er hatte seine Elektrovertretung an den Nagel gehängt und war mit fliegenden Fahnen nach Deutschland zurückgeeilt. Jetzt war er Oberst und brauchte nur noch zu fürchten, ein Truppenkommando zu bekommen. Dann winkte ihm der Heldentod.«

»Sei nicht so zynisch«, kritisierte Claudia.

Er lachte. »Nach einem langen, langen Palaver erinnerte sich mein väterlicher Freund daran, daß das Oberkommando des Heeres dringend einen versierten und an selbständiges Handeln gewöhnten Kameramann suchte. ›Wäre das nichts für dich?‹ fragte er mich. ›Wenn du den Job annimmst, wirst du nicht eingezogen, sondern dienstverpflichtet.‹ Ich konnte nur jubeln und erhielt binnen weniger Tage den Dienstgrad eines Schmalspur-Beamten im Majorsrang. Und dazu das hübsche Anhängsel: ›z. b. V.‹ – ›zur besonderen Verwendung‹. Dann wurde ich in Zossen acht Tage lang mit allem gefüttert, was man im OKH über Finnland wußte. Anschließend reiste ich, mit Spezialpapieren und hervorragenden Kameras ausgestattet, in Zivil nach Helsinki. Es war der fünfundzwanzigste November.«

»Und wie kamen Sie nach Norwegen?«

»Das will ich gerade erzählen. Unmittelbar vor dem Polenfeldzug, der zwei Monate zuvor zu Ende gegangen war, hatte Deutschland in einem Geheimabkommen mit der UdSSR festgelegt, daß Finnland als sowjetische ›Interessensphäre‹ anzusehen sei. Kaum war der Polenkrieg beendet, da verlangte die Sowjetunion von Finnland Stützpunkte für die Rote Armee. Das tapfere Volk weigerte sich. Daraufhin eröffnete Rußland den Krieg mit einem Luftangriff auf Helsinki. Gerade drei Tage war ich in der Stadt! Ich beglückwünschte mich nicht mehr. Aber ich wußte nun wenigstens, weshalb man mich nach Finnland geschickt hatte. Deutschland schätzte die Finnen, konnte diesen aber wegen des Nichtangriffspaktes nicht helfen. England und Frankreich nutzten ihre Chance. Sie versprachen den Finnen tatkräftige Hilfe. Doch wie sollten Soldaten und Waffen nach Finnland gebracht werden? Die Ostsee war versperrt. Nur der Weg über Norwegen war noch möglich. Und dort kam nur eine Stadt in Frage: Narvik! Von Narvik führt die Erzbahn über Schweden nach Finnland. Verstehen Sie jetzt, warum Deutschland *und* England sich plötzlich auf Narvik konzentrierten?«

Peter Flemming nickte. »Und als Kameramann bildeten Sie gewissermaßen die Vorhut!«

»Keine Flachserei, wenn ich bitten darf. Nein, ich filmte die Kämpfe an der karelischen Landenge. Das OKH wollte aus den von mir gefilmten Kampfhandlungen wohl lernen. Im Februar durchbrachen die Russen die Verteidigungslinie. Ich zog mit finnischen Truppen nach Norden. Monatelang hatte ich keinen normalhellen Tag gesehen, nun umgaben mich Finsternis, endlose Wälder, Schnee und stampfende Hufe.

Am neunten April begann dann der Norwegenfeldzug. Aber das Ziel, den russischen Hafen Murmansk zu erobern, wurde nicht erreicht. Kirkenes war Endstation.«

»Und wurde zu Ihrem Hauptquartier.«

Randolph Bush trank einen Schluck Bier.

Jetzt kommen wir zum Kernpunkt der Sache, dachte Claudia und fragte: »Soll ich dir noch eine Flasche bringen?«

»Nein, danke«, antwortete er. »Ich bin müde. Es ist auch nicht mehr viel zu erzählen.«

Sie konnte ihre Enttäuschung nur mit großer Mühe verbergen.

»Es ist richtig, daß ich in Kirkenes stationiert wurde«, fuhr er nach kurzer Pause fort. »Zunächst erholte ich mich von den Strapazen. Es schien ja die Mitternachtssonne. Allein die Tatsache, nicht mehr in ewiger Finsternis zu stecken, war schon ein Labsal. Mir graute vor dem nächsten Winter. Ich bin weder ein Held noch eine Landsernatur. Also bat ich um Versetzung. Vergeblich.

Der nächste Winter kam. Die ewige Dunkelheit und der endlose Schneefall machten mich halb verrückt. Aber nicht allein mich. Fast jeder hatte seinen Koller. Saufen wurde groß geschrieben. Die wenigsten hatten ja eine befriedigende Aufgabe. Während des Winters konnte die Besatzungstruppe hier oben praktisch nichts anderes tun als fressen, saufen und Schnee räumen. Wie die Männer, die bis zum Kriegsende, also fünf volle Jahre hindurch, in Nordnorwegen stationiert waren, das ausgehalten haben, ist mir schleierhaft. Wahrscheinlich tröstete sie der Gedanke, nicht an der Front kämpfen zu müssen. Wie dem aber auch sei, mir hat der Winter vierzig/einundvierzig vollauf gereicht. Als es endlich wieder Tag wurde, war ich krank. Total mit den Nerven herunter. Mein Kommandeur verordnete mir Urlaub. Nach Deutschland wollte ich nicht. Mein Vater war inzwischen gestorben. Ich bat darum, mich mit einem Wasserflugzeug hier im Fjord der Lachse abzusetzen. Ich kannte das Fischwasser aus der Literatur. Meiner Bitte wurde entsprochen.« Randolph Bush stützte sein Gesicht in die Hände. »Einunddreißig Jahre sind seitdem vergangen. Einunddreißig Jahre!«

Er verschweigt, worüber er reden sollte, dachte Claudia enttäuscht.

Sie hatte recht. Was ihr Mann verschwieg und womit er seit vielen Jahren nicht fertig wurde, war dies:
Den Winter 1940/41 verbrachte Kriegsberichterstatter z.b.V. Rudolf Busch in Kirkenes. Unliebsame Vorkommnisse hatten es ihm angeraten erscheinen lassen, den Kontakt mit anderen Dienststellen auf ein Minimum zu reduzieren. Er wohnte weder in der Offiziersbaracke der Kommandantur noch in der Unterkunft der Jagd- und Kampfflieger, die von Frankreich nach Kirkenes verlegt worden waren. Durch geschicktes Argumentieren hatte er es fertiggebracht, einen Raum im sogenannten ›Gästebunker‹ zu erhalten, wie ein für vorübergehend eintreffende Flugzeugbesatzungen hergerichtetes Blockhaus genannt wurde, das gut zwei Kilometer vom Flughafen entfernt lag.

Abends besuchte er häufig einen schwerblütigen ostpreußischen Hauptarbeitsdienstführer, dem die undankbare Aufgabe zugefallen war, die Start- und Landebahn schneefrei zu halten. Hundertzwanzig Männer standen ihm zur Verfügung. Diese aber reichten bei weitem nicht aus. Allzuoft kam es vor, daß der Anfang der Piste bereits wieder voll eingeschneit war, wenn die Arbeitskolonne deren Ende noch nicht erreicht hatte. In solchen Augenblicken war der pflichtbewußte Ostpreuße nahe daran, sich eine Kugel in den Kopf zu schießen.

Rudolf Busch pflegte die Verbindung zu dem Arbeitsdienstführer, weil dieser vom Peilflugleiter unverzüglich verständigt wurde, wenn eine fremde Maschine im Anflug war. Das kam im Winter zwar selten vor. Wenn aber, dann handelte es sich um große Langstreckenflugzeuge, die sich bei verminderter Sicht und Dunkelheit nicht gerade leicht landen ließen. Mit Zwischenfällen mußte gerechnet werden. Rudolf Busch ging deshalb grundsätzlich in ›Schußposition‹, wenn eine fremde Maschine gemeldet und der Flughafen von starken Scheinwerfern angestrahlt wurde.

So war es auch Ende Februar 1941. Erwartet wurde die viermotorige Focke-Wulf *Condor* einer in der Bretagne stationierten Erkundungsstaffel, die zur Vorherbestimmung des Wettergeschehens laufend Flüge über dem Atlantik und westlich an Irland vorbei bis nach Kirkenes durchführte. Sechzehn bis achtzehn Stunden saßen die Piloten am Steuer.

Rudolf Busch hatte mehrere von ihnen kennen- und schätzengelernt. Sie unterschieden sich wesentlich vom üblichen ›fliegenden Personal‹ der Luftwaffe. Nur selten sprachen sie über ihre Tätigkeit. Zumeist waren sie abgekämpft und blieben unter sich.

Als der unten hell und oben grüngrau gestrichene Rumpf der *FW 200* im Schneetreiben über dem Platzrand sichtbar wurde, erkannte Rudolf Busch sogleich, daß die Maschine in der richtigen Höhe anschwebte und ordnungsgemäß aufsetzen würde. Er verzichtete deshalb darauf, seine Kamera anlaufen zu lassen.

Es könnte der Hauptmann sein, dachte er und lief zu seinem Wagen, um die Besatzung am Abstellplatz in Empfang zu nehmen. Er kannte bereits die Eigenarten der einzelnen Piloten. Der Hauptmann zog sich im gedrosselten Flug heran, erreichte dadurch den Platzrand stets in der richtigen Höhe und mußte nie durchstarten.

Rudolf Busch hatte richtig vermutet. Der *Condor* wurde von dem jungen Hauptmann gesteuert, den er als umsichtigen und besonnenen Mann kennengelernt hatte. »Ich habe eine Überraschung für Sie«, sagte er, als der Kriegsberichterstatter ihn begrüßte. »Wir machen diesmal ausnahmsweise keine Pause von vierundzwanzig Stunden, sondern fliegen schon morgen früh wieder los. Aber nicht zurück nach Brest. Es geht zum Franz-Josef-Land. Ihr Wunsch, uns einmal begleiten zu können, läßt sich also erfüllen. Der Zwischentrip wird nicht wesentlich länger als zehn Stunden dauern.«

»Und ich darf filmen und Aufnahmen machen?«

»Soviel Sie wünschen. Fragt sich nur, wie Sie das in der Dunkelheit bewerkstelligen wollen.«

»Das lassen Sie meine Sorge sein.«

Noch am gleichen Abend trug Rudolf Busch das Material zusammen, das er mitzunehmen hatte. Dann legte er sich, wie die Besatzung des *Condors*, frühzeitig ins Bett. Allerdings nicht ohne eine Tablette genommen zu haben, die ihm der Hauptmann mit der vielsagenden Bemerkung zugesteckt hatte: »Nehmen Sie diesen Gruß von der ›eiligen Johanna‹ baldmöglichst ein. Der Flug wird zehn Stunden dauern!«

Vorsorge veranlaßte den Langstreckenpiloten auch, Rudolf Busch am nächsten Morgen daran zu hindern, Graubrot zu essen. »Das wollen wir uns nicht antun«, sagte er fast väterlich. »Wir müssen große Höhen aufsuchen. Da könnten Sie Schwierigkeiten bekommen. Wählen Sie heute nur Weißbrot. Und nehmen Sie«, er zog ein Glasröhrchen aus der Tasche, »gleich auch diese Tablette ein.«

»Was ist das?«

»Pervitin. Es wirkt erst in acht Stunden. Verbannt dann aber jede Müdigkeit. Glasklar wird Ihr Denken.«

»Nehmen Sie das Zeug immer?«

»Zwei Stunden vor jedem Flug die erste Tablette. Nach dem Start in bestimmten Intervallen. Je nachdem, wie lange der Trip dauert.«

»Ob das gerade gesund ist?«

Der Hauptmann zuckte die Achseln.

Punkt sieben Uhr schob er in dichtem Schneetreiben die Gashebel des *Condors* bis zum Anschlag vor. Wie ein Orkan brausten die zusammen über 2800 PS leistenden *BMW*-Motoren auf. Das Ende der Tragflächen, die große Zeltplanen bis zur letzten Minute abgedeckt hatten, war nicht sichtbar. Das Flugzeug setzte sich nur schwerfällig in Bewegung. Diffus leuchtete das weiße Licht der entlang der Startbahn aufgestellten Laternen. Höchstens zwei von ihnen waren gleichzeitig zu sehen.

Den Hauptmann irritierte das nicht. Er startete ›blind‹, vertraute seinen Instrumenten und las von ihnen ab, was er zu tun hatte.

Durch einen Stehgurt gesichert, stand neben ihm der Bordmechaniker der Maschine. Auf dem zweiten Führersitz saß der Meteorologe. In der Kabine, in die mehrere Tanks eingebaut waren, hatten der Funker und Rudolf Busch Platz genommen. Alle trugen pelzgefütterte Fliegerkombinationen, Stiefel und Hauben. In letztere waren Kopfhörer eingearbeitet, die an eine Eigenverständigungsanlage angeschlossen wurden, so daß jeder jeden hören und mit jedem sprechen konnte.

»Fünfzehn Grad!« rief der Pilot.

Der Monteur wirbelte ein Handrad herum, mit dem die Startklappen ausgefahren wurden. Gleich darauf rief er: »Erste Rote in Sicht!«

Den Bruchteil einer Sekunde schaute der Hauptmann über das Instrumentenbrett hinweg. Schneeflocken rasten gleich endlosen Bändern auf die Kanzel zu. Hinter ihnen tauchten rote Laternen auf. »Ich hebe ab!« rief er und zog das Segment an.

Der Wissenschaftler schaltete augenblicklich einen Meteorographen ein, der nun, mit den Bodenwerten beginnend, laufend Druck, Temperatur und Feuchtigkeit über nadelspitze Geber in eine Rußtrommel ritzte.

Die Räder wurden eingefahren, die Motoren gedrosselt, die Luftschrauben verstellt.

»Triebwerke in Ordnung«, meldete der Mechaniker, nachdem er alle Überwachungsgeräte gewissenhaft kontrolliert hatte.

Erst von diesem Augenblick an stand fest, daß die Maschine auf Kurs gehen würde. Das Franz-Josef-Land, auf dem kaum Leben existiert, sich aber eine sowjetische Wetterstation befand, wurde angesteuert.

»Tragflächen anleuchten!«

Der Monteur betätigte einen Schalter an der Rückwand der Kanzel.

Die Flügelnasen wurden angestrahlt.

Pilot und Meteorologe blickten angespannt nach draußen.

»Sie behalten mal wieder recht«, sagte der Hauptmann, an den Wissenschaftler gewandt.

Der schmunzelte. »Bei Temperaturen von unter minus sechzehn Grad gibt es keinen Eisansatz.«

Rudolf Busch beugte sich vor. Die Silhouette des Mechanikers verdeckte einen Großteil der phosphoreszierenden Instrumente. Ihm kam es vor, als stünde die Maschine still, als wäre sie in ein dunkles Loch geraten. In Wirklichkeit aber stieg sie, wie das Variometer und der Fahrtmesser zeigten, bei einer Geschwindigkeit von 220 km/h mit fünf Metern in der Sekunde.

»Ist noch mit Turbulenz zu rechnen?« fragte der Pilot den Meteorologen.

Der schüttelte den Kopf. »Kaum.«

»Anschnallen nicht mehr erforderlich«, rief der Hauptmann.

Rudolf Busch löste den Gurt. »Wie steht's mit dem Licht?«

»Dürfen Sie jetzt anmachen.«

Der Funker, der vor einer beachtlichen Funkanlage saß, schaltete die Lampe seines Arbeitstisches ein.

Das Flugzeug stieg kontinuierlich weiter und erreichte in 2300 Meter die Wolkenobergrenze. Die Klarheit des Sternenhimmels war überwältigend. Es sah aus, als habe sich die Anzahl der Sterne verdoppelt. Rudolf Busch mußte sich zwingen, darum zu bitten, mit den Blitzlichtaufnahmen beginnen zu dürfen.

Der Pilot und der Meteorologe waren einverstanden und

ließen widerspruchslos alles über sich ergehen. Der Wissenschaftler räumte sogar seinen Platz, um Rudolf Busch bessere Aufnahmemöglichkeiten zu bieten. Und der Hauptmann setzte lediglich eine dunkle Brille auf, als der Herr Kriegsberichterstatter sich nicht scheute, die Führerkanzel mit Hilfe von mehreren Lampen und Pappreflektoren, die innen mit Silberfolie beklebt waren, taghell auszuleuchten. Alle aber waren froh, als das Geschäft des Fotografierens und Filmens endlich beendet war. Sogar Rudolf Busch. Der Schweiß lief ihm über das Gesicht.

In 6000 Meter Höhe schaltete der Meteorologe seinen Registrierapparat ab, zog ihn in die Kanzel und ging an einen gut erleuchteten Tisch in der Kabine, um mit der Auswertung zu beginnen. Das veranlaßte Rudolf Busch natürlich sogleich, weitere Aufnahmen zu machen, bis der Wissenschaftler darum bat, ihn nunmehr ungestört arbeiten zu lassen.

Der Hauptmann drückte das Flugzeug inzwischen mit leicht gedrosselten Motoren bei einer Sinkgeschwindigkeit von zwei Metern in der Sekunde auf über 330 km/h an.

»Weshalb bleiben wir nicht in der Höhe?« erkundigte sich Rudolf Busch, der auf dem zweiten Führersitz Platz genommen hatte.

»Wir müssen den nächsten *Temp* erfliegen, das heißt erneut Druck, Temperatur und Feuchtigkeit von Null bis auf 6000 Meter Höhe messen. Alle vierhundert Kilometer machen wir das. Die Ergebnisse der Messungen werden, in Zahlen verschlüsselt, über Kurzwelle an eine dafür vorgesehene Bodenstation durchgegeben. Auf diese Weise gewinnt man daheim ein klares Bild über die Großraumwetterlage.«

»Ich verstehe. Unklar ist mir allerdings, wie Sie die Bodenwerte, die als Ausgangsbasis ja wohl von Wichtigkeit sein dürften, für den nächsten Temp erhalten.«

»Das werden Sie sehen, sobald der Meteorologe die Auswertung beendet hat«, antwortete der Flugzeugführer geheimnisvoll.

Knapp eine halbe Stunde später nahm der Wissenschaftler seinen Platz in der Führerkanzel wieder ein. Die Maschine war bis auf 2000 Meter gesunken. Eine Wolkendecke war in der Dunkelheit nicht auszumachen.

Der Hauptmann gab Weisung, den Scheinwerfer aus der Tragfläche auszufahren und einzuschalten. Der Leitstrahl fiel schräg nach unten, traf aber auf keine Wolkenbank. »Leuchtbombe!« kommandierte er und stellte die elektrische Kurssteuerung so, daß das Flugzeug einen Vollkreis zurücklegte. Dann schaute er mit dem Meteorologen interessiert nach unten.

Der Mechaniker kehrte aus der Kabine zurück. »Gezündet und geworfen.«

Es dauerte nicht lange, da sahen sie in großer Tiefe ein grelles Licht aufblitzen, das sich mit ungeheurer Schnelligkeit vergrößerte und das unter ihnen liegende Gelände taghell erleuchtete.

»Keine Wolken!« rief der Pilot. »Offenes Meer!«

Der Wissenschaftler schaute in die Tiefe und nickte. »Ab geht die Post!«

Der Hauptmann schaltete die Kurssteuerung aus, drosselte die Motoren auf halbe Leistung und drückte die Maschine an. »Magnesiumfackeln vorbereiten«, sagte er an den Bordmonteur gewandt.

»Wieviel?«

»Bei der Sicht dürften zwei genügen.«

Die Geschwindigkeit steigerte sich auf fast 400 km/h. Das Flugzeug vibrierte stärker als sonst.

Der Mechaniker verschwand zwischen den Zusatztanks in der Kabine.

Das Variometer zeigte 10 m/sec Fallen. Der Zeiger des Höhenmessers sank auf 500 – 400 – 300 Meter.

In den Kopfhörern knackte es. »Bin bereit«, meldete sich der Bordmonteur.

»Danke.« Der Hauptmann nahm die Maschine flacher. »Es ist gleich soweit.«

»Verstanden.«

200 – 100 Meter.

Der Pilot schob die Gashebel vor und trimmte die Maschine leicht schwanzlastig.

50 Meter.

Der Hauptmann betätigte die Stoppuhr am Segment. »Fackel eins!«

»Gezündet und geworfen!«

Die Stoppuhr lief. Nach dreißig Sekunden befahl der Pilot: »Fackel zwei!«

Erneut wurde ihm Zündung und Abwurf gemeldet. Eine kurze Weile noch flog der Hauptmann geradeaus, dann kurvte er zurück und steuerte die nun auf dem Wasser schwimmenden Magnesiumfackeln an, die ein helles Licht verbreiteten und die Oberfläche des Meeres klar erkennen ließen. Behutsam drückte er das Flugzeug tiefer. Schaumkronen waren nicht zu sehen. Das Meer zeigte eine langlaufende graugrüne Dünung.

»Höhe dürfte jetzt zehn Meter betragen«, rief der Meteorologe.

Der Hauptmann wartete, bis die erste Fackel passiert war, und drückte die Maschine dann vorsichtig näher an das Wasser heran. Dabei schätzte er: Fünf, vier, drei, zwei Meter.

»Genügt!« rief der Wissenschaftler und schaltete seinen Meteorographen ein.

Der Pilot zog das Segment an, schob die Gashebel vor und verstellte die Luftschrauben. Der zweite Temp hatte begonnen. Zwei weitere würden folgen.

Nach genau fünf Stunden wurde das Franz-Josef-Land erreicht, und der Rückflug konnte angetreten werden.

Der Hauptmann konzentrierte sich nun auf die Navigation, die in Höhe des 80. Breitengrades nicht ohne Probleme war. Lediglich der Sender Kirkenes stand zur Verfügung. An Querabpeilungen war nicht zu denken, und eine Abstandsbestimmung ließ sich vorerst nicht durchführen. Dafür war die Entfernung zu groß.

Stunde um Stunde verging. Die Belastung der Nerven fing an, sich bemerkbar zu machen. Veränderte sich der Lauf eines Motors auch nur für den Bruchteil einer Sekunde, dann zuckten alle gleich zusammen. Ein winziges Schmutzteilchen im Benzin genügte vollauf, die Besatzung in Alarmstimmung zu versetzen.

Nach neun Stunden war es endlich soweit, daß der Hauptmann eine Abstandsbestimmung vornehmen konnte. Das Ergebnis stellte ihn zufrieden. Sie lagen relativ gut auf Kurs und befanden sich knapp eine Stunde vor Kirkenes. »Sie können den Peiler schon mal rufen und sich das Platzwetter und ein *QDM* geben lassen«, sagte er dem Funker.

Der betätigte seine Taste und meldete nach etwa fünf Minuten: »Große Schneeverwehungen auf dem Flugfeld machen eine Landung voraussichtlich erst in drei bis vier Stunden möglich.«

»Verdammte Scheiße!« entfuhr es dem Piloten.

»Etwas Ähnliches habe ich befürchtet«, sagte der Meteorologe. »Die Wetterfront ist durch. Kirkenes liegt im Bereich der Rückseite. Da pfeift der Wind.«

»Und mir saust der Frack!« erregte sich der Hauptmann. »Wenn wir erst in drei Stunden landen können, gibt's Bruch.«

»Wieso?«

»Ich habe, um die Steigleistung zu verbessern und bei der Landung nicht so beladen zu sein, nur für zwölf Stunden tanken lassen. Uns fehlt somit Benzin für mindestens eine Stunde!«

Der Wissenschaftler war sichtlich betroffen. »Was nun?«

»Das weiß ich noch nicht. Eventuell lasse ich *PAN* geben. Quasi die Vorstufe zum *SOS*. Ohne einen Wirbel zu machen, werden wir nicht erreichen, was jetzt geschehen muß.«

»Nämlich?«

»Daß die gesamte Kommandantur zum Schneeräumen antritt. Tut sie das nicht, ist dieser Schlitten im Eimer.« Er wandte sich an den Bordmonteur. »Rechnen Sie aus, wie lange der Sprit noch reicht. Unsicherheitsfaktor: minus fünfzehn Minuten.«

Der Mechaniker zog einige Tabellen zu Rate und erklärte schließlich: »Höchstens für knapp zwei Stunden. Reserve mitgerechnet.«

Der Hauptmann schaute unschlüssig vor sich hin. Sollte er PAN geben? »Wie sieht das Platzwetter aus?«

»Starker Schneeschauer«, antwortete der Funker.

Der Pilot mußte einkalkulieren, daß der erste Anflug daneben ging. Angesichts des Windes und des Sichtrückganges innerhalb der Schneeschauer durfte er einen eventuell erforderlichen zweiten Anflug nicht verkürzt ansetzen. Nur das *ZZ-Verfahren* kam in Frage. Kombiniert mit *UKW-Bake*. »Geben Sie PAN«, sagte er kurz entschlossen. »Und fügen Sie hinzu: Wegen Benzinmangels. Letzte Anflugmöglichkeit in neunzig Minuten. Wenn der Platz bis dahin nicht freigegeben werden kann, müssen wir in die Verwehungen hineinlanden und den Bruch der Maschine in Kauf nehmen. Spätestens in neunzig Minuten«, er drückte auf seine Stoppuhr, »trete ich den Anflug an. Niemand darf sich dann mehr auf dem Platz befinden. Ist das klar?«

»Ja, verstanden.«

Rudolf Busch war zutiefst erschrocken. Über die *EiV*-Anlage hatte er jedes Wort mithören können. Und in gewisser Hinsicht wußte er besser als der Hauptmann, was das bedeutete. Er kannte den Platz. Bei Sturm war es unmöglich, ihn landeklar zu machen. Es würde also höchstwahrscheinlich Bruch geben.

Die Zeit schien plötzlich dahinzurasen.

»Wie sieht es aus?« fragte der Pilot den Funker, als der Flugplatz endlich erreicht wurde.

Der drückte auf die Morsetaste, horchte dann angespannt und notierte: »Mindestens zwei Stunden werden noch benötigt, um eine riesige Schneewehe in der Mitte des Rollfeldes zu beseitigen.«

»Dann ist jedes Warten sinnlos und kostet nur Nerven«, erklärte der Hauptmann und befahl: »Gurte fest anziehen. Peiler verständigen, daß ich zum Anflug übergehe. Platz ist sofort von allen Menschen zu räumen. Erbitte *QGH*, wenn ich das Flugfeld, von Süden kommend, überfliege. ZZ-Abflug nach Norden. Laufend *QDR*. Anflug auf UKW-Bake. QDM-Peilungen unmittelbar nach der Kurve.«

»Verstanden.«

Der Pilot zog seine Gurte strammer und wandte sich an den Mechaniker. »Beim Anflug alles wie gewohnt. Kurz vor dem Aufsetzen aber die Brandhähne schließen und die Zündung heraushauen.«

»Wird gemacht.«

»Kommando lautet: Aus!«

»In Ordnung. Das Netz ebenfalls ausschalten?«

»Gute Idee! Jede unter Strom liegende Leitung kann einen Brand herbeiführen.«

»Aufgeregt?«

»Quatsch.«

»Wird schon schiefgehen.«

»Davon bin ich überzeugt.«

»QGH!« rief der Funker.

Der Hauptmann fuhr das Fahrwerk aus und ließ die Stoppuhr anlaufen. Sieben Minuten mußte er jetzt abfliegen, dann kurven und auf Gegenkurs gehen.

Laufend erhielt er nunmehr Peilungen. Laufend korrigierte er die Windversetzung, bis er sich auf der Grundlinie eingependelt hatte und den Luvwinkel für den Anflug errechnen konnte.

»Kurve!« rief er nach Beendigung des Abfluges.

Der Funker verständigte den Peiler.

Der wußte nun, daß die Maschine nach der Kurve, die neunzig Sekunden dauerte, in genau sieben Minuten den Platz erreichen würde.

»QDM?«

»Zweihundert Grad!«

»Besser kann's nicht klappen!« rief der Pilot. »Bake einschalten!«

Im Kopfhörer ertönte ein Dauerton. Das Flugzeug befand sich exakt auf der Anfluglinie.

Der Dauerton ging in Dah-dah-dah ... über.

Sofort kurvte der Hauptmann nach rechts, bis er den Dauerton wieder hörte. Vernahm er Dih-dih-dih ..., korrigierte er zur entgegengesetzten Seite. Dabei wechselte er langsam die Flughöhe von 400 auf 300 und schließlich auf 200 Meter.

Die fünfte Minute ging dahin.

»Landeklappe auf dreißig Grad!«

Der Monteur drehte ein Rad neben dem Führersitz behutsam nach hinten.

Der Pilot erhöhte im gleichen Maße die Tourenzahl der Motoren. Dann ließ er die Maschine auf 100 Meter sinken.

Im Kopfhörer ertönte ein ratterndes: Datdatdat...!

»Voreinflugsignal!« rief der Hauptmann dem Bordmonteur zu.

Der drehte die Landeklappen weiter heraus. Drei Kilometer trennten sie noch vom Landefeld.

Der Pilot wechselte auf 50 Meter Höhe. Im Kopfhörer summte der Dauerton. Voraus wurden Scheinwerfer sichtbar.

»Motor Nord!« rief der Funker.

Gleich darauf ratterte das Haupteinflugsignal: Ditditdit...!

»Landeklappe fünfundvierzig Grad!« rief der Hauptmann und riß die Gashebel zurück.

Genau dreihundert Meter lag das Rollfeld jetzt vor ihnen. Schneeflocken jagten wie Bänder auf die Kanzel zu.

Er nahm die Maschine so flach wie möglich, fast zu flach. Sie verlor schnell an Höhe. Eine rote Platzrandleuchte wurde sichtbar.

»Achtung... – Aus!« rief der Pilot.

Der Bordmonteur schlug auf den zentralen Zündungsknopf, schloß die Brandhähne und schaltete das Netz aus.

Die Räder setzten auf. Das Flugzeug verlor schnell an Fahrt. Der Schnee bremste gewaltig. Aber dann kam eine gut zwei Meter hohe Verwehung näher. Die Maschine neigte sich vornüber und stellte sich, den schlanken Bug in den Schnee bohrend, schräg auf den Kopf.

»Das wär's«, sagte der Hauptmann in einem Anfall von Galgenhumor. Er hing, stark vorgeneigt, in den Gurten. »Ich glaube, wir haben mehr Schwein als Verstand gehabt. Viel dürfte nicht beschädigt sein.«

Das war richtig. Aber neben dem Glück, ohne das auch der Tüchtigste nicht auskommen kann, war es fliegerisches Können gewesen, das Menschenleben gerettet und einen großen Sachschaden verhindert hatte.

Im Bestreben, dem Hauptmann zu gratulieren, riß Rudolf Busch impulsiv seinen Gurt auf. Er hatte nicht bedacht, daß die Maschine steil vornüber geneigt war, und sauste nun geradewegs auf den Mechaniker zu, der, mehr oder weniger im Stehgurt hängend, halb über dem Vorbau des Instrumentenbrettes lag.

Gleißend fiel das Licht der Scheinwerfer in die Führerkanzel.

Der Hauptmann starrte den Kriegsberichterstatter verwundert an. »Wo kommen Sie denn her?«

»Ich hab nicht bedacht . . .«

»Danke für das Stichwort«, unterbrach ihn der Pilot. »Nichts darf jetzt mehr getan werden, ohne es zuvor bis ins letzte zu durchdenken. Vor uns steht ein höchst unangenehmes Problem. Wir müssen verhindern, daß die Maschine zurückkippt. Ihr Rumpf wäre dann zum Teufel. Stimmt's?« fragte der den Bordmonteur.

Der versuchte sich aufzurichten. »Fliegen könnte sie jedenfalls nicht mehr. Doch wozu sich falschen Hoffnungen hingeben? Wir stehen haargenau dort, wohin der Wind den Schnee weht. Er lädt sich jetzt also auf dem Rumpf ab, macht ihn immer schwerer und läßt ihn schließlich zurückfallen.«

Rudolf Busch hob den Kopf und versuchte, über den im Scheinwerferlicht liegenden Flugplatz hinwegzublicken. »Befinden wir uns eigentlich auf der Fjord- oder der Landseite?«

»Wir sind über den Fjord angeflogen.«

»Die Schneewehe sperrt somit den Weg zur Landseite ab?«

»Ja.«

»Dann geht's.«

»Was?«

»Vor den Flakstellungen am Fjord habe ich dieser Tage einen Kranwagen stehen sehen. Sagen Sie dem Peiler, er soll ihn sofort hierher beordern. Des weiteren zwei starke Seile.« Er stemmte sich gegen den Mechaniker, auf dem er lag, und schaute zum Funker in die Kabine zurück. »Haben Sie das mitgekriegt?«

»Bin ja nicht blöd.«

»Dann funken Sie, daß die Fetzen fliegen.«

»Ohne Saft?«

»Was heißt: Ohne Saft?«

»Das Netz ist ausgeschaltet!«

Rudolf Busch ließ sich auf den Monteur zurückfallen. »Netz einschalten!«

Der dreht ganz schön auf, dachte der Hauptmann und fragte: »Würden Sie mir mal sagen, wie Sie den Kranwagen einsetzen wollen?«

»Ganz einfach. Wir legen ein Seil um den Rumpf und haken es in den Flaschenzug des Kranes ein. Dann kann das Flugzeug nicht mehr zurückkippen. Das andere Seil legen wir über den Rumpf, um ihn nach unten ziehen zu können. Wenn wir den Flaschenzug dann langsam herunterfahren, hieven wir das Flugzeug gefahrlos zu Boden.«

»Großartig!« begeisterte sich der Hauptmann. »Bleibt nur noch die Frage, wie wir hier herauskommen?«

»Wir sollten schön sitzen bleiben«, riet der Bordmechaniker. »Unter Umständen ist es gerade unser Gewicht, das die Balance hält.«

»Einer von uns muß aber hinaus.«

»Das mach ich und kein anderer«, erklärte Rudolf Busch bestimmt. »Ich habe da Erfahrung«, fügte er vorsorglich hinzu, da er in den Filmateliers von Hollywood viel mit Kränen gearbeitet hatte.

Es dauerte nicht lange, da tauchten vor dem Flugzeug vermummte Gestalten auf, die im Licht der Scheinwerfer fast grotesk wirkten. Die eine Seite grell angestrahlt, die andere im tiefsten Dunkel liegend, glichen sie Schauspielern auf einer zu hell erleuchteten Bühne. Rudolf Busch fühlte sich als Regisseur. Die Chance, einmal wieder richtig in Aktion treten zu können und den Ablauf einer Handlung bis ins letzte zu dirigieren, versetzte ihn in Hochstimmung.

Der Peiler meldete, daß der Kranwagen auf den Weg gebracht sei.

Nichts konnte Rudolf Busch mehr halten. Er mußte heraus aus der Maschine. »Helfen Sie mir«, sagte er dem Mechaniker, auf dem er nach wie vor lag.

Der war nur zu gerne bereit, ihm beim Hinausklettern behilflich zu sein. Er hob ihn förmlich durch das Schiebedach der Führerkanzel und ließ ihn dann auf gut Glück über den Bug in die Schneewehe rutschen, aus der ihn die herbeigeeilten Soldaten und Arbeitsdienstmänner befreiten.

Eigentlich könnte ich schon zwei Gruppen zusammenstellen, sagte sich Rudolf Busch, als er sah, daß bereits dreißig bis vierzig Mann das Flugzeug umstanden. Kurz entschlossen rief er: »Kommt mal alle her!«

Man folgte seinem Ruf.

»Ihr müßt uns helfen. Gleich kommt ein Kranwagen. Der Rumpf der Maschine muß langsam nach unten gebracht werden. Sonst ist er im Eimer. Bildet also eine Zweierreihe.«

Man entsprach seinem Wunsch.

Ein Kübelwagen mit mehreren Offizieren fuhr heran.

»He, sind Sie der Knallkopp, der den Handstand da vollbracht hat?« rief ein blutjunger Major, der sich weit aus dem Wagen herauslehnte.

»Für eine gepflegte Konversation dürfte dies nicht der richtige Ort sein«, antwortete Rudolf Busch scherzend. Er hatte erkannt, daß die Offiziere ziemlich viel Alkohol getrunken haben mußten.

»Ich hab Sie was gefragt, Mann!« brauste der Major erregt auf.

Jetzt wird's schwierig, dachte der Kriegsberichterstatter und entgegnete: »Bitte, fahren Sie weiter, meine Herren. Wir erwarten einen Kranwagen, dem Ihr Fahrzeug im Wege steht.«

»Uns wollen Sie sagen, wohin wir mit unserer Kutsche fahren sollen?«

Der Kranwagen ratterte heran.

»Sie sehen, da kommt das Fahrzeug schon«, erwiderte Rudolf Busch erleichtert.

»Ich hab Sie was gefragt!« brüllte der Major zurück.

»Es tut mir leid«, schrie nunmehr auch Rudolf Busch, »aber Sie haben diesen Platz zu räumen. Wenn Sie helfen wollen, sind Sie natürlich herzlich willkommen. Sie müssen sich dann allerdings einreihen.«

Der Major kletterte aus seinem Wagen und torkelte auf den Kriegsberichterstatter zu. Dabei öffnete er den Kragen seines Ledermantels und spielte mit dem Ritterkreuz, das er trug. »So, Männeken, jetzt bin ich jespannt, wat Se dazu sagen?«

»Dufte!«

»Wie bitte?«

»Dufte!« wiederholte Rudolf Busch. »Und nun haben Sie die Wahl, zu verschwinden oder sich einzureihen. Gegebenenfalls aber mit geschlossenem Kragen, damit das Ding nicht naß wird.«

Der Major starrte ihn fassungslos an. »Dufte, haben Sie gesagt? Det is Klasse. Auf die Idee ist noch niemand gekommen. Und ich soll das ›Ding‹ nicht naß werden lassen? Mensch, Sie sind 'ne Wolke! Ich helfe Ihnen. Sagen Sie nur, was ich tun soll.«

»Sich einreihen«, antwortete Rudolf Busch lachend. Er wußte, daß er gewonnen hatte.

Bereits eine Stunde später konnte der Hauptmann die

Motoren anlassen und zur Platzgrenze zurückrollen. Lediglich der Bug des *Condors* sowie eine Luftschraube waren beschädigt.

»Und nun lade ich Sie und den Piloten zu uns ins Kasino ein«, sagte der Major, als die Maschine endlich davongerollt war.

Da Rudolf Busch wußte, daß die Einladung in einer endlosen Sauferei enden würde, erwiderte er bedauernd: »Der Hauptmann muß gleich ein Gespräch zu seiner Staffel anmelden, das unter Umständen erst morgen früh zustande kommt. Sie kennen das ja aus eigener Erfahrung. Er kann somit den Gästebunker nicht verlassen. Erweisen Sie und Ihre Freunde deshalb uns die Ehre, in der nächsten Stunde unsere Gäste zu sein.«

»Habt ihr das gehört?« rief der Major, den die frische Luft wieder nüchtern gemacht hatte. »In der nächsten Stunde, hat er gesagt! Danach sollen wir blechen.«

»So war es nicht gemeint«, widersprach Rudolf Busch.

»Wie dann?«

»Dreimal dürfen Sie raten. Wenn Sie danebentippen, können Sie in Ihr Kasino gehen.«

»Ich muß schon sagen, Sie werden mir immer unsympathischer«, entgegnete der Major. »Aber gerade das ist es, was mir an Ihnen gefällt. Wir kommen also mit und bitten den Herrn Kriegsberichterstatter z.b.V., in unserer Kalesche Platz zu nehmen. Von meiner Staffel sind inzwischen ja vier Wagen eingetrudelt.«

Oje, dachte Rudolf Busch betroffen. Wenn alle mitkommen, habe ich mir selbst ein Bein gestellt. »Und wie machen wir es mit der Besatzung?«

»Die wird abgeholt, sobald wir Ihren Bunker erreicht haben.«

Der Weg dorthin war beschwerlich und führte durch Schneeverwehungen, die freigeschaufelt werden mußten. Aber das kannte man. Unangenehm war nur, daß die Besatzung dadurch erst ziemlich spät nach Hause kam. Bei ihrem Eintreffen drang das Gegröle von zechenden Männern bereits bis ins Freie.

Der Hauptmann blickte verwundert die Kellertreppe hinunter, als er das Blockhaus betrat. »Was ist da los?« fragte er Rudolf Busch, der gerade heraufkam.

»Ich habe ein paar Offiziere einladen müssen«, antwortete der Kriegsberichterstatter und schilderte, weshalb er sich dazu gezwungen gesehen hatte. »Drüben wäre es ein blödsinniges Gelage geworden.«

Der Pilot nickte verständnisvoll. »Sie haben ganz in meinem Sinn gehandelt. Kasinosaufereien sind mir ein Greuel. Aber heute kann sogar ich einen kräftigen Schluck brauchen. Sie wahrscheinlich auch.« Er schaute zu seinen Besatzungsmitgliedern hinüber. »Und wie steht's mit euch?«

Der Funker und der Bordmechaniker grinsten. »Da gibt's doch keine Frage.«

Im Gegensatz zu ihnen erklärte der Meteorologe, seiner Mentalität entsprechend: »Ich bin durchaus nicht abgeneigt. Bevor ich jedoch dem Alkohol zuspreche, möchte ich etwas essen.«

»Das Abendbrot ist schon arrangiert«, beruhigte ihn Rudolf Busch. »Sie brauchen sich nur noch schnell frisch zu machen.«

Indessen wurde im Keller, in dem außer einer kleinen Küche ein primitiver Speiseraum und eine als Bar deklarierte Trinkstube untergebracht waren, das Lied vom Sanitätsgefreiten Neumann angestimmt. Eine Kompanie hätte nicht lauter brüllen können.

Rudolf Busch sorgte dafür, daß das Essen für die Besatzung, zu der er sich an diesem Tag zählte, im hinteren Teil des Speiseraumes serviert wurde. Außerdem vergatterte er die Ordonnanz, von dem Augenblick an, da er ein entsprechendes Zeichen gebe, keinen Alkohol mehr auszuschenken. Um jeden Preis wollte er verhindern, daß der Abend in einem jener Saufgelage enden würde, die für Kirkenes bereits typisch geworden waren. Und es entwickelte sich auch alles recht ordentlich. Daß es laut zuging, war verständlich. Dagegen war ebensowenig einzuwenden wie gegen den Vortrag von zweideutigen Wirtinversen und das Absingen sogenannter schmutziger Lieder. Als einige der Anwesenden aber anfingen, sich schlecht zu benehmen, stoppte Rudolf Busch unverzüglich den Alkoholnachschub.

»Wir machen jetzt Schluß«, flüsterte er dem Hauptmann zu.

Der tat einen Seufzer. »Ich hab gerade mit meinen Leuten überlegt, wie wir uns aus dem Staube machen könnten. Wenn Sie uns Rückendeckung geben, verschwinden wir auf der Stelle.«

»Ab durch die Mitte«, raunte Rudolf Busch und ging zu

den Offizieren, die den Bartisch umlagerten. »Alles in Ordnung, meine Herren?«

Der Major sah ihn aus glasigen Augen an. »Wissen Sie, was Sie sind? Ein Arschloch mit zwei Löchern! Wenn Sie mein Ritterkreuz nochmals als ›Ding‹ bezeichnen, erkläre ich das für eine defaitistische Äußerung und knall Sie nieder. Die Auszeichnung ist mir schließlich vom Führer verliehen worden.«

Betrunkene sind wie gesprungenes Glas, dachte Rudolf Busch. Man muß vorsichtig mit ihnen umgehen.

»Sind Sie bereit, zur Strafe 'ne Pulle Sekt zu zahlen, Sie Kriegsgeschichtslügner z. b. V.?«

»Ordonnanz!« rief Rudolf Busch. »Eine Flasche auf meine Rechnung.«

Der Major wandte sich an seine Kameraden. »Schaut euch diesen Feigling an. Der bestellt den Schampus doch nur, weil er Schiß vor mir hat.«

»Wir haben keinen Sekt mehr«, meldete die Ordonnanz, der vorher gegebenen Weisung entsprechend.

»Dann bringen Sie was anderes«, befahl Rudolf Busch, um den Schein zu wahren.

»Es ist nichts mehr da. Die Flasche Kognak, die ich eben ausschenkte, war das letzte, was wir hatten.«

Der Major schlug auf den Bartisch. »Jetzt möchte ich aber wissen . . .« Er torkelte und schaute zu dem Tisch hinüber, an welchem der Hauptmann mit seiner Besatzung gesessen hatte. »Wo steckt der Knallkopp, der den Handstand gemacht hat?«

»Er und seine Männer waren am Ende ihrer Kraft. Sie haben sich hingelegt.«

»Der Scheißkerl soll herkommen! Nicht eine einzige Runde hat er geschmissen.«

»Doch. Hat er. Ich hab's für ihn erledigt. Er hatte mich darum gebeten.«

»Halt die Schnauze und hol augenblicklich den Akrobaten herbei.«

Rudolf Busch wollte unter keinen Umständen Streit. Auch er hatte zuviel getrunken. Deshalb versuchte er einen Scherz zu machen: »Wenn Sie den Hauptmann nochmals einen Scheißkerl nennen, erkläre ich das für eine defaitistische Äußerung und knall Sie nieder. Er ist schließlich vom Führer ernannt worden.«

Schallendes Gelächter quittierte seine Parade.

Der Major aber stand plötzlich mit der Pistole in der Hand da. »Ich will Ihnen mal was sagen, Sie widerliches Arschloch z.b.V.! Bevor Sie Ihre Waffe ziehen könnten, wären Sie ein toter Mann.«

Angesichts der auf ihn gerichteten Pistole erinnerte sich Rudolf Busch eines Abwehrschlages, den er in den Staaten bei den Aufnahmen für einen Wildwestfilm kennengelernt hatte. Ehe der Major sich's versah, flog seine Waffe durch den Raum.

Einen Augenblick lang waren alle wie erstarrt. Dann aber brach Empörung aus. Ein Kriegsberichterstatter wagte es, einem Stabsoffizier die Waffe aus der Hand zu schlagen?

Der Major, der im ersten Moment fassungslos dagestanden hatte, stürzte sich auf Rudolf Busch. Ein Faustschlag ließ ihn zurücktaumeln.

Als wäre damit das Signal gegeben, warfen sich alle Offiziere auf die beiden und trennten sie.

Rudolf Busch versuchte, sich zu befreien, doch es gelang ihm nicht. Im Gegenteil. Seine Arme wurden ihm nach hinten gedreht. Man zwang ihn in die Knie.

»So, und jetzt wird Abbitte geleistet«, fuhr ihn einer der Offiziere an.

»Stop!« kommandierte der Major. »So billig soll unser Schmalspur-Heini nicht davonkommen. Wenn er Mut hat, kann er ihn unter Beweis stellen. Ich fordere ihn auf, mit mir ›Chicago‹ zu spielen.«

Ein Sturm der Begeisterung brach aus.

»Werden mich dabei ebenfalls drei Mann festhalten, um dem Herrn Ritterkreuzträger eine Garantie dafür zu bieten, daß ihm nichts geschieht?« rief Rudolf Busch aufgebracht.

Dem Major stieg das Blut in den Kopf. »Laßt ihn los!« schrie er.

Man folgte seiner Weisung.

Rudolf Busch erhob sich.

»Nun, wie ist es? Kneifen Sie oder sind Sie bereit, das Spiel mit mir zu machen?«

Die in den letzten Wochen im hohen Norden Norwegens immer häufiger praktizierte ›Mutprobe‹, bei der zwei Mann in einem dunklen Raum ein makabres Duell durchzuführen hatten, war Rudolf Busch bekannt. Jeder der Kontrahenten hielt bei dem ›Spiel‹ eine brennende Zigarette verdeckt in der Hand. In der anderen Hand eine Pistole. Auf ein Kommando von außen hatten zunächst beide nach oben in die Decke zu feuern. Dann mußte einer von ihnen – wer, das wurde vorher festgelegt – an seiner Zigarette ziehen, so daß diese aufglimmte. Der andere hatte nun zu versuchen, so schnell wie möglich dorthin zu schießen, wo er den Brand aufleuchten sah. Danach mußte er an seiner Zigarette ziehen und sich in Sicherheit bringen. Nach je drei Schüssen war das ›Mut-Duell‹ beendet.

»Er kneift!« triumphierte der Major, als Rudolf Busch nicht sogleich antwortete. »Das kommt dabei heraus, wenn man sich mit Beamten einläßt. Sind doch Feiglinge.«

»Sie reden zuviel«, konterte Rudolf Busch gelassen. »Und Ihr Mut ist erbärmlich, da er auf Waffen basiert. Gegen geistige Armut kann man aber nichts machen. Ich stehe Ihnen also zur Verfügung.«

»Sie kneifen nicht?«

»Bekommen Sie nun Fracksausen?«

»Meine Pistole her!« schrie der Major.

Ein Leutnant stürzte vor und überreichte die Waffe, die Rudolf Busch dem Offizier aus der Hand geschlagen hatte.

»Pinnchen!«

Der Leutnant entnahm einer Zündholzschachtel zwei Streichhölzer, kürzte eines und hielt die Hände auf den Rücken.

Rudolf Busch grinste dem Major ins Gesicht. »Ich überlasse Ihnen die Wahl.«

»Rechte oder linke Hand?« fragte der Leutnant.

»Rechte!«

Beide Streichhölzer wurden vorgezeigt. »Sie schießen als zweiter, Herr Major.«

Der zündete sich eine Zigarette an. »Wer übernimmt das Kommando?«

»Ich!« rief ein Oberleutnant.

Rudolf Busch wandte sich an diesen. »Würden Sie mir freundlicherweise Ihre Pistole zur Verfügung stellen? Ich muß meine sonst erst holen.«

»Aber selbstverständlich«, erwiderte der Oberleutnant und überreichte eine *Mauser-Parabellum*. »Geladen und gesichert.«

Rudolf Busch zündete sich eine Zigarette an und ging, ohne ein Wort zu verlieren, an seinem Kontrahenten vorbei in den Speiseraum.

Der Major folgte ihm.

»Machen Sie ihm die Hölle heiß«, rief einer der Offiziere.

»Ja, zeigen Sie's ihm!«

Rudolf Busch war miserabel zumute. Er konnte keinen klaren Gedanken mehr fassen. Dennoch tat er so, als würde ihm die ganze Sache nichts ausmachen.

Der Major ging zur gegenüberliegenden Wand, zog seine Pistole und entsicherte sie.

Auch Rudolf Busch legte den Sicherungshebel zurück.

Der Oberleutnant löschte das Licht und schloß die Tür.

Von draußen ertönte das Kommando: »Feuer frei!«

Beide schossen in die Decke.

Rudolf Busch wunderte sich darüber, sein Gegenüber im Mündungsfeuer sehen zu können. Kälte beschlich ihn. Er wartete auf das Aufglühen der Zigarette des Kontrahenten, zielte dann in die Richtung und drückte ab.

»Können Sie nicht schneller ballern?«

»Nein.«

»Feigling.«

»Mut ist ein Kind der Dummheit.«

»Quatschen Sie nicht. Ziehen Sie gefälligst an Ihrem Stengel!«

Rudolf Busch ließ seine Zigarette aufglimmen und sprang zur Seite. Im selben Moment hörte er den Major lachen und einen Schuß fallen. Die Knie wurden ihm weich. Seine Kehle war wie zugeschnürt.

»Nicht kleckern, Mann. Klotzen! Ich habe meine Lunte längst gezeigt.«

»Ich habe nichts gesehen.«

»Weil Sie vor Schiß nicht aufgepaßt haben. Achtung! Ich mach's noch einmal.«

Rudolf Busch schoß.

»War schon besser. Nun ziehen Sie mal schön.«

»Ich könnte Sie umbringen.«

»Dafür sind Sie zu feige.«

Rudolf Busch stand der Schweiß auf der Stirn. Er zog an seiner Zigarette und warf sich auf den Boden.

Wieder schoß der Major. Gleich darauf glimmte dessen Zigarette auf.

Rudolf Busch drückte ab und ließ sein Feuer zum drittenmal aufglühen.

Der Major schoß.

Die Tür wurde aufgerissen, das Licht angemacht. Vier

oder fünf Offiziere drängten gleichzeitig herein. Geschrei und Lachen erfüllte den Raum.

Rudolf Busch wankte hinaus. Irgendwer nahm ihm die Pistole ab und drückte ihm die Hand. Er ließ sich auf einen Stuhl sinken.

Ein Plattenspieler wurde angestellt. Griegs *Tanz der Kobolde* ertönte; unheimlich in seinem hin und her wiegenden Motiv.

Die Offiziere grölten die Melodie und stampften im Rhythmus der immer wilder und fanatischer werdenden Musik in den Aufenthaltsraum hinein. Das Schallplattenorchester steigerte sich. Posaunen dröhnten. Die Offiziere wurden von der Musik wie von einer Raserei erfaßt. Sie stampften im Fortissimo, duckten sich, bewegten sich wie Kobolde und schienen von Dämonen besessen zu sein. Etwas Furchterregendes ging von ihnen aus.

Rudolf Busch saß mit geschlossenen Augen da. Die Schüsse, die Musik ... Er hätte fortlaufen mögen, fliehen. Aber ihm fehlte die Kraft dazu.

Das rhythmische Stampfen wurde schneller, lauter, beängstigender.

Da plötzlich stürzte jemand in den Raum und schrie: »Der Hauptmann ...! Ihr habt ihn erschossen! Er liegt oben im Flur!«

Alle erstarrten.

»Soll das ein Witz sein?«

»Nein. Sein Bett steht genau über dem Speiseraum. Einer der ersten beiden Schüsse muß ihn getroffen haben. Sein

Pyjama ist voll Blut. Offensichtlich hat er sich noch aus dem Zimmer herausgeschleppt.«

*

Der Hauptmann war nicht der einzige, der in jener Nacht einen sinnlosen Tod erlitt. Fernab von den Baracken, unmittelbar vor der Schneewehe, die dem *Condor* beinahe zum Verhängnis geworden wäre, schoß sich der schwerblütige Hauptarbeitsdienstführer eine Kugel in den Kopf. Verzweiflung und falsch verstandene Pflichterfüllung vernichteten sein Leben. Trunkenheit und der unverantwortliche Leichtsinn einiger Männer beendeten das des Hauptmannes. In beiden Fällen aber wurde die Todesursache vertuscht. Wozu den Angehörigen weh tun? Es war Krieg. Man starb auf dem ›Feld der Ehre‹.

Rudolf Busch war in jenen Tagen kaum wiederzuerkennen. Er aß kaum, sprach mit niemandem, saß von morgens bis abends in seinem überheizten Raum und grübelte vor sich hin. Die einzige Lektüre, die ihm zur Verfügung stand, war eine Tornisterausgabe des Werkes: *Also sprach Zarathustra*. Das Nietzsche-Werk war wohl nicht unbeabsichtigt in Millionenauflage bei der Truppe verteilt worden. Aber Sätze wie ›Heroismus ist der *gute Wille* zum Selbstuntergang‹, ›Gewissensbisse erziehen zum Beißen‹, ›Besser noch bös getan als klein gedacht‹, konnten ihm nicht helfen.

Er war kein Übermensch. Ihn marterten Gewissensbisse. Immer wieder schrieb er den Tod des Hauptmannes auf sein Schuldkonto. War er es nicht gewesen, der die Offiziere in den Gästebunker gelotst hatte? Wäre es nach dem Major gegangen, hätte man im Kasino ›gefêtet‹. Und wer hatte die Nerven verloren und dem Ritterkreuzträger die Pistole aus der Hand geschlagen? Doch er! Hätte er in jenem Augenblick nicht so impulsiv und unbesonnen gehandelt, würde es niemals zu der verfluchten Herausforderung gekommen sein. Und warum hatte er zugeschlagen? Im Grunde genommen doch nur, um mit einem billigen Cowboy-Trick zu imponieren.

Je mehr Rudolf Busch grübelte, um so schuldiger fühlte er sich. Und je schuldiger er sich fühlte, um so mehr bastelte er an seiner Schuld herum. Er pflegte sie geradezu. Erst als die monatelange Nacht zu Ende ging, das Land wieder sichtbar wurde und ein blauer Himmel zwischen Wolkenlücken fast zur Offenbarung wurde, erwachte neues Leben in ihm. Aber er blieb schweigsam. Sein in Deutschland amtierender Kommandeur, der durch einen vertraulichen Bericht über die Gemütsverfassung des Kriegsberichterstatters z.b.V. informiert worden war, gab diesem nunmehr den Befehl, unverzüglich den i!m zustehenden Urlaub anzutreten. Rudolf Busch bat darum, ihn im Fjord der Lachse verbringen zu dürfen. Seiner Bitte wurde entsprochen, und so kam es, daß er im Juni 1941, wenige Tage vor dem Einmarsch der deutschen Truppen in Rußland, in einem *Dornier*-Flugboot an das Ziel seiner Wünsche gebracht wurde.

»Für mich wäre das hier kein Urlaubsort«, sagte der Pilot des Flugzeuges, als sie nach der Wasserung auf die Mündung des Flusses zurollten und sahen, daß es weit und breit nur ein einziges Bauernhaus gab. Vor dessen Tür standen zwei

Menschen, die besorgt zu ihnen herüberschauten. »Die beiden scheinen Angst zu haben. Klettern Sie auf die Tragfläche und winken Sie sie herbei.«

Das junge Paar, das nur zögernd zum Ufer herunterkam, war erst nach vielem Hin und Her dazu zu bewegen, mit einem Boot überzusetzen. Als es dann aber hörte, daß der Fjord nicht besetzt werden sollte, sondern nur ein begeisterter Angler zu ihnen kommen wollte, da erhellten sich ihre Mienen.

»O ja, gut fischen«, sagte Lars Larsen, der ein amüsantes Mischmasch von Norwegisch, Englisch und Deutsch sprach. »Bett frei. Jetzt Krieg. Nix Engländer.«

»Ich kann also für drei Wochen bei Ihnen wohnen?« erkundigte sich Rudolf Busch vorsorglich nochmals, um ganz sicher zu sein.

»O ja, gut fischen«, erwiderte der junge Mann. »Ich Fischereiaufseher.«

Dieser Hinweis bewog den Kriegsberichterstatter, sich nach den Kosten zu erkundigen. »Ich bin knapp mit norwegischen Kronen«, fügte er in aller Offenheit hinzu.

Lars Larsen blinzelte, als würde er von der Sonne geblendet. »Außer Kroner English Pounds?«

»No.«

»Hm. US-Dollar?«

»No.«

»Hm. Kaffee?«

»Zwei Pfund.«

»O ja, gut fischen. Kommen. Herzlich kommen.«

Rudolf Busch war begeistert von dem Norweger, der trotz

der Abgeschiedenheit, in der er lebte, genau zu wissen schien, was er wollte. Im Gegensatz zu ihm war seine noch blutjunge, höchstens achtzehnjährige Frau scheu und zurückhaltend. Das war sie wohl jedem Fremden gegenüber, dem Mitglied einer Besatzungsmacht natürlich im besonderen Maße. Aber sie ließ sich das nicht anmerken. Ihre Auffassung von Menschenwürde entsprach der Mentalität ihres Volkes, dessen Menschentum die Schönheit seines Landes noch übertrifft.

Rudolf Busch fühlte sich vom ersten Augenblick an wohl im Haus der jungen Norweger. Durch sie lernte er eine ganz neue Welt kennen. Für Lars und Thora Larsen lag die Erfüllung nicht im Ringen um das Dasein, sondern im *Da-sein* füreinander. Das wenige, was ihnen zur Verfügung stand, genügte ihnen, um glücklich zu sein. Sie tranken das Wasser, als wäre es eine Kostbarkeit. Nichts nahmen sie als selbstverständlich hin. Wenn sie sich am Nachmittag eine Tasse Kaffee gönnten und dazu *Lefse* aßen, halbrohe Kartoffelpuffer, dann drückten ihre Gesichter nicht nur Wohlbehagen, sondern auch Dankbarkeit aus. Grenzenlos schienen ihnen die Herrlichkeiten dieser Erde zu sein.

Rudolf Busch wurde von Tag zu Tag gesünder. Weshalb hatte er nie daran gedacht, zu heiraten? Eine Frau wie Thora hätte ihm begegnen sollen. Glücklicher Lars! Dieser war mit seinem Gast jedoch gar nicht zufrieden. Besorgt beobachtete er das Fischen des Deutschen, der nicht die geringste Geduld zu kennen schien. Unverständlicherweise legte er auch keinerlei Wert darauf, vom Boot aus zu angeln. Kilometerweit lief er flußauf, flußab. Nie hielt er sich lange bei einem Fisch auf, gleichgültig, ob es sich um einen Lachs, eine Forelle oder eine Äsche handelte. Er kannte kein System, wechselte willkürlich die Methoden, bot die trockene oder die nasse Fliege höchstens zwei-, dreimal an und zog weiter.

Bestechend war allerdings die fehlerlose Darbietung seiner Fliegen, wobei er gerne weit und gestreckt warf. Selten trocknete er sie mit dem Feuerschwamm. Das Trocknen besorgten seine Leerwürfe, obwohl er diese auf ein Minimum beschränkte.

Unbegreiflich aber war es für Lars Larsen, daß Rudolf Busch seine Fänge fast durchweg ins Wasser zurücksetzte. Nur da, wo Haken schwer zu lösen waren oder der Fisch arge Verletzungen aufwies, brachte er es übers Herz, das Opfer zu töten.

»Mit ihm stimmt was nicht«, sagte er seiner Frau eines Tages. »Heute hat er einen Lachs zurückgesetzt, der mindestens fünfundzwanzig Pfund wog.«

Thora fuhr in ihrer Küchenarbeit fort, als habe sie nichts vernommen. Ihre Ruhe und Reife waren für ihr Alter erstaunlich.

»Findest du das nicht auch komisch?« fragte ihr Mann nach einer ganzen Weile.

Sie rührte in einem Topf, schmeckte sorgfältig ab und schürte das Feuer im Herd. »Wo war das?«

Seine Augen wurden schmal. Warum wollte Thora wissen, wo der Deutsche den Lachs zurückgesetzt hatte? »Im Oberlauf des Flusses.«

Sie goß etwas Milch in einen der Töpfe auf dem Herd.

Er setzte sich auf die Küchenbank und griff nach einem Messer, um Holzspäne zu schneiden.

»Warst du bei ihm, als er den Lachs in den Fluß zurücksetzte?«

Lars Larsen spitzte die Lippen. Aus seiner Frau wurde er manchmal nicht schlau. Aber sie war klug. Viel klüger als er. Was mochte hinter ihrer Frage stecken? »Nein«, antwortete er unsicher.

Sie nahm zwei Teller aus einem Schrank. Allem Anschein nach hatte ihr Mann etwas getan, das sie nicht gutheißen konnte. »Kannst du von hier den Oberlauf überblicken?«

Aha, darauf wollte sie hinaus. Aber das war sein gutes Recht. Er war schließlich Fischereiaufseher. »Natürlich nicht«, erwiderte der brummig.

Sie spürte seinen Trotz. Am liebsten hätte sie ihm einen Kuß gegeben. Ihr Stolz aber gebot ihr, dafür zu sorgen, daß ihr Mann, mit dem sie erst seit zwei Monaten verheiratet war, nichts tat, was sich nicht gehörte. »Du warst also oben?«

Er schnitt eifrig Späne. »Ja.«

Ihre Vermutung bestätigte sich. Ein zweites Mal durfte er das keinesfalls tun. »Und er hat dich nicht gesehen, als du oben warst?«

Lars Larsen legte das Messer zurück und schaute schuldbewußt vor sich hin.

Sie schöpfte Suppe aus einem Topf.

Er strich über sein unrasiertes Kinn.

Sie ging mit den Tellern in den Wohnraum und stellte sie auf den Tisch.

Er folgte ihr.

Beide blieben vor dem Tisch stehen, falteten die Hände und murmelten ein Gebet. Danach sah Thora ihren Mann erwartungsvoll an.

»Ich hab in der Mulde gelegen.«

Sie schüttelte mißbilligend den Kopf und setzte sich.

Er nahm auf dem Hochsitz Platz.

Sie griff nach ihrem Löffel. »Es ist unwürdig, einen Menschen heimlich zu beobachten.«

Er nickte, nickte ein zweites und schließlich noch ein drittes Mal.

Sie gab ihm einen Klaps auf die Hand und wünschte guten Appetit.

Es war bewundernswert, wie souverän die junge Norwegerin ihren Mann zu führen verstand. Ihre absolute Unbestechlichkeit aber, die auch Rudolf Busch stark beeindruckte, trug mit dazu bei, daß der achtzehnte Tag seines dreiwöchigen Urlaubes in einer Katastrophe endete. Der Tag zuvor war noch einer der glücklichsten seines Lebens gewesen.

Dem Drängen des Fischereiaufsehers nachgebend, war er an diesem Tag zu Lars Larsen ins Boot gestiegen, um erstmalig vom Boot aus mit dem Löffel zu fischen. Aus ihm selbst unerklärlichen Gründen hatte er kein Vertrauen zu der Sache gehabt. Nach einer zum Teil recht geruhsamen, dann wieder ungeheuer aufregenden Fahrt unterhalb der Stromschnelle wurde er jedoch eines Besseren belehrt. Sechs Lachse waren der Fang von nur wenigen Stunden. Keiner von ihnen wog unter zwanzig Pfund. Und die Krönung bildete ein sechsunddreißigpfündiger Milchner.

»Wir großen Lachs feiern«, sagte Lars Larsen nach dem Abendbrot, zu dem seine Frau ihr Sonntagsgewand angelegt hatte. »Haben Aquavit. Für Erkältung. Heute aber für Freude.« Damit schenkte er drei kleine Gläschen ein. »Skaal!«

Seine Frau stieß mit ihm an.

»Skaal!« wiederholte Rudolf Busch. Nach dem schrecklichen Abend in Kirkenes war es das erstemal, daß er wieder Alkohol zu sich nahm. Unwillkürlich nippte er nur daran.

»Wie heißt auf deutsch?«

»Prost! Oder: Zum Wohl!«

»Überall anders.«

»Ja. In Finnland sagt man: Ei tippo tapa!«

Lars Larsen lachte. »Lustig!«

Seine Frau hob ihr Glas. »Ei tippo tapa für Lars! Geburtstag heute. Fünfundzwanzig!«

Rudolf Busch gratulierte dem Fischereiaufseher herzlich. Dann stießen alle drei ihre Gläser an. »Ei tippo tapa!«

An diesem Abend fand Rudolf Busch endgültig zu sich selbst zurück. Ihm war, als läge ein wüster Traum hinter ihm, als wäre er von einer langen Reise in vertraute Gefilde zurückgekehrt.

Dieses Gefühl veranlaßte ihn am nächsten Morgen, seine Dienstpistole nicht wie üblich umzuschnallen. Er wollte alles vermeiden, was das junge Paar an die Besetzung ihres Landes erinnern konnte. In seiner Kammer konnte er die Waffe aber nicht liegenlassen, da er über keinen Schrank verfügte.

Er packte sie deshalb zu seinem Angelgerät in den Rucksack, mit dem er sich jeden Morgen auf den Weg machte.

»Am Nachmittag Boot?« fragte der Fischereiaufseher, als Rudolf Busch sich anschickte, das Bauernhaus zu verlassen.

»Gerne. Wann fällt das Wasser?«

»Hm. Halbe Stunde mehr.«

»Sie meinen eine halbe Stunde später als gestern.«

Der junge Norweger lachte. »Lange bleiben, dann ich lernen gut Deutsch.«

Als Rudolf Busch ins Freie trat, blieb er einen Augenblick unschlüssig stehen. Die Luft war herrlich frisch. Über der Wiese lag ein schimmernder Schleier von Tau. Sollte er den üblichen Weg zum Oberlauf des Flusses nehmen oder einmal unten, gegenüber der Insel anfangen? Dort gab es in Ufernähe Meerforellen, die auf ›schlüpfende‹ Fliegen ›stiegen‹. Wo das Wasser nicht schäumend herabstürzte, waren sie prächtig zu beobachten. Gegen die Strömung ausgerichtet, standen sie in einer Tiefe von etwa einem Meter, ohne sich zu bewegen, hinter großen Steinen, bis sie auf der Oberfläche des Flusses eine Fliege oder Mücke entdeckten. Im selben Moment stiegen sie blitzschnell senkrecht empor, stellten sich kurz vor Erreichen der Wasseroberfläche gegen die Strömung und schlürften ihr Opfer.

Rudolf Busch entschloß sich, an diesem Morgen gegenüber der Insel anzufangen. Der Fluß war dort nicht so breit wie weiter oben und bot somit Gelegenheit, mit der Fliegenrute auch das andere Ufer zu befischen.

Aber dazu sollte es nicht mehr kommen. Kaum hatte er seinen Rucksack ausgepackt und das Angelgerät säuberlich auf einem Laken ausgebreitet, da hörte er ein ihm fremd klingendes und dann jäh aufheulendes Flugmotorengeräusch. Er schaute hoch und sah in zirka 2500 Meter Höhe eine englische *Bristol-Blenheim*, die mit hoher Geschwindigkeit in eine Steilkurve überging. Und dann geschah etwas für ihn Unfaßliches. Die Maschine explodierte und barst auseinander. Eine Tragfläche sauste wie von einer Rakete getrieben zur Seite. Aus dem Knäuel der auseinanderstrebenden Teile löste sich ein Fallschirm.

Der hat aber noch mal Glück gehabt, durchfuhr es Rudolf Busch. Was mochte die Ursache der Explosion gewesen sein? Sabotage? Kaum. Aber irgend etwas stimmte nicht. Ein Flugzeug platzt nicht einfach auseinander. Und was wollte die Blenheim hier im hohen Norden? Als Bomber war sie garantiert nicht eingesetzt. Als Aufklärer? Höchst unwahrscheinlich. In der Nähe des Nordkaps gab es nichts aufzuklären. Und überhaupt: wieso war nur ein Mann abgesprungen? Zur *Blenheim* gehörten doch mindestens drei Mann Besatzung!

Die Phantasie des Regisseurs fing an zu arbeiten. Könnte, so fragte er sich, der Abgesprungene nicht ein Agent sein, der den Auftrag erhalten hat, seine Maschine zu sprengen! Sein Herz schlug plötzlich schneller. Der Fallschirm trieb genau auf ihn zu. Wie sollte er sich verhalten? Herrgott, nur keine Komplikationen. Nach dem Desaster in Kirkenes durfte er nicht nochmals in eine mißliche Sache verstrickt werden. Im Geiste sah er sich bereits einem Engländer gegenüberstehen. Was sollte er nur tun, wenn der sich verteidigte?

Rudolf Busch flehte den Himmel an, den Fallschirm ins nächste Tal zu wehen. Vergebens. Er kam näher und näher. Deutlich war die britische Fliegerkombination des Abgesprungenen zu erkennen. Er hatte eine Pistolentasche umgeschnallt.

Unwillkürlich griff Rudolf Busch nach seiner Waffe, die beim Angelgerät lag. Ohne sich dessen bewußt zu sein, entsicherte er sie.

Der Engländer schwebte fast genau auf ihn herab. Wenn der Wind ihn in letzter Minute nicht noch kräftig versetzte, landete er keine fünfzig Meter von ihm entfernt.

»Nicht!« hörte er plötzlich Lars Larsen schreien.

Er blickte zum Bauernhaus hinüber und sah das junge Paar auf sich zulaufen.

»Nicht!« schrie der Fischereiaufseher ein zweites Mal.

Steckten die beiden mit dem Briten unter einer Decke? Es war doch merkwürdig, daß ausgerechnet die Wiese vor dem Bauernhaus sein Landeplatz sein würde. Waren sie deshalb so aufgeregt?

Rudolf Busch sah nicht mehr klar. Panische Angst überfiel ihn. Wie sollte er sich retten, wenn der Engländer ihn angriff? Damit mußte er rechnen. War es da nicht das richtigste, unverzüglich selbst zum Angriff überzugehen?

Rudolf Busch war kein Held. Er schoß mit einem Male wild drauflos. Einen Schuß nach dem anderen feuerte er auf den im Fallschirm hängenden Briten, bis sein Ladestreifen leer war und seine Hand kraftlos zurückfiel. Danach versagten ihm die Knie den Dienst. Er sank zu Boden, spürte sein Herz bis zur Kehle klopfen, sah den Engländer mit vornüberhängendem Kopf zwischen sich und dem Bauernhaus auf den Boden aufschlagen, sah Lars und Thora Larsen auf den Fallschirm zulaufen, sah den Fischereiaufseher die Seile kappen, sah dessen Frau neben dem Verwundeten niederknien, sah tatenlos zu, wie das junge Paar den Fallschirm reffte, den englischen Piloten darauflegte und ihn mühsam zum Haus hinübertrug. Unfähig, sich zu regen, unfähig, zu begreifen, warum er auf einen Wehrlosen geschossen hatte, lag Rudolf Busch auf der Wiese. Das einzige, was er deutlich wahrnahm, war der würzige Duft des vermoosten Grases. Warum war der Geruch in diesem Augenblick so intensiv, daß er jedes Denken überlagerte?

Später, es mochten ein oder zwei Stunden vergangen sein, legte sich seine Verwirrung. Du konntest nicht anders handeln, sagte er sich. Es herrscht Krieg! Wenn der Brite ein Agent ist, und die Vermutung liegt nahe, dann war es deine Pflicht, ihn auf der Stelle zu erledigen. Gegen geschulte Spezialkräfte kommt ein militärisch unerfahrener Kriegsberichterstatter nicht an. Er hätte *dich* über den Jordan geschickt!

Im nächsten Moment aber sagte er sich: Feigheit veranlaßte dich, zu schießen. Angst hast du gehabt. Angst, einen ehrlichen Kampf auf dich nehmen zu müssen. Angst, der andere könnte stärker sein.

Rudolf Busch wußte nicht mehr, was er tun sollte. Zum Bauernhaus wagte er nicht zu gehen. Er verbrachte die Nacht in einer Ufermulde. Schlafen konnte er ohnehin nicht. Sein Schuldgefühl ließ ihn nicht zur Ruhe kommen. Wie sollte es weitergehen?

Am Morgen entdeckte er nicht weit von sich entfernt seinen Mantel und die übrigen Habseligkeiten, die er in seiner Kammer aufbewahrt hatte. Darunter lag ein Laib Brot und ein Stück Käse. Er hätte in den Boden versinken mögen. Man wollte ihn nicht mehr sehen, aber auch nicht unmenschlich sein.

Wie mochte es dem Mann ergehen, den er angeschossen hatte? Was sollte er, Rudolf Busch, tun, wenn er in zwei Tagen abgeholt wurde? Sagen, daß er auf einen wehrlosen Menschen geschossen hatte? Konnte er jemals deutlich machen, was ihn in jenem Augenblick getrieben hatte? Er wußte es ja selber nicht.

Wenn es dem Engländer relativ gut ging, war es das beste, zu schweigen. Nicht nur um seiner selbst willen. Der Verwundete geriet dann nicht in Gefangenschaft. Es war also wichtig, zu erfahren, in welcher Verfassung sich der Brite befand.

Seine Scham überwindend ging Rudolf Busch am Abend zum Bauernhaus. Die Tür war verschlossen. Er klopfte. Es meldete sich niemand. Er klopfte noch drei-, viermal. Vergeblich. Daraufhin rief er verzweifelt: »Sagt mir, wie es dem Engländer geht. Ist er schwer verwundet?«

Keine Antwort.

Auch in den nächsten Tagen gelang es ihm nicht, etwas über den Zustand des Briten zu erfahren. Er erhielt keine Antwort. Für Lars und Thora Larsen existierte er nicht mehr.

Es kam der Morgen, an dem er abgeholt werden sollte. Ihm graute davor, sein Versagen bekennen zu müssen.

Schwieg er aber, dann wurde dem Engländer nicht die Hilfe zuteil, die er brauchte. Das junge Paar konnte ihn unmöglich durchbringen, wenn er schwer verwundet war. Aber vielleicht reichte ihre Hilfeleistung aus. Durfte er ihr Schweigen dahingehend deuten?

Als die mit dem deutschen Piloten vereinbarte Zeit heranrückte, band Rudolf Busch ein Seil an das Boot des Fischereiaufsehers und wartete vor der Flußmündung auf das Flugzeug. Es traf fast pünktlich auf die Minute ein. Sogleich stieg er in das Boot und ruderte hinaus.

Der Pilot erkundigte sich verwundert, warum das junge Paar an seiner Haustür stehengeblieben sei und ihn nicht herübergerudert habe.

Rudolf Busch schaute zum Bauernhaus hinüber. Lars und Thora Larsen standen tatsächlich vor der Eingangstür. Hieß dies, daß sie den Verwundeten übergeben wollten? Eindeutig blickten sie zum Flugboot hinunter. Aus Neugier taten sie es bestimmt nicht. Und schon gar nicht, um ihn zu verabschieden. Mußte er jetzt nicht bekennen, was er getan hatte? Im Geiste hörte er, was in Kirkenes über ihn geredet werden würde: Ausgerechnet der Mann, dem der Tod des Hauptmannes so nahe ging, daß er monatelang mit niemandem sprach, schießt auf einen wehrlosen Menschen. Welch ein Feigling! Welch ein verlogenes Subjekt!

»Krach gehabt?« fragte der Pilot, als Rudolf Busch nicht antwortete.

Das war die Lösung. »Na ja«, sagte er leichthin. »Nicht schlimm, aber ... Wird sich wieder geben.«

»Ging's um die Frau?«

»Nicht direkt«, antwortete Rudolf Busch ausweichend und kletterte in den Rumpf des Flugbootes.

Lars Larsens Kahn trieb mit der Strömung des Flusses seitlich davon. Aber das machte nichts. Der Fischereiaufseher konnte ihn später jederzeit am Seil zum Ufer zurückziehen.

Der Pilot ließ die Motoren an und wendete das Flugzeug.

Ein letztes Mal schaute Rudolf Busch zum Bauernhaus hinüber. Wie mochte es dem Engländer ergehen? An welchem Schicksal würde er schuldig sein?

Ein Leben lang sollte ihn diese Frage verfolgen.

9

Für Peter Flemming war jeder Morgen im Fjord der Lachse ein Geschenk. Wenn er ins Freie trat, um sich am Brunnen hinter dem Bauernhaus zu waschen, schien ihm das über der Wiese liegende Licht vom Tau versilbert zu sein. Weiter oben aber, etwa an der Baumgrenze, wo Quarzit, Granit und Schiefer die Berge in den unterschiedlichsten Farben leuchten ließen und kreisbildende Flechten das Urgestein mit brennend roten und chromgelben Inseln überzogen, herrschte ein sanftes, rötliches Licht, das sich in der Höhe mit dem Blau des Himmels vermischte und den Bergspitzen eine violette Temperatönung verlieh.

Wir sind doch alle miteinander verrückt, dachte Peter Flemming, als er das herrliche Bild des vor ihm liegenden Tales auf sich einwirken ließ. Jahr für Jahr verbringen wir unsere Ferien an Badestränden, die so überfüllt sind, daß man froh ist, wenn man einen Stehplatz im Wasser bekommt. Jahr für Jahr beklagen wir uns über die immer größer und unerträglicher werdenden Urlaubszentren, statt unsere Ferien einmal bei einem Bauern zu verbringen, auf dessen Wiese man in Ruhe entspannen kann, dessen Plumeau so hoch ist, daß man kaum darüber hinwegzusehen vermag, dessen Milch nicht entrahmt wurde und dessen Plumpsklosett sauberer ist als das Wasser, in dem manche mit modernen Düsenriesen an ihr Ziel gebrachte Touristen baden müssen.

Wir sind wirklich verrückt, ging es ihm durch den Kopf, als er seine Pyjamajacke abgelegt hatte und einen Schluck von dem reinen Quellwasser trank, das zwischen dem Haus und der Stallung in einen schmalen, ausgehöhlten Stein plätscherte.

»Good morning!« rief ihm Kikki zu, als er seinen Kopf gerade unter den Brunnen halten wollte.

Er schaute auf und sah, daß die junge Norwegerin ihre Schafe ins Freie führte. »Morning, morning!« rief er zurück. »Geht's heute zu Ihrem Lieblingsplatz oberhalb der Stromschnelle?«

»Ja.«

»Ich werde Sie besuchen, sobald ich gefrühstückt habe. Hoffentlich hat Nøkk nichts dagegen.«

Sie schüttelte den Kopf und trieb ihre Schafe an.

Peter Flemming schaute nachdenklich hinter ihr her. Für ihn war Kikki, wenngleich nicht hübsch und voller Sommersprossen, ein reizendes und begehrenswertes Geschöpf.

Beim Frühstück leistete Thora ihm Gesellschaft. Sie hatte ihn in ihr Herz geschlossen. Er war natürlich, redete nicht viel und paßte in ihr Land. Da sie wußte, daß er das üppige norwegische Frühstück schätzte, verwöhnte sie ihn, so gut sie konnte. Sie kochte, wie alle Norwegerinnen, einen hervorragenden Kaffee, und sie verfügte immerhin über frische

Milch, saure Sahne, Butter, selbstgebackenes Brot, Heringe in den verschiedensten Soßen, geräucherten Lachs, Speck, Käse und eingemachte *Multebeeren*.

»Dies Jahr gutes Wetter«, sagte sie, als Peter Flemming zu Ende gefrühstückt hatte.

»Ja«, erwiderte er.

Sie erhob sich und begann mit dem Abräumen. »Gehen Sie wieder zu Kolk, wo Männer fischen?«

Er zögerte einen Moment. »Nein, ich wollte Kikki aufsuchen.«

Thora nahm einige Schüsseln auf und fragte, während sie sich der Küche zuwandte: »Sie schon lange fliegen Mister Bush?«

»Nein.« Er wartete, bis sie in den Wohnraum zurückkehrte. »Ich lernte ihn zwei Tage, bevor ich das erstemal hier war, kennen.«

Sie nickte ihm zu. »Wo Kikki Schafe hütet, ist besonders schön.«

Peter Flemming verabschiedete sich und wanderte quer über die Wiese zum höher liegenden Gelände, das einer steppenartigen Hochgebirgstundra glich und nur vereinzelt von Zwergbirken, verkrüppelten Lärchen und Wacholderbüschen bewachsen war. Zwischen ihnen weidete friedlich eine kleine Herde Schafe.

Nach Kikki hielt er zunächst vergeblich Ausschau. Aber dann entdeckte er sie in einer Mulde liegend. Sie hatte ihren Kittel ausgezogen und sonnte sich. Da sie außer ihrem, nun weit über die Knie hochgezogenen Rock nur ein weißes Leinenhemd trug, das, wenngleich am Hals von einem Bändchen gerafft, ihre gut geformte Brust deutlich erkennen ließ, blieb er in einiger Entfernung stehen und rief: »Hallo! Besuch ist im Anmarsch!«

Sie setzte sich aufrecht und streifte ihren Rock zurück. »Wie gefällt Aussicht?«

Prächtig, prächtig, dachte er und wandte sich um. Ihre Unbekümmertheit verblüffte ihn. Er sah die das Tal umgebenden Berge und die Wiese, über die er gegangen war, sah den wild dahinbrausenden Fluß, die Insel mit der roten Hütte, das Bauernhaus mit seiner Stallung, das in der Uferbucht verankerte Flugzeug und den schwarzglänzenden Fjord. Die Aussicht war zweifellos schön, aber nicht so überwältigend, wie er es sich nach Thoras und Kikkis Hinweisen vorgestellt hatte. Oder gab es etwas, das ihn daran hinderte, die Schönheit der Gegend richtig aufzunehmen? War sein Auge womöglich durch die vielen Eindrücke, die er im Laufe der Jahre gesammelt hatte, schon so an außergewöhnlich eindrucksvolle Landschaftsbilder gewöhnt, daß er auf stille Schönheit nicht mehr gebührend reagierte?

Ein zweites Mal blickte er in die Runde. Wahrhaftig, es gab Dinge, die ihm entgangen waren. Die pastellfarbenen Töne der Berge waren duftig wie die Malereien Ostasiens. Aus dem Grün der Wiese sprossen an einigen Stellen erste Blumenteppiche hervor. Himmel und Sonne spiegelten sich im Wasser des Flusses und gaben ihm irisierende Tupfer. Die Hütte auf der Insel ließ an das ungebrochene Rot Kandinskys denken. Das Bauernhaus hätte das *Kongsgaarden*, das Schloß des Königs in den norwegischen Märchen, sein können.

»Nun?« fragte Kikki erwartungsvoll, als er ihre Frage nicht beantwortete.

»Man muß zweimal hinsehen, wenn man die Schönheit voll erfassen will«, erwiderte er nachdenklich. »Hier kann man mit offenen Augen träumen.«

»Ja, das wahr. Ich hier viel träumen.«

Er schaute zu ihr hinüber. Kikki saß unverändert da. Sie schien nicht auf den Gedanken zu kommen, ihren Kittel anzuziehen.

»Sie auch wollen sonnen?«

»Eine gute Idee.«

Sie deutete neben sich. »Bitte.«

Er ging zu ihr und setzte sich. »Liegen Sie gerne in der Sonne?«

Sie nickte.

Er zog seine Wildlederjacke aus.

Kikki legte sich zurück. »Schön, nicht?«

»Ja«, antwortete er und folgte ihrem Beispiel.

Eine Weile blieben sie stumm. Peter Flemming fühlte sich wohl in Kikkis Gesellschaft und genoß die wärmenden Strahlen der Sonne. Und sie fand es wunderbar, einmal nicht allein in ›ihrer‹ Mulde zu liegen. Die Harmonie aber, die beide auf seltsame Weise verband, zwang Kikki schließlich, das Schweigen zu brechen.

»Sie verheiratet?« fragte sie, obwohl sie davon überzeugt war, daß das nicht der Fall sein würde.

Er öffnete die Augen, um zu ihr hinüberzublicken, und fuhr erschrocken zusammen. Unmittelbar hinter ihm, die Schuhe fast an seinem Kopf, stand Nøkk und schaute auf ihn herab. Der knöchellange, zerschlissene Mantel des Irren hing ihm beinahe ins Gesicht.

Kikki spürte, daß den Captain etwas hinderte, ihr zu antworten. Sie schaute deshalb auf, gewahrte Nøkk und schnellte in die Höhe. »Warum tust du das?« fragte sie auf norwegisch mit einer Stimme, die Peter Flemming erstaunte. Keinerlei Vorwurf lag in ihrer Frage. Ungemein liebenswürdig klangen ihre Worte.

Der Geisteskranke sah sie aus großen Augen an.

»Bitte, geh weg«, forderte sie ihn auf.

Er blieb stehen.

»Ich habe gesagt, du sollst gehen«, ermahnte sie ihn, ohne ihre Stimme zu heben oder gar drängend zu werden.

Der Captain bewunderte ihre Ruhe. Wenn er ihre Worte auch nicht verstand, so spürte er doch, daß sie den Irren aufforderte, zu verschwinden. Im Bestreben, ihr behilflich zu sein, zupfte er an dessen Mantel.

Nøkk sprang zurück, als müsse er sich in Sicherheit bringen.

»Siehst du«, sagte Kikki zu ihm. »Mister Flemming nimmt dir deinen Mantel fort, wenn du nicht gehorchst. Geh also zu den Wasserfällen. Ich habe geträumt, du würdest dort einen großen Stein mit einem wunderbar runden Loch finden.«

Sein Gesicht verklärte sich. Er rasselte mit seiner Steinkette und hastete davon.

Der Captain schaute hinter ihm her. »Warum trägt er immer diesen Mantel?«

Sie lächelte wehmütig und schilderte radebrechend, Nøkks verschlissener Mantel sei ihrer aller Kummer. Er habe ihn vor vielen Jahren von einem Soldaten geschenkt bekommen. Seitdem trenne er sich nicht mehr von ihm. Ihren Eltern sei dies peinlich, weil die Menschen denken müßten, sie wollten ihm keinen neuen Mantel kaufen. Dabei hänge seit Jahr und Tag ein funkelnagelneuer in seinem Kasten.

Einmal habe man ihm den alten Mantel heimlich fortgenommen. Da sei er krank geworden und habe das Bett erst wieder verlassen, als man ihm das zerschlissene Stück zurückgegeben habe.

Peter Flemming fing an, sich für den Geisteskranken zu interessieren. Er stellte deshalb ungeniert die Frage: »Sind Sie verwandt mit Nøkk?«

Kikki schüttelte den Kopf.

»Ihre Eltern haben ihn aufgenommen?«

»Ja. Weil niemand sich kümmert.«

»Er ist aber eine ziemliche Belastung.«

»Mutter sagt: Alle von Gott. Kein Mensch Belastung.«

»Hoffentlich macht er uns keine Schwierigkeiten, wenn wir das Starten bei Glattwasser üben wollen«, sagte der Captain, nachdem sie sich beide wieder in die Sonne gelegt hatten.

Kikki lachte. Es war das erste Mal, daß er sie lachen hörte. »Dabei Nøkk uns nicht stört. Er nie einsteigen freiwillig in Boot. Frühjahr und Herbst wir große Schwierigkeit mit ihm. Will nicht in Boot. Angst, daß abstürzt.«

»Sie meinen, daß es untergeht.«

»Ja. Er aber immer sagt: abstürzt!«

Der Captain drehte sich zur Seite. »Damit sind wir wieder beim Thema Fliegen. Wann haben wir heute nachmittag Flut?«

Sie überlegte einen Moment. »Ich glaube gegen vier Uhr.«

»Dann sollten wir um drei Uhr mit dem Training beginnen.«

Kikki richtete sich steil auf. »Wirklich?«

»Ja.«

Diese Aussicht versetzte sie in eine ausgelassene Stimmung, die sich jedoch sofort änderte, als Peter Flemming sich erhob, um Claudia, die ja mitmachen sollte, Bescheid zu geben.

»Warum nicht ohne Mistress?« erregte sie sich.

Es scheint wieder loszugehen, dachte er belustigt und antwortete: »Wie soll ich Sie zu mir ins Cockpit nehmen, wenn Mistress Bush während ebendieser Zeit das Boot nicht steuert? Wir sprachen doch schon darüber.«

»Ach ja«, erwiderte sie erleichtert. Dann aber blickte sie nachdenklich vor sich hin. »Wenn ich im Boot, wo Mistress?«

»Bei mir im Flugzeug.«

Kikkis Augen wurden dunkel. »Und wer ihr zeigt, wie steuern?«

»Ja, richtig! Das müssen Sie tun.«

»Darum Mistress bei mir. Nicht bei Ihnen.«

»Das stimmt. Aber sie wird auch einmal im Cockpit sein wollen.«

»Sie einfach nein sagen.«

»Dann wird sie erklären: Wenn nur Kikki ins Flugzeug kommen darf, verzichte ich auf den ganzen Spaß. Na ja«, fügte er gelassen hinzu, »dann soll sie eben wegbleiben. Wir können auch ohne sie fertig werden, nicht wahr? Sie im Boot, ich im Flugzeug.«

Kikki zupfte an einem Grashalm. »Vielleicht doch gut, wenn Mistress lernt Boot steuern. Dann einmal sie, einmal ich in Cockpit.«

Peter Flemming schickte sich an zu gehen. Kikkis Eifersucht ärgerte ihn. »Well, ich werde Mistress Bush Bescheid sagen. Sie wird . . .« Er unterbrach sich, da er Nøkk nur wenige Meter von sich entfernt auf dem Boden liegen sah. »Zum Teufel!« rief er. »Jetzt möchte ich aber wissen, wie dieser Kerl dorthin gekommen ist. Ich habe ihn doch verschwinden sehen!«

Kikki richtete sich auf und schaute Nøkk aus traurigen Augen an. »Mister Flemming geht jetzt fort. Du kannst also unbesorgt die Wasserfälle aufsuchen.«

Der Irre erhob sich und senkte den Kopf wie jemand, der sich einer Schuld bewußt ist.

Bedauernswerter Mensch, dachte Peter Flemming und wandte sich an Kikki. »Treffen wir uns um drei Uhr beim Flugzeug?«

Sie nickte. Ihre Augen flackerten. Aber dann legte sie den Kopf in den Nacken und war plötzlich wieder jenes unnahbare Mädchen, das ihn am ersten Tag so beeindruckt hatte.

Auf dem Weg zur Stromschnelle, wo er Claudia zu treffen hoffte, dachte er über Kikkis rätselhaftes Wesen nach, das er sich nicht erklären konnte. Ihre Selbstsicherheit stand in krassem Gegensatz zu ihrer merkwürdigen Eifersucht, die sie nicht einmal zu verbergen suchte. Für sie war die Frau des Regisseurs offensichtlich ein rotes Tuch. Warum eigentlich?

Claudia saß, wie er vermutet hatte, unterhalb der Stromschnelle und schaute zum Kolk hinüber, wo Randolph Bush und Lars Larsen fischten. Auch sie beschäftigte sich mit einer Frage, auf die sie keine Antwort finden konnte. Warum hatte ihr Mann an jenem Abend, als er ihr und dem Captain von Amerika und Norwegen erzählt hatte, den Fjord der Lachse nur nebenbei erwähnt? Er mußte doch wissen, daß er sie damit nur noch mißtrauischer machte. Und was mochte Peter Flemming, der wußte, daß ihr Mann im Krieg mit dem Fischereiaufseher zusammengewesen war, sich gedacht haben, als er hörte, von der Zeit in Kirkenes und im Fjord der Lachse sei nicht viel zu berichten. Für wie dumm hielt Randolph sie beide eigentlich?

Seit jenem Abend stand es für Claudia fest, daß sich im Krieg hier etwas Schlimmes zugetragen haben mußte. Aber wie konnte ihr Mann dann jetzt mit Lars Larsen in aller Seelenruhe fischen? Hatte er mit ihm nicht etwas regeln wollen? Etwas, das ihn schwer belastete!

Infolge der tosenden Wassermassen, die den Fluß hinunterdonnerten, hörte Claudia nicht, daß Peter Flemming an sie herantrat. Sie fuhr heftig zusammen, als sie ihn plötzlich neben sich stehen sah. »Mein Gott, haben Sie mich erschreckt!«

»Waren Sie so in Gedanken versunken?«

Sie fand nicht sogleich eine ausweichende Antwort.

Er setzte sich neben sie. »Angeln die Jünger Petris mit Erfolg?«

»Ich glaube, sie haben bereits drei Lachse gefangen.«

»Gelandet!« korrigierte er vorwurfsvoll. »Hier herrscht: Petri Heil!«

Sie lachte. »Gut, daß Sie gekommen sind.«

»Kummer?«

»Erstaunlich, daß Sie nicht fragen: Liebeskummer?«

»Müßten Sie darauf eine Antwort schuldig bleiben?«

»Keinesfalls.«

»Schade.«

Das Wortgeplänkel gefiel ihr, doch Peter Flemming beendete es mit der sachlichen Feststellung: »Ich kam, um Sie zu den besprochenen Glattwasser-Starts einzuladen. Um drei Uhr soll's losgehen.«

Sie betrachtete ihn unauffällig von der Seite. »Was versprechen Sie sich eigentlich davon?«

»Nicht viel. Die Wahrscheinlichkeit, daß ich jemals Hilfestellung benötigen werde, ist sehr gering.«

»Und warum wollen Sie die Sache dennoch üben?«

Er fuhr sich durch die Haare. »Ich könnte jetzt darauf hinweisen, daß die Feuerwehr . . .«

»Geschenkt!« fiel sie augenblicklich ein.

»Also bekenne ich offen, daß ich Kikki ein kleines Vergnügen bereiten möchte.«

Claudia legte sich zurück und schaute zum Himmel hoch. »Was reizt Sie an dem Mädchen?«

Er zuckte die Achseln. »Schwer zu sagen.«

»Aber Kikki reizt Sie, obwohl sie häßlich ist. Hab ich nicht recht?«

»Häßlich ist sie auf keinen Fall«, widersprach er entschieden. »Ich würde sagen: Sie ist keine Schönheit, jedoch ungemein reizvoll. Vor allen Dingen zählt sie nicht zu den Katzen.«

»Sondern?«

»Zu den Wildkatzen.«

Claudia schlug die Hände zusammen. »Ach, du lieber Gott!«

»Finden Sie das so komisch?«

»Nun ja...«

»Dann freue ich mich, Sie erheitert zu haben. Um aber auf meine Frage zurückzukommen: Darf ich Sie um drei Uhr erwarten? Sie sollen sich jedoch nicht verpflichtet fühlen, mitzumachen. Ich kann die Sache auch mit Kikki allein erledigen.«

Claudia richtete sich wieder auf. »Nein, nein, ich mache ganz gerne mit. Ist doch mal etwas anderes, als tagtäglich zuzuschauen, wie der Göttergatte angelt.«

*

Während Claudia und Peter Flemming die rote Hütte verließen, kehrte Randolph Bush mit Lars Larsen vom Fischen zurück. Beide waren, wie an den vorangegangenen Tagen, schwer bepackt. Jeder trug, über die Schultern gehängt, vier Lachse mit einem Gesamtgewicht von rund hundert Pfund, die sie vor der Hängebrücke ablegten, um zu verschnaufen.

Sie unterzogen dabei die Fische gerade einer neuerlichen liebevollen Betrachtung, als Claudia und der Captain die Brücke überquerten.

Der Regisseur strahlte über das ganze Gesicht, als er die beiden kommen sah. »Schaut nur!« rief er ihnen entgegen. »Ist das nicht eine prächtige ›Strecke‹? Keiner unter zwanzig bis fünfundzwanzig Pfund!«

Jetzt ist er wieder der große Junge, in den ich mich verliebt habe, dachte Claudia beglückt.

Peter Flemming hingegen fand: Es ist unglaublich, welchen Elan dieser Mann besitzt. Dazu sein Aussehen . . .

Randolph Bush deutete auf einen besonders großen Lachs. »Seht ihr die dunkle Narbe hier? Sie zeigt, daß er einmal in ein Netz geriet, sich aber nicht geschlagen gab, sondern mutig befreite. Auch heute erwies er sich als tapferer Bursche. Fast eine halbe Stunde habe ich ihn drillen müssen.«

»Sind das die Meerläuse, von denen Sie sprachen?« fragte der Captain und wies auf eine Anzahl schwarzer Punkte, welche die glatte Haut des Lachses verunstalteten.

»Ja, das sind die Biester, die sie sich in den Stromschnellen abschlagen. Dieser hat's noch nicht getan. Er wird also gestern noch im Meer gewesen sein. Sie legen ja täglich etwa zwanzig Kilometer zurück.«

Claudia trat zu ihrem Mann. »Vergiß nicht, ein wenig auch an dich zu denken. Ich habe alles bereitgestellt beziehungsweise -gelegt. Du brauchst nur noch zu duschen, frische Wäsche anzuziehen und zu essen.«

»Habt ihr was Besonderes vor?«

»Peter will seinem Schwarm und mir das Fliegen beibringen.«

»Ziehen Sie den beiden lieber die Höschen stramm«, empfahl Randolph Bush dem Captain.

Der warf Claudia einen vielsagenden Blick zu. »Keine schlechte Idee.«

»Wollen Sie wirklich die komische Starterei üben?« erkundigte sich der Regisseur.

»Wir hatten es vor«, antwortete Peter Flemming. »Wenn es Ihnen aber nicht recht ist...«

»Ach was«, unterbrach Randolph Bush. »Ich fragte nur, weil ich dann jetzt nicht duschen, sondern lediglich etwas essen und danach nochmals losziehen werde.«

»Aber ohne mich«, erklärte Lars Larsen augenblicklich.

»Keine Sorge! Ich werde vom Ufer aus mit der Fliege fischen.«

»Du bist doch schon seit fünf Stunden unterwegs«, protestierte seine Frau.

»Na und...? Wofür bin ich denn hierhergeflogen?«

Claudia wurde ungehalten. »Solltest du das wirklich vergessen haben?«

Er stutzte. Mußte ihm ausgerechnet in einem Moment, in dem ein herrlicher Fang vor ihm lag, die Freude genommen werden? Außerdem war es taktlos, ihn vor anderen an diese Sache zu erinnern. Er wollte ja mit dem Fischereiaufseher sprechen, mußte aber damit rechnen, daß es für ihn danach keinen Lachsfang mehr gab. Da war es doch natürlich, daß er die ihm verbleibende Zeit noch weidlich nutzen wollte.

»Bye, bye!« verabschiedete sich Claudia mit berechneter Kälte. Ihr Mann sollte wissen, was sie von ihm erwartete: Mut und Tapferkeit, die er bei seinen Lachsen so lobte.

»Bye...!« erwiderte er bedrückt. Er wußte, daß seine Frau recht hatte. Aber konnte sie ihm die paar Tage nicht gönnen, die er noch herausschinden wollte? Einunddreißig Jahre waren seither vergangen. Wahrscheinlich wäre es besser gewesen, überhaupt nicht an die Vergangenheit zu denken. Er hätte sie doch spielend weiterhin verdrängen können.

Schweigend schritten Peter Flemming und Claudia der Bucht entgegen, in der die LN-LMM verankert lag. Keiner von ihnen wollte das Thema berühren, das plötzlich so nahe lag. Aber dann hielt Claudia es nicht länger aus.

»War ich zu streng mit meinem Mann?« fragte sie offen heraus.

»Vielleicht«, antwortete der Captain ausweichend. »Ich erinnere daran, daß Sie mir einmal empfahlen, es Ihrem Manne zu überlassen, seine Angelegenheiten auf seine Weise zu erledigen.«

Ohne zu ihm hinüberzusehen, ergriff sie seine Hand. »Merci!«

Kikki, die bereits am Ufer stand, schaute ihnen entgegen. Im Gegensatz zu sonst trug sie verblichene *Blue jeans* und eine ebenso eng anliegende blaue Leinenbluse.

Peter Flemming pfiff durch die Zähne. »Was sagen Sie, Madame? Ist das vielleicht nichts?«

Claudia gestand sich ein, daß die kleine Norwegerin eine erstklassige Figur hatte und daß ihr die saloppe Kleidung sehr gut stand. Der Captain hatte recht. Wo waren ihre Augen nur gewesen?

Kikki begrüßte beide freundlich, doch mit einer gewissen Herablassung. Es mochte auch Gleichgültigkeit sein.

»Sie sehen ja prächtig aus«, sagte ihr Peter Flemming.

Ihre Miene verriet nicht, daß sie sich über sein Kompliment freute. »So besser klettern«, erwiderte sie und wies zum Flugzeug hinüber. »Abgedeckt!«

Der Captain staunte. »Sie haben Cockpit und Motorhaube allein abgedeckt?«

Ohne auf seine Worte zu achten, schritt sie, als hätte sie einen Badeanzug an, die Böschung hinab ins Wasser und schob das Motorboot näher an das Ufer heran. »Bitte.«

»Aber, Kikki!« eiferte sich Peter Flemming. »Schnell heraus aus dem Wasser. Es muß doch eisig sein.«

Sie nickte. »Schon. Aber kein Benzin. Vorhin: blub, blub, blub . . .! Sie versprochen Benzin.«

»Ja, gewiß. Bis zum Flugzeug können wir aber rudern.«

Sie zuckte die Achseln. »Jetzt naß und alles egal. Einsteigen.«

»Kommen Sie«, wandte er sich an Claudia und war ihr beim Übersteigen behilflich.

Kikki schob das Boot an. Bis zu den Oberschenkeln im Wasser, watete sie durch die Bucht.

»Wenn Sie sich nur keine Erkältung holen«, beschwor er sie.

Wie zur Antwort warf sie sich der Länge nach ins Wasser und schob das Boot nun schwimmend vor sich her. Ihre Beine pendelten im Wechselschlag aus der Hüfte heraus; ihr

Kopf verschwand zeitweilig unter der Wasseroberfläche.

Zwischen Bewunderung und Sorge schwankend, verfolgte Peter Flemming ihr Tun.

»Wildkatze!« flüsterte Claudia hintergründig.

Er blickte ratlos zu Kikki hinab. »Was machen wir mit ihr?« fragte er besorgt. »Sie kann unmöglich naß über den Fjord sausen.«

Da war Claudia anderer Meinung. »Sie kann es, weil sie es will! Kikki ist nur ins Wasser gesprungen, um Ihnen zu imponieren. Lassen Sie ihr also die Freude. Seien Sie begeistert. Natürlich auch etwas besorgt. Im übrigen sollten Sie Vertrauen zu Kikkis jugendlicher Widerstandskraft und zu den wärmenden Strahlen der Sonne haben.«

Es war unglaublich, mit welchem Geschick die junge Norwegerin das nicht gerade leichte Boot an das Flugzeug herandirigierte. Dort angekommen, schwang sie sich allerdings sofort auf einen der von der Sonne erwärmten Schwimmer, legte sich mit dem Bauch darauf und streckte die Arme vor. »Huhh...!« stieß sie hervor und holte tief Luft. »Sehr kalt!«

»Sie ziehen sofort mein Jackett an«, erklärte der Captain und entledigte sich seiner Wildlederjacke.

Kikki drehte den Kopf zu ihm hinüber. Ihr nasses kastanienfarbenes Haar leuchtete in der Sonne flammend rot. Tropfen, die über ihr sommersprossiges Gesicht liefen, gaben ihr einen aufregenden Reiz. Ihre nun prall anliegende Leinenbluse und ihre nasse Hose stellten ihren Körper noch aufregender zur Schau.

»Seien Sie vernünftig«, redete ihr Peter Flemming zu.

»Wenn Sie nicht sofort etwas Trockenes anziehen, können Sie sich den Tod holen!«

Kikki vermochte nicht zu verbergen, daß seine Fürsorge sie mit Genugtuung erfüllte. »Hier schön warm.«

»Dennoch möchte ich, daß Sie auf der Stelle meine Jacke anziehen.«

»Gut«, entgegnete sie, richtete sich halb hoch und kniete auf den Schwimmer. »Vielleicht besser.« Damit knöpfte sie ihre Bluse auf.

Der Captain traute seinen Augen nicht. Ohne jede Hemmung begann Kikki ihren Oberkörper zu entblößen. Kurz entschlossen drückte er Claudia das Jackett in die Hand, stieg auf den hinteren Teil des Schwimmers und öffnete die Kabinentür.

»Rührend!« flötete die Frau des Regisseurs hinter ihm her.

Kikki sah Claudia fragend an. »Rührend? Was das ist?«

»Wie soll ich Ihnen das erklären? Unser Herr Pilot wendet sich taktvoll ab, weil Sie Ihre Bluse ausziehen.«

»Mag er nicht sehen?«

»Ich glaube schon. Aber das gehört sich nicht.«

»Ach so«, erwiderte Kikki. Offensichtlich begriff sie nicht, wovon die Rede war.

Jetzt glaubte auch Claudia an ihre Natürlichkeit.

Indessen hatte Kikki alle Mühe, ihre nasse Bluse abzustreifen.

Claudia reichte ihr Peter Flemmings Jacke, die freilich viel zu groß war. Aber das störte die junge Norwegerin nicht. Im Gegenteil, sie fand es lustig, ein Kleidungsstück anzuhaben, dessen Ärmel zu lang waren und das ihr förmlich um den Körper schlackerte. Daß ihre Brust durch den Ausschnitt zu sehen war, beachtete sie nicht.

Der Captain entdeckte die ›schöne Aussicht‹ natürlich sofort. Zeit zu intensiver Betrachtung blieb ihm allerdings nicht. Er mußte den Tank des Motorbootes mit Benzin füllen und den beiden Frauen nochmals genau schildern, welche Zeichen er geben würde und was sie daraufhin zu tun hatten. »Kommt mir bloß der Luftschraube nicht zu nahe«, warnte er sie abschließend ein letztes Mal. »Schon mancher Monteur hat seine Unaufmerksamkeit mit dem Leben bezahlen müssen.«

Kikki warf den Motor des Bootes an und fuhr mit Claudia zu jener Stelle hinter der Insel, an der Lars Larsen am ersten Tag mehrfach angelegt hatte, um das Gepäck abzuladen. Das Wasser stand hier fast still, so daß das Boot keine nennenswerte Versetzung erfuhr. Auch war der Fjord von dort aus in seiner ganzen Länge zu überblicken. Der Start konnte also geradlinig erfolgen.

Nachdem Peter Flemming den schweren Flugmotor angelassen hatte, folgte er Kikkis Boot und nahm etwa zwanzig Meter hinter diesem Aufstellung. Dann hielt er seinen Arm aus dem Fenster und senkte ihn wie eine Startflagge.

»Los!« rief Claudia und drückte auf den Zeitnehmerknopf der Armbanduhr, die ihr der Captain gegeben hatte.

Der setzte im gleichen Moment seine Stoppuhr am Segment in Gang.

Kikki brachte den Motor auf volle Touren.

Peter Flemming schaute aufmerksam hinter dem Boot

her. Es lief in einer erstklassig geraden Linie, warf aber, obwohl die Geschwindigkeit etwa dreißig Stundenkilometer betrug, nur geringe Wellen. Wenn es mir nicht gelingt, unmittelbar ins Kielwasser zu kommen, werden sich die Schwimmer nicht abheben lassen, überlegte er. Es ist doch ganz gut, daß wir eine eventuelle Starthilfe durchexerzieren.

Die Stoppuhr näherte sich dem Ende der zweiten Minute.

Er legte die Hand auf den Gashebel und schob ihn bis zum Anschlag vor. Der Motor brauste auf, die Maschine setzte sich in Bewegung. Langsam zunächst, dann aber raste sie hinter dem Boot her. Er erkannte jedoch bald, daß er die Zeit falsch angesetzt hatte und niemals genügend Wellen erhalten würde, um die Schwimmer aus dem Wasser herausheben zu können. Den Startversuch brach er aber nicht ab, weil er Claudia und Kikki angewiesen hatte, exakt zweieinhalb Minuten geradeaus zu steuern und dann möglichst scharf nach links abzubiegen. Erst wenn er wußte, nach wieviel Sekunden dieser Punkt von ihm erreicht wurde, vermochte er neue Überlegungen anzustellen.

Das Ergebnis enttäuschte Peter Flemming. Es machte deutlich, daß er von falschen Voraussetzungen ausgegangen war. Er hatte versucht, rechnerisch zu ermitteln, wann das Boot eingeholt werden würde. Die Praxis aber sah anders aus. Er gab deshalb das Zeichen, zur Ausgangsstelle zurückzukehren, und überlegte, um wieviel er die Zeit reduzieren durfte, ohne für das Boot und seine Insassen eine Gefahr heraufzubeschwören.

Während er so in Gedanken versunken langsam zurückrollte, überholte ihn das Motorboot mit hoher Geschwindigkeit. Die Haare der beiden Frauen flatterten im Wind. Im Gegensatz zu Kikki, die fast verwegen aussah, erweckte Claudia trotz ihrer sportlichen Kleidung eher den Eindruck einer Dame, die sich bei schönem Wetter spazierenfahren läßt.

Sie ist hübsch und besitzt viel Charme, dachte er unwillkürlich. An Kikkis Seite aber wirkt sie ein wenig langweilig.

Beim zweiten Startversuch ließ er seine Stoppuhr nur anderthalb Minuten laufen, bevor er Vollgas gab. Diesmal traf er nach knapp zwei Minuten auf die ersten, noch einigermaßen kräftigen Wellen, die allerdings nicht ausreichen, die Schwimmer auf Stufe zu setzen.

Fünfundsiebzig Sekunden dürfte der richtige Vorsprung sein, sagte er sich. Das Boot muß dann spätestens nach hundert Sekunden abdrehen.

Ein dritter Versuch bestätigte die Richtigkeit seiner Überlegung. Genau in dem Augenblick, als das Flugzeug auf die erste spürbare Welle stieß, drehte das Boot in einer scharfen Kurve nach links ab. Peter Flemming konnte die Richtung nun unbesorgt beibehalten und die Schwimmer in den nachfolgenden stärkeren Wellen bequem aus dem Wasser heben. Er ließ die Maschine jedoch sofort wieder sinken, drehte langsam bei und stellte den Motor ab. Es war das vereinbarte Zeichen dafür, daß eine der beiden Bootsfahrerinnen zu ihm ins Cockpit kommen sollte.

»Wer macht den Anfang?« fragte er, als das Boot anlegte.

»Ich!« rief Kikki und stieg augenblicklich auf den Schwimmer.

»Nicht so stürmisch!« sagte er lachend. »Sie müssen von der anderen Seite einsteigen. Also nochmals zurück ins Boot.«

Die Norwegerin sah ihn an, als habe er sie beleidigt. »Ich durch Kabine!«

»Das geht natürlich auch«, gab er zu. »Ist aber umständlicher.«

»Nein. Gut geht«, erwiderte sie und bewegte sich über den Schwimmer zur Kabinentür. Dabei rief sie der Frau des Regisseurs zu: »Sie schon fahren Insel.«

Ihre Selbstsicherheit ist erstaunlich, dachte Claudia.

Der Captain hingegen fragte sich, woher Kikki die Maschine so gut kenne. Alles deutete darauf hin, daß sie in den vergangenen Tagen schon einige Male in sie eingestiegen sein mußte. Daß seine Vermutung richtig war, zeigte ihm die Selbstverständlichkeit, mit der sie den Sicherungshebel der Kabinentür umlegte, nachdem sie diese hinter sich geschlossen hatte.

Geschmeidig zwängte sie sich durch die enge Tür zum Cockpit. »Nun?« fragte sie triumphierend, als sie auf dem zweiten Führersitz Platz nahm.

Er sah ihre noch völlig durchnäßte Hose, gewahrte aber auch das hübsche Bild, das sich ihm im Ausschnitt der ihr geliehenen Jacke präsentierte.

Sie hob ihre Arme, um zu demonstrieren, daß ihre Hände kaum aus den Ärmeln herausschauten. »Lustig, nicht?«

Er nickte und wies auf den sich bauschenden Ausschnitt

der Wildlederjacke. »Vielleicht könnten wir das ein bißchen schließen.«

Kikki schaute betroffen an sich hinab. Das Blut stieg ihr in den Kopf. »Ich nicht gewußt . . .« Sie schloß das Revers und hielt es mit beiden Händen zu. »Verzeihung«, bat sie verlegen.

»So schlimm ist es nun auch wieder nicht«, entgegnete er leichthin. »Ich hielt es nur für richtig, Sie darauf aufmerksam zu machen. Leider!« fügte er frech hinzu.

Sie blickte scheu zu ihm hinüber.

Um abzulenken, deutete er auf das zweite Steuer. »Halten Sie das mal.«

Sie umfaßte das Segment.

»Wenn Sie es jetzt noch etwas mehr anziehen, kann ich den Motor anlassen.«

Kikki strahlte. Den zu weiten Ausschnitt hatte sie bereits wieder vergessen.

Peter Flemming gab Claudia das Zeichen, zur Insel zu fahren, ließ den Motor an und rollte hinter dem Boot her. »Das Steuer immer ein wenig anziehen«, sagte er, an Kikki gewandt, und zeigte ihr, wie sie es halten sollte.

Ihre Augen leuchteten. Als der Captain ihr dann nach Erreichen der Ausgangsposition noch gestattete, die Hände auch beim Start am Steuer zu belassen, war sie überglücklich. Beim Aufheulen des Flugmotors schrie sie vor Wonne. Lauthals schrie sie in das Dröhnen hinein.

Angesichts ihres Temperamentausbruches mußte Peter Flemming sich ernstlich auf den Start und die Stoppuhr konzentrieren. Das Cockpit schien ihm plötzlich um vieles kleiner geworden zu sein.

»Schneller, schneller!« schrie Kikki, als die Geschwindigkeit sich erhöhte.

Er steuerte genau hinter dem Motorboot her. Die Entfernung verringerte sich zusehends. Die Stoppuhr zeigte hundert Sekunden, als die Schwimmer auf die erste spürbare Welle stießen. Da Claudia im selben Moment nach links abdrehte, setzte er die Maschine auf Stufe, hob sie aus dem Wasser und ließ sie gleich darauf behutsam wieder niedersinken.

Kikki, die in den letzten Sekunden keinen Laut mehr von sich gegeben hatte, erbleichte.

»Ist Ihnen nicht gut?« erkundigte sich der Captain, als er zu ihr hinüberblickte.

Ihre Augen wurden brennend. »Warum Sie das haben getan?«

»Was?«

»Nicht fliegen! Schon in Luft und nicht fliegen. Wieder auf Wasser. Warum?«

»Weil wir heute nur das Starten üben.«

Ihr Mund wurde zu einem Strich.

Er stellte den Motor ab.

»Ich an Insel aussteig! Nicht hier.«

»Also, jetzt wird's mir zu bunt!« schimpfte Peter Flemming. »Sie sind hier eingestiegen und steigen hier auch aus! Mistress Bush ist an der Reihe.«

»Ich an Insel aussteig!«

Er sah ihr trotziges Gesicht und ahnte, daß alles Reden

nichts nützen würde. Nun gut, dachte er aufgebracht. Wenn sie es nicht anders will, erteile ich ihr eine Lektion, die sie so schnell nicht vergessen wird. Damit öffnete er die Tür auf seiner Seite und beugte sich zu Claudia hinunter, die gerade heranfuhr. »Kehren Sie zur Ausgangsposition zurück. Ich übernehme Sie dort. Das kleine Biest hier will es nicht anders.«

»Okay!« rief sie, gab Gas und rauschte davon.

Kikki lachte ihn an. »Ich gewußt! Sie nicht nein sagen.«

Abwarten, dachte er und ließ den Motor an.

»Böse?« fragte sie unsicher, als er wortlos zur Insel zurückgekehrt war.

Er wendete die Maschine. »Wundert Sie das?«

Sie warf ihren Kopf in den Nacken und öffnete die Tür auf ihrer Seite, um auf den Schwimmer hinabzusteigen.

Er schaltete augenblicklich die Zündung aus und sagte betont höflich: »Das nächste Mal erinnern Sie sich, bitte, an unsere Abmachung. Zu ihr gehört, daß die Tür nicht geöffnet werden darf, bevor die Luftschraube stillsteht. Goodbye, Miss Larsen.«

Sie biß sich auf die Lippen.

Claudia legte mit dem Boot an.

Kikki stieg auf den Schwimmer herab.

»Hat's Ärger gegeben?« fragte Claudia, als sie die finstere Miene der Norwegerin gewahrte.

»Ja!« fauchte Kikki böse und sprang ins Boot.

»O pardon.«

Peter Flemming lachte und bat Claudia, an Bord zu kommen.

Sie stieg auf den Schwimmer und wollte eben in das Cockpit klettern, als er sich über den zweiten Sitz hinweg vorbeugte und Kikki zurief: »Sie können gleich zurückfahren und sich trockene Kleidung besorgen. Ich werde jetzt eine andere Startart ausprobieren.«

Sie schaute ihn entgeistert an. »Ich nicht mehr soll fahren?«

»Nein. Herzlichen Dank.«

Kikki jagte mit Vollgas auf die Bucht zu.

»Was ist los?« fragte Claudia, als sie im Cockpit Platz nahm.

»Später«, antwortete der Captain ausweichend. »Schnallen Sie sich an.«

»Warum denn das?«

»Weil ich, wie Sie gehört haben, eine andere Startmethode wählen werde. Es gibt nämlich eine sehr elegante, allerdings etwas riskantere Möglichkeit, die Schwimmer bei Glattwasser auf Stufe zu setzen. Und das möchte ich unserem kleinen Teufel vorexerzieren.«

»Aha!« erwiderte Claudia verdächtig betont. »Der Hahn bezieht die Imponierstellung.«

»Nennen Sie es, wie Sie wollen«, entgegnete er unwillig. »Auf jeden Fall ... Ach was!« Er drückte auf den Anlasser. »Es lohnt nicht, darüber zu reden und zu diskutieren.«

Der Motor sprang an.

»Gurte fest?«

»Zur Kontrolle stehe ich Ihnen jederzeit gerne zur Verfügung.«

Er lachte. »Auch in Ihnen steckt ein kleines Biest.«

»Stört Sie das?«

»Keineswegs«, antwortete Peter Flemming und wartete, bis Kikki in der Bucht angelegt hatte. Dann gab er Gas und rollte mit der Maschine bis etwa zu der Stelle, wo es ihm zuvor gelungen war, die Schwimmer aus dem Wasser zu heben. Dort angekommen, erhöhte er die Drehzahl des Motors und leitete einen weiten Kreis ein. »Wird Ihnen nun klar, warum ich das Anlegen der Gurte verlangte?« rief er Claudia zu, die von der Zentrifugalkraft kräftig zur Seite gezerrt wurde.

»Ja!« rief sie zurück und suchte Halt am Instrumentenvorbau. »Darüber hinaus wurde mir eben klar, daß auch in Ihnen ein Biest steckt. Sogar ein ziemlich großes!«

Er steigerte die Geschwindigkeit, ließ das Flugzeug plötzlich aus dem Kreis heraus auf die Insel zulaufen, wendete in ausreichendem Abstand und steuerte dann mit Vollgas den Wellenkreis an, den er erzeugt hatte. »Ist das nicht praktisch?« rief er, als er die Schwimmer aus dem Wasser heraushob und die Maschine steigen ließ.

Sie nickte. »Gewiß. Fragt sich nur, ob Sie zweckmäßig handeln.«

Er leitete eine enge Kurve ein und steuerte auf das Bauernhaus zu. »Wie meinen Sie das?«

»Überlegen Sie mal! Was machen Sie heute abend, wenn die Tür zu Ihrer Kammer vernagelt sein sollte?«

»Dann komme ich zu Ihnen und hol mir 'ne Kneifzange.«

10

Die Tür zu Peter Flemmings Kammer wurde zwar nicht vernagelt, aber er sollte schon bald zu spüren bekommen, daß Kikki fest entschlossen war, ihn für sein Verhalten zu bestrafen. Als er nach dem Flug in die Bucht zurückrollte, in der die Maschine verankert gewesen war, erkannte er sogleich, daß ihm keine Hilfestellung gewährt werden würde. Motor- sowie Ruderboot lagen halb an Land gezogen. Weit und breit war niemand zu sehen.

»Daß Kikki nicht auf uns gewartet hat, muß ich akzeptieren«, sagte er unwillig. »Ich rechnete aber damit, daß ihr Vater zur Stelle sein würde. Vom Angeln ist er zurück. Wenn Kikki nach Hause gegangen ist, und wohin hätte sie in ihren nassen Kleidern sonst gehen können, weiß er doch, daß wir hier festsitzen.«

Claudia schaute zum Ufer hinüber. »Warum rollen Sie nicht einfach ans Land?«

»Weil ich keinen der Leichtmetallschwimmer aufgeritzt bekommen möchte. Bedenken Sie, wieviel Steine und Felsbrocken hier auf dem Grund liegen.«

»Dann werden wir uns wohl mit Geduld wappnen müssen.«

Er stellte den Motor ab. »Den Eindruck habe ich ebenfalls.«

Fast eine Stunde saßen sie im Cockpit und ließen das Bauernhaus nicht aus den Augen. Und ebenso lange wunderten sie sich darüber, daß sich niemand sehen ließ. Dann aber erlebten sie etwas, das ihnen die Sprache verschlug. Kikki räkelte sich plötzlich aus dem halb an Land gezogenen Motorboot heraus. In aller Ruhe hatte sie ein Sonnenbad genommen und ihre Kleidung getrocknet. Ihnen den Rücken zukehrend schlüpfte sie aus Peter Flemmings Wildlederjacke, legte dieselbe säuberlich auf den Rand des Bootes, zog ihre blaue Leinenbluse an, winkte zum Flugzeug hinüber und rief, auf die Jacke weisend: »Herzlichen Dank, Mister Flemming! Good-bye!« Sprach's, wandte sich um und ging davon.

»Unglaublich«, war das erste, was Claudia hervorbrachte.

Der Captain starrte fassungslos hinter Kikki her. Er schwankte zwischen Bewunderung und Zorn. Um keinen Deut beugte sie ihren Kopf. Als Siegerin verließ sie das Feld. Aufräumen war nicht ihre Sache. Das überließ sie ihrem Vater.

Der erschien denn auch wenige Minuten später und erlöste die beiden Luftfahrer. Viele kleine Fältchen in seinen Augenwinkeln verrieten allerdings, daß er sich köstlich amüsierte und genau wußte, was seine Tochter sich geleistet hatte. Aber er verlor kein Wort darüber, sondern tat so, als sei das Flugzeug eben erst angekommen.

Noch in den nächsten Tagen mußte er schmunzeln, wenn

Peter Flemming ihm begegnete. Kikki hingegen ging an diesem vorbei, als existiere er nicht. In der Hoffnung, ein klärendes Gespräch herbeiführen zu können, suchte er sie an ihrem Lieblingsplatz oberhalb der Stromschnelle auf. Doch schon bald mußte er erkennen, daß sie ihm überhaupt nicht zuhörte und er somit Gefahr lief, sich lächerlich zu machen.

Aber dann hatte er eine Idee, die ihm zum Erfolg verhelfen sollte. Obwohl er wußte, daß sein Vorgehen albern war, begab er sich zu einer Zeit, als die Familie Larsen beim Abendbrot saß, in das Bauernhaus, wünschte allerseits guten Appetit und fragte den Fischereiaufseher, mit dem er normalerweise deutsch sprach, auf englisch: »Würden Sie Ihrer Tochter die Erlaubnis erteilen, uns zum Nordkap zu begleiten? Ich habe Mistress Bush dorthin zu fliegen und bat darum, Kikki mitnehmen zu dürfen. Man ist damit einverstanden und hat auch zugebilligt, daß Ihre Tochter die halbe Flugzeit im Cockpit sitzen darf.«

Lars Larsen grinste. Seine Frau schmunzelte. Nøkk stieß unartikulierte Laute aus. Kikki stand auf, holte einen Teller aus der Küche und wies auf den Platz neben sich. »Dann Sie auch dürfen sitzen halbe Tischzeit hier.«

Der Frieden war wiederhergestellt, und Claudia, der Peter Flemming am nächsten Morgen von seinem Gespräch berichtete, war nur zu gerne bereit, mit ihm und Kikki den Ausflug zum Nordkap zu machen. Das Wetter aber schlug um, so daß das beabsichtigte Unternehmen um einige Tage verschoben werden mußte.

In dieser Zeit, da graue Wolken den Himmel bedeckten, es empfindlich kühl wurde und die Stunden nur langsam vorübergingen, berichtete Peter Flemming dem Regisseur von einer Feststellung, die er wenige Tage zuvor am Fluß gemacht hatte. »Ich saß unmittelbar am Ufer«, sagte er, »und beobachtete einige Fische, die völlig unbewegt hinter einigen am Grund liegenden Steinen standen.«

»Wahrscheinlich Forellen«, erklärte Randolph Bush. »Grauschwarze Körper mit dunklen und zum Teil gelblichbraunen Punkten?«

»Genau.«

»Dann waren es Meerforellen. Die können Sie hier überall am Ufer finden.«

»Etwas tiefer, in einem Kolk, sah ich andere Fische. Sie hatten, wenn ich mich mal so ausdrücken darf, eine hohe, fahnenartige Rückenflosse.«

»Spitzes Maul?«

»Ja.«

»Größere Schuppen als die Forellen?«

»Das könnte sein.«

»Dann waren es Äschen. Die Norweger nennen sie: Harr.«

»Nun gut«, fuhr der Captain fort. »Ich saß also da und wunderte mich über die Geduld, die Fische aufbringen müssen. Stundenlang stehen sie hinter einem Stein und warten auf ein Insekt, das sich irgendwann aufs Wasser setzt. Dann aber geschah etwas Eigenartiges. Die Fische benahmen sich plötzlich, als seien sie verrückt geworden. Immer wieder schossen sie nach oben und schnappten wie wild nach Luft.«

Der Regisseur lachte gönnerhaft. »Nach schlüpfenden Fliegen werden sie gestiegen sein!«

»Insekten waren keine zu sehen«, widersprach Peter Flemming. »Vorher nicht und nachher nicht. Die Fische waren jedoch so lebendig, daß das Wasser förmlich zu brodeln schien.«

Randolph Bush horchte auf. »Um welche Zeit war das?«

»Gegen Mittag.«

»Und wissen Sie noch, an welchem Tag?«

Der Captain überlegte. »Wenn ich mich nicht täusche, war es . . . Nein, ich weiß es bestimmt. Es war vor drei Tagen.«

Randolph Bush rief seiner Frau zu: »Wo ist mein Taschenkalender, Claudia?«

»Wahrscheinlich bei deinem Gerümpel in der Fischerstube.«

Er verdrehte die Augen und erhob sich. »Gerümpel nennt sie kostbares Angelgerät!«

Peter Flemming grinste und zog ein Notizbuch aus der Tasche. »Darf ich Ihnen mit meinem Kalender dienen?«

»O ja. Danke.« Der Regisseur blätterte darin. »Welches Datum haben wir heute?«

»Zehnter Juni.«

»Aha! Da ist er schon. Klarer Fall. Morgen ist Vollmond. In den vier bis fünf Übergangstagen vom letzten Mondviertel zum ersten Viertel des neuen Mondes herrscht täglich zu einer bestimmten Zeit die jeweils größte Sonnenanziehungskraft dieser Periode. Ich muß in den ›Solunaren-Tabellen‹ von Knight nachsehen, welche Beißzeit dort für den siebten Juni – dem Tag, an dem Sie Ihre Beobachtung gemacht haben – angegeben ist.« Damit verließ er den Raum. Kurz darauf kehrte er zurück. »Siebter Juni. Elf Uhr fünfzig. Das entspricht absolut der von Ihnen angegebenen Zeit. Was sagen Sie dazu?«

»Um ehrlich zu sein, ich verstehe den Sinn Ihrer Worte nicht.«

Randolph Bush setzte sich. »Das ist ganz einfach. Es gibt Zeiten, da beißen die Fische stärker als gewöhnlich. Zum Beispiel bei schönem Wetter und hohem Luftdruck oftmals gerade während der Mittagszeit. Oftmals! Das trifft keinesfalls immer zu. Die solunaren Beißzeiten aber sind verläßlich. Da geraten die Fische außer Rand und Band. Sie beißen dann alles, was ihnen in den Weg kommt.«

»Warum angelt man dann nicht nur zu dieser Zeit?«

»Weil die solunare Periode höchstens eine halbe bis eine Stunde dauert. Und das lediglich an wenigen Tagen im Monat.« Er schaute in seine Tabelle. »Für morgen ist vierzehn Uhr fünfzig angegeben. Da sollten wir zu der Stelle gehen, wo Sie Ihre Beobachtung gemacht haben.«

Wenngleich Peter Flemming selbst erlebt hatte, daß Fische sich plötzlich höchst ungewöhnlich verhalten können, so hielt er die Geschichte der solunaren Zeiten doch für eine Art Anglerlatein. Er war deshalb gespannt darauf, was sich tun würde, als er Randolph Bush zu jener Stelle führte, an der er seine Beobachtung gemacht hatte. Wie schon einige Tage zuvor, hielten sich dort wieder eine ganze Anzahl von Meerforellen und Äschen auf.

Der Regisseur drückte ihm ein Blatt Papier und einen

Bleistift in die Hand. »Während ich mein Gerät auspacke, machen Sie jedesmal einen Strich, wenn Sie eine Forelle steigen sehen. Die Uhrzeit sollten Sie auch notieren. Es ist jetzt vierzehn Uhr zehn. Bis zur solunaren Beißzeit haben wir also noch vierzig Minuten.«

Der Captain tat, wie ihm geheißen, doch in der nächsten Viertelstunde, die Randolph Bush benötigte, um seine Utensilien säuberlich auf einer Plane auszubreiten, brauchte er nur zwei Striche zu machen. Nur zweimal sah er eine Forelle nach einem Insekt steigen.

»Ich fische heute nicht mit der Fliege, sondern mit einem Devon-Spinner«, sagte der Regisseur, als er die Angel zum erstenmal auswarf. »Bei diesem Typ erlebt man nämlich gewöhnlich eine Menge Fehlbisse. Ich möchte nun feststellen, bei wieviel Würfen ich wieviel Anbisse und Aushänger bekomme. Vermerken Sie das ebenfalls.«

Die Gewissenhaftigkeit, mit der Randolph Bush zu Werke ging, imponierte Peter Flemming. Bis vierzehn Uhr fünfzig aber bekam er wenig zu tun. Der Regisseur führte zehn Würfe durch und erhielt einen Anbiß, der sich jedoch als Fehlbiß erwies. Kurz nach fünfzehn Uhr, also gut zehn Minuten nach der in der Tabelle genannten solunaren Beißzeit, trat dann ein, was der Captain bereits einmal erlebt hatte. Aus völlig unersichtlichem Grund wurden die Fische plötzlich aktiv. Man hätte glauben können, sie seien von Sinnen. Das Wasser schien zu kochen. Binnen fünfunddreißig Minuten hatte Peter Flemming vierzehn Würfe, dreizehn Fänge und einen Aushänger zu notieren. Nach dieser Zeit verhielten sich die Fische wieder normal. Kaum einen Anbiß gab es noch zu vermerken.

»Glauben Sie nun, daß es besondere Beißzeiten gibt?« fragte Randolph Bush triumphierend.

Der Captain nickte. »Zwischen Himmel und Erde scheint es viele Dinge zu geben, die sich nicht erklären lassen.«

»Ich erinnere an das Phänomen, daß Lachse an die Angel gehen, obwohl sie auf ihrer Wanderung zu den Laichplätzen keinerlei Nahrung aufnehmen. Warum sie anbeißen, vermag Ihnen niemand zu sagen. Konkret wissen wir beispielsweise nur, daß die Eierstöcke während der Wanderung beim Rogner von nullkommadrei auf fast fünfundzwanzig Prozent des Eigengewichtes anwachsen. Die Hoden des Milchners vergrößern sich von nullkommaeins auf sieben Prozent! Und das alles ohne Nahrungsaufnahme, also auf Kosten der Fettvorräte und der Muskelsubstanz. Das herrliche Hochzeitskleid, das sie im Verlauf ihrer Wanderung anlegen, alte Milchner werden fast purpurrot, täuscht über ihren inneren Verfall hinweg. Gegen Ende ihrer Reise sind sie so geschwächt, daß sie kleinste Hindernisse nicht mehr zu nehmen vermögen.«

»Ich habe dieser Tage oft über das von Ihnen schon früher erwähnte eigenartige Verhalten der Lachse nachgedacht«, entgegnete Peter Flemming. »Laienhaft natürlich, da ich weder Angler noch Zoologe bin. Aber ich erfuhr durch ein Buch, das ich mit großem Interesse las, viel über das Verhalten bestimmter Tiere. Vom Lachs war leider nicht die Rede. Dem Autor geht es darum, den Weg aufzudecken, den der Mensch genommen hat.«

»Interessant. Wie lautet der Titel?«

»*Adam kam aus Afrika.* Die Freudsche Auffassung, daß unser aller Verhalten in erster Linie vom Sexus diktiert sei, wird in ihm ziemlich zerpflückt.«

»Aber das steht doch fest.«

»Hab ich auch gedacht. In jenem Buch wird aber das Gegenteil behauptet. Und die angeführten Beispiele sind frappierend. So ist das Verhalten der Vögel völlig anders, als gemeinhin angenommen wird. Noch bevor die Weibchen auf der Bildfläche erscheinen, nehmen die Männchen ein Territorium in Besitz und legen dessen Grenze durch Kämpfe mit ihren Artgenossen fest. Dann erst kommen die Weibchen. Der Kampf vollzieht sich also lange vor der Ankunft der Partnerin und kann somit nicht von sexuellen Trieben geleitet sein.«

Randolph Bush nickte. »Ich weiß aus eigener Anschauung, daß man niemals zwei Vogelmännchen auf ein und derselben Hecke sitzen sieht.«

»Sehen Sie!« erwiderte Peter Flemming erfreut. »Interessant ist auch, daß bei den Zugvögeln die Männchen vor den Weibchen zurückkehren. Die Territoriumsansprüche werden also ohne Weibchen geltend gemacht. Sobald diese da sind, finden keine Kämpfe mehr statt.«

»Daraus zu schließen, es sei nicht der Sexus, der die Männchen treibt, ein Territorium zu erkämpfen, scheint mir sehr gewagt zu sein.«

Der Captain lachte. »Ihr Einwand ist nicht neu. Ihm wird folgendes entgegengehalten: Kiebitze zum Beispiel sind im Winter auf neutralen Futterplätzen ohne jeden Streit friedlich miteinander vereint. Erst zur Paarungszeit verlassen die Männchen die Schar, um in ihrem Nistgebiet die Territorien anzulegen. Endlose Kämpfe entwickeln sich dann. Solange nicht jeder ein Gebiet für sich erstritten hat, gibt es keine Ruhe. Dabei passiert es, daß manche Männchen während der Kampfzeit vorübergehend, vielleicht um sich zu erholen, dorthin zurückkehren, wo sich die Weibchen aufhalten. Hier hört sofort jeder Kampf auf. Krieg herrscht ausschließlich in Abwesenheit der Weibchen.«

Randolph Bushs Interesse war plötzlich abgelenkt. »Moment«, flüsterte er und bückte sich vorsichtig, um einen Stein aufzuheben. »Sehen Sie die Maus auf meiner Plane? Ich verteidige jetzt mein Territorium!« Sprach's, holte aus, warf den Stein und traf die Maus auf der Stelle. »Na, was sagen Sie?« rief er aufgekratzt. Im nächsten Moment aber blieb er wie angewurzelt stehen.

Auch Peter Flemming fuhr zusammen. Keine fünf Meter von der Plane entfernt sprang Nøkk auf und lief schreiend davon.

»Ich werd verrückt!« entfuhr es dem Regisseur. »Wie ist der bloß so nahe an uns herangekommen?«

Der Captain schaute unwillig hinter Nøkk her. »Was ruft er nur immer?«

Randolph Bush lachte. »Mann Maus getötet! Mann Maus getötet!«

Peter Flemming kniff die Augen zusammen. »Mann Maus getötet? Woher weiß er das?«

»Er wird es beobachtet haben.«

»Das ist unmöglich!«

»Wieso?«

»Wir haben doch beide gesehen, wie er aufgesprungen ist!«

»Na und...?«

»Wandte er sich nicht sofort um und lief wie ein Windhund davon?«

»Gewiß.«

»Dann legen Sie sich mal dorthin, wo Nøkk gelegen hat.«

Der Regisseur stutzte. »Sie haben recht. Liegend konnte er die Stelle überhaupt nicht sehen.«

»Eben. Woher weiß der Kerl also, daß Sie eine Maus getroffen haben?«

Randolph Bush schüttelte den Kopf. »Darauf werden wir ebensowenig eine Antwort finden wie auf die Frage, warum Lachse auf ihrem Weg zu den Laichplätzen beißen, obwohl sie keine Nahrung aufnehmen. Werfen wir also die Rute, und versuchen wir, das gegenüberliegende Ufer zu befischen.« Damit holte er kräftig aus. Im nächsten Moment aber schon rief er ärgerlich: »Zum Teufel, jetzt hab ich doch...« Hastig spulte er die mit Elan geworfene Schnur zurück. »Das kommt dabei heraus, wenn man sich nicht völlig auf eine Sache konzentriert. Die blödesten Fehler unterlaufen einem dann.«

Was hat er nur, fragte sich Peter Flemming, als er sah, daß der Regisseur die Angel mit der noch nicht voll zurückgespulten Schnur plötzlich scharf anhob. Und dann flog auch schon die am Vorfach befestigte künstliche Fliege mit ihrem scharfen Haken auf ihn zu. Blitzschnell warf er sich zur

Seite. Doch kaum hatte er sich in Sicherheit gebracht, da schrie Randolph Bush auf.

»Verdammter Mist! Jetzt hab ich mir den Haken ins eigene Fleisch gehauen.«

Das ist mir immer noch lieber, als wenn es mich erwischt hätte, dachte der Captain mitleidslos.

»Kommen Sie her, Sie müssen mir helfen!«

Peter Flemming trat an den Regisseur heran und sah, daß der Haken der künstlichen Fliege tief in dessen linke Hand eingedrungen war.

»Ausgerechnet mir muß das passieren«, schimpfte Randolph Bush. »Nehmen Sie den Seitenschneider, der drüben auf dem Laken liegt.«

Der Captain holte die Schneidezange.

»So, und nun passen Sie gut auf. Zurück läßt sich der Haken nicht ziehen, ohne eine schwere Verletzung zu verursachen. Ich muß ihn also weiter ins Fleisch treiben, damit er auf der anderen Seite herauskommt. Wenn der Widerhaken voll draußen ist, zwicken Sie ihn ab. Ist das klar?«

»Ja.«

»Also los!« Randolph Bush holte tief Luft, biß die Zähne zusammen und drückte den Haken in seinen Handballen hinein. Seine Sonnenbräune wurde um viele Nuancen heller.

»Tut's weh?« fragte Peter Flemming, nur um etwas zu sagen.

»Es ist süß wie Zuckerschlecken«, fauchte der Regisseur. »Jetzt aufpassen! Der Widerhaken kommt... Moment!

Noch nicht abzwicken! Drücken Sie dagegen. Erst wenn Sie den Widerhaken voll sehen . . .«

Der Captain preßte die Haut mit dem Seitenschneider hinunter. Der Widerhaken lag frei.

»Jetzt weg mit dem Ding!«

Peter Flemming schnitt den harten Stahl durch.

Randolph Bush stöhnte und zog den gelben Körper der mit roten Hecheln und silbernen Schwingen versehenen künstlichen Fliege aus seiner Hand. »Das Alkoholfläschchen!«

Der Captain reichte es ihm.

»Sauberes Tuch! Und die Jodflasche!«

Es war bewundernswert, mit welcher Beherztheit und Geschicklichkeit der Regisseur zu Werke ging. »Ich muß unbedingt gleich nachsehen, wann ich die letzte Tetanusimpfung erhalten habe«, sagte er, während er die Wunde reinigte. »Sechs, sieben Jahre dürfte es her sein. Könnte gerade noch reichen. Ich wollte mich kurz vor der Reise neu impfen lassen, aber dann dachte ich: Da oben begegnen dir weder Barsche noch Karpfen. Mach's, wenn du zurückkommst.«

»Was haben Barsche und Karpfen mit einer Impfung gegen den Wundstarrkrampf zu tun?« fragte Peter Flemming verwundert.

Randolph Bush reichte den Jodpinsel zurück und nahm einen Streifen Leukoplast entgegen. »Die Rückenflossen beider Fischarten haben Hartstrahlen, die einem beim Anlanden leicht ins Fleisch dringen können. Dann gibt's tiefe

Wunden. Beim Barsch ist die Sache noch gefährlicher als beim Karpfen.«

Der Captain konnte nur staunen. Seine Vorstellung vom geruhsamen Fischen schwand langsam ganz dahin. Offensichtlich gehörte wirklich sehr viel Begeisterung und Leidenschaft dazu, sich dem Angelsport zu widmen.

*

Am nächsten Morgen leuchtete ein so strahlendblauer Himmel, daß Randolph Bush nicht dazu zu bewegen war, auf seine verletzte Hand Rücksicht zu nehmen und einmal einen Tag lang nicht zu fischen. In aller Frühe marschierte er mit Lars Larsen zur Stromschnelle hinauf. Auf dem Weg dorthin blieb er einige Male stehen, legte den Kopf in den Nacken und schnupperte genüßlich. »Unbezahlbar ist die Luft hier! Phantastisch! Ihr könnt euch überhaupt nicht vorstellen, unter welch scheußlichen Verhältnissen die Großstädter heutzutage leben.«

Der Fischereiaufseher zuckte die Achseln. »Die wollen es ja nicht besser haben.«

»Wie kommen Sie darauf?«

»Es kaufen doch alle Autos. Freiwillig. Ich habe in einer Zeitschrift Fotos gesehen, auf denen Auto hinter Auto stand. Jeden Morgen das gleiche Bild, hieß es im Text. Schlangenfahrt zum Arbeitsplatz. Da muß die Luft ja total verpestet sein. Daraus ergibt sich, daß die Städter es nicht besser haben wollen.«

Der Regisseur rümpfte die Nase. »Tolle Beweisführung.«

»Ich habe zu Thora gesagt: Wenn die Menschen machen *müßten*, was sie freiwillig tun, würden alle streiken und die Gewerkschaft die Autos verbieten.«

Randolph Bush lachte. »Großartig! Da haben Sie hundertprozentig recht. Leider aber kann man nichts dagegen unternehmen. Der Mensch ist von Natur aus unvernünftig.«

Lars Larsen nickte zustimmend. »Man sieht es an Ihnen. Ihre Hand ist verletzt, und dennoch gehen Sie fischen. Wie wollen Sie bloß die Rute festhalten, wenn ein Lachs anbeißt?«

»Fangen Sie nicht auch noch an«, wehrte der Regisseur unwillig ab. »Den ganzen Morgen höre ich nichts anderes. Als ob es mir darum ginge, möglichst viele Fische zu landen. Da, schauen Sie mal über die Wiese. Sehen Sie den leichten Nebelschleier? Und den rosaroten Hauch auf den Bergrücken? Hören Sie den Kuckuck, der heute zur Abwechslung mal sein kickerndes ›Kwickwickwick...‹ ruft? Und haben Sie drüben die wie eine Silbermöwe aussehende alte Sturmmöwe bemerkt? Das sind Dinge, die ich suche! Eindrücke. Stunden ohne Hast. Erlebnisse ohne Hetze. Das Zeitgefühl verlieren. Nicht mehr wissen, ob das, was geschieht, jetzt geschieht oder gestern geschah. Und dann der Kampf mit dem Fisch! Die wenigsten wissen, daß er eine reelle Chance hat davonzukommen. Welch ein Gefühl aber, Sieger zu sein und den besiegten Fisch ins Wasser zurückzusetzen. Dieser Augenblick ist herrlich. Immer wieder. Sekundenlang steht der Befreite unschlüssig da. Dann plötzlich schießt er vor und taucht in die wiedergewonnene Freiheit hinein. Petri Dank, sag ich dann. Petri Dank!«

Es sollte keine Stunde vergehen, bis Randolph Bush angesichts der wiedergewonnenen Freiheit eines Lachses nicht Petri Dank rief, sondern gottsjämmerlich fluchte und schrie. Er hatte dem Fisch die Freiheit allerdings auch nicht zurückgegeben; dieser hatte es vielmehr fertiggebracht, sich selbst zu befreien. Und eine kostbare Rute hatte er gleich mitgenommen.

»Ich habe ja gesagt, daß Sie die Angel nicht mit einer Hand halten können!« erregte sich Lars Larsen. »Der Lachs nimmt jetzt ein trauriges Ende. Belastet mit einer Rute! Wie soll er sich freimachen? Schrecklich.«

»Ach was«, widersprach der Regisseur. »Wir werden die Angel schon erwischen. Stromabwärts schwimmt der Kerl auf keinen Fall. Und die Stromschnelle kann er jetzt nicht bewältigen. Also muß er im Pool bleiben. Wäre doch gelacht, wenn wir die Angel nicht fänden.«

Das Glück war mit ihnen. Nach gut einer Stunde vergeblichen Suchens schwamm die Rute plötzlich unmittelbar an ihnen vorbei. Lars Larsen ergriff sie, umklammerte sie mit beiden Händen und holte versuchsweise Schnur ein. Nicht der geringste Widerstand war zu spüren. Die Spule wirbelte und wirbelte. Das Vorfach wurde sichtbar, der Löffel mit seinem Drilling tauchte aus dem Wasser. Ohne Lachs. Wie auf Kommando gaben beide Männer einen Freudenschrei von sich.

»Das muß ein toller Bursche gewesen sein!« rief Randolph Bush enthusiastisch.

Lars Larsen lachte zufrieden.

»Wahrscheinlich gelang ihm die Flucht bereits in dem Augenblick, da er mir die Rute aus der Hand riß.«

»Ich möchte annehmen, daß sich die Angel zwischen den Felsen verklemmte, so daß er sich von ihr befreien konnte.«

»Auch möglich. Auf alle Fälle: Petri Dank! Und jetzt machen wir Schluß für heute. Es hat keinen Zweck mit meiner Hand.«

Der Fischereiaufseher strahlte. »Endlich vernünftig.«

Zufrieden marschierten sie am Ufer entlang der roten Hütte entgegen.

Vielleicht wäre dies der geeignete Augenblick, um mit ihm zu reden, überlegte Randolph Bush. Er wird sich zwar wie ein Wilder gebärden, aber wenn ich ihm auseinandergesetzt habe, weshalb ich gekommen bin, wird er versöhnlich gestimmt sein. Die Frage ist nur ...

Der Norweger riß ihn aus seinen Gedanken. »Mister Flemming fliegt heute zum Nordkap?«

»Ja«, antwortete der Regisseur und schaute zum Himmel hoch. »Besseres Wetter kann er sich nicht wünschen.«

»Werden Sie mitfliegen?«

Randolph Bush betrachtete seine verletzte Hand. »Könnte ich eigentlich machen. Hier kann ich ja doch nichts unternehmen. Es sei denn, ich würde die Gelegenheit benutzen, mit der Einhandrute einiges auszuprobieren.« Er verzog seinen Mund. »Ich glaube, ich bleibe hier.«

Der Alte blinzelte. »Dürfte ich mitfliegen?«

»Selbstverständlich! Haben Sie das Nordkap noch nicht von oben gesehen?«

Lars Larsen rieb sein unrasiertes Kinn. »Thora, Kikki und ich haben das Nordkap noch nie gesehen.«

»Überhaupt noch nicht?«

Er schüttelte den Kopf. »Wir sind immer nur nach Tromsø und nach hier gefahren. Einmal habe ich Spitzbergen gesehen. Von weitem. Als junger Mann arbeitete ich auf einem Walfangschiff.«

Sie erreichten die Hängebrücke.

Randolph Bush legte dem Fischereiaufseher die Hand auf die Schulter. »Wenn Thora Lust hat, kann sie ebenfalls mitfliegen.«

»O danke. Sie möchte es gern. Wir haben schon darüber gesprochen.«

»Dann fliegt nur alle los. Vorher werden wir aber einen kräftigen Tropfen auf den Lachs trinken, der uns erst Kummer und dann Freude bereitet hat.« Er schob seinen Begleiter auf die Brücke zu. »Mit einem echt norwegischen Aquavit!«

Der Fischereiaufseher rieb sich die Hände. »Norwegischer Aquavit, bester Aquavit.«

Da Claudia und Peter Flemming die Angler von der Altane aus gesehen hatten, gingen sie ihnen bis zur Brücke entgegen.

»Was ist los?« rief die Frau des Regisseurs.

»Nichts«, antwortete ihr Mann leichthin. »Mit einer Hand kann man leider nicht viel anfangen.«

»Was hab ich dir gesagt!«

»Kein Grund zu triumphieren. Kredenz uns lieber einen Aquavit. Wir benötigen dringend eine Stärkung.«

Claudia wandte sich an den Captain. »Die Flasche hängt unten im Wasser. Wenn Sie sie holen, besorg ich inzwischen die Gläser. Sie trinken doch auch einen?«

»Gerne.«

Wenige Minuten später saßen sie auf der Altane. Jeder hielt ein Gläschen in der Hand.

»Ja, dann wollen wir mal«, sagte Randolph Bush, hob sein Glas und rief: »Ei tippo tapa!«

Lars Larsen starrte den Regisseur an, als sehe er ein Gespenst. Seine Augen weiteten sich. Er erbleichte. Seine Hand zitterte. Er ließ das Glas fallen, erhob sich und keuchte: »Rudolf Busch!«

Der Regisseur glich einer wächsernen Maske. Er stellte sein Glas auf den Tisch.

Claudia spürte ihr Herz in der Kehle klopfen. Lars Larsen hatte ihren Mann erkannt. Was nun?

Peter Flemming blickte von einem zum anderen. Er wünschte, nicht zugegen zu sein.

Claudia setzte ihr Glas an und leerte es in der Aufregung in einem Zuge.

Der Captain tat unwillkürlich das gleiche.

Lars Larsen, der bis zu diesem Augenblick wie erstarrt gewesen war, rannte plötzlich davon.

Randolph Bush sprang auf und lief hinter ihm her. »Hören Sie, Lars«, rief er verzweifelt. »Ich bin gekommen, um mit Ihnen zu sprechen. Aber dann hab ich's nicht übers Herz gebracht. Hab das Gespräch immer wieder vor mir hergeschoben. Ich kam, um mich zu stellen. Alles soll bereinigt und wiedergutgemacht werden.«

»Entsetzlich«, stöhnte Claudia.

»Bleiben Sie stehen!« rief der Regisseur verzweifelt. »Sie müssen mich anhören!«

Beide rannten über die Hängebrücke, die in gefährliche Schwingungen geriet. Doch beide schafften es, ohne zu stürzen, an das andere Ufer zu gelangen.

Randolph Bush versuchte, den Norweger zu erreichen, aber der war schneller. Nach Luft ringend rief er: »So hören Sie doch! Ich muß wissen, was aus dem Briten geworden ist. Ich will Buße tun, glauben Sie mir! Wie kann ich das aber, wenn ich nicht einmal weiß, auf wen ich damals ... Sie haben mir ja alles verschwiegen. Ein Leben lang frage ich mich vergeblich: Was ist aus dem Engländer geworden? Wurde er gesund? Ist er gestorben? Nichts weiß ich.«

Wer hätte das für möglich gehalten, dachte Lars Larsen überrascht. Er hängt seit über dreißig Jahren an der Leine! Zieht gewissermaßen die Angel hinter sich her. Und sie ist schwer wie Blei. Gott ist gerecht.

»Sie müssen mir helfen!« rief der Regisseur. »Sie und Ihre Frau sind die einzigen, die es können.«

Wir sollen ihm helfen? Ihn vom Haken lösen? Der Fischereiaufseher lief auf das Bauernhaus zu. Thora wird entsetzt sein. Ob Mistress Bush und der Pilot wissen, was dieser Mensch getan hat? Wahrscheinlich nicht. Er ist ein Feigling. Sonst hätte er damals nicht geschossen. Zumindest würde er den Schwerverletzten im Flugzeug mitgenommen haben. Er überließ ihn aber uns. Weil sonst herausgekommen wäre, was er getan hat.

Randolph Bush geriet außer Atem. »Lars!« keuchte er mit letzter Kraft und blieb stehen. Schweiß perlte auf seiner Stirn. Hätte er doch vorhin auf dem Weg zur roten Hütte das Gespräch begonnen. Ei tippo tapa! Ausgerechnet ein Trinkspruch mußte ihn verraten. Welch eine Fehlleistung! Was mochte Claudia nun denken?

Lars Larsen verschwand im Bauernhaus. Die Tür, die sonst immer offenstand, schloß sich hinter ihm.

Wie damals, ging es dem Regisseur durch den Sinn. Für ihn würde sich die Tür bestimmt nicht wieder öffnen. Was sollte er tun? Auf Biegen und Brechen mußte er mit Lars oder Thora Larsen sprechen.

Unschlüssig kehrte er um. Ihm graute vor der Begegnung mit seiner Frau. Wäre es nicht das beste, sie und Peter Flemming nach Bodø zu schicken? Der Flug zum Nordkap fiel jetzt ohnehin ins Wasser. Ja, er mußte sie nach Bodø schicken. Dann hatte er Ruhe und konnte alles daransetzen, das Gespräch mit Lars Larsen herbeizuführen. In der gegenwärtigen Phase war es ihm unmöglich, vor Claudia alles auszubreiten. Solange sie aber nicht Bescheid wußte, konnte sie ihn nicht verstehen. Wirklich, es war das beste, wenn die beiden schnellstens verschwanden. Verstehen würden sie ihn sowieso nicht. Das war im Augenblick aber nebensächlich. Mit Claudia, daran zweifelte er nicht, würde er schon wieder zurechtkommen, wenn er die Geschichte erst hinter sich gebracht hatte.

»Ihr Gatte kehrt zurück«, sagte Peter Flemming, der mit der Frau des Regisseurs auf der Altane geblieben war und versucht hatte, das Erlebte zu entdramatisieren. Allerdings mit geringem Erfolg.

Claudia kam nicht darüber hinweg, daß ihr Mann, wie sie sagte, winselnd hinter dem Fischereiaufseher hergelaufen war. Was mußte damals geschehen sein, wenn er erklärte, ›sich stellen‹, ›bereinigen‹ und ›wiedergutmachen‹ zu wollen! Da halfen alle tröstenden Worte nichts. Innerhalb weniger Sekunden hatte sie einen Randolph kennengelernt, der ihr fremd war und Angst einjagte.

»Attackieren Sie ihn nicht mit Fragen«, empfahl Peter Flemming und dachte: Es ist merkwürdig, wie Claudia und ich uns plötzlich nähergekommen sind. Wenn mich nicht alles täuscht, sind wir gleichaltrig. Ihr gegenüber komme ich mir nun aber wie ein älterer Bruder vor, der seine Schwester beschützen will.

Randolph Bush schritt schwerfällig über die schwankende Brücke. Claudia sah es, empfand Mitleid mit ihm und wollte auf ihn zueilen. Doch dann blieb sie stehen und blickte ihm mit eisiger Miene entgegen.

»Bitte, keine Szene«, bat er beim Betreten der Altane. »Für mich ist die Sache schwer genug. Ich könnte jetzt nicht auch noch Auseinandersetzungen ertragen. Sobald als möglich werde ich dir alles erzählen.«

»Und warum kannst du das nicht auf der Stelle tun?« fragte sie empört.

Er wischte sich über die Stirn und ließ sich in einen Korbsessel fallen. »Weil ich erst mit Lars Larsen sprechen muß.«

»Darauf warte ich bekanntlich, seitdem wir hier angekommen sind.«

»Ich weiß«, entgegnete er müde. »Aber hab ich nicht eben darum gebeten, mir jetzt keine Szene zu machen? Ich brauche meine Nerven nun für andere Dinge.«

Ihre Augen brannten. »Und wie lange gedenkst du mich noch auf die Folter zu spannen?«

Er zuckte die Achseln. »Wenn es nach mir ginge... Aber das tut es ja nicht. Lars Larsen weicht einem Gespräch mit mir aus.«

»Und so lange soll ich...«

»Nichts sollst du«, unterbrach er sie. »Im Gegenteil, ich möchte dich aus allem heraushalten. Was man sich selbst eingebrockt hat, muß man auch selber auslöffeln. Ich bitte dich deshalb, fliege mit Peter nach Bodø. Bleib dort ein oder zwei Tage und besorg einige Dinge, die uns eventuell fehlen. Wenn ihr zurückkommt, wird alles in Ordnung sein. Wenn nicht, diese Möglichkeit muß ich einkalkulieren, dann reisen wir ab. Ist das ein faires Angebot?«

Ohne sich dessen bewußt zu sein, blickte Claudia zu Peter Flemming hinüber.

Der nickte unwillkürlich.

»Also gut«, antwortete sie kurz entschlossen. »Unter einer Bedingung bin ich einverstanden: Gleichgültig, ob wir nach unserer Rückkehr bleiben oder abreisen, du wirst mir dann alles erzählen. Versprichst du mir das?«

»Ja.«

Sie sah den Captain an. »Wann können wir starten?«

Er schaute auf seine Uhr und dachte: Ich sollte den beiden

noch etwas Zeit lassen. »Ich würde sagen, in drei Stunden. Die Maschine muß ich vorher noch gründlich durchsehen. Auch müssen die Reservetanks umgepumpt werden.«

»Gut, dann also um vier Uhr.«

Er verabschiedete sich und atmete erleichtert auf, als er die schwingende Hängebrücke überquerte. In welch peinliche Geschichte war er da geraten

*

Thora Larsen war eine kluge Frau. Als sie ihren Mann hastig die Tür schließen sah, wußte sie, daß die Stunde heranrückte, auf die sie schon seit Tagen mit Bangen gewartet hatte. »Setz dich«, sagte sie ihm, um ihn zur Ruhe zu bringen. Es durfte jetzt kein falscher Entschluß gefaßt werden. »Möchtest du ein Glas Milch?«

Er fuhr sich durch die Haare und rang, vom Laufen noch atemlos, nach Luft. »Ich muß dir etwas Entsetzliches mitteilen.«

»Setz dich«, wiederholte sie und ging zur Küche hinüber. »Ich hol nur schnell die Milch. Auch hätte ich einen *Geitost* für dich bereit. Möchtest du ihn?«

Milch und Ziegenkäse, die Lars Larsens Stimmung sonst stets zu heben vermochten, interessierten ihn in dieser Stunde nicht. »Nein«, antwortete er, schwer atmend. »Ich muß dir etwas Entsetzliches sagen.«

»Ja«, entgegnete sie milde und trat in die Küche. »Milch und *Geitost* werden dir dann besonders guttun.«

Er schüttelte irritiert den Kopf und setzte sich keuchend auf den Hochsitz.

»Bist du schnell gelaufen?« fragte Thora, als sie zurückkehrte und ein Glas Milch sowie einen Teller mit gelbbraunem, fast wie Schmierseife aussehendem Käse vor ihn hinstellte.

»Du wirst deine Ruhe verlieren, wenn du erfährst, was ich dir zu sagen habe«, entgegnete er lauter als gewöhnlich.

»Ich muß nur schnell das Brot noch holen.«

Er stemmte die Ellbogen auf den Tisch und legte die Fäuste an die Wangen. Wahrscheinlich war es gut, daß Thora ihn nicht gleich zu Wort kommen ließ. Jetzt war sie wenigstens vorbereitet und wußte, daß eine schlimme Nachricht auf sie zukam.

Thora kehrte zurück, stellte ein Körbchen Brot vor ihren Mann und setzte sich zu ihm. »So, nun erzähl.«

»Weißt du, wer der Amerikaner Randolph Bush ist?«

Sie nickte. »Der ehemalige Deutsche Rudolf Busch.«

Ihm blieb der Mund offenstehen.

Thora legte ihre Hand auf den Arm ihres Mannes. »Ich weiß es seit Tagen.«

»Und du hast es mir verschwiegen?«

»Erst wollte ich mit dir darüber reden, aber dann hab ich mir gesagt: Bestimmt ist Rudolf Busch nicht zum Vergnügen hierhergekommen. Sein Gewissen wird ihn getrieben haben. Wenn das aber der Fall ist...«

»Er ist tatsächlich gekommen, weil er es nicht mehr ausgehalten hat«, fiel Lars Larsen erregt ein. »Er will wissen, was aus dem ›Engländer‹ geworden ist. Buße will er tun! Wiedergutmachen! Die Schuld nagt an seinem Gewissen. Seit damals verfolgt sie ihn.«

»Und was hast du ihm gesagt?«

»Kein Wort!«

Das ist nicht gut, dachte Thora besorgt und fragte: »Hat er sich dir anvertraut?«

»Nein. Er bot mir einen Aquavit an. Und dann machte er einen Fehler. Beim Zutrinken benutzte er den finnischen Trinkspruch: Ei tippo tapa! Wie Schuppen fiel es mir von den Augen. Busch – Bush! Rudolf – Randolph!«

Thora stand auf und trat ans Fenster. Einen Moment blieb sie dort stehen, dann ging sie in die Küche. Eine ungewöhnliche Ruhelosigkeit hatte sie erfaßt. Als sie zurückkehrte, hatte sie Tränen in den Augen. »Ich hatte gehofft und fest damit gerechnet, daß Busch sich an dich wenden würde. Darum habe ich geschwiegen. Ich wollte nicht eingreifen, war überzeugt...« Sie faltete die Hände wie zum Gebet.

Lars Larsen schaute stumpf vor sich hin. Er begriff seine Frau nicht. »Wovon warst du überzeugt?«

Sie strich ihre Schürze glatt und überlegte, ob es Sinn habe, ihrem Mann auseinanderzusetzen, mit welchen Gedanken sie sich seit nunmehr einunddreißig Jahren herumplagte. Wahrscheinlich würde er sie nicht verstehen. Aus diesem Grunde hatte sie auch all die Jahre geschwiegen. Jetzt aber mußte sie sprechen. »Als ich erkannte, daß Rudolf Busch an den Ort seiner Tat zurückgekehrt ist, war ich überzeugt, einen durch seine Schuld gereiften Menschen wiederzutreffen. Deine Worte zeigen mir, daß ich mich nicht täuschte. Denn wenn er, wie du sagst, Buße tun und wiedergutmachen will, ist er ein innerlich gebeugter Mann. In diesem Fall dürfen wir ihn nicht zurückstoßen.«

»Sollen wir ihm vielleicht noch helfen?« empörte sich der Fischereiaufseher.

Seine Frau straffte sich. »Selbstverständlich nicht. Wir dürfen aber nicht vergessen, daß wir damals einen Fehler gemacht haben.«

»Wir?«

»Denk darüber nach! Sagten wir Rudolf Busch in jenen Tagen, wie es um den Verwundeten stand? Selbst das Elend des Todkranken brachte unsere Lippen nicht auseinander. Zugegeben, wir waren außer uns. Wir waren empört, wollten nichts mehr mit ihm zu tun haben. Aber durften wir schweigen? Als dann das Flugzeug eintraf, bekamen wir es mit der Angst zu tun. Der Verwundete mußte in ein Krankenhaus geschafft werden. Doch was taten wir? Wir traten vor die Haustür und hofften, daß man uns verstehen würde. Um Hilfe baten wir nicht. Unser Stolz hinderte uns daran. In jener Stunde begingen wir einen folgenschweren Fehler. Ein Arzt hätte womöglich noch helfen können.«

Lars Larsen war es, als würde ihm der Schädel aufgebohrt. So viel Worte hatte Thora in ihrem ganzen Leben noch nicht auf einmal gesprochen. Was war nur mit ihr? Waren ihre Sinne verwirrt? Es stimmte freilich, daß sie damals mit Rudolf Busch kein Wort mehr geredet hatten und am Schluß schweigend, gewissermaßen anklagend, vor die Haustür getreten waren. Daraus einen folgenschweren Fehler zu konstruieren, ging entschieden zu weit. Thora bekam es offensichtlich nicht, im Winter den Haushalt eines Pfarrers zu führen. Es fehlte nur noch, daß sie sich eine Mitschuld einredete. O diese Pfarrer! Nie im Leben hätte er es für möglich gehalten, daß seine Frau sich so beeinflussen lassen könnte. »Entschuldige«, erwiderte er erregt, »was du da redest, sind Hirngespinste! Ich will solchen Unsinn nicht nochmals hören!«

Sie trat ans Fenster und schaute nach draußen. In dieser Sache mit ihrem Mann zu debattieren, hatte keinen Sinn. Möglicherweise hatte er auch recht. Zudem konnte er sehr starrköpfig sein. Wenn er Randolph Bush, alias Rudolf Busch, keine Gelegenheit zu einer Aussprache geben wollte, dann half alles Zureden nichts. Und dennoch, es mußte einen Ausweg geben. Leicht würde er nicht zu finden sein. Wenn es um die Ehre ging, war Lars ein echter Norweger. Dann brach jenes reizbare Blut in ihm durch, das in der Geschichte der Kirche ihres Landes Brachialgewalten entfesselt hatte.

Kikki fiel ihr ein. Gab es hier nicht eine Möglichkeit, ihren Mann umzustimmen? »Willst du deine Tochter nun doch in alles einweihen?« fragte sie besorgt.

Ihr Mann wischte über den Tisch, als wollte er die Frage fortfegen. »Kikki weiß von nichts und soll auch in Zukunft nichts erfahren. Wozu sie belasten?«

»Ich bin ganz deiner Meinung«, entgegnete Thora verbindlich. »Du wirst aber mit ihr reden müssen, wenn du Mister Bush in den nächsten Wochen aus dem Weg gehen willst. Tausend Fragen wird sie sonst an dich richten. Denn wie soll sie sich erklären, warum du plötzlich nicht mehr mit dem Amerikaner sprichst? Und warum du nicht mehr mit ihm fischst? Kikki wird tausend Fragen stellen, wenn sich unser Verhältnis zu den Bewohnern der roten Hütte schlagartig ändert. Deren Abreise können wir ja nicht erzwingen. Die Pacht ist bis zum Monatsende bezahlt.«

Lars Larsen blickte verdrossen vor sich hin. Es war richtig, was seine Frau sagte. Randolph Bush besaß das Recht, bis zum 30. Juni zu fischen. Und zweifellos würde Kikki binnen vierundzwanzig Stunden alles aus ihm herausgequetscht haben. Aber war es wirklich so schlimm, wenn sie von der ganzen Sache erfuhr? Sie war schließlich kein Kind mehr.

»Herr Flemming kommt«, sagte Thora plötzlich und verließ eilig das Fenster, um sich an den Tisch zu setzen. »Du mußt die Tür aufsperren.«

Er erhob sich mit grimmiger Miene. »Wenn der vermitteln will, schmeiß ich ihn 'raus.«

Das tut er nicht, dachte Thora und überlegte fieberhaft, wie sie das Erscheinen des Piloten für sich ausnutzen könnte.

Ihr Mann ging zur Tür, schob den schweren Holzriegel zur Seite und öffnete sie.

»Hallo!« rief Peter Flemming, der keine zehn Meter mehr vom Eingang entfernt war. »Gut, daß ich Sie antreffe.« Er stieg mit einem Bein über die hohe Schwelle, duckte den Kopf und trat in den Raum. »Würden Sie mich wohl zum Flugzeug rudern? Ich muß nach Bodø fliegen.«

Das war eine neue Situation. Wollte der Regisseur abreisen?

»Mit Frau Bush«, fuhr der Captain wie beiläufig fort. Dann dämpfte er seine Stimme und sagte vertraulich: »Mistress Bush ist sehr erregt über das, was sich vorhin ereignete. Sie weiß ebensowenig wie ich, um was es geht. Auf alle

Fälle möchte sie ihrem Mann die Möglichkeit geben, sich in Ruhe mit Ihnen auszusprechen. Wir fliegen deshalb noch heute nach Bodø, um Einkäufe zu tätigen. Voraussichtlich werden wir ein oder zwei Tage fortbleiben«, schloß er in der Hoffnung, einen kleinen Beitrag zur Verständigung geleistet zu haben.

Thora erhob sich. Sie hatte zu sich zurückgefunden und war wieder die selbstsichere Norwegerin. Ein verwegener Gedanke war ihr gekommen. Offensichtlich räumte Mrs. Bush das Feld, um den beiden Männern nicht im Wege zu sein. Im Wege stand jetzt nur noch Kikki, die nichts von dem wußte, was sich einstmals im Fjord der Lachse zugetragen hatte. Als Kind hatten sie ihr die scheußliche Geschichte nicht erzählt, um sie nicht zu belasten. Später war es dabei geblieben. Sie jetzt aufzuklären hieß die bestehenden Schwierigkeiten vergrößern. Thora fragte deshalb den Captain: »Wäre möglich, daß unsere Tochter mitfliegt nach Bodø?«

»Aber selbstverständlich!« antwortete er erfreut.

»Sie nicht erst müssen fragen Mister Bush?« erkundigte sich die Norwegerin verwundert.

»Nein, nein, das kann ich selbst entscheiden. Und ich bin sehr glücklich, wenn ich Kikki mitnehmen darf.«

»Sie noch nie geflogen. Und nicht kennt andere Stadt als Tromsø.«

»Ich weiß. Darum macht es mir besonderen Spaß, ihr etwas von der Welt zeigen zu können.«

Lars Larsen wollte schon protestieren, doch er beherrschte sich. Wenn Kikki mitflog, konnte er ihr einen unverfänglichen Brief mitgeben. Spätestens in zwei oder drei Tagen wußten dann die alten Widerstandskämpfer, daß Rudolf Busch aufgetaucht war. In dieser Sache wollte er sich keinesfalls von Thora umstimmen lassen. Die böse Tat mußte gesühnt werden. Nur . . . Er blinzelte, als er sich an den Piloten wandte: »Was wird für Kikki der Aufenthalt in Bodø kosten?«

Peter Flemming lachte. »Ihre Tochter ist selbstverständlich mein Gast. Gewissermaßen als Äquivalent für die Hilfestellung, die sie mir am Flugzeug leistet.«

Der Alte rieb sein unrasiertes Kinn. »Nun gut. Und wann wollen Sie starten?«

»Erst um vier Uhr. Wir haben also noch viel Zeit.«

Lars Larsen brannte der zu schreibende Brief plötzlich unter den Nägeln. Es würden zwar nur wenige Worte werden, aber auch die wollten überlegt sein. »Hol du Kikki«, sagte er zu seiner Frau. »Ich bringe Herrn Flemming inzwischen zur Maschine.«

11

Kikki war kaum wiederzuerkennen. Wie ein Schmetterling flatterte sie durch das Bauernhaus. Wenn sie auch wußte, daß sie nach Bodø fliegen würde, sie begriff noch nicht ganz, welch großes Ereignis auf sie zukam. Ihr Vater und ihre Mutter waren nie über Tromsø und den Fjord der Lachse hinausgekommen. Nun sollte sie mit knapp sechzehn Jahren in eine weit entfernte Stadt reisen? Es war phantastisch! Zumal sie nicht mit dem Schiff fahren, sondern fliegen würde. Und das mit einem Piloten, in den sie verliebt war. Seit Peter Flemming mit Mrs. Bush demonstrativ jenen Flug durchgeführt hatte, dachte sie nur noch an ihn. Unbeirrt hatte er sich durchgesetzt. Er hatte sie zurechtgewiesen und eine Härte gezeigt, hinter der sich, davon war sie zutiefst überzeugt, in gleichem Maße Zärtlichkeit und Wärme verbargen. Unabhängig davon zweifelte sie nicht daran, daß *er* sie zum Flug nach Bodø eingeladen hatte. Ihre Mutter behauptete zwar, *sie* habe ihn gebeten, ihre Tochter mitzunehmen, aber das stimmte natürlich nicht. Mütter sagen in solchen Fällen nie die Wahrheit. Aber selbst wenn sie sich täuschen sollte, es war doch himmlisch, daß er nicht allein mit Mrs. Bush reisen wollte. Das konnte er selbstverständlich nicht offen ausprechen. Sie aber hatte ihn verstanden. Von ihr aus mochte Mrs. Bush auf dem Hin- und Rückflug vorne bei ihm sitzen. Gestatten würde er das gewiß nicht. Vielleicht war es das beste, eine Münze entscheiden zu lassen. Kopf oder Zahl. Doch er würde die Sache schon regeln. Wichtig war einzig und allein, daß er sie mit nach Bodø zu nehmen wünschte.

»Sitzt alles richtig?« fragte Kikki ihre Mutter, als sie ihr Trachtenkleid angelegt hatte.

Thora betrachtete ihre Tochter mit Wohlgefallen. Ihre hübsche Brust lag in einem weitausgeschnittenen, reich bestickten Mieder, das von silberdurchwirkten Trägern gehalten wurde. Die Ärmel des rot und schwarz schillernden Gewandes waren aus weißer Atlasseide und reichten bis zu den Handgelenken. Eine Schürze mit Lochstickereien nahm dem Kleid eine zu feierliche Note. »Bei Hof könntest du so erscheinen«, sagte Thora Larsen voller Stolz und zupfte die Ärmel zurecht. »Denk daran, wenn du jemals unsicher werden solltest. Bei Hof würde man sich nach dir umsehen!«

Davon war Kikki überzeugt. Aber das war ihr egal. Nicht einmal ihre Sommersprossen störten sie. Warum auch? Ein Mädchen ohne Sommersprossen ist wie ein Himmel ohne Sterne, hatte ihr Vater einmal gesagt. Im übrigen war ihre Haut makellos rein. Und um ihre Figur würden sogar Göttinnen sie beneiden. »Leihst du mir dein Halsband?« fragte sie.

»Nein«, antwortete ihre Mutter, ohne zu überlegen. »Du erhältst es an deinem Hochzeitstag, wie ich es an meinem Hochzeitstag erhalten habe.«

Kikki wollte aufbegehren, erkannte jedoch an der Miene ihrer Mutter, daß sie damit nichts erreichen würde. Es lag ihr auch nicht, zweimal um etwas zu bitten. Also legte sie den Kopf in den Nacken und versuchte, den Stolz ihrer Mutter zu überbieten.

Ähnlich benahm sie sich, als sie später mit gerafftem Rock in die Kabine des Wasserflugzeuges kletterte. Sie mußte um ihre Haltung kämpfen, als sie sah, daß Mrs. Bush im Cockpit neben Peter Flemming saß. Es war unglaublich, wie diese Frau sich vordrängte.

Der Captain schaute in die Kabine zurück. »Sie sehen himmlisch aus«, sagte er mit geheimnisvoll gedämpfter Stimme. »Ich freue mich darauf, heute abend mit Ihnen zu speisen.«

Na, bitte! Er hatte Format.

»Wir werden zu dritt tafeln.«

Daß sie nicht mit ihm allein sein würde, war ihr klar. Er war nun mal der Pilot von Mr. Bush. Dessen Frau konnte er schlecht erklären: Essen Sie gefälligst ohne uns.

»Und auf dem Rückflug sitzen Sie vorne bei mir«, fuhr er augenzwinkernd fort.

War das nicht der Beweis dafür, daß Mrs. Bush rücksichtslos in das Cockpit eingedrungen war?

»Und jetzt setzen Sie sich auf den ersten Sitz hinter der Tür. Ich gebe Ihnen einen Kopfhörer, damit wir uns unterhalten können.«

»Moment«, bat sie, da sich ihr Vater in die Kabine beugte und ihr ein Schreiben hinhielt. »Gib das auf, wenn ihr in Bodø seid.«

Kikki wußte augenblicklich, daß ihre Mutter von dem Brief nichts wissen sollte. Sonst hätte er ihn früher übergeben.

»Er ist an einen alten Freund gerichtet, der etwas für mich erledigen soll«, fügte er linkisch hinzu. »Vergiß nicht, ihn einzuwerfen!«

Sie nickte. »Wird erledigt. Wiedersehen.«

Er strahlte sie an. »Bist ein hübsches Mädchen.«

Seine Worte taten ihr gut. Es schien wirklich wahr zu sein, daß Liebe schön macht.

»Anschnallen!« rief der Captain.

Kikki nahm schnell Platz und entsprach der Weisung.

Er reichte ihr den Kopfhörer.

Sie setzte ihn auf.

Er ließ den Motor an. Gleich darauf ertönte seine gequetscht klingende Stimme: »Alles okay?«

»Yes, Sir«, antwortete Claudia.

Schillernde Brasse, dachte Kikki wütend.

Ohne ein weiteres Wort zu verlieren, rollte Peter Flemming zur Startstelle hinter der Insel. Hier zeigte er Kikki, auf welchen Knopf sie zu drücken hatte, wenn sie sprechen wollte. Dann gab er Vollgas.

Im Gegensatz zur Startübung, bei der Kikki gejubelt und geschrien hatte, als der Motor auf volle Touren kam, saß sie diesmal mucksmäuschenstill da. Die Vorstellung, sich in die Luft zu erheben und über Berge und Täler hinwegzubrausen, bedrückte sie. Ihr Wahrnehmungsvermögen war irgendwie gestört. Sie spürte nicht das zunächst harte Stoßen der Schwimmer, das dann unversehens aufhörte. Sie vernahm nicht den Lärm des Motors, dessen Lauf nach einer Weile ruhiger wurde und in einen satten Klang überging. Sie sah nicht, daß das Flugzeug mächtig stieg und daß die Landschaft unter ihr immer mehr einem Relief glich. Unentwegt schaute sie auf die Instrumente des Cockpits.

»Gefällt es Ihnen?« fragte Peter Flemming, als die Maschine eine Höhe von tausend Metern erreicht hatte.

Als wäre sie es seit Jahren gewohnt, sich einer Sprechanlage zu bedienen, drückte sie auf den dafür vorgesehenen Knopf und antwortete mit der Gegenfrage: »Können Mädchen den Flugzeugführerschein machen?«

»Natürlich.«

»Dann werde ich Pilot!«

Claudia mußte über diese jeden Zweifel ausschließende Feststellung lachen.

Das Lachen wird ihr noch vergehen, dachte Kikki aufgebracht. Auf dem Rückflug sitze ich vorne. Peter wird mir dann zeigen, wie man steuert. Bis wir daheim sind, kann ich es. Zwei Stunden sind eine lange Zeit. Dann werde ich eine Kurve fliegen, daß ihr angst und bange wird. Peter wird mir schon helfen.

Peter! Es war soweit, daß sie ihn im Geiste nur noch beim Vornamen nannte.

Tromsø wurde überflogen. Erst als der Captain auf die Stadt aufmerksam machte, erwachte Kikki aus ihren Träumen und schaute in die Tiefe. Unbegreiflich erschien es ihr, daß die winzige Ansammlung von Häusern, die unter ihr lag, ihr Heimatort sein sollte. Ohne den Kopf zu wenden, vermochte sie die ganze Insel zu überblicken. Das konnte doch nicht ihr Tromsø sein. Tromsø war groß, verfügte über eine Provinzverwaltung, ein Observatorium und den Sitz eines Bischofs. Der Stadtbezirk übertraf an Ausdehnung alle norwegischen Gemeinden. Tromsø war die größte und schönste Stadt, die es gibt, und sie dachte nicht daran, weiterhin hinunterzuschauen. Aber sie nahm sich vor, bei Bodø sehr genau aufzupassen. Niemand sollte ihr einreden können, Bodø sei größer als Tromsø.

Glücklicherweise bekam sie von Bodø zunächst kaum etwas zu sehen, da Peter Flemming den Hafen von Norden anflog und gleich über die Bergkette hinweg zur Landefläche hinabstieß. Es war bereits sechs Uhr vorüber. Er wollte das Bodenpersonal nicht länger als unbedingt erforderlich aufhalten.

Kikki fand es herrlich, knapp über die Bergspitzen hinwegzustreichen und dann, gewissermaßen an den Hängen hinabrutschend, zur Landung anzusetzen. Die Tatsache aber, daß sich am Kai fünf gleiche Wassermaschinen befanden, enttäuschte sie sehr. Sie hatte angenommen, Bodø sei eine Kleinstadt und verfüge über nur ein Flugzeug, nämlich das, in dem sie saß und das Peter Flemming steuerte. Diese Feststellung war jedoch nicht die einzige Enttäuschung, die sie erleben sollte. Kaum war sie aus der Maschine gestiegen, da sah sie das fast zwanzig Etagen hohe SAS-Hotel *Royal*. Die Skandinavische Fluggesellschaft hatte auch in Tromsø ein Hotel *Royal* gebaut, aber das war bei weitem nicht so hoch. Wie war so etwas möglich? In ihrem Kummer fand sie dann jedoch heraus, daß das *Royal* von Bodø in keiner Weise mit dem im Zentrum der Stadt gelegenen *Royal* von Tromsø konkurrieren könne. Ja, es war sogar ein Segen, daß der Architekt das Hotel in Tromsø nicht so hoch gebaut hatte. Wolkenkratzer konnte man doch wahrhaftig nicht als schön bezeichnen.

Die Genugtuung, die Kikki bei dieser Überlegung empfand, steigerte sich ins Unermeßliche, als Ole Martin, der stattliche Chef-Pilot der Fluggesellschaft Widerøe, freudestrahlend auf Peter Flemming zuging, diesem kräftig die Hand schüttelte und ohne lange Vorrede erklärte: »Ihnen müssen die Ohren geklungen haben. Man hat mich beauftragt, Ihnen zu sagen, daß wir einen so berühmten Piloten wie Sie gerne in unseren Reihen hätten. In technischer und finanzieller Hinsicht vermögen wir Ihnen zwar nicht zu bieten, was Sie gewohnt sind. In menschlicher Hinsicht aber glauben wir mitziehen zu können. Wenn Sie also Lust haben, in unsere Dienste zu treten, sind Sie uns jederzeit willkommen.«

Der Captain war tief bewegt. »Sie beschämen mich«, erwiderte er und rettete sich über seine Beklommenheit hinweg, indem er seine Begleiterinnen mit Ole Martin bekannt machte.

Wenn Kikki auch nicht alles verstanden hatte, es war ihr nicht entgangen, daß Peter Flemming ein berühmter Pilot genannt wurde. Und daß man ihn aufforderte, in norwegische Dienste zu treten. Ihr Herz schlug schneller. Peter für immer in ihrem Heimatland?

Auch Claudia hatte verwundert aufgehorcht. Sie war der Meinung gewesen, große Fehler hätten den Captain um seine Stellung gebracht. Er mußte unbedingt von sich erzählen.

»Nun?« fragte Ole Martin, nachdem er die Damen begrüßt hatte. »Dürfen wir hoffen, daß Sie in unsere Dienste treten werden?«

»Hoffen ja. Der Entschluß wird mir allerdings nicht ganz leicht fallen.«

»Das verstehe ich. Hier Kleckerstrecken, dort Weltluftverkehr. Ich habe übrigens nachgelesen, was der Präsident der Pilotenvereinigung zu Ihrem Fall geschrieben hat. Seine Worte sind mehr als eine Ehrenerklärung. Übereinstimmend sind auch meine Kameraden der Meinung, daß Sie hundertprozentig richtig gehandelt haben.«

»Auffassungssache«, wehrte der Captain ab. »Aber ich danke Ihnen nochmals für Ihr ebenso überraschendes wie großzügiges Angebot, das ich gewiß nicht leichtfertig ausschlagen werde. Schon der menschlichen Seite wegen.«

Präsident der Pilotenvereinigung? Ehrenerklärung? Claudia war sehr nachdenklich, als sie mit Peter Flemming und Kikki zum Hotel hinüberging. Mit keinem Wort hatte er angedeutet, daß ihm Unrecht geschehen war. Sie wußte überhaupt nichts von ihm. Das mußte unbedingt anders werden.

Kikki hingegen schwebte auf einer rosaroten Wolke. Er wird das Angebot annehmen, frohlockte sie. Klipp und klar hatte er gesagt: Schon der menschlichen Seite wegen. An wen konnte er dabei gedacht haben? Doch zweifellos nur an sie.

Im Gegensatz zu Claudia und Kikki befand sich Peter Flemming weder in einer nachdenklichen noch euphorischen Stimmung. Er fühlte sich einfach wohl, freute sich auf ein heißes Bad, frische Wäsche und ein exzellentes Abendessen in charmanter Gesellschaft. Kikki sah in ihrem Trachtenkleid entzückend aus. Noch nie hatten ihr die Sommersprossen so gut gestanden. Daß Claudia als große Dame erscheinen würde, bezweifelte er nicht.

Mit der Unterbringung im Hotel hatten sie Glück. Jeder erhielt ein Zimmer mit Bad, und es schien Kikki von tiefer Bedeutung zu sein, daß sie und der Captain in der vierzehnten Etage wohnten, während Claudia sich in die sechzehnte bemühen mußte. Weshalb der Empfangschef in ihrem Fall bei der Übergabe der Schlüssel nicht, wie bei ihnen, von einem ›Room‹, sondern von einem ›Apartment‹ gesprochen hatte, blieb ihr unerfindlich. Bestimmt hatte sich die schillernde Brasse wieder mal vorgedrängt. Mochte sie sich wohl dabei fühlen. Hauptsache, sie schlief zwei Etagen höher. Das konnte ihrem, Kikkis, Schlaf nur dienlich sein.

Aufregungen gab es ohnehin genug. Zum Beispiel die Benutzung des Fahrstuhls, das Einschalten der Klimaanlage, Aufdrehen der thermostatisch geregelten Mischbatterie der Badewanne und dergleichen Dinge. Dabei war die Existenz der technischen Errungenschaften für Kikki nicht so erregend wie der Umstand, daß Peter Flemming ihr alles zeigte und erklärte. Es war wunderbar, wie er sich um sie kümmerte.

Und wie er erst aussah, als er sie abholte! Weißes Hemd, dunkelblauer Anzug, strahlende Augen! Wie ein Traumheld stand er vor ihr. Er bot ihr den Arm, führte sie zum Fahrstuhl und fuhr mit ihr zwei Etagen höher, um Mrs. Bush abzuholen. Das war zwar in höchstem Maße überflüssig, doch er sagte, das gehöre sich so. Nun gut. Sie hatte die Regeln nicht gemacht. Aber es war unglaublich, wie diese Amerikanerin wohnte. Außer ihrem Schlafzimmer, das sie überhaupt nicht vorzeigte, hatte sie einen großen Wohnraum mit bequemen Möbeln, einen Fernsehapparat und einen elektrisch gekühlten Barschrank, der von oben bis unten gefüllt war. Im Fjord der Lachse redete sie alle naselang von der guten Luft, die dort herrsche. So eine Verlogenheit. Sie sehnte sich ja gar nicht nach frischer Luft. Ihr ging es um andere Dinge. Um Apartment, Fernsehapparat und Barschrank! Und in ihrem Raum roch es nach Parfüm, daß es einem schwindelig werden konnte.

Der riesige Speisesaal, den sie aufsuchten, erweckte zunächst eine nicht minder große Aversion in Kikki. Die vielen uniformierten Kellner und Hostessen waren in ihren Augen aufgeplusterte Zierfische. Zu nichts nütze. Dauernd trat jemand an den Tisch heran und fragte etwas. Auf englisch. Und das, obwohl alle Norweger waren und sehen mußten, wen sie vor sich hatten. Aber dann sagte sie einem Kellner unmißverständlich: »Vaer sa god, at tale norsk. Jeg er norsk!« – »Bitte, sprechen Sie norwegisch. Ich bin Norwegerin!«

Nach dieser Feststellung fühlte sie sich wesentlich wohler. Und ihr Wohlbefinden steigerte sich in beängstigendem Maße, als sie das ihr vorgesetzte Glas Wein in einem Zuge geleert hatte. Peter Flemming war entsetzt darüber gewesen.

Er konnte schon komisch sein. Schmeckte doch gut. Und sie hatte Durst. Aufregend aber wurde es erst, als eine Gesellschaft von etwa hundert amerikanischen Touristen, die lautstark in den Speisesaal strömte, sie in ihrem Trachtenkleid entdeckte. Männer wie Frauen, alle in gereiftem Alter, gerieten außer sich. »How lovely! Oah, marvellous! Isn't it wonderful?« riefen sie ohne Unterlaß. Und darüber mokierte sich Peter! Allem Anschein nach war er eifersüchtig.

Kikki wurde zum Star des Abends. Cooks High-Society, die, von Amerika kommend, erst vor einer Stunde in Bodø gelandet war, um die Mitternachtssonne zu erleben, lag ihr zu Füßen. Unentwegt wurde sie zum Tanz aufgefordert. Ständig zuckten Blitzlichter um sie herum auf. Sie schwelgte in Seligkeit, besonders nachdem es ihr gelang, ein zweites Glas Wein, das der Kellner nachgeschenkt hatte, zu leeren, noch bevor Peter Flemming sie daran hindern konnte. So leicht wie an diesem Abend hatte sie sich noch nie gefühlt. Und es bereitete ihr eine unbeschreibliche Genugtuung, daß Mrs. Bush nicht ein einziges Mal zum Tanz aufgefordert wurde. Selbst Peter Flemming tanzte nicht mit ihr. Er hatte sie, Kikki, allerdings ebenfalls noch nicht aufgefordert. Das bewies freilich nur, daß er eifersüchtig war. Aber jetzt wollte sie ihn zappeln lassen. Wie einen Fisch an der Angel. Den Abend sollte er ihr nicht verderben. Er und Mrs. Bush waren ja verrückt. Saßen da und aßen und aßen. Das konnten sie doch auch zu Hause tun. Und Mienen machten sie!

»Wie soll's weitergehen?« fragte Peter Flemming besorgt, als Kikki einmal wieder auf der Tanzfläche ihre Kreise zog.

»Zwingen können wir sie nicht. Sie würde uns eine Szene auf offener Bühne machen.«

»Wenn sie wenigstens etwas essen würde.«

»Dazu kommt sie ja nicht. Man läßt ihr einfach keine Ruhe.«

»Und dann der Wein!«

Gerade der aber brachte unverhoffte Hilfe, als einer der tanzfreudigen alten Herren Kikki an seinen Tisch einlud. Ohne sich etwas dabei zu denken, folgte sie der Einladung und leerte ein weiteres Glas Wein in der von ihr bereits exerzierten Weise. Aber dann hatte sie mit einem Male das Gefühl, auf einem sich schnell drehenden Karussell zu sitzen. In ihrer Angst, den Halt zu verlieren, rief sie lauthals: »Peter! Come! Help me!«

Alle Augen richteten sich auf sie.

Peter Flemming erhob sich. »Kommen Sie«, forderte er die Frau des Regisseurs auf. »Allein kann ich mich unmöglich um Kikki kümmern.«

Wie peinlich die Situation auch war, Claudia fiel ein Stein vom Herzen. Längst wurde es höchste Zeit, die kleine Norwegerin auf ihr Zimmer zu bringen. Diese unerfreuliche und unangenehme Aufgabe brauchte aber weder sie noch der Captain zu übernehmen, da dem Hotel eine ehrwürdige Krankenpflegerin zur Verfügung stand.

Peter Flemming atmete erleichtert auf, als sich die Tür des Fahrstuhles hinter der Pflegerin und Kikki schloß. »Wissen Sie, was ich jetzt mache?« sagte er, tief Luft holend. »Ich begleiche die Rechnung, und dann sieht der Speisesaal mich so schnell nicht wieder. Dort scheinen Komplikationen an der Tagesordnung zu sein.«

Claudia nickte. »Das letzte Mal war es mein Mann, der hier . . .«

Er berührte ihren Arm. »Nicht darüber sprechen.«

»Immer nur daran denken?«

»Aber nein! Abschalten sollen Sie! Warten Sie in der Halle auf mich. Wir gehen dann in die Bar und kaufen uns eine gute Stimmung. Wirklich!« bekräftigte er seine Worte, als Claudia resigniert abwinkte. »Wäre doch gelacht, wenn wir beide es nicht spielend fertigbrächten, allen Kummer und Ärger mit einer ›gepflegten Konversation‹ zu verdrängen.«

Sie lächelte müde. »Ich danke Ihnen für Ihren guten Willen.«

Er deutete einen Kratzfuß an. »Und ich freue mich auf das Wiedersehen. Aber dann erwarte ich eine andere Miene. Strahlend! Lachend! Bye, bye, Madam.«

Ein neuer Peter Flemming, dachte sie angenehm überrascht und ging in die Halle. Sie mußte unbedingt mehr über ihn erfahren. Berühmter Pilot! Ehrenerklärung! Die Worte des Norwegers gingen ihr nicht aus dem Kopf. Frauen schienen in seinem Leben bisher keine wesentliche Rolle gespielt zu haben.

Der Captain kehrte zurück und grinste vielsagend. »War's ein Spießrutenlaufen?«
»Sehe ich so aus?«
»Das kann man nicht behaupten.«

»Dann beende ich unser Dinner mit der Feststellung: So leid es mir für Kikki tut, es war unsere Rettung, daß das letzte Glas Wein hinzukam. Sonst hätten wir noch einiges durchstehen müssen.«

Claudia erhob sich. »Sollte Ihre Begeisterung für die Raubkatze einen Knacks bekommen haben?«

»Ganz bestimmt nicht!« entgegnete er geradeheraus. »Mir wurde die Geschichte aber peinlich. Eben weil ich Kikki gern mag. Und weil es unser Fehler war, sie so mir nichts, dir nichts von der bäuerlichen Tafel in diesen Speisesaal zu führen. Das mußte schiefgehen.«

Claudia hakte sich bei ihm ein. »Da gebe ich Ihnen recht. Aber jetzt möchte ich über Sie etwas erfahren. Erzählen Sie von sich.«

Er lachte. »Gehen wir erst mal in die Bar.«

»Einverstanden.«

»Dort bestellen wir uns eine Flasche Champagner.«

»Noch einverstandener.«

»Und dann sehen wir weiter.«

Das Licht in der Bar war schummrig. Eine Band spielte ›Raindrops keep fallin' on my head‹.

»Eine meiner Lieblingsmelodien«, sagte der Captain und führte Claudia an einen Tisch mit bequemen Sesseln. »Ist der Platz recht?«

Sie nickte. »Wir haben offensichtlich den gleichen Geschmack.«

»Bezüglich der Musik oder der Wahl des Tisches?«

»Sowohl als auch.«

Beide waren in gelöster Stimmung. Das Gespräch wurde

leicht, plätscherte dahin. Sie tanzten, fühlten ihre Körper. Der Champagner prickelte. Die Kapelle spielte ›This guy's in love with you‹.

»Noch eine Flasche?« fragte Peter Flemming, als sie echauffiert die Tanzfläche verließen und sahen, daß der Kellner die geleerte Flasche aus dem Eiskübel genommen und ostentativ auf den Tisch gestellt hatte.

Claudia zögerte. »Mir scheint, Cooks High-Society findet sich allmählich vollzählig hier ein.«

Er schaute um sich. »Wie wäre es, wenn wir bei Ihnen noch einen Drink nehmen würden?«

Ihre Blicke trafen sich.

»Die Musik wird auf die Zimmer übertragen.«

Sie griff nach ihrer Handtasche und erhob sich. »Ich erwarte Sie, mein Herr.«

Peter Flemming blieb überrascht stehen, als er in Claudias Apartment eintrat. Die Vorhänge waren zugezogen. Auf einem Tisch brannte eine Kerze, deren Licht dem Raum einen intimen Charakter verlieh. Aber wie ungewöhnlich der flackernde Schein und das abgedunkelte Zimmer im Bereich der Mitternachtssonne auch sein mochten, verblüffender noch war das Arrangement, das Claudia binnen weniger Minuten zustande gebracht hatte. Eine Schale mit Peanuts lud zum Knabbern ein. Konfekt glänzte, verführerisch dargeboten, in bunten Farben. Salzletten, duftige Servietten und funkelnde Gläser vervollständigten das Bild. Irgendwoher erklang gedämpfte Musik. Ein undefinierbares, herbes Parfüm lag in der Luft.

Claudia betrachtete den Captain amüsiert. »Wollen Sie nicht hereinkommen?«

Er schloß die Tür. »Wie haben Sie das bloß alles herbeigezaubert?«

Sie wies auf den eingebauten Kühlschrank. »Die Hoteldirektion scheute keine Mühen und Kosten.«

»Und die Kerze?«

»Fand ich im Bad.«

»Sehr sinnvoll angesichts der Tatsache, daß es hier nicht dunkel wird.«

»Es soll auch Monate ohne Mitternachtssonne geben.«

»Daß ich darauf nicht gekommen bin!«

Schnoddrigkeiten eröffneten das Gespräch, bis Claudia sagte: »Sie müssen mir jetzt von Ihrer Zeit als Linienpilot erzählen.«

Er sah sie verwundert an.

»Seit ich hörte, daß der Präsident der Pilotenvereinigung für Sie eingetreten ist, frage ich mich, welches Mißgeschick Sie erfahren haben mögen. Bitte, erzählen Sie mir Ihre Geschichte.«

Er verzog sein Gesicht. »Muß das sein?«

Sie nickte.

Peter Flemming lehnte sich zurück. »Also gut. Ich fasse mich aber kurz.«

»Um so spannender wird es werden.«

Er winkte ab. »Eher könnten Sie enttäuscht sein. In der Fliegerei gibt es aufregendere Dinge, als das Opfer eines Luftpiraten zu werden.«

»Wie war das? Stand der ganz plötzlich vor Ihnen?«

»Nein«, antwortete der Captain. »Er stand hinter mir. Im übrigen begann sein Auftritt nicht mit wilden Drohungen, wie man sich das so vorstellt. Doch lassen Sie mich im Zusammenhang erzählen.«

Claudia nippte an ihrem Getränk.

»Mit einer neunköpfigen Besatzung und hundertfünfundsiebzig Passagieren befand ich mich auf dem Flug von Paris nach Rio de Janeiro. Via Dakar. Ich flog gerade den Sender *Hinojosa* kurz vor Sevilla an, als eine Stewardeß im Cockpit erschien, um uns einen Drink zu servieren. Dabei sagte sie mir: ›In der Ersten Klasse ist ein Herr, der darum bittet, Sie begrüßen zu dürfen. Er erklärt, selber Pilot zu sein.‹

›Sie wissen doch, daß niemand hier hereinkommen darf‹, wies ich sie zurecht.

Ich hatte den Satz kaum beendet, da stieß die Stewardeß einen Schrei aus. Hinter ihr stand der besagte Passagier und drückte ihr eine Pistole in den Rücken. Dann ging alles blitzschnell vor sich. Gedeckt durch die Stewardeß passierte der Hijacker den Technischen Offizier und preßte mir das Schießeisen ins Kreuz. Ich blickte in das Gesicht eines Arabers. Nerven behalten, sagte ich mir.

›Achmed‹, stellte sich der Luftpirat ohne jede Nervosität vor.

›Flemming‹, entgegnete ich in einem Anfall von Galgenhumor. ›Kann ich etwas für Sie tun?‹

›Indeed, Sir‹, erwiderte der Araber. ›Ist Beirut Ihnen ein Begriff?‹

›O ja‹, antwortete ich, Böses ahnend.

›Dann kennen Sie Ihr Ziel.‹

Verdammt weit vom Kurs, dachte ich betroffen. Im nächsten Moment aber überlegte ich, was ich tun könnte, um die Passagiere nicht zu gefährden. Ich vergegenwärtigte mir die Entfernungen Sevilla–Dakar und Sevilla–Beirut. Ein Blick auf meine Instrumente zeigte mir, daß der Treibstoff bis zur libanesischen Hauptstadt reichen würde. Instinktiv erfaßte ich, daß der Hijacker kein Pilot war. ›Beirut?‹ wiederholte ich. ›Das könnte ins Auge gehen.‹

Der Araber schaute mich grimmig an. ›Wieso?‹

›Reichen Sie ihm die *Balance Chart*‹, rief ich dem schräg hinter mir sitzenden Technischen Offizier zu.

Der fragte erstaunt: ›Weshalb denn das?‹

›Nun geben Sie ihm das Blatt schon‹, forderte ich ihn auf. ›Sie haben doch gehört, daß die Stewardeß sagte, unser »Gast« sei selber Pilot. Er kann somit leicht aus der Tabelle ersehen, wie weit wir mit unserem Treibstoff noch fliegen können.‹

Der Technische Offizier begriff jetzt, worauf ich hinauswollte. Er kramte in seinen Unterlagen nach der Balance Chart, mit welcher der Schwerpunkt des Flugzeuges ermittelt wird. Über die noch vorhandene Benzinmenge sagt sie nicht das geringste aus. Fiel der Araber auf meinen Trick herein, mußte sich unsere Lage verbessern.

Mit der Rechten nahm der Pirat das Blatt entgegen. Seine Linke drückte mir dabei weiterhin die Pistole kräftig ins Kreuz.

›Nun?‹ fragte ich, nachdem er eine Weile mit gefurchter Stirn auf die graphische Darstellung gestarrt hatte. ›Kommen Sie nicht auch zu dem Ergebnis, daß dreitausendfünfhundert Kilometer das Äußerste sind, was wir zurücklegen können?‹

Der Araber wurde ungehalten. ›Mir können Sie keinen Sand in die Augen streuen. Wenn Sie nicht sofort Kurs auf Beirut nehmen, knall ich Sie nieder. Ihrem Co-Piloten wird das eine Lehre sein.‹

›Bitte‹, erwiderte ich. ›Fliegen wir nach Beirut. Der Kurs dürfte schätzungsweise bei hundertzehn Grad liegen.‹

Achmed strahlte. ›Stimmt. Von Cordoba aus sind es genau hundertsieben Grad.‹

›Dann habe ich Ihnen ja bewiesen, daß ich Sie nicht aufs Kreuz legen will‹, erklärte ich sogleich. ›Nehmen Sie also das scheußliche Ding von meinem Rücken. Ich mach, was Sie wollen. Sie sollten aber bedenken, daß ich auf die vorhandene Benzinmenge angewiesen bin. Die Reserve eingerechnet, kommen wir höchstens dreitausendfünfhundert Kilometer weit. Ich schlage deshalb vor, etwas nördlicher zu fliegen, um notfalls auf Kreta landen zu können.‹

›Das kommt überhaupt nicht in Frage‹, ereiferte sich der Araber.

Gut, das zu wissen, dachte ich und fragte: ›Wäre Ihnen Alexandrien lieber? Dann müßten wir uns südlicher halten.‹

›Ich will nach Beirut und an keinen anderen Ort!‹ tobte der Luftpirat mit plötzlich hochrotem Kopf.

Da liegt meine Chance, sagte ich mir.«

»Das verstehe ich nicht«, unterbrach Claudia den Captain. »Von welcher Chance sprechen Sie?«

Peter Flemming griff nach seinem Glas. »Ich vergaß, Ihnen zu sagen, daß ich mir vorgenommen hatte, mit den Passagieren keinesfalls nach Beirut zu fliegen. Wir hatten eine große Anzahl Frauen und Kinder an Bord. Sollte ich sie Strapazen aussetzen, die im Libanon mit an Gewißheit grenzender Wahrscheinlichkeit zu erwarten waren? Ich konzentrierte mich darauf, den Wunsch des Hijackers, unbedingt nach Beirut zu gelangen, mit meinem Vorsatz, die Fluggäste nicht zu gefährden, in Einklang zu bringen. Das mag paradox klingen, aber ich sah einen Weg, dies bewerkstelligen zu können. ›Bestehen Sie wirklich darauf, daß ich trotz der zu geringen Treibstoffmenge den Kurs auf Beirut beibehalte?‹ fragte ich ihn.

Er sah mich böse an. ›Der direkte Kurs ist immer noch der kürzeste. Verschanzen Sie sich also nicht hinter Ausflüchten.‹

›Well‹, erwiderte ich, anscheinend gehorsam. ›Ich beuge mich der Gewalt, stelle allerdings die Bedingung, daß spätestens in drei Stunden die Schwimmwesten hervorgeholt und alle Vorbereitungen für eine Notlandung im Meer getroffen werden. Bis Beirut kommen wir nämlich bestimmt nicht.‹

Nun wurde der Araber nervös. Er legte seine Ruppigkeit ab und bat um Gegenvorschläge. Ich machte sie ihm. Mit dem Erfolg, daß wir eine Übereinkunft trafen, derzufolge er mir zubilligte, Kurs auf Rom zu nehmen, dort zu landen und die Passagiere ungefährdet abzusetzen, sobald die Maschine neu betankt sei. Als Äquivalent dafür verpflichtete ich mich, in Rom alles abzuwenden, was den Weiterflug nach Beirut gefährden könnte. Mit Handschlag besiegelten wir unsere Vereinbarung.«

»Die Sie wirklich einhalten wollten?« fragte Claudia erwartungsvoll.

»Selbstverständlich. Ich hatte mein Wort gegeben. Beruhigt nahm ich nun Kurs auf Rom und erhielt von der zuständigen Flugüberwachungsstelle die Weisung, den Platz *Fiumicino* anzufliegen. Achtzig Minuten später landete ich dort.

Entgegen meiner ausdrücklichen Bitte, keinerlei polizeiliche oder militärische Maßnahmen zu ergreifen, wurde die Maschine in einem weiten Umkreis von Soldaten umstellt. Der Araber gebärdete sich wie ein Irrer. Er drohte, die gesamte Besatzung zu erschießen, wenn die Uniformierten nicht schnellstens abgezogen würden. Nach langem Hin und Her wurde seiner Forderung entsprochen. Dann fuhren die Tankwagen heran. Man forderte mich auf, zwei Kontrollwarte an Bord zu nehmen. Ich lehnte ab. So blieben die Türen geschlossen, bis die Tanks gefüllt waren. Erst dann wies ich die Stewardessen an, die Passagiere von Bord zu führen.

Unmittelbar darauf sah ich zwei Tankwarte unter der Backbordtragfläche verschwinden. Beamte, schoß es mir durch den Kopf. Sie wollen einsteigen, wenn die Passagiere aussteigen. Dann kommt's zur Schießerei. Das war mir zu gefährlich. ›Stop‹, rief ich den Stewardessen über die Lautsprecheranlage zu. ›Keine Tür wird geöffnet!‹

Der Araber starrte mich mißtrauisch an.

›Unter der Tragfläche halten sich zwei Männer verborgen‹, erklärte ich ihm. ›Ich lasse die Türen erst öffnen, wenn die beiden den Bereich des Flugzeuges eindeutig verlassen haben.‹

Achmed klopfte mir auf die Schulter.

Mir war das nicht gerade angenehm. Mein Co-Pilot strafte mich längst mit eisiger Verachtung. Aber was sollte ich anderes tun, als jedes Risiko vermeiden? Außerdem hatte ich eindeutig versichert, mich an die getroffene Vereinbarung zu halten.

Über Funk forderte ich den Abzug der als Tankwarte getarnten Personen. Man behauptete, nichts von ihnen zu wissen. Schließlich aber verschwanden die beiden.

Zum zweitenmal gab ich Anweisung, die Türen zu öffnen. Die Passagiere begannen eben mit dem Aussteigen, als ich die Mitteilung erhielt, zum Startplatz über einen Taxiway zu rollen, der in die entgegengesetzte Richtung führte.

Was wird hier gespielt, fragte ich mich und schaute zu meinem Co-Piloten hinüber. Der strahlte mit einem Male, blinzelte mir unmißverständlich zu und deutete durch verstohlene Gesten an, daß der Technische Offizier eine der Türen nicht ordnungsgemäß schließen würde.

Ich überlegte fieberhaft, wie ich mich verhalten sollte. Durfte ich es jetzt noch auf eine wilde Schießerei ankommen lassen?

Die letzten Passagiere gingen von Bord. Ich mußte handeln. Kurz entschlossen, rief ich den Tower und sagte: ›Unser Hijacker läßt dem Platzkommandanten ausrichten, daß er die Maschine in die Luft sprengen wird, falls es jemand wagen sollte, an Bord zu kommen. Er verfügt über fünf Dynamitstäbe, die mit Hilfe einer Batterie gezündet werden können. Unternehmen Sie also nichts, und lassen Sie uns zum Startplatz rollen.‹

Meine unwahre Behauptung verhalf dem Araber zu seinem Flug nach Beirut. Das Flugzeug blieb unbeschädigt. An Bord wurde niemand verletzt. Mich kostete die Geschichte allerdings meine Stellung. Da kann man nichts machen. Menschenleben nicht zu gefährden, erschien mir wichtiger als die Festnahme eines Gangsters.«

»Und das mißfiel den Direktoren Ihrer Fluggesellschaft?« fragte Claudia aufgebracht.

Peter Flemming zuckte die Achseln. »Ich verstehe deren Standpunkt, wenngleich ich anderer Auffassung bin. Meines Erachtens muß das Wort *Safety first*, Sicherheit vor allem, in jeder Situation gelten. Auch wenn dies einen Pakt mit dem Teufel erfordert. Aber sprechen wir lieber von etwas anderem.«

Claudia hob ihr Glas. »Auf Ihr Wohl, Peter. Ich bin ganz Ihrer Meinung. Sowohl was den Teufel anbelangt als auch hinsichtlich des Themenwechsels.«

Er stieß mit ihr an. »Hoffentlich können Sie da einen geeigneten Vorschlag machen.«

»Kann ich«, erwiderte sie keck. »Ich möchte Ihnen aber nicht zuvorkommen.«

Peter Flemming erhob sich und setzte sich auf Claudias Sessellehne. »Wie wär's, wenn wir gemeinsam überlegen würden?«

Während Kikki am nächsten Morgen quicklebendig war, Claudia sich in einer schwer zu definierenden melancholisch-wohligen Stimmung befand und Peter Flemming gegen moralische Skrupel ankämpfte, lief Randolph Bush im Fjord der Lachse ruhelos den Fluß entlang. Er war verzweifelt. Das Ehepaar Larsen hielt die Tür des Bauernhauses verschlossen und reagierte weder auf Rufen noch auf Klopfen, weder auf wortreiches Bitten noch auf inständiges Flehen. Alles war wie vor einunddreißig Jahren. Nur das Wetter ließ sich nicht vergleichen. Damals war der Himmel wolkenlos gewesen, nun fiel leichter Nieselregen. Es hatte keinen Zweck zu hoffen, daß das Flugzeug noch an diesem Tage zurückkommen würde. Wahrscheinlich kam es auch morgen nicht. Hirnverbrannter Unsinn war es gewesen, Claudia fortzuschicken. Aber er hatte ja Regie führen müssen. Würde er sich Zeit gelassen und alles durchdacht haben, stünde seine Frau jetzt an seiner Seite. Gewiß, er hätte dann offen mit ihr reden müssen. Daran kam er aber so oder so nicht mehr vorbei. Seine Hoffnung, Claudia die volle Wahrheit verschweigen zu können, war endgültig dahin. Er hatte vorgehabt, dem Engländer, sofern dieser noch lebte, eine großzügige Entschädigung anzubieten. Auch Lars und Thora Larsen sollten für ihre Mühen reichlich entschädigt werden. Sein Gewissen wäre dann erleichtert gewesen, und er hätte nicht die geringste Veranlassung mehr gehabt, Claudia mit Dingen zu belasten, die aus der Welt geschaffen waren.

Als Randolph Bush in Ascona seinen Plan gefaßt hatte, war er weit davon entfernt gewesen, sich selbst etwas vorzumachen. Das aber tat er nun. Er wollte sich ein reines Gewissen *erkaufen*, die Wahrheit jedoch weiterhin verschweigen.

Im Grunde genommen ging es ihm eigentlich nur darum zu erfahren, ob er *getötet* hatte. Diese Frage saß ihm seit jenem unglückseligen Tag wie ein Gespenst im Nacken. Und nun verweigerte ihm das Ehepaar Larsen die möglicherweise niederschmetternde, vielleicht aber auch erlösende Antwort.

Randolph Bush war so deprimiert, daß er nicht einmal nach seinem Angelgerät griff. In den Lodenmantel gehüllt und den breitkrempigen Hut auf den Kopf gestülpt, lief er den Fluß hinauf bis zu der Stelle, wo die Felsen sich öffnen und herabdonnernde Wassermassen säulenartige Kaskaden bilden. Lange stand er dort und schaute in die umhersprühenden Schleier, hinter denen, der norwegischen Sage zufolge, *Fossegrimen*, ein naher Verwandter des Nøkk, sein Leben fristet. Doch während dem Wassergeist die unschöne Angewohnheit nachgesagt wird, Menschen in die Tiefe zu ziehen, soll der Geist der Wasserfälle wesentlich angenehmere Eigenschaften besitzen und meisterhaft auf der Fiedel spielen.

Durchfroren eilte Randolph Bush flußabwärts. In den großen Stromschnellen sah er Lachse springen. Ihr Anblick konnte ihn in dieser Stunde nicht erfreuen. Seine Gedanken weilten bei Claudia. Was mochte sie in diesem Augenblick tun? Sie war eine fabelhafte Frau. Überallhin begleitete sie ihn. Ohne Klage. Würde er sie verlieren, wenn sie erfuhr, daß er einen wehrlos im Fallschirm hängenden Menschen angeschossen und dann hilflos zurückgelassen hatte? Fahrerflucht war nichts dagegen.

Ihn fröstelte. Er suchte die rote Hütte auf, um einen wärmenden Schnaps zu trinken. Der Nieselregen schien selbst die Haut zu durchdringen. Hätte er Claudia doch nicht nach Bodø geschickt. Wenn sie da wäre, würde er jetzt die Arme um sie legen und ...

Er kippte den Schnaps hinunter, füllte das Glas neu und stellte die Flasche zurück. Dann kramte er seine Pfeife hervor, stopfte sie und zündete sie an.

Angesichts des schlechten Wetters war es vielleicht doch gut, daß er Claudia nach Bodø geschickt hatte. In der Stadt konnte sie auch bei Regen etwas unternehmen. Wenn er bei ihr wäre, würde er sie jetzt in ein Kino führen.

Er trat auf die Altane hinaus. Das Tal lag wie hinter einem grauen Schleier. Trostlos. Aber dann stutzte er plötzlich. In unmittelbarer Nähe der Hütte lag Nøkk zusammengekauert hinter einem Wacholderstrauch am Boden. Wie immer trug er seinen zerschlissenen langen Mantel. Um sein Gesicht war ein Schal gebunden. In seiner merkwürdig falsch stehenden linken Hand hielt er die Kette mit den durchlöcherten Steinen.

Warum mag er bei diesem Regen hinter einem Strauch auf dem Boden liegen, überlegte Randolph Bush und gab sich selbst die Antwort: Von dort aus kann er, ohne gesehen zu werden, den Eingang der Hütte und den Weg zur Brücke überschauen. Daß er von der Altane aus zu sehen ist, hat er nicht bedacht. Er kann ja wohl auch nicht denken. Sein großes Vergnügen scheint es zu sein, jemanden zu belauern.

Einer jähen Eingebung folgend, trat Randolph Bush in den

Raum zurück, griff nach einem Blatt Papier und schrieb hastig einige Zeilen. Dann leerte er das Glas und verließ die Hütte. Er sprach genügend Norwegisch, um Nøkk klarmachen zu können, daß er den Zettel Thora Larsen übergeben solle. In seiner Mitteilung bat er sie, ihm eine kurze Unterredung zu gewähren. Ab sechs Uhr würde er sich hinter der Stallung aufhalten.

Kräftig paffend und den Eindruck erweckend, als ahne er nichts von Nøkks Nähe, ging er an dem Wacholderstrauch vorbei, drehte sich dann blitzschnell um und – gewahrte zu seinem Erstaunen, daß der Irre verschwunden war. Doch kaum hatte er dies festgestellt, da erscholl unmittelbar hinter ihm ein schauriges Gelächter. Er flog herum und blickte in ein schmales, vernarbtes Gesicht. Aber noch bevor er ein Wort hervorbringen konnte, raste Nøkk, wie von Furien getrieben, davon.

»Mann Maus getötet!« schrie er gellend. »Mann Maus getötet!«

»Verdammter Idiot!« fluchte Randolph Bush und eilte hinter dem Flüchtenden her. Er mußte ihn unbedingt erreichen und dazu bringen, Thora die Zeilen zu übergeben. »Nøkk!« rief er. »Bleib stehen. Ich tu' dir nichts. Wirklich nicht. Im Gegenteil. Ich hab etwas für dich. Einen schönen Stein mit einem großen Loch.«

Für den Bruchteil einer Sekunde stutzte der Geisteskranke und schaute zurück. Dann rannte er, wie von Kobolden gehetzt, weiter.

Spätestens auf der Brücke erwisch ich ihn, dachte Randolph Bush. »Willst du den Stein nicht sehen?«

Keine drei Meter trennten sie mehr.

»Mann Maus getötet!« kreischte Nøkk und lief trotz seines unförmigen Mantels wie ein Wiesel über den schmalen Steg der Hängebrücke. »Mann Maus getötet! Mann Maus getötet!«

Randolph Bush war ihm auf den Fersen. Die Brücke begann stark zu schwanken.

Der Geistesgestörte strauchelte, griff nach den Spannseilen und hantelte sich weiter.

Die Schwingungen der Hängebrücke verstärkten sich. Randolph Bush trat in der Eile neben eines der Laufbretter, stolperte und verlor den Halt. Im Fallen gelang es ihm, eine der Drahtschlaufen zu ergreifen, in denen die Laufbretter lagen. Er versuchte sich hochzuziehen, spürte aber jäh einen stechenden Schmerz in der Hand. Der Draht war gesplissen und riß die Innenfläche seiner Hand auf. Er konnte sich nicht länger festhalten, stürzte in den Fluß, schlug gegen einen Felsen, wurde von der Strömung erfaßt, geriet in einen Strudel, überschlug sich und kämpfte um sein Leben. Eine ungeahnte Kraft wurde in ihm lebendig. Auflehnung und Zorn packten ihn. Er schwor sich, unter keinen Umständen zu kapitulieren. Lars Larsen sollte nicht triumphieren können. Aber mit seinem linken Bein stimmte etwas nicht. Es schmerzte rasend. Dazu das eisige Wasser...

Mit den Armen heftig rudernd gelang es Randolph Bush, Meter um Meter näher an das Ufer heranzukommen. Dabei wurde er allerdings immer mehr zum Fjord hin abgetrieben. Doch noch vor der Flußmündung brachte er es mit letzter Kraft fertig, sich über Steine und Geröll hinweg zur Böschung hinaufzuarbeiten. Dort blieb er erschöpft liegen und dachte: Es war umsonst. Wer soll mir jetzt noch helfen?

*

Dem Mittagsgebet, das Thora täglich vor dem Essen sprach, fügte sie an diesem Tag hinzu: »Und richte nicht, damit du nicht gerichtet wirst.« Dann wünschte sie »Gesegneten Appetit!« und setzte sich an den gedeckten Tisch.

Lars Larsen, der mit gefalteten Händen und gesenktem Kopf das Gebet hatte über sich ergehen lassen, betrachtete seine Frau mißtrauisch. Und richte nicht, damit du nicht gerichtet wirst? Er ahnte, worauf Thora hinaus wollte. Er würde ihr aber nicht den Gefallen tun, sie zu fragen, warum sie den Spruch an das Mittagsgebet angehängt habe. »Mahlzeit!« erwiderte er und nahm auf dem Hochsitz Platz.

Es gab Haferbrei.

»Hm!« machte er und blies auf das dampfende Gericht.

»Möchtest du etwas?«

Natürlich hatte er einen Wunsch. Und Thora kannte ihn. Sie wollte ihn nur zwingen zu reden. Nein, lieber aß er den Brei ohne Zucker.

»Dann guten Appetit!«

»Danke«, entgegnete er und dachte: Sie hat damit gerechnet, daß ich auf ihren Spruch nicht eingehe. Um dennoch ein Gespräch in Gang bringen zu können, hat sie vorsorglich keinen Zucker auf den Tisch gestellt. So schnell werde ich aber nicht zu Kreuze kriechen.

»Schmeckt's dir?«

Er brummte vor sich hin.

Thora kannte ihren Mann. Am Schluß würde er schon nachgeben.

Richte nicht, damit du nicht gerichtet wirst, ging es Lars Larsen immer wieder durch den Kopf. Was tat denn seine Frau? Sie richtete über ihn! Nur weil er die von ihr erwartete Frage nicht stellte, mußte er den Brei jetzt ungesüßt essen.

»Mein Gott, ich hab den Zucker ja vergessen«, sagte Thora plötzlich und eilte in die Küche.

Ihr Mann legte den Löffel auf den Teller und blinzelte vergnügt vor sich hin. Hat ihr selber nicht geschmeckt. Man muß nur durchhalten.

Sie kehrte zurück und reichte ihm wortlos die Zuckerdose.

Er bediente sich.

Sie tat das gleiche.

»Gut, nicht?« sagte er nach einer Weile.

Thora nickte. »Möchtest du als Nachspeise Multebeeren?«

Das war Bestechung. Wenn er jetzt ja sagte, kam das von ihr gewünschte Gespräch in Gang. »Ach«, antwortete er, sich unschlüssig stellend, »ich weiß nicht recht...«

»Schade«, entgegnete sie. »Ich hätte heute Lust darauf gehabt. Und dazu eine Tasse Kaffee.«

Er konnte nicht mehr widerstehen. »Dann mach ich eben mit«, erklärte er scheinheilig und fügte nachgiebig hinzu: »Was wolltest du eigentlich mit dem Spruch sagen?«

»Ich...?« Thora erhob sich. »Ach so. Ich habe nochmals über Rudolf Busch nachgedacht. Du hast recht. In allem.

Nur bin ich der Meinung, daß es nicht unsere Sache ist und sein darf, über ihn zu richten.« Damit verschwand sie in der Küche.

Er schüttelte den Kopf. Als wenn ich das wollte. Aber wie kommen wir dazu, diesen Menschen von seinen Qualen zu befreien? Unter den gegebenen Umständen ist es vielleicht das beste, Thora zu sagen, daß ich mich an die ehemaligen Widerstandskämpfer gewandt habe.

Seine Frau kehrte zurück und stellte Tassen und Teller auf den Tisch.

»Wieso meinst du, daß wir über Randolph Bush richten?« fragte er lauernd.

»Bestrafen wir ihn nicht, indem wir ihm die Auskunft verweigern, die er von uns erbittet?«

»Mit Richten oder Bestrafen hat das nichts zu tun«, entgegnete Lars Larsen, nunmehr ärgerlich. »Wir nehmen ihm lediglich nicht seine Schuld.«

»Gut. Aber wir quälen ihn. Ich meine, absichtlich. Wir verweigern doch eine Antwort, die wir ohne weiteres geben könnten.«

Der Fischereiaufseher bohrte in seinem Ohr. »Wenn ihn das quält, ist das seine Sache.«

»Nein«, widersprach Thora. »Wer quält, der handelt unmenschlich. Das ist unserer nicht würdig.«

Lars Larsen wollte eben etwas erwidern, als er Nøkk rufen hörte: »Mann Maus getötet – tot! Mann Maus getötet – tot!«

»Jetzt geht das Theater wieder los«, erregte sich der Fischereiaufseher. »Auch das haben wir diesem Randolph

Bush zu verdanken. Sein Verhalten zeigt übrigens deutlich, wie verlogen er ist. Fische setzt er in den Fluß zurück. Auf Menschen schießt er. Und auf Mäuse schmeißt er mit Steinen.«

»Mann Maus getötet – tot!« schrie Nøkk erneut und trommelte gegen die Tür.

Thora erbleichte. »Um Gottes willen! Hörst du, was er ruft? Tot! Das kann nur heißen, der Mann, der die Maus getötet hat, ist tot!«

Lars Larsen sprang auf und rannte zur Tür. »Er wird doch nicht...« Der Riegel flog zur Seite. Mit einem Satz war er draußen und packte Nøkk bei den Schultern. »Was sagst du da?«

»Mann Maus getötet – tot!«

»Er ist tot?«

Nøkk nickte und wies, schwer nach Luft ringend, zur Flußmündung hinüber. »Tot!«

Thora erschien in der Türöffnung. Erschrocken starrte sie auf ihren Mann, der kreideweiß geworden war.

»Komm nach«, rief er im Davonlaufen. »Und bring eine Decke mit.«

Nøkk schaute verständnislos hinter Lars Larsen her.

Der rannte, so schnell er konnte, in die gewiesene Richtung. Der Regen schlug ihm ins Gesicht. Er schloß den Kragen seiner Filzjacke. Seine Gedanken überschlugen sich. War das die Strafe Gottes? So billig ist Gott nicht. Hatte Nøkk etwas verbrochen? Unmöglich. Was aber mochte geschehen sein? Selbstmord? Das hatte er nicht gewollt.

Er erreichte das Ufer, sah Randolph Bush etwa fünfzig

Meter oberhalb der Flußmündung liegen, eilte auf ihn zu und beugte sich über ihn. »Mister Bush!« rief er wie in höchster Not und klopfte die Wangen des Bewußtlosen. »Hören Sie mich?«

Der Regisseur schlug die Augen auf und sah ihn ausdruckslos an.

Die Hände des Fischereiaufsehers zitterten vor Aufregung. Er lebt! Er lebt! »Was ist geschehen? Nein, nicht sprechen. Sie müssen sich schonen. Meine Frau kommt gleich. Wir schaffen Sie ins Haus.«

Randolph Bushs Lider schlossen sich wieder.

Lars Larsen rollte den Bewußtlosen auf den Bauch, faßte mit beiden Händen unter ihn und zog ihn hoch, um das Wasser aus den Lungen fließen zu lassen. Dann brachte er ihn in die Rückenlage, ergriff die Arme und bewegte sie in seitlichem Bogen nach oben und von dort gegen die Rippen. Dabei gewahrte er die schwerverletzte Hand des Regisseurs. Sie sah böse aus. War er von der Brücke gestürzt? Die Verletzung deutete darauf hin. Dann war es ein Unfall und kein Selbstmordversuch. Dem Herrgott sei Dank.

Thora eilte herbei.

»Er lebt!« rief Lars Larsen ihr entgegen. »Scheint von der Brücke gefallen zu sein.«

Sie kniete sich neben den Verunglückten. »Mein Gott, er ist ja völlig ausgekühlt. Wir müssen ihn schnellstens ins Haus schaffen.«

Der Fischereiaufseher breitete die Decke aus, die seine Frau mitgebracht hatte. »Hab ihm schon gesagt, daß wir das tun werden. Ich glaube, er hat mich verstanden. Er war nur kurz bei Besinnung.«

Sie rieb die Wangen des Bewußtlosen. »Wie bringen wir ihn bloß hinüber?«

»Bin schon dabei, ein Transportmittel zu schaffen«, erwiderte Lars Larsen und lief flußaufwärts.

Thora knüpfte den wassertriefenden Lodenmantel und die Jacke des Regisseurs auf. Dann schob sie dessen Pullover nach oben, führte ihre Hand darunter und massierte die Brust, so gut es ging. Dabei schaute sie besorgt hinter ihrem Mann her, der zur Hängebrücke eilte, dort aus den Drahtschlaufen zwei kurze Bretter heraushob und mit diesen im Eilschritt zurückkehrte.

»Darauf sollen wir ihn tragen?« fragte sie, als er die Bretter auf die Decke legte.

Er schüttelte den Kopf. »Zum Tragen ist er zu schwer. Außerdem dürfen wir keine Zeit verlieren. Wer weiß, wann der Unfall passiert ist.« Er schob die Bretter etwas zurück. »Wir legen ihn darauf und schleifen die Decke über die Wiese. Bei der Nässe wird sie bestimmt ganz gut rutschen.«

Thora war stolz auf ihren Mann. In jeder Situation wußte er Rat.

Er trat an sie heran. »Komm, heben wir ihn.«

Als sie ihn hoben, stöhnte Randolph Bush plötzlich, als habe er große Schmerzen.

»Wir hätten ihn niemals nach Hause tragen können«, sagte Thora, als sie den Bewußtlosen auf die Bretter gelegt hatten. »Hoffentlich hat er keine innere Verletzung.«

»Wie kommst du darauf?«

»Weil er eben so stöhnte.«

»Ich bemerkte zu spät, daß er sich offensichtlich ein Bein gebrochen hat.« Er nahm eine Ecke der Decke und rollte den Zipfel zusammen. »Mach's auf deiner Seite genauso. Und dann kräftig ziehen. Da er auf den Brettern liegt, wird er die Unebenheiten des Bodens kaum spüren.«

Der Transport war nicht einfach. Thora und Lars Larsen waren völlig außer Atem, als sie Randolph Bush endlich in das Haus getragen hatten, wo ihn der Fischereiaufseher sogleich entkleidete. Seine Frau schürte das Feuer im Herd und setzte Wasserkessel auf.

»Legen wir ihn in Flemmings Bett?« fragte sie, als sie zu ihrem Mann zurückkehrte.

Der rieb den Regisseur kräftig mit einem Tuch. »Ich wüßte keinen anderen Platz. Außerdem liegt er dann im gleichen Bett wie damals der Angeschossene.«

»Daran solltest du jetzt nicht denken«, wies sie ihn zurecht.

»Ich muß es aber!« begehrte er auf.

Thora lenkte ihn ab. »Die Verletzung an seiner Hand will mir gar nicht gefallen.«

»Mir auch nicht.«

»Wenn Kikki wenigstens da wäre. Ich brauche dringend Flechte. Sonst bekommt er womöglich Wundfieber. Niemand könnte ihn dann noch retten.«

»Wasch ihn erst mal gründlich. Ich hole inzwischen ein paar Stöcke zum Schienen des Beines. Wenn wir ihn versorgt haben, beschaff ich Flechte.«

Randolph Bush kam zu sich. Fassungslos sah er, daß er

sich im Bauernhaus befand und nackt auf einer Decke lag. »Was – ist – geschehen?« stammelte er.

»Wir wissen es nicht«, antwortete der Fischereiaufseher. »Wir fanden Sie ganz unten am Fluß. Nøkk hatte uns gerufen.«

Nøkk? Ja, richtig, er hatte ihn einholen wollen. Die Brücke war in Schwingungen geraten. Er hatte sich nicht mehr halten können und war in den Fluß gefallen. Mühsam hatte er sich ans Ufer gekämpft. Aber Lars Larsen? Der hatte doch nichts mehr von ihm wissen wollen. Wieso war der jetzt . . .?

Thora erschien mit einem Topf heißen Wassers. »Ich Sie waschen. Dann Bett legen und Wunde pflegen. Lars Bein schienen. Gebrochen.«

Randolph Bush betrachtete ratlos seine aufgerissene Hand.

»Viel Schmerz?«

»Überhaupt – nicht.«

»Lars nachher holt Flechte. Für Auswaschen.«

Der Regisseur versuchte, sich zu konzentrieren. Flechte? Auswaschen? Für Wunden hatte er beim Angelgerät . . . Er kam nicht auf den Namen. Die Farbe war braun. Er wurde erneut bewußtlos.

»Er ist wieder hinüber«, sagte der Fischereiaufseher. »Wir sollten die Zeit benutzen, den Bruch zu richten. Wenn er bei Besinnung ist, wird's schwieriger.«

Es war erstaunlich, wie bedingungslos sich das Ehepaar Larsen um Randolph Bush bemühte. Gewiß, es machte nicht alles fachgerecht. Als der Verunglückte aber im Bett lag, war sein Bein geschient, seine verletzte Hand sauber ausgewaschen und verbunden. Und in sein Gesicht kehrte wieder ein wenig Farbe zurück.

»Jetzt mach erst mal den Kaffee, den du schon vor zwei Stunden kochen wolltest«, sagte Lars Larsen, als sie den Regisseur versorgt hatten. »Ich bin total fertig.«

»Ich ebenfalls«, erwiderte seine Frau. »Wir sind ja auch nicht mehr die Jüngsten.«

Er ließ sich auf einen Stuhl sinken. »Damals standen wir an der Schwelle unseres Lebens.«

Thora eilte in die Küche. Sie wollte nichts von dem hören, was einmal gewesen war. Alles verlief ganz in ihrem Sinne. Randolph Bush hatte einen wohlverdienten Denkzettel erhalten, er würde nun aber erfahren, was er wissen wollte. Wie er mit der Wahrheit fertig werden würde, das war seine Sache. Auf alle Fälle brauchte sie nicht mehr zu befürchten, daß ihr Mann in seinem verständlichen Zorn Dinge tun könnte, die seiner nicht würdig waren.

»Ist es wirklich notwendig, noch heute Flechte zu beschaffen?« fragte er, als seine Frau mit einer Kanne duftenden Kaffees in den Raum zurückkehrte.

»Ja, unbedingt«, antwortete sie. »Ich weiß vom Pfarrer, daß man mit einem Extrakt aus Schuppenflechte Muskeln und Nerven anregen kann. Bei der Verletzung an der Hand, die wahrscheinlich durch einen verrosteten Draht herbeigeführt wurde, besteht die Gefahr, daß er Wundfieber bekommt. Darauf möchte ich es nicht ankommen lassen.«

Er lachte verächtlich. »Langsam wird die Sache komisch. Wir rennen uns die Hacken ab für einen Mann, der feige auf einen Wehrlosen schoß und uns eine Last aufbürdete, unter der wir immer noch leiden.«

Thora schenkte den Kaffee ein. »Duftet der nicht herrlich?«

Er nickte. »Wenn ich bedenke, daß wir uns nun genauso um ihn bemühen, wie wir uns damals um den anderen bemüht haben . . .«

»Sprich nicht davon«, unterbrach sie ihn unwillig. »Heute geht's ihm schlecht, also müssen wir ihm helfen.«

»Das weiß ich selber! Aber ist das nicht verrückt? Besonders angesichts der Tatsache, daß ich Kikki einen Brief an Halvar mitgegeben habe!«

Thora setzte sich zu ihm. »An ihn hast du also geschrieben?«

»Du weißt . . .?«

»Ich hab's vermutet, weil ich merkte, daß du Flemmings Kammer aufsuchtest, nachdem du ihn zum Flugzeug gebracht hattest. Da hab ich mich natürlich gefragt: Was tut er da? Die Antwort lautete: Vielleicht schreibt er an die ehemaligen Widerstandskämpfer.«

»Und du hast nicht versucht, mich davon abzuhalten?«

»Ich hatte keinen Grund dazu. Wenn er an Halvar schreibt, sagte ich mir, kommt die Sache in die richtigen Hände. Dann urteilt nicht irgendwer, sondern eine Gruppe erfahrener Männer.«

Lars Larsen schaute bewundernd zu ihr hinüber. »Du bist eine großartige Frau.«

Thora wehrte ab. »Nun trink schon deinen Kaffee.«

Noch während sie zusammensaßen, hörten sie Randolph

Bush plötzlich stöhnen. Sofort gingen sie zu ihm.

»Sie haben Schmerzen?« fragte der Fischereiaufseher.

Der Regisseur fuhr sich mit der Zunge über die Lippen. »Furchtbare! Die Hand... Ist die Verletzung sehr schlimm?«

»Haben Sie die Wunde vorhin nicht gesehen?«

»Ich kann mich nicht erinnern.«

»Ihre Hand ist ziemlich aufgerissen. Vermutlich durch einen Draht.«

Randolph Bush nickte. »Ich versuchte, mich an einer der Schlaufen festzuhalten.«

Thora wischte Schweißtropfen von seiner Stirn. »Sie jetzt Fieber. Viel schlafen. Dann gut.«

»Mit diesen Schmerzen werde ich nicht schlafen können.«

»Wir keine Medikamente.«

Der Regisseur strich sich über die Stirn. »Lassen Sie mich nachdenken. Wenn ich mich recht erinnere... Ja, gewiß. Wir haben drüben eine Reiseapotheke. Ein kleiner schwarzer Koffer. Ich glaube, er steht in der Fischerstube. Würden Sie ihn holen?«

»Selbstverständlich«, erklärte Lars Larsen, ohne zu zögern.

»Sie auch haben was für reinigen Wunde?« fragte Thora.

»Natürlich. Jodtinktur. In meinem Rucksack. Ein braunes Fläschchen. Es steht darauf: Jod.«

»Gut.«

Randolph Bush blickte von einem zum anderen. »Ich wage nicht, mich zu bedanken. Ihre Güte beschämt mich.«

12

Da Claudia zum Friseur gehen wollte und Peter Flemming es aus taktischen Gründen für richtig hielt, die Wartungsarbeiten am Flugzeug persönlich zu überwachen, unternahm Kikki am Vormittag allein einen Bummel durch die Stadt. Bodø gefiel ihr besser, als sie es sich eingestand. Die klare Linienführung der Straßen und die moderne Gestaltung der Häuser beeindruckten sie sehr. Sie mußte schon nach Punkten suchen, die ihre Heimatstadt über Bodø hinausheben konnten. Vergleichbares gab es kaum. Tromsø war ein alter, ehrwürdiger Ort, Bodø dagegen eine nach dem Krieg völlig neu aufgebaute Stadt. Als sie aber feststellte, daß die Hauptstadt der Provinz Nordland in ihrem Wappen die Mitternachtssonne führt, hatte sie endlich einen Grund, sich zu empören. Schließlich geht die Sonne in Bodø nur vom 1. Juni bis zum 10. Juli nicht unter, wohingegen sie in Tromsø vom 21. Mai bis zum 23. Juli ununterbrochen am Himmel steht. Also gehörte die Mitternachtssonne viel eher in das Wappen von Tromsø! Und überhaupt: ihre Heimatstadt zählte 32000 Einwohner, Bodø hingegen lediglich 14000. Das sprach ja wohl Bände. Und gab es in Bodø eine Walfangflotte? Nein! Gab es ein Pelzgeschäft wie das von *Figen-*

schouns, vor dem jahrein, jahraus ein ausgestopfter Eisbär steht? Ebenfalls nein! Gab es eine Brücke, unter der sogar nach Archangelsk auslaufende riesige Schiffe hindurchfahren können? Dreimal nein! Und wie schön ist der Hafen von Tromsø! Ständig liegt an seinen verwinkelten Kais eine unübersehbare Anzahl von Fracht- und Passagierdampfern, Heringsloggern, Torpedobooten, Fischkuttern und Krabbenpötten. Und auf sie schaut der aus Bronze gegossene Amundsen herab. Trotzig, wie er gewesen war. Ein echter Norweger. Hinter ihm, gewissermaßen in seinem Rücken, befindet sich die Reederei Odd Berg. Jeder kennt sie. Knallrot gestrichen ist ihr Haus, verziert mit weißen Pfeilern. So was gibt's in Bodø nicht. Und die Kirche von Tromsø ist aus Holz, weiß gestrichen und nicht so kalt wie die moderne von Bodø. Man kann sich nur wundern, daß der Herrgott in so einem Gebäude wohnt. Vielleicht macht es ihm nichts aus; er ist ja der Herrgott. Bestimmt aber fühlt er sich in Tromsø wohler. Da stehen rund um die Kirche herrliche Birken. Und Bänke sind da, auf denen die alten Leute ihre Schwätzchen halten und junge Leute ein bißchen herumgammeln. Es ist wirklich schön in Tromsø.

Mit sich selbst zufrieden, kehrte Kikki zur verabredeten Zeit ins Hotel zurück, um sich in der Kafeteria mit dem Captain und Mrs. Bush zu treffen. Am liebsten wäre sie gleich nach Hause geflogen, aber Peter hatte gesagt, die Maschine würde nicht vor dem nächsten Mittag fertig werden. Komisch, daß er das schon beim Frühstück erklärte. Da war er noch gar nicht draußen gewesen. Und bei der Ankunft hatte ihm das niemand gesagt. Das wußte sie genau.

Kikki wollte eben die Treppe zur ersten Etage hinaufgehen, als sie Claudia und Peter Flemming im Zeitungskiosk des Hotels entdeckte. Die beiden standen vertraut wie ein Paar zusammen. Er hatte seinen Arm um ihre Schulter gelegt und zeigte auf die Titelseite einer deutschen Illustrierten. Irgend etwas reizte Claudia, hellauf zu lachen. Sie wendete dabei ihren Kopf zu ihm hinüber. Ihr lachender Mund war weit geöffnet. Ihre Lippen schimmerten perlmutterartig.

Kikki schoß das Blut in den Kopf. Unfähig, sich zu rühren, starrte sie auf die beiden. Ihr Herz schlug, als müsse es zerspringen.

In diesem Moment sah Claudia die junge Norwegerin. »Hallo!« rief sie und hob die Hand.

Kikki lief davon. Sie rannte die Treppe zur ersten Etage hinauf, ließ sich an der Reception ihren Zimmerschlüssel geben und verschwand in einem der Lifte.

Peter Flemming nahm seinen Arm von Claudias Schulter. »Täuschst du dich nicht?«

»Nein, es war Kikki! Als ich ihr zuwinkte, lief sie augenblicklich davon.«

»Ob sie uns schon lange beobachtet hat?«

»Keine Ahnung. Würde es dir etwas ausmachen?«

Er schürzte die Lippen. »Offen gestanden ja. Ich möchte ihr nicht weh tun. Du weißt, daß ich sie gern mag.«

»Kommst aber zu mir.«

»Erwartest du eine Erklärung?«

»Nein.«

»Dann sag so was nicht.«

»Hast recht.«

»Um auf Kikki zurückzukommen: Es gibt doch Gründe genug, die es nicht gerade ratsam erscheinen lassen, daß sie uns durchschaut. Denk an deinen Mann. Außerdem haben wir im Fjord der Lachse ja wohl genug Spannungen.«

»Weiß Gott.«

Er strich eine Haarlocke aus ihrer Stirn. »Geh voraus in die Kafeteria. Ich schau nach Kikki. Wenn sie fortrannte, wie du sagst, ist sie jetzt bestimmt auf ihrem Zimmer. Und verplappere dich nicht, wenn ich mit ihr komme. Ich bin Mister Flemming für Sie, Madam.«

»Yes, Sir!« erwiderte Claudia mit flackernden Augen.

Die Nacht ist nicht spurlos an ihr vorübergegangen, dachte er irritiert. Frauen sind anders als Männer. Und wenn sie in ihren Auffassungen noch so großzügig und modern sind, ein Stück Herz ist immer dabei.

Als er wenig später an Kikkis Zimmertür klopfte, fragte sie sogleich: »*Hvem er det?*«

Wird heißen: Wer ist da, kombinierte Peter Flemming und nannte seinen Namen.

Von diesem Augenblick an gab sie keinen Laut mehr von sich, so daß ihm nach einigen vergeblichen Bemühungen nichts anderes übrigblieb, als die Kafeteria ohne Kikki aufzusuchen. »Der Krach ist komplett«, erklärte er Claudia. »Sie sagt keinen Ton.«

»Dann wollen wir hoffen, daß sich ihre Stimmung bis zum Abend ändert.«

»Und wenn nicht?«

»Müssen wir allein essen.«

»Und morgen früh?«

»Allein frühstücken.«

»Vielleicht auch noch allein zurückfliegen?«

»Das glaube ich kaum«, antwortete Claudia gelassen. »Auf ihren Platz im Cockpit wird sie bestimmt nicht verzichten.«

Peter Flemming atmete auf. »Du triffst den Nagel auf den Kopf«, sagte er beruhigt. »Spätestens zur Abflugzeit gewinnt sie die Sprache zurück.«

Er täuschte sich. Kikki erschien zwar pünktlich am Kai. Als er aber auf die offenstehende Tür des Cockpits wies und so charmant wie möglich sagte: »Ich bin glücklich, Sie heute als meinen Co-Piloten begrüßen zu dürfen«, machte sie nur: »Phhh...«, raffte ihren Rock, sprang auf den Schwimmer und kletterte in die Kabine, auf deren hintersten Sitz sie sich setzte. Alles Zureden half nichts. Sie saß da wie eine Statue.

Das kann heiter werden, dachte der Captain, als er mit Claudia im Cockpit Platz nahm. Ihm graute vor der Rückkehr in den Fjord der Lachse.

Mit Hilfe von stark schmerzlindernden Zäpfchen, die sich glücklicherweise in der Reiseapotheke befanden, verbrachte Randolph Bush eine relativ ruhige Nacht. Die Unterkühlung durch das eisige Wasser hatte er gut überstanden. Jedenfalls war er fieberfrei. Wäre er nur schon in einem Krankenhaus. Sobald das Flugzeug zurückkam, wollte er sich nach Bergen oder Oslo fliegen lassen. Wenn sein Bein nicht schnellstens vorschriftsmäßig gerichtet und in Gips gelegt wurde, konnte das böse Folgen haben. Seine Hand mußte ebenfalls sachgemäß behandelt werden. Das Wichtigste aber war jetzt, eine

Aussprache mit Lars Larsen in die Wege zu leiten. Bevor Claudia zurückkehrte, mußte alles erledigt sein. »Wie ist das Wetter?« erkundigte er sich, als der Fischereiaufseher einmal wieder nach ihm schaute.

»Schlecht. Wie gestern. Regen.«

»Meinen Sie, daß das Flugzeug nicht kommen kann?« fragte der Regisseur besorgt.

»Ich weiß es nicht. Aber ich glaube schon. Als Mister Flemming das erste Mal kam, war das Wetter genau wie heute.«

Thora erschien und brachte ein Glas heiße Milch. »Bitte, trinken.«

Randolph Bush bedankte sich und fragte, ob er die Gelegenheit benutzen dürfe, ihnen zu erklären, weshalb er den Fjord der Lachse erneut aufgesucht habe. Lars Larsen wollte nichts davon wissen, doch seiner Frau gelang es, ihn zu bewegen, sich zumindest anzuhören, was der Regisseur zu sagen habe. So kam es, daß Randolph Bush in Ruhe sagen konnte, was ihn bewegte. Er betonte dabei, daß er sehr wohl wisse, nichts ungeschehen machen zu können. Er wolle aber wenigstens versuchen, seine Schuld durch eine großzügige Entschädigung zu mildern. »Auch Sie«, fügte er abschließend hinzu, »sollen so bedacht werden, daß es Ihnen möglich ist, Ihr weiteres Leben sorglos und in Ruhe zu verbringen.«

Es dauerte lange, bis der Fischereiaufseher etwas erwiderte. »Mit Geld wollen Sie Ihre Seele freikaufen? Das geht nicht. Weder im Himmel noch auf Erden.«

Randolph Bush sah ihn betroffen an. Lars Larsen wußte doch sonst gut zu rechnen.

»Sie wollen erfahren, was mit dem Mann geschah, auf den Sie geschossen haben, nicht wahr?«

»Ja.«

»Und dafür wollen Sie zahlen.«

»Wenn Sie es so auslegen, kann ich nicht widersprechen.«

»Wollen Sie auch bekennen, was Sie damals getan haben?«

»Das ist Ihnen doch bekannt.«

»Ja, wir wissen es. Ebenfalls die Mitglieder der Widerstandsgruppe, die ich damals verständigt habe. Aber alle anderen? Haben Sie jemals offen Ihre Schuld bekannt?«

»Sie haben die Widerstandskämpfer verständigt?«

»Allerdings. Und ich habe es auch jetzt wieder getan. Kikki hat einen Brief mitgenommen. Morgen oder übermorgen wissen die einstigen Widerstandsmänner, daß Sie hier sind.«

Der Regisseur glaubte nicht richtig zu hören. »Sie haben . . .?« Ihm verschlug es die Stimme. Mein Gott, warum quälte der Mann ihn so? Sah er denn nicht, daß er verletzt, krank, schwer krank war?

»Ich kann es nicht ändern«, fuhr Lars Larsen achselzukkend fort. »Sie werden mit den Widerstandsmännern sprechen müssen. Dann erfahren Sie auch, was mit dem Mann geschehen ist, auf den Sie geschossen haben.«

»Und meine Frau?« keuchte Randolph Bush. »Ihr soll ich alles erzählen?«

Der Fischereiaufseher nickte. »So oder so wird sie es jetzt erfahren.«

Der Regisseur war der Verzweiflung nahe. Er hat mich in der Hand, tobte es in ihm. Hinter meinem Rücken hat er mich angezeigt. Hätte ich Flemming doch nicht nach Bodø geschickt! Dann hätte dieser Lars so schnell niemanden verständigen können. Ich muß Zeit gewinnen, muß überlegen. Aber ich stecke voller Medikamente. Wie woll ich da überlegen können? Wenn Flemming heute noch kommt, können wir morgen diesen verdammten Fjord verlassen. Am besten fliegen wir gleich nach Deutschland. Müssen zum Tanken eben zwei- oder dreimal zwischenlanden. Warum bin ich bloß auf den Gedanken gekommen, diesen Ort nochmals aufzusuchen? Mit der Widerstandsgruppe will ich auf keinen Fall etwas zu tun haben.

Thora sah, daß sich Schweißtropfen auf Randolph Bushs Stirn bildeten. Sie wischte sie fort und sagte: »Nicht jetzt aufregen!«

»Leicht gesagt«, ereiferte er sich. »Ihr Mann will mich zwingen, meine Frau unglücklich zu machen.«

Lars Larsen warf ihm einen verächtlichen Blick zu und verließ die Kammer.

»Sie ihn müssen verstehen«, sagte Thora leise. »Wir viel Kummer gehabt.«

»Lassen Sie mich allein«, bat Randolph Bush wie mit letzter Kraft. »Ich muß meine Gedanken ordnen.« Er fühlte sich leer, ausgehöhlt, kam sich wie verraten vor und wußte doch, daß er sich selbst verriet. Wo war sein Gewissen geblieben? Es quälte ihn nicht mehr. Im Grunde genommen hatte es ihn immer nur von Zeit zu Zeit gemartert. Besonders, wenn ihn etwas an Norwegen erinnerte. Die Musik zum Beispiel. Solange er noch seinen Beruf ausübte, war es ihm möglich gewesen, mit dieser Belastung fertig zu werden. Erst als er sich zur Ruhe gesetzt hatte und mit Claudia ins Tessin gezogen war, fing seine Vergangenheit an, zur makabren Gegenwart zu werden. Depressionen erfaßten ihn. Melancholien drohten seine Ehe zu gefährden.

In dieser Phase hatte er den Entschluß gefaßt, seine Vergangenheit zu bewältigen. Hätte er in jener Stunde geahnt, wie schwer das werden würde, hätte er nicht den Mut aufgebracht, den Fjord der Lachse aufzusuchen. Er mußte nicht klar bei Verstand gewesen sein. Möglicherweise hatte ihn auch seine Angelleidenschaft blind gemacht und nicht mehr erkennen lassen, welch gefährlichem Unternehmen er entgegensteuerte. Doch was immer es gewesen sein mochte, er erkannte jetzt, daß er eine Wunde, die verheilen sollte, aufgerissen hatte.

Und noch etwas wurde ihm klar: Während seines Aufenthaltes im Fjord der Lachse hatte er sich nicht ein einziges Mal vergegenwärtigt, was vor einunddreißig Jahren geschehen war. Nur ans Angeln hatte er gedacht und daran, daß seine Frau nichts erfahren sollte.

Claudia! Er liebte sie heiß. Mein Gott, sie war dreißig Jahre jünger als er. Gab es denn wirklich keine Möglichkeit, ihr die Wahrheit vorzuenthalten? Wie mochte sie reagieren, wenn sie erfuhr, was er getan hatte? Würde er sie verlieren? Diese Frage zermürbte ihn seit dem Tage, da er den Entschluß gefaßt hatte, an den Ort des Geschehens zurückzukehren. Unterschwellig war es vielleicht sogar diese Angst gewesen, die sein Gewissen verdrängt hatte.

Wie aber sollte es nun weitergehen? Wenn er Norwegen schnellstens verlassen konnte, brauchte Claudia nichts zu erfahren. Gewiß, er hatte versprochen, ihr nach der Rückkehr von Bodø alles zu erzählen. Angesichts seines Unfalles würde sie jedoch wohl kaum darauf bestehen, daß er sein Wort sogleich einlöse. Irgendwann würde er freilich reden müssen. Er kannte Claudia. Sie würde ihn an sein Versprechen erinnern. Immer wieder. War es da nicht das Vernünftigste, gleich mit ihr zu reden? Jetzt, wo er mit einem gebrochenen Bein und einer aufgerissenen Hand dalag! Das mußte sie milde stimmen. Und er erhielt dann auch Antwort auf die Frage, die sich ihm immer wieder stellte. Wahrhaftig, es war das beste, nicht mehr zu zögern.

Bedrückt schaute er auf seine schmerzende Hand. Sollte er ein Medikament nehmen? Er griff nach der Reiseapotheke, die neben seinem Bett auf einem Stuhl lag. Drei Zäpfchen fehlten bereits. Insgesamt standen ihm nur zehn zur Verfügung. Vielleicht war es besser, noch etwas zu warten. Wenn das Flugzeug erst in den nächsten Tagen zurückkehrte, konnte es schwierig für ihn werden.

Er blickte zur Decke empor, sah die roh gesägten, im Laufe der Jahre dunkel gewordenen Balken und dachte: Damals hatte ich die Kammer, in der Kikki nun wohnt. Ob der Engländer in dem Bett lag, in dem ich jetzt liege? Eine beängstigende Vorstellung.

Neue Depressionen erfaßten ihn. Wie schäbig war doch sein Denken und Verhalten. Das Ehepaar Larsen hingegen zeigte menschliche Größe. Es wurde höchste Zeit, daß er Charakter bewies und mit Haltung in Kauf nahm, was er verschuldet hatte.

Randolph Bush lehnte sich nicht mehr gegen das Schicksal auf, das ihn nun zwang, zu tun, was er bisher aus Feigheit nicht in die Tat umgesetzt hatte. Er wünschte plötzlich, alles schnellmöglichst hinter sich zu bringen. Selbst auf die Gefahr hin, Claudia zu verlieren.

Eine seltsame Ruhe überkam ihn. Sie verließ ihn auch nicht, als ihm am Nachmittag ein Flugmotorengeräusch anzeigte, daß die Stunde der Entscheidung heranrückte.

Thora trat hastig in seine Kammer. »Maschine landet!«

Er nickte. »Ich hab's gehört.«

Sie strich sein Oberbett glatt. »Mein Mann schon laufen zur Bucht. Er wird sagen, was geschehen. Vorsichtig, damit Mistress nicht erschrecken.«

Randolph Bush fuhr sich mit der gesunden Hand durch das Haar. »Es kommt jetzt viel auf sie zu.«

*

Als Peter Flemming nach einer glatten Landung in strömendem Regen in die Bucht rollte, spürte er sogleich, daß sich im Fjord der Lachse Unheilvolles ereignet hatte. Nie zuvor war der Gesichtsausdruck des Fischereiaufsehers so ernst gewesen. Seine sonst lebhaften Gesten wirkten träge und verhießen nichts Gutes.

Auch Claudia erkannte Lars Larsens verändertes Wesen. Unwillkürlich wandte sie sich an den Captain.

Der wich ihr aus, indem er sich zurückbeugte und in die Kabine schaute.

Kikki saß wie leblos auf ihrem Platz. Während des ganzen Fluges hatte sie kein Lebenszeichen von sich gegeben. Unentwegt hatte sie vor sich hingestarrt. Nicht ein einziges Mal hatte sie nach draußen gesehen. Sie gehörte zu jenen Menschen, die ihren Kummer in sich hineinfressen und andere zu bestrafen glauben, wenn sie sich selber züchtigen.

Claudia streifte ihren Kopfhörer ab. »Ich habe den Eindruck, daß es zwischen den beiden zu keiner Verständigung gekommen ist.«

Peter Flemming schloß die Benzinleitung. »Die Stimmung des Alten ist jedenfalls nicht die beste. Und sie dürfte sich noch wesentlich verschlechtern, wenn er Kikki erst sieht.«

Lars Larsen wriggte mit dem Boot heran. Sein Ölzeug glänzte im Regen.

Der Captain schaute erneut in die Kabine. »Wollen Sie zuerst aussteigen?«

Kikki erhob sich, stieß die Kabinentür auf, raffte ihren Rock und kletterte auf den Schwimmer hinab.

Peter Flemming wünschte sich weit fort. Er war nicht mehr nur Zuschauer. Die letzten Nächte hatten ihn zum Beteiligten gemacht. Kikki tat ihm leid. Sein Herz gehörte ihr. Das andere war ein Spiel gewesen, das jetzt vorbei sein mußte. So gesehen, tat auch Claudia ihm leid. Sie war keine billige Frau. Wenn die Auseinandersetzung mit ihrem Mann und die verrückte Geschichte mit Kikki nicht gewesen wären, würde sie sich ihm niemals hingegeben haben.

Über Lars Larsens Miene glitt ein Schatten, als er das ausdruckslose Gesicht seiner Tochter gewahrte. »Kummer?« frage er augenblicklich.

»Den eines Mädchens, das verschmäht worden ist«, antwortete Kikki in grimmiger Offenheit.

Ihr Vater reichte ihr einen Schirm. Er hatte sich nicht getäuscht, hatte gewußt, daß er sich auf den Piloten verlassen konnte. »Hier ist Schlimmeres passiert.«

Kikki spannte unwillig den Schirm auf. »Etwa mit Mister Bush?«

Er nickte und pullte einige Meter vor, um Claudia, die eben auf den Schwimmer hinabstieg, behilflich zu sein.

Die Frau des Regisseurs reichte ihm die Hand. »Ich sehe Ihnen an, daß der Streit mit meinem Mann nicht beigelegt werden konnte.«

»Doch, doch«, entgegnete er hastig. »Das schon. Aber . . .« Er unterbrach sich und wies auf den Captain, der ihr folgte. »Bitte kommen Sie ins Boot. Stellen Sie sich unter den Schirm.«

Peter Flemming übernahm das Seil, das Lars Larsen ihm reichte. »Alles okay?«

»Ja. Das heißt, nicht alles ist gut. Mister Bush stürzte von der Hängebrücke. Ein Bein ist gebrochen und eine Hand verletzt.«

Claudia, die gerade neben Kikki getreten war, um Schutz unter deren Schirm zu suchen, stockte der Atem.

Kikki hingegen fühlte ihr Herz plötzlich schneller schlagen. Sie wünschte der Frau des Regisseurs gewiß nichts

Schlechtes, eine Strafe aber war das mindeste, was sie verdiente. Und die hatte der Herrgott ihr nun erteilt.

Indessen knüpfte der Captain das Seil fest. Er war froh, sein Gesicht verbergen zu können.

»Mister Bush liegt bei uns im Haus«, fuhr Lars Larsen fort. »Im Bett von Mister Flemming. Meine Frau pflegt ihn.«

Die Episode mit Claudia ist nicht zu Ende, dachte der Captain wie elektrisiert.

Kikki war außer sich. Sah der Herrgott denn nicht, was geschehen würde, wenn Peter Flemming und die schillernde Brasse allein in der roten Hütte hausten?

»Bringen Sie mich schnell an Land«, bat Claudia den Fischereiaufseher.

»Gleich«, antwortete er und deutete auf Peter Flemming, der noch nicht in das Boot eingestiegen war.

»Wie ist es überhaupt zu dem furchtbaren Sturz gekommen?«

Lars Larsen zuckte die Achseln. »Ich weiß es nicht. Wahrscheinlich geriet die Brücke in zu starke Schwingungen. Er muß dann gefallen sein. Auf alle Fälle hat er noch versucht, sich am Drahtseil zu halten. Dadurch ist seine Hand verletzt. Beim Aufschlagen dürfte das Bein gebrochen sein. Ich habe es geschient.«

Seltsame Geschichte, dachte Claudia mißtrauisch. Als wir wegflogen, wollte er von Randolph nichts wissen. Und jetzt hat er ihn in sein Haus aufgenommen?

Sie erreichten das Ufer.

Kikki drückte Claudia den Schirm in die Hand, sprang an Land und lief auf das Bauernhaus zu.

Ihr Vater schaute unwillig hinter ihr her. »Immer unbeherrscht.«

Der Captain half Claudia beim Aussteigen.

»Sie können schon gehen«, sagte Lars Larsen, als Peter Flemming stehenblieb. »Hier werden Sie nur naß. Ich trage Ölzeug. Das Anseilen ist schnell gemacht. Ich komme dann nach.«

»Herzlichen Dank«, erwiderte der Captain, übernahm Claudias Schirm und hielt ihn schützend über sie. »Gehen wir.«

Der Regen prasselte auf sie herab.

»Was hältst du von der Sache?« fragte Peter Flemming, als sie außer Hörweite waren.

»Du meinst von dem Unfall?«

»Ja.«

»Zunächst vermutete ich, die beiden hätten sich gestritten und dabei wäre es passiert.«

»Das habe ich im ersten Moment auch gedacht. Als Lars Larsen aber erklärte, er wisse nicht, wie es zu dem Sturz gekommen sei, da wußte ich, daß er nichts mit der Sache zu tun hat.«

Claudia nickte zustimmend. »Allem Anschein nach wurde der Streit vorher beigelegt.«

»Sieht so aus. Auf alle Fälle begrüße ich die Entwicklung, wie schmerzlich sie für deinen Mann auch sein mag. Mir graute vor der Rückkehr. Nun sehe ich die Dinge in rosigeren Farben.«

»Sag doch gleich in einer knallroten«, entgegnete sie hintergründig. »Im Augenblick bin ich jedoch nicht in der Lage, an uns zu denken. Mich interessiert jetzt einzig und allein, wie es meinem Mann geht.«

Was sich auch gehört, dachte er zynisch und vergegenwärtigte sich, was Claudia ihm erst vor einer guten Viertelstunde über die Sprechanlage zugeraunt hatte, als er in strömendem Regen dicht über das Meer dahinjagte und angespannt den Fjord der Lachse suchte. »Ich wünschte, ich könnte nach diesem Flug in deinen Armen liegen.« Und er hatte geantwortet: »*Tempi passati!*« Nun war ihr Wunsch erfüllbar, sie aber dachte an ihren Mann.

Sie erreichten das Haus.

Thora erwartete sie am Eingang. »Mistress keine Sorge machen«, sagte sie nach kurzer Begrüßung. »Mister geht schon wieder besser. Bitte, kommen.« Damit führte sie Claudia zur Tür der Kammer, in der Randolph Bush lag.

Peter Flemming hielt sich zurück, doch Claudia zog ihn mit sich. »Laß mich jetzt nicht allein«, flüsterte sie ihm hastig zu.

Thora stutzte. Eine Vertraulichkeit? Sie glaubte plötzlich zu wissen, weshalb Kikki so verändert nach Hause gekommen war. Der arme Verunglückte!

Claudia betrat die Kammer und blieb bestürzt stehen, als sie ihren Mann im Bett liegen sah. Seine umschatteten Augen waren ohne Glanz. Seine sonst wettergebräunte Haut wirkte gelblichgrau. »Randolph«, stammelte sie, nachdem sie sich vom ersten Schreck erholt hatte. Dann lief sie auf ihn zu, beugte sich über ihn und küßte seine Wange.

»Randolph!« Sein Aussehen verwirrte sie. Er schien über Nacht um Jahre gealtert zu sein. »Was machst du nur für Geschichten!«

Er lächelte schwach und grüßte zum Captain hinüber. »Herzlichen Dank dafür, daß Sie bei dem Wetter zurückgekommen sind. Ich befürchtete schon, mich noch ein oder zwei Tage gedulden zu müssen.«

»Das hätte leicht passieren können«, erwiderte Peter Flemming. »Ich war nahe daran, kehrtzumachen. Das Wetter ist verheerend. Ein zweites Mal würde ich einen solchen Flug nicht riskieren.«

Wenn das Wetter so schlecht ist, brauche ich nicht zu befürchten, daß jemand von der Widerstandsgruppe kommt, dachte Randolph Bush erleichtert. Es kann also alles in Ruhe über die Bühne gehen. Von den Widerstandskämpfern werde ich Claudia natürlich nichts sagen. Es würde sie nur ängstigen. »Wie sieht die Wetterprognose aus?«

»Miserabel. Mit einer Besserung ist in den nächsten Tagen nicht zu rechnen. Ebendarum habe ich den heutigen Flug riskiert.«

Ist Randolph nun verunglückt, oder hat er sich zum Vergnügen ins Bett gelegt, dachte Claudia verblüfft.

Ihr Mann fuhr mit der Zunge über seine trockenen Lippen. »Ein Trip nach Deutschland wäre zur Zeit also schwierig? Ich bin mir selbstverständlich darüber im klaren, daß wir zum Tanken einige Male zwischenlanden müßten.«

»Sie möchten Norwegen verlassen?« fragte der Captain überrascht.

»Wenn's möglich wäre, noch heute!«

Seine Frau war außer sich. Da stimmte doch etwas nicht.

»Könnten wir eventuell morgen starten? Bodø verfügt über ein Funkfeuer. Wenn Sie gleich hochziehen, müßte es gehen. Oder?«

Peter Flemming schaute wie zufällig zu Claudia hinüber. Sollte er es auf sich nehmen, nochmals parterre über das Meer zu fliegen? Die Wolken mußte er meiden. Eine Kaltluftschicht hatte die Nullgradgrenze auf 400 Meter herabsinken lassen. Da vereisten die Tragflächen. Wieviel besser waren da die Verhältnisse in der roten Fischerhütte, die sich prächtig heizen ließ. Und da sollte er etwas riskieren? »Morgen?« wiederholte er scheinheilig. »Das halte ich für ausgeschlossen. Auch in den nächsten Tagen dürfte es kaum möglich sein, hier herauszukommen.«

»Aber ich muß in eine Klinik gebracht werden!« erregte sich Randolph Bush.

»Das weiß Peter ebenfalls«, entgegnete Claudia, schärfer als sie es wollte. »Hättest du den heutigen Flug erlebt, dann wüßtest du, wieviel er bereit ist zu riskieren. Wenn er nun sagt: Es geht nicht, dann besteht wirklich keine Möglichkeit. Davon bin ich fest überzeugt. Und damit sollten wir das Thema beenden. Mich interessiert schließlich auch, wie du dich fühlst. Und was den scheußlichen Unfall herbeigeführt hat.«

»Das erzähl ich dir schon noch«, erwiderte ihr Mann nervös. »Zunächst muß ich wissen, ob sich an Bord des Flugzeuges schmerzstillende Medikamente befinden. In unserer Reiseapotheke«, er wies auf den neben dem Bett stehenden Stuhl, »befand sich eine Schachtel mit zehn Zäpfchen, von denen ich bereits drei genommen habe. Das vierte hätte ich längst nehmen müssen. Meine Hand schmerzt, als würde in ihr herumgebohrt. Wenn wir nicht starten können . . .«

»Im Sanitätskasten des Flugzeuges befinden sich genügend Opiate und dergleichen«, beruhigte ihn der Captain. »Normalerweise werden in der Maschine zehn Passagiere befördert. Dementsprechend ist die Ausrüstung.«

»Dann brauche ich ja nicht zu sparen«, sagte der Regisseur wie erlöst und griff nach der Schachtel. »Laßt mich einen Moment allein.«

Claudia und Peter Flemming verließen bedrückt die Kammer.

Thora sah sie verwundert an.

Kikki nahm nicht die geringste Notiz von ihnen.

Lars Larsen erschien am Eingang und streifte sein Ölzeug ab. »So ein Sauwetter!« schimpfte er und schlug seinen Südwester aus. Dann trat er durch die Tür, sah Claudia und den Piloten bei seiner Frau stehen und fragte erschrocken: »Ist etwas passiert?«

Claudia beruhigte ihn.

Während er schwer stapfend in die Küche ging, um seine Gummistiefel auszuziehen, rief Randolph Bush: »Ihr könnt wieder hereinkommen.«

Die beiden begaben sich zu ihm.

Er wirkte verkrampft. »In ein paar Minuten geht es mir besser.«

Sie betrachtete besorgt die verbundene Hand. »Hast du dich schwer verletzt?«

»Ich weiß es nicht. Die Hand soll aufgerissen sein. Ich war

nicht bei Besinnung, als sie verbunden wurde. Lars meint, die Verletzung stamme von einem Drahtseil, das gesplissen war.«

»Und wodurch kam es zu dem Unfall?«

Er seufzte. »Das, und noch einiges dazu, will ich dir und der Familie Larsen gleich erzählen. Sie, Peter, möchte ich bitten, mir ebenfalls zuzuhören«, fügte er, an den Captain gewandt, hinzu. »Die Sache berührt Sie zwar nur am Rande, aber vielleicht ist es ganz gut . . .«

»Moment«, unterbrach ihn seine Frau. »Jetzt möchte ich erst einmal wissen, was du uns zu erzählen hast.«

»Ich will mein Versprechen einlösen und dir reinen Wein einschenken.«

»Das brauchst du doch nicht gleich und vor allen zu tun!«

»Doch!« entgegnete er bestimmt. »Keine Stunde mehr will ich mit der Last leben, die ich seit nun einunddreißig Jahren mit mir herumschleppe. Familie Larsen soll dabeisein, weil ich glaube, daß sie mich besser verstehen wird, wenn sie erfährt, was geschehen ist, bevor ich damals hierherkam. Bitten Sie Larsens also zu mir«, wandte er sich an Peter Flemming. »Und bringen Sie ein paar Stühle mit. Es ist eine lange Geschichte.«

Liegt im Bett und führt schon wieder Regie, dachte der Captain abfällig. Ihm gefiel es nicht, sich eine Beichte anhören zu sollen. Vielleicht war es aber ganz gut, informiert zu sein. Unter Umständen brauchte Claudia seinen Beistand.

Kikki, die sich bereits umgezogen hatte und ihren ländlichen Rock mit der hübschen Leinenbluse trug, betrachtete

Randolph Bush neugierig, als sie in die Kammer eintrat. Sie konnte sich nicht erklären, weshalb er sie alle sprechen wollte. Ihren Eltern war es nicht recht gewesen, daß Peter Flemming auch sie aufgefordert hatte, den Regisseur aufzusuchen. Etwas Geheimnisvolles lag in der Luft.

Thora und Lars Larsen blieben unsicher an der Tür stehen.

Claudia setzte sich auf einen der beiden Stühle, die der Captain gebracht und vor das Bett gestellt hatte.

Kikki zog den zweiten Stuhl soweit wie möglich zurück und nahm ebenfalls Platz. Wenn die Frau des Regisseurs sich setzte, wollte sie nicht stehen.

Der Captain lehnte sich an die Wand und dachte aufsässig: Schluß mit dem Theater. Eine ihm selbst unerklärliche Aversion hatte ihn erfaßt.

Langsam sprechend, so daß auch Familie Larsen ihn gut verstehen konnte, begann Randolph Bush zu schildern, was sich im Winter 1940/41 in Kirkenes zugetragen hatte. Leidenschaftslos berichtete er vom Flug zum Franz-Josef-Land, von der glimpflich verlaufenen Landung in der Schneewehe, dem anschließenden Gelage, der verantwortungslosen Schießerei und dem Tod des Hauptmannes.

»Das Wissen, mitschuldig am Tod eines Kameraden zu sein, zermürbte mich«, fuhr Randolph Bush nach einer gewiß nicht berechneten, aber vielleicht gerade darum sehr wirkungsvollen Pause fort.

Claudia fragte sich, ob ein wüster Traum sie narre. Der Mann, der da sprach, war nicht der dynamische Regisseur, in den sie sich verliebt hatte.

Thora gelang es nur mit Mühe, ein Schluchzen zu unterdrücken. Das Schicksal des erschossenen Hauptmannes erschütterte sie.

Ihr Mann erlebte im Geiste einen Abend, an dem er mit einigen Seeleuten auf einem Walfangschiff gezecht hatte. Auch bei ihnen war es zu einer Mutprobe gekommen, die einem Menschen das Leben gekostet hatte. Die Schuld traf allerdings den Betreffenden allein; er war in seinem Leichtsinn auf die Reling geklettert und über Bord gespült worden. Aber immerhin ... Lars Larsen konnte sich gut vorstellen, wie es Rudolf Busch zumute gewesen sein mußte, als er vom Tod des Hauptmannes hörte.

Kikki bewunderte den Regisseur. Sie fand es toll, daß er sich nicht gescheut hatte, einem hochdekorierten Offizier die Waffe aus der Hand zu schlagen. Und dann das Duell! Das war doch Klasse!

Peter Flemming empfand echtes Mitleid mit Randolph Bush. Er glaubte plötzlich zu wissen, weshalb er sich von der ersten Stunde an zu ihm hingezogen gefühlt hatte. Ihn würde ein Erlebnis wie das geschilderte ebenfalls zermürbt haben. Warum nur hatte er sich vorhin so gegen den Regisseur aufgelehnt? War er etwa eifersüchtig?

»Man verordnete mir einen Zwangsurlaub«, fuhr Randolph Bush mit schwerer Stimme fort. »Ich bat darum, ihn hier im Fjord der Lachse verbringen zu dürfen. Man entsprach meiner Bitte. Traumhaft schöne Wochen begannen, doch dann ...«

Bis ins kleinste Detail schilderte er, was sich an jenem unglückseligen Morgen ereignet hatte. Er bemühte sich, sein

Verhalten von allen Seiten zu beleuchten und zu erklären, versuchte aber nicht, sein Versagen zu entschuldigen. Im Gegenteil, er klagte sich an. Seine Worte knarrten wie die Diele einer alten Tenne. Gesetz und Willkür, Erdhaftes und Gespenstisches vermischten sich in ihnen. Die Schatten des einstmaligen Geschehens wurden lebendig und formten sich in unüberschaubarer Dämonie zu einem wirbelnden Strudel.

»Daß ich auf den wehrlosen, im Fallschirm hängenden Briten schoß, mag meiner damaligen Verfassung zuzuschreiben sein«, sagte er am Ende seiner Schilderung. »Unentschuldbar aber bleibt die Tatsache, daß ich den Verwundeten zurückließ, als das Flugboot mich abholte. Ein Wort hätte genügt, und der Pilot würde die Motoren abgestellt und den Verletzten übernommen haben. Doch ich war zu feige, fürchtete um mein Ansehen. Der Preis dafür ist das mich seither marternde Gewissen und die quälende Frage: Was ist aus dem Engländer geworden? Hast du ihn schwer verwundet oder gar *getötet*?«

Beklemmendes Schweigen lastete plötzlich in der Kammer.

Claudia spürte ihr Herz in der Kehle klopfen.

Kikki starrte mit unnatürlich geweiteten Augen auf den Regisseur, der den Blick wie Hilfe suchend auf seine Frau gerichtet hatte.

Peter Flemming verblüffte der Wandel, der sich in Randolph Bush vollzogen hatte. Er wirkte völlig abgeklärt, der Wahrheit und Reue ergeben.

Lars Larsen kam sich wie ein Eindringling vor. War es recht gewesen, einen Menschen zu zwingen, sein Innerstes nach außen zu kehren? Braucht nicht jeder einen *Svalgang*, einen Wetterschutz, hinter den er sich in stürmischen Stunden verbergen kann?

Thora wirkte hoheitsvoll wie nie zuvor. Sie glich der Göttin *Frigg*, der ersten unter den Asinnen, die zweimal von großer Trauer erfaßt worden war.

Randolph Bush seufzte. »Immer wieder stellt sich mir die Frage: Was ist aus dem Briten geworden? Hast du ihn *getötet*?«

»Ich will Ihnen sagen, was geschehen ist«, erklärte Larsen mit spröder Stimme. »Das Leben haben Sie ihm nicht genommen.«

Der Regisseur richtete sich hoffnungsvoll auf.

»Aber Sie haben seinen Geist getötet! Sie kennen den Mann. Er heißt Nøkk!«

Claudia war dem Zusammenbruch nahe und vergrub ihr Gesicht in den Händen.

Kikki sprang mit solcher Vehemenz auf, daß ihr Stuhl gegen den hinter ihr stehenden Captain flog: »Mörder!« schrie sie außer sich. »Mörder! Mörder!«

Peter Flemming packte sie und hielt ihr den Mund zu. Sie biß in seine Hand.

»Toben Sie sich draußen aus«, fuhr er sie an und schob sie unnachsichtig an ihren Eltern vorbei aus der Kammer.

Sie wehrte sich und schlug um sich, doch dann brachte eine schallende Ohrfeige sie zur Vernunft. Verzweifelt lief sie in ihre Kammer.

Als der Captain zu den anderen zurückkehrte, spürte er die Erschütterung, die über ihnen lag, fast körperlich. Claudia weinte still vor sich hin. Der Regisseur atmete schwer. Lars Larsens Gesicht war verknittert wie altes Pergament. Thora verdeckte ihre Augen und verließ den Raum.

»Nøkk?« stöhnte Randolph Bush. »Auf ihn habe ich geschossen?«

Der Fischereiaufseher nickte. »Jetzt wissen Sie, warum immer ein Tuch um seinen Kopf gewickelt ist. Man soll die Verletzung nicht sehen.«

»Aber er ist doch kein Engländer.«

»Nein, er ist Norweger, gehörte jedoch der British Air Force an.«

13

Fru Gaudahls Hotell hatte zwei Eingänge. Den zur Hauptstraße benutzten die Touristen mit ihren Wagen, den rückwärtigen die Einheimischen. Der vordere Eingang war modern gestaltet und gehörte zum Neubau des Hotels, das Wein und Bier ausschenken durfte, über ein *Svommebasseng utendørs*, Schwimmbad im Freien, verfügte und seinen Gästen Gelegenheit bot, *Batutleie* und *Sportfiske*, Boot- und Angelsport, zu betreiben. Der hintere Eingang, der zum Fluß führte, hatte ein ehrwürdiges Alter und besaß eine verträumt aussehende, von Heckenrosen umrahmte weiße Fenstertür, die von einer schwirrend tönenden Spiralfeder zugezogen wurde.

Durch diese Tür, die in eine holzgetäfelte niedrige Diele führte, in der gemütliche Sessel zum Verweilen einluden, eine uralte Wanduhr gemächlich tickte und der Boden wie in einem verwunschenen Schloß knarrte, schritten in kurzen Abständen eine große Anzahl Norweger, die alle etwa fünfundfünfzig bis sechzig Jahre alt sein mochten. Sie durchquerten die Diele und begaben sich in ein hellgestrichenes Gesellschaftszimmer, in dem der stellvertretende Provinzverwalter jeden herzlich begrüßte und um Nachsicht darum bat, daß der *Fylkesmann*, der die Einladung ausgesprochen hatte, durch eine plötzliche Dienstreise leider verhindert sei, persönlich zu erscheinen.

»Ich weiß überhaupt nicht, was das Ganze soll«, krächzte der ehemalige Widerstandskämpfer Henrik, ein grau aussehender, hagerer Geschäftsmann, der an chronischen Magengeschwüren litt. »Ein Treffen ist ja ganz schön, aber mitten in der Saison, das geht zu weit.«

»Was kümmert dich die Saison?« frotzelte ihn der Bäcker Jörgen. »Du hast dein Geschäft doch übergeben.«

»Das hat nichts damit zu tun«, protestierte der Hagere. »Saison ist Saison, da veranstaltet man keine Treffen. Und außerdem will ich nicht gestört werden.«

Der Schulmeister Arne klopfte ihm auf die Schulter. »Hast recht, Henrik. Ich mag's auch nicht, wenn man mich plötzlich aufschreckt. Wir sind doch nicht mehr die Jüngsten. Darüber hinaus liegt die Zeit, als wir unser Schicksal selbst in die Hände nehmen mußten, schon so weit zurück, daß man sich kaum noch daran erinnern kann. Um ehrlich zu sein: ich will auch gar nichts mehr davon wissen.«

»Das ist Verrat!« empörte sich der stämmige Autoverleiher und Gebrauchtwagenhändler Christian, dessen Name mit dem Zusatz *Bilutleie og brukte biler* in grüner Neonschrift weithin sichtbar über dem Marktplatz leuchtete. »Wenn wir nicht zusammenhalten...«

»Gegen wen?« fiel der Schulmeister ärgerlich ein.

»Natürlich gegen diejenigen, die uns damals überfallen haben.«

»Und die jetzt fleißig bei dir tanken, nicht wahr? Warum schickst du sie nicht fort?«

»Das ist etwas ganz anderes.«

»Mach dir doch nichts vor.«

»Laß ihn in Ruhe«, mischte sich ein hinzukommender *Glassmester* ein. »Christians Vater wurde von den Deutschen erschossen. Du würdest das auch nicht vergessen können.«

Einige miniberockte Serviermädchen brachten Bierflaschen und stellten sie auf den Tisch in der Mitte des Raumes. Niemand schaute hinter ihnen her. Ihre entblößten Schenkel ließen das Stimmengewirr aber dennoch verebben.

Wir scheinen alle ein verborgenes Auge zu haben, dachte der stellvertretende Fylkesmann belustigt und benutzte die Gelegenheit, die Anwesenden zu bitten, Platz zu nehmen.

»Weißt du, worum es geht?« fragte der Inhaber eines *Blomsterhandels* den *Urmaker* Aksel.

»Nee. Muß ja wohl was Besonderes sein. Sonst hätte Halvar uns nicht zusammengerufen.«

»Das hab ich mir auch gesagt.«

Der stellvertretende Provinzverwalter schlug an sein Glas. »Kameraden«, sagte er, »eine ungewöhnliche Nachricht veranlaßte Halvar, uns ehemalige Widerstandskämpfer zu einem Treffen zu bitten. Er erhielt von Lars Larsen einen Brief . . .«

»Wer ist Lars Larsen?« rief jemand dazwischen.

»Der Fischereiaufseher im Fjord der Lachse.«

»Kenn ich nicht. Gehört der zu uns?«

»Nein, aber er hat damals . . .«

»Du kennst ihn wohl«, belehrte ein anderer den Zwischenrufer. »Im Winter wohnt er in Tromsø. Er ist mit Thora verheiratet, auf die du mal ganz scharf warst. Bis zu den Ellbogen hättest du dir die Finger abgeschleckt, wenn du sie bekommen hättest. Ich sage dir, die hat Kraft! Als sie ihr Kind erwartete, es sind jetzt ja schon viele Jahre her, da ist sie durchs Eis gebrochen. Im achten Monat war sie. Ihr Leib war so gewölbt, daß er in der Eisdecke hängenblieb. Da hat sie sich einfach hochgestemmt und ist nach Hause gegangen.«

Schallendes Gelächter brach aus. Der Schulmeister rieb sich die Hände. »Eigil ist und bleibt unser Spaßmacher.«

»Er sollte sich mehr um seinen Laden kümmern«, warf der Magenleidende griesgrämig ein.

Der stellvertretende Fylkesmann klopfte auf den Tisch. »Zurück zur Sache. Lars Larsen, der zwar kein Widerstandskämpfer war, Ende einundvierzig aber von uns verpflichtet wurde, sofort Meldung zu erstatten, wenn er von dem Deutschen Rudolf Busch, der im Sommer des gleichen Jahres als Kriegsberichterstatter seinen Urlaub im Fjord der Lachse verbracht hatte, jemals wieder etwas hören oder sehen sollte, teilte Halvar jetzt folgendes mit.« Er griff nach einem Zettel. »Erkannte in dem Amerikaner Randolph Bush, der zur Zeit mit einem Wasserflugzeug hier weilt, den ehemaligen deutschen Kriegsberichterstatter Rudolf Busch, der damals bekanntlich auf den wehrlos im Fallschirm hängenden Piloten Norbert Økkerdal geschossen hat und diesen schwer verletzte.«

»War das nicht der deutsche Wehrmachtsangehörige, der uns in Kirkenes durch die Lappen ging?« fragte der Urmaker Aksel.

»Genau der war's. Ich rekapituliere: Rudolf Busch schoß auf einen Piloten, der aus einer explodierenden *Bristol Blenheim* der Royal Air Force gesprungen war. Ohne sich des Schwerverletzten, der einen Kopfschuß erhalten hatte und heute als schwachsinnig bezeichnet werden muß, in irgendeiner Weise anzunehmen, setzte er sich nach Kirkenes ab, wo sich seine Spur für uns verlor.«

»Dieses Schwein!« rief der Autoverleiher. »Aufknüpfen sollte man ihn! Auf der Stelle aufknüpfen!«

»Moment«, wehrte der Sprecher beschwichtigend ab. »Zunächst will ich mal meinen Bericht beenden. Als Lars und Thora Larsen wie üblich im Herbst aus dem Fjord abgeholt wurden, meldeten sie den Vorfall. Dem Schwerverletzten war nicht mehr zu helfen. Ob sein Denkvermögen durch eine sofortige Operation hätte gerettet werden können, bleibt offen. Ich werde mich gegebenenfalls mit Alf Torgersen darüber unterhalten. Er hat in unserer Stadt ja einige Patienten und landet des öfteren hier. Doch zurück zu dem Piloten der *Blenheim*. Wir sandten damals seine Erkennungsmarke nach England und bekamen zu unserer Verwunderung den Bescheid, daß es sich bei dem Verletzten nicht um einen Briten, sondern um den Norweger Norbert Økkerdal handle, der in englische Dienste getreten sei. Lars Larsen nennt ihn heute, den Anfangsbuchstaben entsprechend, einfach Nøkk. Er ist tatsächlich wie ein Geist. Ich habe ihn selbst mal erlebt.«

»Ich auch. In Tromsø. Ein trauriges Schicksal.«

»Weiß Gott. Wie erschüttert aber waren wir, als wir seine Eltern verständigen wollten. Sein Vater war mit neun anderen Landsleuten, zur Vergeltung eines Partisanenangriffes auf ein Munitionsdepot, standrechtlich erschossen worden. Der junge Økkerdal, der den Flugzeugführerschein erworben hatte, schlug sich daraufhin nach Namsos durch, wo die Briten einen Brückenkopf gebildet hatten. Er trat in ihre Dienste und ging mit ihnen nach England. Als seine Mutter davon erfuhr, erlitt sie einen Herzschlag.«

Bedrücktes Schweigen herrschte im Raum.

»Halvar möchte nun, daß der Fall Busch nach allen Gesichtspunkten durchdiskutiert wird, um Klarheit darüber zu gewinnen, ob wir es hier mit einem Kriegsverbrechen zu tun haben, das auf dem Rechtswege verfolgt werden müßte.«

»Ob?« schrie der Gebrauchtwagenhändler zornbebend. »Ob? Es ist doch wohl selbstverständlich, daß das ein Kriegsverbrechen ist. Wenn es nach mir ginge: Kommando hinschicken! Umlegen! Auf der Stelle umlegen!«

»Ich verstehe, daß du über den gewaltsamen Tod deines Vaters nicht hinwegkommst«, entgegnete der stellvertretende Fylkesmann lauter, als er es wollte. »Unrecht läßt sich aber nicht mit Unrecht ausmerzen.«

»Und wie war's damals?«

»Damals ist nicht heute. Damals war Krieg. Über dreißig Jahre sind seither vergangen. Die Welt hat sich geändert.«

»Und die Deutschen stehen wieder oben an der Spitze!«

»Ich bitte dich! Was haben *die* Deutschen mit diesem Fall hier zu tun?«

»Die haben doch alle für Hitler gestimmt, sind also alle schuldig!«

»Kollektive Schuld ist eine sehr problematische Sache. Vielleicht das größte Problem unserer Zeit. Verrenn dich nicht!«

»Hast du nicht gesagt, daß wir den Fall durchdiskutieren sollen!« erboste sich einer der Anwesenden. »Wenn Christian die Deutschen für schuldig hält, dann ist das seine Meinung, die ebenso zur Diskussion gehört wie jede andere. Ihn daraufhin mit dem Hinweis ›Verrenn dich nicht!‹ disqualifizieren zu wollen, ist schlechter Stil und beweist einmal mehr, daß du ein ungeschickter Diskussionsleiter bist.«

»Bravo!« tönte es von allen Seiten.

»Ohne Halvar kommen wir zu keinem Ergebnis.«

»Ich möchte bloß wissen, warum er Helge zu seinem Stellvertreter gemacht hat. Der verfügt doch nur über eine ölige Stimme.«

»Und besitzt damit einen passablen Ersatz für Geist.«

»O Verzeihung.«

»Vertagen wir das Treffen, bis Halvar sich Zeit nehmen kann.«

»Für uns? Den bekommen wir doch überhaupt nicht mehr zu Gesicht!«

»Hast recht«, rief der Glassmester und wandte sich abrupt an den stellvertretenden Fylkesmann. »Ich möchte jetzt erst mal wissen, was Halvar davon abhält, sich mit uns zu treffen.«

»Er mußte nach Oslo. Wegen des Beitritts in die EWG.«

Die Detonation einer Bombe hätte keine schlimmere Wirkung haben können. Empörung brandete auf.

»Wir sollen der EWG doch nur beitreten, damit man uns unsere Fischgründe nehmen kann.«

»Die Holländer warten schon darauf.«

»Die Deutschen ebenfalls.«

»Von den Dänen ganz zu schweigen!«

»Alle warten darauf. Und warum? Weil sie nur an Geschäfte denken.«

»Und was tun wir?« fragte ein Ketzer unter den Versammelten. »Denken wir etwa nicht ans Geschäft?«

»Das kann man nicht miteinander vergleichen. Es sind *unsere* Fischgründe, um die es geht.«

»Freilich. Aber besitzen wir sie überhaupt noch? Es kommen doch zum Beispiel nur noch wenig Lachse in unsere Flüsse. Und warum? Weil Holländer, Dänen und Deutsche vor unserem Hoheitsgebiet mit Netzen, *mit Netzen!*, unsere Lachse fangen. Eine Schande ist das. Wenn wir zur EWG gehören, können wir diese Mißstände vielleicht beseitigen.«

»Das glaubst du doch selber nicht.«

»Auf jeden Fall müssen wir es versuchen.«

»Versuchen? Darauf bestehen müssen wir! Und auch darauf, daß die Fischerei mit Hilfe von Elektrizität verboten wird. Es ist doch eine Schweinerei, wie man heute, weit vor unserer Küste, den Fischfang betreibt. Man schaltet einfach Strom ein, den Meereswasser fünfhundertmal besser leitet als Süßwasser. Und dann richtet man ihn wie einen Scheinwerfer genau dorthin, wo man mit dem Echolotgerät vom Flugzeug aus Schwärme ausgemacht hat. Da man mit

Gleichstrom arbeitet, auf den Fische fatal reagieren, schwimmt augenblicklich alles, was sich im Wasser bewegt, auf die Anode zu. Wie verhext jagen die armen Biester der Stromquelle entgegen, werden schließlich von der auf ihnen lastenden Stromenergie betäubt und von mächtigen Trichtern an Bord gesaugt. Mehrere Meter hohe Rohre, die wie riesige Staubsauger arbeiten, saugen groß und klein wahllos aus dem Meer heraus. Ich sage euch: die Folgen werden eines Tages furchtbar sein. Unser Beitritt in die EWG ist nichts dagegen!«

Olaf, ein soignierter James Bond unter den Buchhändlern, der es meisterhaft verstand, sich stets im richtigen Augenblick einzuschalten, hob beschwörend die Hände. »Vergeßt nicht, weshalb Halvar uns zusammenrufen ließ. Wir sollen über den Fall des Deutschen Rudolf Busch diskutieren. Dazu müssen wir zunächst einmal die Frage erörtern: Ist es ein Verbrechen, im Krieg auf einen im Fallschirm hängenden Piloten zu schießen?«

»Die Frage ist zu bejahen, wenn es sich um einen Menschen handelt, der in Luftnot geraten ist«, antwortete der Schulmeister Arne. »Wer aber sagt demjenigen, der unten steht, daß es sich bei dem im Fallschirm Hängenden um das Mitglied einer in Luftnot geratenen Flugzeugbesatzung handelt? Es könnte ebensogut ein Fallschirmjäger, ein Agent oder Saboteur sein. Diese aber sind im Krieg von jedem Soldaten zu bekämpfen.«

»Ich kann doch sehen, ob jemand abgesetzt wird oder aus einer defekten Maschine hinausspringt.«

»Nicht grundsätzlich. Wenn ein Fallschirm aus einer Wolke herauskommt, weiß man nur, daß da ein Mensch zur Erde niederschwebt. Ob dieser in Luftnot geraten ist oder hinter den Linien eine besondere Aufgabe erfüllen soll, kann niemand erkennen.«

»Einverstanden. Wenn ich aber sehe, daß ein Flugzeug explodiert, und das ist hier ja wohl der Fall gewesen, dann kann es sich nur um einen Menschen in Luftnot handeln.«

Der Schulmeister wiegte den Kopf hin und her. »Ja und nein. Es gibt Fälle, bei denen ausgebildete Agenten beziehungsweise Saboteure den Auftrag erhalten, ihre Maschine vor dem Absprung zu zerstören.«

»Das ist ein Sonderfall.«

»Zugegeben. Aber wenn wir einen Vorgang beurteilen wollen, müssen wir alle Möglichkeiten in Betracht ziehen. Dieser Rudolf Busch war Soldat...«

»Kriegsberichterstatter war er«, warf jemand ein. »Er hatte also nicht die Funktion eines Soldaten.«

»Ob Beamter, Soldat oder Offizier, spielt hierbei keine Rolle. Ich wollte nur darauf hinweisen, daß Rudolf Busch, ein deutscher Wehrmachtsangehöriger, damals möglicherweise in dem Glauben handelte, schießen zu müssen.«

»Du nimmst ihn in Schutz?«

»Keineswegs. Ich frage mich nur, was ihn sonst hätte verleiten können, auf einen Wehrlosen zu schießen?«

»Deutsches Blut!« rief der Gebrauchtwagenhändler.

»Mit Unsachlichkeit kommen wir nicht weiter.«

»Ich gebe Arne recht«, kam der Buchhändler dem

Schulmeister zu Hilfe. »Auch ein Deutscher schießt nicht einfach auf jemanden, der im Fallschirm hängt.«

»Den Einwand lasse ich gelten«, erklärte der Urmaker Aksel. »Nur üble Gestalten knallen ohne weiteres auf einen Wehrlosen. Wenn ich mir aber vergegenwärtige, wie dieser Rudolf Busch sich danach verhalten hat, dann bin ich geneigt, ihn als eine verdammt üble Gestalt zu bezeichnen.«

Allgemeiner Beifall brauste auf.

»Sein Verhalten war in höchstem Maße unmenschlich!« rief der magenleidende Geschäftsmann. »Das muß bestraft werden.«

»Eins nach dem anderen«, beschwichtigte der Buchhändler Olaf. »Übereinstimmend, und das möchte ich festhalten, sind wir der Meinung, daß Rudolf Busch gegen das Gebot der Menschlichkeit verstoßen hat. Ist sein Vergehen nun, und darum handelt es sich hier, ein Kriegsverbrechen?«

»Dem Namen nach vielleicht nicht. Ein Verbrechen ist es aber bestimmt.«

»Gut. Wir sprechen jedoch immer noch von seinem späteren Verhalten. Wie ist nun sein rücksichtsloses Schießen als solches zu beurteilen?«

Eine heftige Debatte entbrannte über diesen Punkt. Und dennoch war das Ergebnis zu guter Letzt ein fast einstimmig gefaßter Beschluß. Angesichts der Tatsache, daß im modernen Krieg bedingungslos auf jeden Gegner geschossen wird, der sich mit dem Fallschirm der Erde nähert, ferner im Hinblick auf die tausendfachen Unmenschlichkeiten, die in Vietnam mit Wissen höchster Dienststellen verübt werden, konnten sich die einstigen Widerstandskämpfer nicht dazu entschließen, einen über dreißig Jahre zurückliegenden Fall zur Anzeige zu bringen. Die fortgeschrittene Unmenschlichkeit in der Welt ließ sie mit Würde über die Schatten der Vergangenheit hinwegsehen, um den von ihnen eingeschlagenen Weg der Versöhnung beharrlich weiterverfolgen zu können. Mochte ein Unrecht dabei ungesühnt bleiben.

Nur einer lehnte sich auf: der Autoverleiher Christian. Er kam über die Erschießung seines Vaters nicht hinweg und schwor sich, Rudolf Busch, alias Randolph Bush, einer ›gerechten‹ Strafe zuzuführen. Gleich am nächsten Morgen wollte er nach Alta fahren, um sich von dort heimlich mit einer *Cessna* in den Fjord der Lachse fliegen zu lassen. Was er vorhatte, brauchte niemand zu wissen.

*

Es war, als hätte ein schweres Gewitter den Fjord der Lachse heimgesucht. Wie Hagelschauer, Wolkenbrüche und Windböen allerlei zerstören, die Luft aber reinigen und erfrischen, so hatte auch das Bekenntnis von Randolph Bush eine doppelte Wirkung: Seine Frau glich einem vom Unwetter niedergeschlagenen Grashalm, der sich nur langsam wieder zu erheben vermag. Sie rang nach Luft, als wäre ein Blitz neben ihr eingeschlagen. Ihr Gesicht war von dem Schock gezeichnet, den sie erhalten hatte. Und dennoch atmete sie auf. Jahrelang hatte sie vor einem unbegreiflichen Rätsel gestanden, nun war es gelöst. Wie schmerzlich der Preis aber auch sein mochte, es war ein befreiendes Gefühl, nicht mehr vor einer unüberwindbaren Barriere zu stehen. Hindernisse, die jetzt noch vor ihr lagen, glaubte sie bewältigen zu können. Sie war sich darüber im klaren, daß die Zukunft nicht leicht für sie werden würde. Doch es gab keine Ungewißheiten mehr, keine falschen Hoffnungen, keine bohrenden Fragen.

Thora erging es ähnlich. Sie war aufgewühlt und entsetzt über die schicksalhaften Verkettungen, denen Randolph Bush zum Opfer gefallen war. Trotzdem hatte sie, als sie den Raum verließ, das Gefühl, von einer drückenden Last befreit zu sein. Für die Frau des Regisseurs mußte es natürlich schwer sein, nun für alle Zukunft mit einer Schuld fertig zu werden, die ihr Mann auf sich geladen hatte, als sie gerade drei Jahre alt gewesen war.

Auch Lars Larsen fühlte sich wie erlöst. Zufrieden aber war er nicht. Die Blitze des Gewitters, das er heraufbeschworen hatte, waren zu grell gewesen und hatten in ungeahnte Winkel hineingeleuchtet. Wenn er gewußt hätte, welch scheußliche Geschichte sich in Kirkenes zugetragen hatte, würde er Rudolf Buschs wild abgefeuerte Schüsse vielleicht anders beurteilt haben. Vielleicht. Vielleicht auch nicht. Die Distanz verkleinert nicht immer die ertragenen Schmerzen.

Noch etwas überraschte Lars Larsen. Ein Leben lang hatte er davon geträumt, mit Rudolf Busch abrechnen zu können. Nun, nachdem sein Wunsch in Erfüllung gegangen war, bedrückte ihn die Genugtuung, die er darüber empfand.

Kikki hingegen war völlig verwirrt. Unbegreiflich erschien es ihr, daß Nøkk, dieser einsame Mensch, der nicht zu denken vermochte, sie aber stets beschützt hatte, einmal ein gesunder Mann, ja ein Pilot gewesen war. Entsetzen packte sie, wenn sie sich vergegenwärtigte, daß Randolph Bush auf ihn geschossen hatte. Darüber hinaus stellte sie mit Verwunderung fest, daß sie Peter Flemming, seit er ihr eine Ohrfeige erteilt hatte, heißer denn je liebte. Sein unbeugsamer Wille imponierte ihr. Sie mußte ihn lieben, ob sie wollte oder nicht. Und wenn er tausendmal zu dieser schillernden Brasse ... Nein, Mrs. Bush hatte es nicht verdient, so bezeichnet zu werden. Sie war zweifellos eine schöne und wertvolle Frau, aber ebendarum hatte sie sich gegen sie aufgelehnt.

Es war seltsam: auch Kikki kam sich irgendwie befreit vor. Sie glaubte plötzlich zu wissen, was sie falsch gemacht hatte. Mit ihrer Eifersucht hatte sie Peter Flemming verstimmt. Noch war jedoch nicht alles verloren. Wenn sie klug vorging, mußte sie ihn zurückgewinnen können.

Der Captain ahnte nicht, daß seine impulsive Reaktion einen drastischen Reifeprozeß einleiten und Kikki so beschäftigen würde, daß ihr kaum noch Zeit verblieb, über Randolph Bush und dessen Tat nachzudenken. Er selbst vermochte das ebenfalls nicht. Er registrierte vielmehr voller Zufriedenheit, daß die Spannungen, die den herrlichen Aufenthalt im Fjord der Lachse so unversehens überschattet hatten, mit einem Male bedeutungslos geworden waren. Man verstand sich wieder. Die Atmosphäre war bereinigt und ließ Zurückliegendes vor der Gegenwart verblassen.

Gemeinsam mit Lars Larsen hatte Peter Flemming die Kammer des Verunglückten verlassen und diesem erklärt, aus dem Sanitätskasten des Flugzeuges schmerzstillende Medikamente holen zu wollen.

Randolph Bush hatte ihm dankbar zugenickt. In Claudias Augen aber hatte Angst gestanden. Angst, in dieser Stunde mit ihrem Mann allein sein zu müssen. Was sollte sie ihm sagen? Daß alles gut sei? Das konnte sie nicht. Sie brauchte Zeit, um darüber hinwegzukommen. Aber sie befand sich in der scheußlichen Situation, heucheln zu müssen und zu wissen, es nur unvollständig zu können. Ein Whisky hätte ihr jetzt gutgetan. Peter gewiß auch. Der Flug war anstrengend gewesen. Und dann die Aufregung über den Unfall und die schreckliche Beichte. Mein Gott, wie alt sah Randolph plötzlich aus. Er tat ihr unendlich leid. Doch was sollte sie machen? Sie war mit ihren Kräften am Ende. Wenn Peter zurückkehrte, mußte sie ihrem Mann sagen, wie erschöpft sie war.

Ohne sich dessen bewußt zu sein, klammerte Claudia sich an Peter Flemming. Er war so unkompliziert, redete nicht viel, griff überall beherzt zu und handelte konsequent. Niemals hätte sie es für möglich gehalten, daß sie ihren Mann einmal betrügen würde. Nun aber, da es geschehen war, bereute sie es nicht einmal.

Randolph Bush beobachtete seine Frau. Gedankenverloren saß sie an seinem Bett und sagte kein Wort. Er spürte, daß sie sich nicht mit ihm beschäftigte. Wo waren ihre Gedanken?

Thora öffnete die Tür einen Spalt und schaute herein. »Wir Sie dürfen einladen zu Tasse Kaffee?«

»Gerne«, antwortete Claudia dankbar.

»Ich gleich kochen. Sobald Mister Flemming und mein Mann zurück, ich Sie holen.«

»Es ist erstaunlich, daß diese Menschen sich unserer noch annehmen«, entflog es Claudia, als Thora die Tür wieder geschlossen hatte.

Über das Gesicht des Regisseurs glitt ein Schatten. »Da hast du recht.«

Sie zwang sich zu lächeln. »Entschuldige, es war taktlos, was ich gesagt habe. Ich bedachte nicht . . .«

Er griff nach ihrer Hand. »Hattet ihr in Bodø ebenfalls schlechtes Wetter?«

»Nein, es war herrlich. Erst ab Narvik sanken die Wolken tief herab. In Tromsø regnete es schon so sehr, daß ich glaubte, Peter würde es niemals schaffen, hierherzufliegen. In einer Höhe von nur wenigen Metern jagte er über dem Wasser dahin. Wenn ein Schiff unseren Kurs gekreuzt hätte, wären wir zusammengestoßen. Ich habe entsetzliche Angst gehabt.«

»Immerhin hat er es geschafft, und ich wundere mich, warum das in umgekehrter Richtung nicht möglich sein soll.«

»Er hat dir doch gesagt, daß er ein zweites Mal nicht zu riskieren wagt, was er heute auf sich genommen hat. Übrigens um deinetwillen!«

»Für dich wird er es getan haben«, entgegnete Randolph Bush abfällig. »Jetzt, wo er an mich denken sollte, kneift er.«

»Das hat Peter nun wirklich nicht verdient«, erregte sich Claudia. »Wenn du durch das Fenster sehen könntest, wüßtest du, wie unrecht du ihm tust. Er läuft im strömenden Regen zum Flugzeug, um dir Medikamente zu holen. Und was ist der Dank dafür? Du stellst seinen guten Willen in Frage.«

»Entschuldige, ich bin mit meinen Nerven am Ende.«

»Ich auch!«

Beide erkannten, daß es keinen Sinn hatte, in der gegenwärtigen Situation ein vernünftiges Gespräch zu führen. Die Belastungen waren zu groß gewesen. Sie kamen deshalb überein, sich an diesem Tage bald zu trennen, und beide fühlten sich wie erlöst, als es endlich soweit war. Aber sie hatten Verständnis füreinander. Und das war im Augenblick sehr viel.

*

Als Peter Flemming und Lars Larsen das Flugzeug in heftigem Regen erreichten, schlug der Fischereiaufseher vor, die Maschine zunächst abzudecken und dann erst den Sanitätskasten in Augenschein zu nehmen.

Der Captain, der über kein Ölzeug verfügte und sich mit einem Regenschirm hatte begnügen müssen, machte eine wegwerfende Bewegung. »Die Arbeit können wir uns ersparen. Die Schutzkappen der unteren Zündkerzen stehen bestimmt schon voll Wasser. Nur das Cockpit sollten wir schützen, damit die Instrumente keinen Schaden nehmen.«

Gemeinsam kletterten sie in die Maschine, deren Fenster sofort beschlugen. Über die Flugzeugkanzel ließ sich ohne Schwierigkeit eine Plane legen, was bei dem weit vorstehenden Motor nicht so leicht möglich gewesen wäre. Nachdem die Abdeckplane verzurrt war, zwängte sich Peter Flemming durch die schmale Cockpittür in die Kabine und schnallte den Sanitätskasten von der rückwärtigen Wand los. Er entnahm ihm einige Schachteln mit schmerzstillenden Mitteln. Lars Larsen übergab er zwei Pakete mit Verbandsmull und eine Flasche mit antiseptischer Lösung. Dann unterzog er den weiteren Inhalt des Behälters einer gewissenhaften Prüfung und verließ die Maschine erst wieder, nachdem er ein genaues Bild über die vorhandenen Instrumente und Medikamente gewonnen hatte.

»Weshalb nehmen Sie nicht alles mit?« fragte der Fischereiaufseher verwundert.

Der Captain wies auf den nicht wasserdicht schließenden Deckel des Blechbehälters. »Bei dem Regen würde manche Schachtel aufweichen. Da laß ich den Kasten lieber hier und lauf gegebenenfalls zwei- oder dreimal.«

Das war jedoch nicht notwendig. Randolph Bush, der über Arzneimittel erstaunlich gut Bescheid wußte und die mitgebrachten Medikamente gleich begutachtete, war überaus zufrieden. Er brauchte sich wirklich keine Sorgen zu machen. Schmerzstillende Pillen, Zäpfchen und Ampullen standen in reichlichem Maße zur Verfügung, auch für den Fall, daß sie erst in acht Tagen würden starten können. Und bevor das Wetter sich nicht besserte, war es keinem der von Lars Larsen alarmierten Widerstandskämpfer möglich, den Fjord der Lachse aufzusuchen. Sorge bereitete ihm nur sein Bein. Der Fischereiaufseher hatte es gewiß nur notdürftig und nicht fachgerecht gerichtet und geschient. Aber in spätestens ein oder zwei Tagen mußte das Wetter ja umschlagen und der Abflug möglich sein. Randolph Bush war deshalb in relativ guter Stimmung, als seine Frau und der Captain sich verabschiedeten und ihm versicherten, gleich in der Frühe des nächsten Tages nach ihm zu sehen.

»Macht es euch gemütlich«, empfahl er ihnen. »Zündet vor allen Dingen den Gasofen an. Der vertreibt die Feuchtigkeit. Und trinkt, wenn ihr Lust habt, ein Glas auf meine Gesundheit.«

»Wird gemacht!« erwiderte Peter Flemming ohne jede Hemmung.

Claudia küßte die Wange ihres Mannes. »Ich hoffe, du wirst jetzt einigermaßen gut schlafen.«

»Bestimmt.«

Als die beiden ins Freie traten, schien der Regen sich noch verstärkt zu haben. Die Sicht betrug keine hundert Meter.

»Vermutlich nähert sich das Ende der durchgehenden Wetterfront«, sagte Peter Flemming und spannte den Schirm auf. »Die Rückseite wird nicht mehr lange auf sich warten lassen.«

Claudia trat unter den Schirm. »Du meinst, es könnte aufhören zu regnen?«

Er stellte die Gegenfrage: »Möchtest du es?«

Sie hakte sich bei ihm ein.

Peter Flemming betrachtete sie prüfend. Ihre Augen waren starr nach vorn gerichtet. Wird sie jemals mit dieser Geschichte fertig werden, fragte er sich.

»Tu den Schirm weg«, sagte sie, nachdem sie eine Weile gegangen waren.

Er begriff sofort, weshalb sie dies wünschte. Und er hatte

Verständnis dafür. Ohne zu zögern, faltete er den Schirm zusammen.

Der Regen schlug ihnen ins Gesicht.

Claudia legte den Kopf in den Nacken. Ihre Lippen waren leicht geöffnet, Stirn und Wangen tropften vor Nässe. Es dauerte nicht lange, da hing ihr Haar glatt und strähnig herab.

Die Hängebrücke kam in Sicht.

Da Peter Flemming vermutete, daß Claudias Hemmungen, sie zu überqueren, an diesem Tag besonders groß sein würden, sagte er wie nebenbei: »Ich gehe vor. Leg deine Hände auf meine Schultern.«

Sie nickte ihm dankbar zu. Ihre Kleidung klebte am Körper. Dennoch sehnte sie sich nicht danach, die Hütte zu erreichen. Sie hätte weitergehen mögen, immer weiter. Wie in Trance überquerte sie die Brücke. In Gedanken war sie bei ihrem Mann. Seltsam. An seiner Seite hatte sie an Peter gedacht. Nur gut, daß der nicht sprach und keine weiteren Fragen stellte. Die erste hatte sie schon nicht beantworten können. Dringend brauchte sie jetzt den Whisky, nach dem sie schon lange Verlangen hatte. Und dann wollte sie duschen. So heiß, wie Randolph es immer tat, wenn er vom Angeln zurückkehrte. Warum nur sah er plötzlich so alt und zermürbt aus? Er war doch immer von robuster Gesundheit gewesen.

*

Randolph Bush schloß die Augen, als seine Frau und Peter Flemming gegangen waren. Nur mit äußerster Willenskraft hatte er es in den letzten Minuten fertiggebracht, ihre Gegenwart zu ertragen, ohne die Nerven zu verlieren. Einen Moment lang hatte er sich Claudia gegenüber ja schon kaum noch zu beherrschen vermocht. Aber das war nicht ihre Schuld gewesen. Im Geiste hatte er dauernd Nøkk vor sich gesehen. Allmächtiger, würde er das Bild des Schwachsinnigen jemals wieder loswerden können? Wie sollte er das alles verkraften? Weshalb nur hatte er den Fjord der Lachse unbedingt noch einmal aufsuchen müssen? Damit die schaurige Wahrheit ihn bis an sein Lebensende quälen konnte? War das die ihm auferlegte Sühne? Er rang nach Luft, stöhnte.

Thora erschien in der Tür. »Sie haben Schmerzen?«

»Nein«, antwortete er kraftlos. »Oder doch. Sagen Sie mir ... Lag Nøkk damals in diesem Bett?«

Larsens Frau sah ihn unsicher an. »Ja«, antwortete sie mit dünner Stimme.

Randolph Bushs Herz klopfte. Es war also das gleiche Lager. War das eine Strafe Gottes? Er glaubte dies nicht. Der Zufall hatte es so gewollt. Zufällig war es auch Nøkk gewesen, der ihn veranlaßt hatte, schnell über die schwingende Brücke zu laufen. Das war gewiß alles sehr merkwürdig, und er war auch bereit, seinen Unfall als Strafe hinzunehmen, Gott aber hatte nichts damit zu tun.

Er starrte gedankenschwer zur dunklen Holzdecke empor. Konnte es etwas helfen, wenn er sich mit Selbstanklagen zermürbte? Wer kann schon von sich sagen, niemals gefehlt zu haben. Mancher Mensch verhielt sich noch feiger, als er es gewesen war. Doch was sollte diese Überlegung? Es hatte keinen Sinn, sich etwas vorzumachen. Er war ein Mensch wie jeder andere, auch wenn er sich gerne als Held gesehen hätte.

*

Am nächsten Morgen trommelte der Regen mit unverminderter Heftigkeit auf das Dach der roten Hütte. Wie ein Vorhang von Glasperlen fiel er vom Überbau der dachrinnenlosen Altane herab. Peter Flemming stellte dies mit Genugtuung fest, als er gegen acht Uhr wach wurde und nach draußen schaute. Prächtig, prächtig, dachte er und klopfte gegen die dünne Holzwand, die seine Kammer von Claudias Schlafraum trennte. »Schon wach?«

»Ja.«

»Traurig über den Regen?«

»Nein.«

»Gut geschlafen?«

»Ja.«

»Gibt es etwas zu bereuen?«

»Nein.«

»Würdest du es wiedertun?«

»Ja.«

»*Skrekkelig!*«

Claudia lachte. Seit Peter Flemming diese Vokabel in Bodø aufgeschnappt hatte, benutzte er sie immerzu. Es tat ihr gut, lachen zu können. Sie hatte schon lange wach gelegen und über ihren Mann, über sich selbst und über den frischen Wind nachgedacht, der mit zunehmender Stärke von Peter Flemming zu ihr herüberwehte. Mit ihren vierunddreißig Jahren zählte sie nicht zu jener entromantisierten Generation, die sich über Liebe und Sex ausschweigt, ihre diesbezüglichen Bedürfnisse in einem *Love-in* befriedigt und in Popfarben, Jugendstilschnörkeleien, Posters und extraordinären Dingen einen Ausgleich für fehlende Träumereien sucht. Claudia war eine moderne Frau, aber nicht illusionslos, und ebendarum ging ihr Erlebnis mit Peter Flemming nicht spurlos an ihr vorüber. Sie spürte die Frische dieses Mannes mit solcher Intensität, daß sie eine Gänsehaut bekam, wenn sie nur an ihn dachte. Eigentlich hätte sie bereits vor zwei Stunden aufstehen und ihren Mann besuchen sollen. Sie aber war liegengeblieben und hatte Peter Flemmings Rat befolgt, zunächst einmal ausschließlich an sich selbst zu denken.

Er klopfte erneut an die Holzwand. »Ist es *skrekkelig*, wenn ich dich bitte, uns ein voluminöses Frühstück zu bereiten?«

»Nein, das ist gar nicht skrekkelig«, antwortete sie, auf seine Art eingehend. »Wünschen der Herr *Honning*?«

»Bitte sehr.«

»Du mußt sagen: *Vaer så god!*«

»*Vaer så god!*«

»Und *en omelette med skinke?*«

»*Vaer så god!*«

»*Med melk, kaffe or te?*«

»*Kaffe!*«

Damit waren Claudias Kenntnisse der norwegischen Sprache erschöpft. Sie wollte das Gespräch aber nicht beenden und fragte deshalb: »Was hieß noch: Ist dieser Tisch frei?«

Der Captain lachte. »*Er dette bordet ledig?*«

»*Ledig* ist köstlich.«

»Da gebe ich dir recht«, antwortete er hintergründig. »Auf alle Fälle ist es erstaunlich, wieviel man verstehen kann: *Fru* – Frau, *Frøken* – Fräulein. *Bysteholder* – Büstenhalter. *Askebeger* – Aschenbecher. *Fyrstikker* – Streichholz. *Buljong* – Bouillon. *Svinestek* – Schweinebraten. *Sitron* – Zitrone. *Hellefisk* – Steinbutt.«

»Aber der Hering ist kein Fisch.«

»Nein, der Hering ist ein Hering. Wer den *Sild* in Norwegen einen Fisch nennt, ist untendurch. Es gibt Frühjahrshering, Sommerhering, Herbsthering, Winterhering, Fetthering, Islandhering, Fjordhering und Dutzende von Heringssorten, die auf hundertdreiundfünfzig verschiedene Arten zubereitet werden, zu den Fischen aber zählt der Hering nicht. Fisch ist Fisch, und Hering ist Hering. Und du bereitest uns jetzt *Frokost*. Mir knurrt der Magen.«

So lustig das ›Bettgespräch‹ war, so ernst wurde die Unterhaltung, als Claudia und Peter Flemming am Frühstückstisch saßen. Es begann damit, daß sie sagte: »Mir graut davor, meinen Mann zu besuchen. Ich weiß effektiv nicht, worüber ich mit ihm sprechen soll. Je länger ich über alles nachdenke, um so mehr bedrückt mich das, was er damals getan hat.«

»Zu Unrecht«, erwiderte Peter Flemming und köpfte sein Frühstücksei.

»Wie soll ich das verstehen?« fragte sie erstaunt.

Er streute Salz auf das Ei. »Betrachte das Ganze mal von einer anderen Seite. Ich habe zwar nicht das geringste Verständnis dafür, wenn jemand auf einen im Fallschirm hängenden wehrlosen Menschen schießt. Aber damals war Krieg. Dein Mann sagte, er habe sich den Bruchteil einer Sekunde lang gefragt, ob der Herabschwebende ein Agent sein könnte. Eine Frage stellen, heißt sie beantworten. Ob er sich dessen bewußt ist oder nicht, er wird sich eine Antwort gegeben haben. Und da er reagierte, als habe er einen Agenten vor sich gehabt, scheint mir erwiesen zu sein, daß er die Frage in jener Sekunde, und sei es nur im Unterbewußtsein, mit ja beantwortete. Anders läßt sich seine wilde Schießerei überhaupt nicht erklären. Er gehört doch nicht zu denen, die schnell zur Waffe greifen. Außerdem hat er einen ganzen Ladestreifen hinausgefeuert. Neun Schüsse! Panische Angst muß ihn getrieben haben.«

Claudias Züge entspannten sich. »Du meinst, auch ein anderer hätte so handeln können?«

»Warum nicht? Im übrigen bin ich davon überzeugt, daß kein Gericht sich entschließen könnte, ihn zu verurteilen. Er war Wehrmachtsangehöriger und stand dem Mitglied einer gegnerischen Macht gegenüber. Das muß berücksichtigt werden. Alles sieht natürlich anders aus, wenn man moralische Gesichtspunkte in die Waagschale wirft.«

»Und wie urteilst du darüber, daß er den Angeschossenen nicht mitgenommen und in ärztliche Obhut gebracht hat?«

Der Captain löffelte sein Ei. »Ich will ihn nicht verurteilen, aber das war üble Feigheit. Er sah sein Ansehen gefährdet. Ich könnte mir jedoch vorstellen, daß er anders gehandelt hätte, wenn die Geschichte mit dem erschossenen Hauptmann nicht vorangegangen wäre.«

Claudia sah ihn beinahe flehend an. »Ist das deine ehrliche Meinung?«

»Was sollte ich für ein Interesse daran haben, dir etwas vorzumachen. Ich sehe die Sache so, wie ich es dir sagte. Im übrigen bin ich der Meinung, daß jeder in seinem Leben einmal etwas tut, dessen er sich später schämt. Wenn nun jemand von sich aus freiwillig die Kraft und den Mut aufbringt, seine Verfehlung, oder was es sein mag, zu bekennen, dann ist das anerkennenswert. Wirklich, ich bewundere deinen Mann. Daß er nicht gleich nach unserer Ankunft Farbe bekannt hat, ist menschlich und macht ihn sympathisch. Was sind Helden denn schon?«

Claudia erhob sich spontan. »Komm, laß uns gehen. Randolph soll nicht länger warten.«

*

Peter Flemming konnte sich des Eindruckes nicht erwehren, von Thora und Lars Larsen scheel angesehen zu werden, als er mit Claudia in das Bauernhaus eintrat. Zu seiner Verwunderung war auch Nøkk anwesend. Er grinste in jener für Irre bezeichnenden Weise und deutete auf die Kammer, in der Randolph Bush lag. »Mann Maus getötet.«

Im Gegensatz zu ihren Eltern, die offensichtlich Anstoß daran nahmen, daß die Frau des Verunglückten erst gegen zehn Uhr erschien, begrüßte Kikki diese so entgegenkommend und freundlich, daß der Captain nicht zögerte, auf der Stelle sein Verhältnis zu ihr wieder in Ordnung zu bringen. Mit strahlender Miene reichte er ihr die Hand, zog sie dann plötzlich an sich und gab ihr ungeniert einen Kuß auf die

Wange, die er am Tage zuvor so unsanft behandelt hatte. »Wollen wir wieder Freunde sein?«

Das Blut stieg ihr in den Kopf. Sie hätte aufjauchzen mögen. Vor der Frau des Regisseurs gab er ihr einen Kuß! Was war sie doch für eine Närrin gewesen. Nicht den geringsten Grund hatte sie gehabt, eifersüchtig zu sein. Sein Kuß bewies es. O Peter!

Er sah sie erwartungsvoll an. »Nun, wie ist es? Vertragen wir uns wieder?«

Sie lachte glücklich.

Claudia umarmte Kikki.

Thora bemühte sich, ihre Genugtuung zu verbergen.

Lars Larsen schmunzelte.

Nøkk kicherte.

Der Raum wirkte mit einem Male größer und heller. Die ›rosemalten‹ Schränke und Türen traten wieder in den Vordergrund. Es war, als hätte sich im wolkenverhangenen Himmel ein Loch gebildet.

Thora deutete auf Randolph Bushs Kammer. »Er schon lange wartet.«

»Das kann ich mir denken«, erwiderte Claudia unbefangen. »Ich hatte auch vor, früher zu kommen, aber es war mir nicht möglich. Der gestrige Tag . . . Sie werden mich verstehen.«

Bis zu diesem Augenblick hatte Thora kein Verständnis für Claudias spätes Erscheinen gehabt. Nun aber gefiel der Norwegerin deren Ehrlichkeit.

Randolph Bush war nicht so schnell umzustimmen. Er fand es unbegreiflich, daß seine Frau ihn so lange hatte warten lassen. »Du wolltest in aller Frühe kommen«, insistierte er, ohne ihr die Möglichkeit zu geben, etwas zu erwidern. »Ich liege hier, habe Schmerzen, bin vollgepfropft mit Medikamenten und grüble mir den Kopf wund, während du spät aufstehst, in aller Seelenruhe frühstückst und dich mit unserem Herrn Piloten unterhältst.«

Claudia wollte aufbegehren, aber Peter Flemming kam ihr zuvor. »Stimmt«, entgegnete er in aller Ruhe. »Wir haben uns lange unterhalten. Gestern und heute. Ihre Frau hatte ja einiges zu verkraften. Da habe ich mich bemüht, ihr gewisse Dinge verständlich zu machen.«

Randolph Bush sah den Captain aus zusammengekniffenen Augen an.

»Du solltest Peter dankbar sein«, erklärte Claudia, nun ebenfalls ruhig. »Er hat mir dein Verhalten, das mich, was du hoffentlich verstehen wirst, sehr erschreckt hatte, wirklich verständlich gemacht. Ohne seinen Einfluß würde ich heute morgen vielleicht schon um sieben oder acht Uhr bei dir gewesen sein. Aber dann hätte ich Angst vor einem Gespräch mit dir gehabt.«

»Und die hast du jetzt nicht mehr?«

»Nein. Ich brauche nur noch etwas Zeit, um mich an die veränderte Situation zu gewöhnen.«

»Und ich hab hier gelegen und gedacht...« Er streckte dem Captain die Hand entgegen. »Thank you, Peter. Wenn Ihre Tätigkeit für mich nun auch vorzeitig zu Ende geht, möchte ich unsere Abmachung doch auf ein halbes Jahr verlängern.«

»Das ist sehr großzügig, aber...«

»Kein Aber!« unterbrach ihn Randolph Bush. »Sie ahnen nicht, wie erleichtert ich mich im Augenblick fühle. Wie neugeboren!«

Das imaginäre Wolkenloch im verhangenen Himmel vergrößerte sich zusehends und ließ den Regisseur seinen Ärger über den unvermindert herniederprasselnden Regen vergessen. »Seien wir froh, daß wir uns im Fjord der Lachse und nicht in Bergen, der regenreichsten Stadt Norwegens, aufhalten«, sagte er aufgekratzt. »Dort regnet es nämlich so, daß die Pferde scheuen, wenn sie einen Menschen ohne Schirm über die Straße gehen sehen.«

Das Gelächter über den Scherz lockte den Fischereiaufseher herbei. Er öffnete die Tür und steckte seinen Kopf in die Kammer. »Geht es besser?«

»Wesentlich!« antwortete Randolph Bush erleichtert. »Ich hoffe nur, daß sich auch das Wetter bessert.«

»Das dauert nicht mehr lange«, prophezeite Lars Larsen. »Vorhin flogen kreischende Möwen vorbei. Das bedeutet Wetterwechsel.«

Claudia schaute unwillkürlich zu Peter Flemming hinüber.

Der gab sich gelassen. »Schön wär's.«

Randolph Bush richtete sich auf. »Vielleicht könnten wir dann heute noch starten.«

»Sofern es mir gelingt, den Motor schnell trockenzulegen.«

»Seit wann ist der ›Pratt and Whitney‹ ein Baby?«

»Seit Golfströme auf ihn herabregnen.«

Der Regisseur spitzte die Lippen. »›Attisches Salz‹ im Fjord der Lachse? Wer hätte das für möglich gehalten.«

Der Captain deutete eine höfische Verneigung an. Spitzenjabots würden ihm gut stehen, dachte Claudia.

»Nun mal im Ernst«, nahm Randolph Bush das Gespräch wieder auf. »Könnte der Motor Schwierigkeiten bereiten?«

»Das wäre zuviel gesagt. Angesichts des endlosen Regens wird es allerdings einige Zeit dauern, bis er anspringt. Ich werde den Anlasser deshalb vorsorglich gar nicht erst betätigen, sondern zunächst die E-Anlage trockenlegen. Die Batterie würde sonst bald leer sein. Und dann gäbe es keine Startmöglichkeit mehr.«

Ist das nun Wahrheit oder Raffinesse, fragte sich Claudia.

»Malen Sie den Teufel nicht an die Wand!« warnte ihr Mann.

Peter Flemming beruhigte ihn. »Sie können unbesorgt sein. Ich kümmere mich schon darum, daß wir hier nicht hängenbleiben. Bevor aber der Regen nicht aufhört, kann ich nichts unternehmen.«

Zu Mittag aßen Claudia und der Captain mit der Familie Larsen. Danach leistete Peter Flemming Kikki Gesellschaft. Ihre Eltern hatten sich hingelegt; die Nacht war unruhig für sie verlaufen. Und Claudia wünschte, eine Weile allein mit ihrem Mann zu sein.

»Werden Sie mir helfen, das Flugzeug startbereit zu machen, wenn es aufhört zu regnen?« fragte er Kikki, die mit einer Stickerei beschäftigt war.

»Gewiß«, antwortete sie sogleich. Ihre Stimme aber klang traurig.

»Ich dachte, das würde Sie freuen.«

»Schon. Sie dann aber wegfliegen.«

»Ich komme wieder.«

»Sie annehmen Stelle in Bodø?«

»Wahrscheinlich. Zunächst muß ich jedoch nochmals hierherfliegen, um die Sachen zu holen, die wir zurücklassen.«

Kikkis Miene erhellte sich. »Sie nicht gleich alles mitnehmen?«

Er schüttelte den Kopf. »Das Wichtigste ist jetzt, den Kranken zu transportieren.«

Ihr Herz klopfte schneller. »Sie wissen, daß Fluggesellschaft von Bodø auch landet in Tromsø?«

»Gewiß.«

»Dann Sie vielleicht oft kommen nach Tromsø.«

»Ich will es hoffen.«

»Im Winter wir dort wohnen.«

»Jetzt raten Sie mal, *warum* ich hoffe, oft nach Tromsø fliegen zu müssen?«

Ihre Augen leuchteten, als fiele ein Sonnenstrahl in sie hinein.

Peter Flemming war fasziniert. Warum nur war er so idiotisch gewesen, seine innere Stimme zu überhören?

14

Am Spätnachmittag riß die Wolkendecke über dem Fjord der Lachse plötzlich auf. Die Sonnenstrahlen verwandelten die Wiese vor dem Bauernhaus binnen weniger Minuten in eine dampfende Fläche und ließen Peter Flemming nicht mehr an Kikki denken. Seine Gedanken wandten sich wieder Claudia zu. Wenn er das Flugzeug jetzt startklar machte, und daran kam er nicht vorbei, bedeutete das eine baldige Trennung von ihr. Mit gemeinsamen Nächten war es dann vorbei. Falls sie starteten, würde Randolph Bush alles daransetzen, von Bodø aus sofort weiterzufliegen. Womöglich sogar in einer schnellen Verkehrsmaschine, die ihn in wenigen Stunden nach Oslo bringen konnte. Dort hatte er Anschluß nach sämtlichen Hauptstädten Europas. Er wäre ein Narr, wenn er sich in das Krankenhaus einer Kleinstadt begeben würde.

Peter Flemming gab sich keinen Illusionen hin. Er kannte den Regisseur und wußte, daß dieser sich durch nichts aufhalten lassen und noch in der gleichen Nacht weiterfliegen würde, wenn er Bodø erst erreicht hatte. Und eben weil er dies wußte, war er drauf und dran, aus egoistischen Motiven seine Pflicht zu vernachlässigen. Sein Gewissen setzte ihm zu, doch seine Wünsche waren stärker. Trotzdem tat er

Dinge, die den Anschein großer Bereitschaft erweckten, in Wirklichkeit jedoch billige Tarnmanöver waren. So suchte er Randolph Bush auf und verkündete ihm freudestrahlend: »Die Wolken reißen auf! Ich mache die Maschine sofort startklar und möchte Ihre Frau bitten, gleich ihre Sachen zu packen. Wenn wir Glück haben, können wir in zwei bis drei Stunden starten.« Damit wandte er sich an Claudia. »Bis dahin werden Sie ja wohl fertig werden, oder?«

»Gewiß«, erwiderte sie. Ihre Augen aber verrieten ihm, was sie dachte.

»Dann möchte ich eine Bitte an Sie richten«, fuhr er scheinheilig fort. »Fast eine unverschämte. Würden Sie auch meine Sachen packen? Ich komme jetzt nicht dazu.«

»Das ist doch selbstverständlich.«

Er wandte sich wieder an den Regisseur. »Mit Lars Larsen werde ich gleich besprechen, wie wir Sie zum Flugzeug transportieren. Vor allen Dingen das Problem des Einladens macht mir Kopfzerbrechen. Irgendwie werden wir es aber schon schaffen.«

Randolph Bush dankte ihm und forderte seine Frau auf, sich zu beeilen. »Und vergiß nicht, mir das Scheckbuch mitzubringen«, fügte er hinzu. »Die Angelegenheit mit Larsens muß vorher erledigt werden.«

»Well«, erwiderte sie. »Und was ist mit dem Angelzeug?«

»Darum brauchen Sie sich nicht zu kümmern«, kam Peter Flemming dem Regisseur zuvor. »Wir haben bei der Chartergesellschaft mehr Flugstunden bezahlt, als wir unter den gegebenen Umständen benötigen. Ich fliege also nochmals her und hol die Sachen.«

»Wenn Sie das tun wollen, bin ich Ihnen sehr dankbar«, entgegnete Randolph Bush erfreut.

Claudia zwang sich zu lachen. »Vermutlich denkt er dabei mehr an Kikki.«

»Stimmt!« erwiderte der Captain und dachte: Unser Spiel ist übel.

Nachdem Randolph Bush noch einige Wünsche geäußert hatte, verließen Claudia und Peter Flemming den Raum. Da sich gerade niemand im Wohnraum befand, fragte sie gedämpft: »Wirst du es schaffen, in zwei bis drei Stunden startbereit zu sein?«

Er zuckte die Achseln. »Mit Gewißheit kann ich es nicht sagen. Wenn nicht«, er wies auf das Fenster, das einen Ausblick auf die dampfende Wiese gestattete, »dürften wir frühestens morgen mittag starten können.«

Kikkis Erscheinen beendete das Gespräch. Sie kam aus der im oberen Stockwerk gelegenen Schlafkammer ihrer Eltern. »Vater sofort kommen. Wir schon sollen vorgehen.«

»Sie will mir helfen, die Maschine startklar zu machen«, erläuterte Peter Flemming.

Claudia gab sich erstaunt. »Kann sie denn das?«

Der Captain zog die Norwegerin an sich. »Sie ist eine gelehrige Schülerin, nicht wahr?«

Kikki strahlte.

»Also gehen wir«, sagte er leichthin und stieg, ohne Kikki loszulassen, über die hohe Schwelle der Haustür hinweg. »Während Sie mir helfen, packt Mistress Bush die Koffer.«

Kikki war voller Seligkeit, und es dauerte nicht lange, bis sie rittlings auf der Verkleidung des Motorvorbaues saß und den Anweisungen Peter Flemmings folgte. Sie war äußerst geschickt und leistete wirklich wertvolle Hilfe. Ebenfalls ihr Vater, der seine bis zu den Hüften reichenden Gummistiefel angezogen hatte und mit viel Energie einige Meter vom Ufer entfernt zwei Pfähle in den Grund der Bucht rammte. Die Pfähle verband er mit einem Brett, auf das er vom Ufer aus vier Bohlen legte, so daß eine kleine Rampe zur Verfügung stand.

»Ist es so recht?« rief er Peter Flemming zu, der die Störschutzkappen der Zündkerzen umständlich säuberte.

»Hervorragend!« rief der Captain zurück. »Bei Flut dürfte die Höhe ziemlich genau stimmen. Den Verletzten können wir nun ohne Schwierigkeit an Bord bringen. Ich hoffe nur, daß die Steine auf dem Grund die Schwimmer nicht beschädigen.«

»Bei Tide bestimmt nicht.«

»Wann ist die nächste Flut?«

»Etwa um zwanzig Uhr.«

Peter Flemming blickte über das Tal hinweg. Die verfilzte Wiese dampfte wie ein brodelnder Kessel. Pastellfarben hoben sich die Berge gegen den jetzt schon fast wolkenlosen, strahlendblauen Himmel ab. Rosig leuchteten die Bergspitzen. Alles war wieder schön im Fjord der Lachse. Und es gab keinerlei Spannungen mehr. Die dampfende Wiese aber kündete eine Gefahr an. Sie schien dem Captain ein Spiegelbild dessen zu sein, was er empfand. Weitaus mehr, als er es sich eingestand, bereute er seinen vorgefaßten Entschluß, an diesem Abend nicht zu starten. Der Widerspruch der Empfindungen setzte ihm mächtig zu. Sollte er doch noch versuchen, den Start vor Einbruch des Nebels zuwege zu bringen?

»Ich gehe jetzt zur Stallung, um die Tragbahre zu bauen«, rief Lars Larsen.

»Okay!«

»Brauchen Sie noch was?«

»Ja, wenn Sie ein Brett hätten, das sich über die Schwimmer legen ließe, könnte ich am Motor besser arbeiten.«

»Bekommen Sie! Kikki soll mich begleiten.«

Seine Tochter kletterte vom Motorvorbau zur Cockpittür und von dort auf den Schwimmer herab. Peter Flemming war ihr dabei behilflich, obwohl dies nicht erforderlich war. Sie genoß es, seine Nähe zu spüren. Wenn er doch nicht fortfliegen müßte. Unwillkürlich fragte sie ihn: »Sie glauben, Start möglich noch heute abend?«

Er deutete zur Wiese hinüber. »Ich fürchte, wir bekommen Nebel.«

»Das hab ich auch schon gedacht«, sagte Lars Larsen, der in diesem Augenblick mit seinem Boot am Schwimmer anlegte, um Kikki zu holen. »Vielleicht sollte man es Mister Bush sagen. Sonst ist er nachher zu enttäuscht.«

Der Captain zögerte einen Moment. »Sie haben recht. Ich werde ihn verständigen.«

Der Fischereiaufseher nickte. »Wir machen aber weiter. Dann können Sie morgen starten, sobald der Nebel sich aufgelöst hat.«

Die Reaktion des Alten erleichterte Peter Flemming, zeigte sie ihm doch, daß eine Verschiebung des Starts durchaus nicht als tragisch empfunden wurde. Er brauchte sich also keine Gedanken zu machen.

*

Der Gebrauchtwagenhändler Christian war über die Reichsstraße 6 bis Lyngen gefahren, wo er in einer kleinen *Gjestgiveri* übernachtete und seinen Wagen abstellte. Finstere Überlegungen hatten ihn bewogen, für die Weiterfahrt nicht das eigene Fahrzeug zu benutzen, sondern mit der Fähre nach Olderdalen überzusetzen und dort in den Bus der *Nord-Norge Linie* einzusteigen, der die 216 Kilometer lange, nicht asphaltierte Strecke bis Alta in genau acht Stunden zurücklegt. Mit seinem Wagen hätte er das nicht geschafft. Nur norwegische Busfahrer vermögen auf einer Straße, die praktisch ausschließlich aus Kurven besteht, zumeist schmal ist und vielfach an Fjorden entlangführt, beachtliche Durchschnittsgeschwindigkeiten zu erzielen.

Die aus Tarnungsgründen eingeplante Busfahrt hatte eine unerwartete Wirkung. Sie warf alle Absichten und Pläne des ehemaligen Widerstandskämpfers über den Haufen. Ursprünglich hatte er vorgehabt, den Deutschen Rudolf Busch kurzerhand zu erschießen. Die lange Fahrt an den Fjorden entlang, die in strömendem Regen begann und in strahlendem Sonnenschein endete, aber brach seinen Starrsinn. Angesichts des von Stunde zu Stunde besser werdenden Wetters erlebte er das Heraufkommen eines jähen, frischen Frühlings, der hoffende Erwartung ausstrahlt und zurückliegende Winterstürme vergessen läßt. Überall kündigte sich der nahende Sommer an. Sein bereits zu spürender, würziger Atem ließ den schwerblütigen Autoverleiher erkennen, daß er in seiner Unnachgiebigkeit und seinem ewig schwelenden Haß jenen alten Bauern glich, die sich an unzugängliche Berghöfe klammern und lieber in der Tiefkühltruhe des Winters frieren, als sich im Herbst den Zugvögeln anzuschließen. Von einigen Abstechern nach Tromsø und Narvik abgesehen, war er nie aus seiner Heimatstadt herausgekommen. Die Schönheiten des Landes mußten deshalb an einem Tage, da die Sonne unerwartet aus Regenwolken hervorbrach und die Frucht der Frühlingsschmelze in leuchtenden Farben erstrahlen ließ, eine große Wirkung auf ihn haben. Er wehrte sich nicht mehr dagegen, selber aufzutauen, erlebte das beseligende Gefühl des Ausgeglichenseins und kam zu der Überzeugung, daß sein erschossener Vater einen besseren Nachruf verdiene als den, durch einen Mord gerächt worden zu sein. Von Rache wollte er plötzlich nichts mehr wissen. Die Dummheit der Redensart von der süßen Rache wurde ihm angesichts der Bitterkeit, die ihn bisher erfüllt und getrieben hatte, allzu deutlich. Er dachte nicht mehr daran, sich an Rudolf Busch zu rächen. Jetzt wünschte er als Mann vor ihn hinzutreten und ihn aufzufordern, sich dem Urteil eines ordentlichen Gerichtes zu unterwerfen. Wenn sich dieses der Auffassung seiner Kameraden anschloß, wollte er sich beugen. Er vermutete jedoch, daß das Vergehen des Deutschen nicht ungesühnt bleiben würde.

Um sechzehn Uhr erreichte der Bus die 4000 Einwohner zählende Hauptstadt der Provinz Finnmark, die eigentlich aus den Dörfern Elvebakken, Bossekop und Bukta besteht, aber Alta genannt wird und durch den gleichnamigen lachsreichen Fluß zu Weltberühmtheit gelangte. Der Gebrauchtwagenhändler quartierte sich in der Herberge *Alta Snack-Bar og Pensjonat* ein, hielt sich jedoch nicht lange dort auf, sondern begab sich sogleich zum östlich der Stadt gelegenen Flughafen. Hier erkundigte er sich nach dem Piloten der *Varrangfly*, die mit ihrer *Cessna 206* ausschließlich Charterflüge durchführt. Zumeist zum Nordkap.

»Herr Hansen hat sich eben verabschiedet«, sagte ihm eine Hosteß und schaute durch das Fenster ihres Büroraumes. »Dort drüben geht er.«

Der ehemalige Widerstandskämpfer lief eilig nach draußen und erreichte den Piloten, als dieser gerade seinen Wagen aufschließen wollte. Außer Atem, erklärte er ihm, daß er möglichst sofort zum Fjord der Lachse fliegen wolle.

Der Flugzeugführer schüttelte den Kopf und wies zum Kai hinüber, wo seine Maschine verankert lag. »Sehen Sie, wie das Wasser dampft? In spätestens zwei Stunden haben wir dicken Nebel. Und der wird sich, wie mir die Wetterstation eben sagte, tagelang nicht auflösen. Wir hatten einen sintflutartigen Regen. Die dadurch hervorgerufene hohe Feuchtigkeit führt schon bei geringem Temperaturrückgang zu Nebel und nochmals Nebel. Vorerst läßt sich der Flug also nicht durchführen.«

»Und Sie meinen, es könnte Tage dauern, bis die Wetterlage sich ändert?«

»Nicht könnte – es wird Tage dauern!«

»Aber Sie werden mich zum Fjord der Lachse fliegen, wenn der Nebel sich auflöst?«

»Selbstverständlich. Ich habe im Augenblick keinen besonderen Auftrag vorliegen.«

Der Deutsche kann zur Zeit auch nicht starten, tröstete sich der Autoverleiher. Er wird also noch da sein, wenn ich komme. »Gut«, erwiderte er. »Dann verpflichte ich Sie hiermit, mich sobald als möglich zum Fjord der Lachse zu fliegen. Ich werde mich täglich drüben in der Kafeteria aufhalten. Und wenn es eine Woche dauern sollte.«

*

Randolph Bush fiel förmlich zusammen, als Peter Flemming ihm eröffnete, wegen aufkommenden Nebels wahrscheinlich erst am nächsten Tag starten zu können. Die von der Vorfreude durchbluteten Wangen des Regisseurs wirkten plötzlich erschlafft, seine Augen verloren allen Glanz. »Haben Sie meine Frau schon verständigt?« fragte er betroffen.

»Nein«, antwortete der Captain. »Ich habe auch nicht die Absicht, es zu tun. Es könnte ja sein, daß wir doch noch 'rauskommen. Allein der Start ist jetzt unser Problem. Nachdem die Wetterfront durchgezogen ist, brauchen wir keine Vereisung mehr zu befürchten. Wolken dürften kaum vorhanden sein. Nur Bodennebel.«

»Setzen Sie alles daran, daß wir noch heute wegkommen«, beschwor ihn Randolph Bush. »Ich gehöre in ein Krankenhaus, brauche ärztliche Hilfe.«

»Ich tu, was ich kann«, erwiderte Peter Flemming und wunderte sich darüber, wie leicht es ihm fiel, sich nicht zu verraten. »Ich hielt es nur für richtig, Sie zu informieren, damit die Enttäuschung gegebenenfalls nicht zu groß wird.«

Randolph Bush wirkte verzweifelt. »Ich werde das scheußliche Gefühl nicht los, unmittelbar vor dem Zusammenbruch zu stehen. Schaurige Bilder quälen mich. In diesem Bett lag vor einunddreißig Jahren Norbert Økkerdal. Nøkk! Tag und Nacht verfolgt mich sein Gesicht. Damals kümmerte ich mich nicht um ihn. Wie lange, so frage ich mich, wird es noch dauern, bis sich der Kreis schließt und sich auch niemand mehr um mich kümmern wird?«

»Entschuldigen Sie«, eiferte sich der Captain, »aber Ihre Frage stellt, von Ihrer Frau einmal ganz abgesehen, für die Familie Larsen eine unerhörte Beleidigung dar. Angesichts der Selbstlosigkeit dieser Menschen sollten Sie derartige Zweifel nicht hegen.«

»Sie haben recht«, beeilte sich der Regisseur zu versichern. »Absolut recht. Aber macht die Tatsache, daß ich solches denke, nicht deutlich, welch entsetzliche Ahnungen mich peinigen! Es stimmt nicht mehr mit mir, Peter. Ich flehe Sie an, bringen Sie mich hier heraus, bevor es zu spät ist.«

An ihm ist ein Schauspieler verlorengegangen, dachte der Captain, als er den Raum verließ. Aber er mußte zugeben, daß Randolph Bush plötzlich wie der leibhaftige Tod ausgesehen hatte. Kann man sich in einer Situation wie der seinen überhaupt noch verstellen, fragte er sich. Ist es einem Kranken möglich, die Rolle eines von Todesfurcht Gepeinigten zu spielen? Peter Flemming lief es kalt über den Rücken. Doch dann lehnte er sich erneut auf. Bestimmt sollte er nervös gemacht werden. Randolph Bush verstand sein Metier. Er spielte auf allen Instrumenten. Hauptsache, er setzte sich durch. Aber diesmal hatten auch andere ihren Willen. Und überhaupt: wer wäre wohl auf den Gedanken gekommen, noch an diesem Tage zu starten, wenn es zwei oder drei Stunden länger geregnet hätte? Die Tag und Nacht am Himmel stehende Sonne ließ jeden vergessen, daß es gleich Abend war.

Peter Flemming wußte, daß er sich belog und nach Entschuldigungen suchte. Die Wahrheit war, daß er nicht starten wollte. Und Claudia hatte den gleichen Wunsch. Ohne darüber zu sprechen, hatten sie sich abgestimmt. Ein einziger Blick hatte genügt. Eigenartig war nur, daß er sich so viel Gedanken über eine im Grunde genommen bedeutungslose Angelegenheit machte. Es spielte doch keine Rolle, ob er heute oder morgen startete.

Wenn er später hierüber nachdachte, war er versucht zu glauben, bereits in jener Stunde eine heraufziehende Gefahr gespürt zu haben. Aber er hatte sich über die Warnzeichen hinweggesetzt, die Instinkt und Gewissen ihm signalisierten.

Auch Claudia hatte so etwas wie eine Vorahnung, als sie am Abend das Bauernhaus mit Peter Flemming verließ und durch dichten Nebel der roten Hütte entgegenstrebte. »Was machen wir bloß, wenn die Sicht sich morgen nicht bessert?« fragte sie bedrückt. »Randolph würde es nicht überstehen. Seine Veränderung ist beängstigend. Als du ihm am Nachmittag sagtest, es habe aufgehört zu regnen, war er selig.

Jetzt hingegen . . .« Sie fröstelte und drängte näher an den Captain. »Seine plötzliche Angst, nicht lebend von hier fortzukommen, verwirrt seinen Geist. Wie ist er nur auf die Idee gekommen, daß es mit ihm zu Ende geht? Stimmt es womöglich, daß ein Kranker das Herannahen des Todes spürt?«

Peter Flemming wurde ungehalten. »Werd nicht auch du noch verrückt. Eine verletzte Hand und ein gebrochenes Bein sind kein Grund, die Nerven zu verlieren.«

»Möglich. Aber vielleicht hätten wir uns doch beeilen und starten sollen.«

»Natürlich«, entgegnete er aufsässig. »Und was wäre gewonnen? Ein halber Tag. Mehr bestimmt nicht. Morgen gegen Mittag werden wir starten können. Bis dahin hat die Sonne den Nebel aufgelöst.«

»Hoffentlich«, erwiderte Claudia.

Peter Flemming wollte nicht zugeben, daß auch ihn ein ungutes Gefühl beschlichen hatte. Als er aber kurz nach Mitternacht im Tosen des Flusses, an das er sich schon so gewöhnt hatte, daß er es kaum noch vernahm, die Hängebrücke quietschen hörte, ahnte er, daß Unangenehmes auf ihn zukam.

Auch Claudia erschrak zutiefst. Im Nu war sie aus dem Bett und schlüpfte in ihr Nachtkleid.

Er warf sich seinen Bademantel über.

Gleich darauf hörten sie Kikki rufen: »Mistress Bush! Mister Flemming!«

Der Captain lief auf die Altane hinaus. »Was gibt's, Kikki?«

»Mister Bush Anfall. Schwere Krampf.«

»Wir kommen sofort«, rief er zurück. »Müssen schnell etwas anziehen.«

Claudia blickte ihm kreidebleich entgegen. »Randolph hat einen Anfall?«

»Angeblich einen Krampf.«

»Und wir beide haben . . .«

»Zieh dich an«, unterbrach er sie. »Jede Minute kann jetzt kostbar sein.«

»Wie meinst du das?«

Er eilte in seinen Schlafraum. »Sag ich dir später.«

Nur notdürftig gekleidet verließen sie die Fischerhütte.

»Kikki!« rief Peter Flemming.

»Ich bin schon wieder auf andere Ufer«, tönte es zurück.

»Okay!« Er führte Claudia auf die Brücke zu. Der Nebel war so dicht, daß sie keine zwanzig Meter weit sehen konnten. »Geh vor«, sagte er ihr. »Aber langsam.«

Claudia ging voran. Damit die Brücke nicht in Schwingungen geriet, schritt er vorsichtig hinter ihr her. Als sie das Ende der Brücke erreichten, bestürmten sie Kikki sogleich mit Fragen, die diese nicht beantworten konnte.

»Nicht weiß«, erwiderte sie bedrückt. »Er starke Schmerzen. Mutter sagt: Wundkrampf.«

Peter Flemming erschrak. Offensichtlich traf seine Befürchtung zu. Wenn Randolph Bush vom Wundstarrkrampf befallen war, sah es böse für ihn aus. Aber dann fiel ihm der Sanitätskasten im Flugzeug ein. Bei der Durchsicht der Medikamente hatte er etwas über ein Anti-Tetanus-Präparat gelesen. Daran erinnerte er sich genau. Vielleicht konnte

Randolph Bush doch noch geholfen werden. »Ihre Mutter wird den Wundstarrkrampf meinen«, sagte er, noch bevor Claudia etwas erwidern konnte. »Der ist natürlich sehr schmerzhaft. Wir haben an Bord aber ein Mittel dagegen.« Er legte seine Hand auf Claudias Arm. »Machen Sie sich keine Sorge.«

Sie sah ihn an, als traue sie ihm nicht.

»Ich werde Ihnen doch jetzt nichts vormachen«, beruhigte er sie.

Kikki bat die beiden, ihr zu folgen. Beim Gehen schaute sie unentwegt auf den Boden, um den Wiesenpfad nicht zu verlieren, der sich zwischen der Brücke und dem Bauernhaus gebildet hatte. Würde die Sonne nicht trotz der mitternächtlichen Zeit am Himmel gestanden haben, hätten sie ihr Ziel kaum auf direktem Wege erreichen können.

Noch ehe das Haus in Sicht kam, hörten sie markerschütternde Schreie.

Claudia war wie gelähmt. Unfähig, in das Haus einzutreten, blieb sie vor der Türschwelle stehen. »Wären wir doch geflogen!« stammelte sie verzweifelt.

Peter Flemming packte sie beim Arm. »Selbstanklagen helfen jetzt nichts«, raunte er ihr zu. »Ihr Mann muß sehen, daß Sie bei ihm sind. Reißen Sie sich zusammen!«

Sie griff nach seiner Hand. »Ich will ja. Helfen Sie mir.«

Er führte sie über die hohe Schwelle des Einganges.

Lars Larsen kam ihnen entgegen. »Thora ist bei Mister Bush. Er hat schreckliche Schmerzen. Wir können ihm nicht helfen.«

»Doch, wir haben im Flugzeug ein entsprechendes Mittel.

Ich will nur schnell nach dem Kranken sehen. Dann laufen wir los.«

Der Fischereiaufseher eilte wie erlöst davon, um seine Gummistiefel anzuziehen.

Nøkk drehte sich vor der Kammer des Kranken mit den Bewegungen eines Somnambulen im Kreise und trällerte: »Mann Maus getötet! Mann Maus getötet!«

Peter Flemming führte Claudia, die vor Entsetzen kaum weitergehen konnte, an ihm vorbei.

Die Schreie des Regisseurs wurden noch heftiger.

Sie umklammerte den Captain.

»Tapfer sein«, flüsterte er ihr zu und trat in die Kammer, in der Thora neben dem Bett stand und allem Anschein nach versuchte, Randolph Bush daran zu hindern, sich zu erheben. So sah es jedenfalls aus. Sein Kopf war stark zurückgelegt, gerade so, als stemme er sich gegen das Kissen. Sein Körper war gekrümmt, als wehre er sich dagegen, im Bett liegen zu müssen. Seine weit geöffneten Augen wirkten starr. Immer wieder stieß er entsetzliche Schmerzensschreie aus.

Für den Captain, der als Pilot eine Ausbildung über Hilfeleistungen in Notfällen erhalten hatte, gab es keinen Zweifel mehr. Tetanus, der schreckliche Wundstarrkrampf, hatte die Muskulatur des Verletzten befallen. »Den Körper nicht hinunterdrücken«, rief er Thora zu.

Sie drehte sich erschrocken um. »Aber er sich will erheben.«

»Nein. Er wird durch das Zusammenziehen der Rückenmuskeln bogenförmig nach hinten gekrümmt. Ihn um Gottes willen nicht anfassen. Das steigert seine Schmerzen. Nach Möglichkeit auch nichts sprechen und sich nicht bewegen. Jeder Sinnesreiz muß vermieden werden.« Er trat behutsam an das Fenster, schloß die Vorhänge und schob Thora sowie Claudia vor sich her aus dem Raum hinaus. »Keiner geht zu ihm!«

Claudia begehrte auf. »Aber ich will bei ihm bleiben. Sie haben doch selbst gesagt, mein Mann müsse mich sehen!«

Er schloß vorsichtig die Tür. »Das war vorhin. Als ich die für den Wundstarrkrampf typischen Symptome sah, erinnerte ich mich an das, was ich darüber weiß. Licht, Schall, jede Berührung und alles, was Gemütserregungen hervorrufen kann, muß von ihm ferngehalten werden. Bleiben Sie also hier.«

Claudia sah ihn flehend an. »Wenn Sie so viel über diese Krankheit wissen, dann wird Ihnen auch bekannt sein, wie gefährlich sie ist. Sagen Sie mir die Wahrheit. Schwebt mein Mann in Lebensgefahr?«

Peter Flemming zögerte einen Augenblick, bevor er antwortete. »Hätten wir kein Anti-Tetanus-Präparat, sähe es schlimm für ihn aus. Aber wir besitzen das Mittel und haben somit allen Grund, hoffnungsvoll zu sein.«

Lars Larsen kam mit seinen schweren Gummistiefeln aus der Küche heraus.

Der Captain hob die Hände und gab ihm zu verstehen, leise aufzutreten. »Wenn Mister Bushs Schmerzenslaute im Augenblick auch alles überdecken, so muß doch jedes Geräusch vermieden werden«, sagte er gedämpft. »Und nun los. Die Frauen wissen Bescheid.«

Kikki wollte sich ihnen anschließen. »Hier ich nicht kann helfen.«

»Stimmt«, erwiderte Peter Flemming. »Und dennoch können Sie sich nützlich machen.« Er wies auf den Geisteskranken. »Sorgen Sie dafür, daß Nøkk sich ruhig verhält. Er muß unbedingt von Mister Bush ferngehalten werden.«

Sie führte den Schwachsinnigen sofort weg.

Der Captain stapfte mit dem Fischereiaufseher in den Nebel hinaus.

»Glauben Sie, daß die Medizin ihm helfen wird?« fragte Lars Larsen besorgt, als sie außer Hörweite waren.

Peter Flemming hob die Schultern. »Ich bin kein Arzt. Weiß nur, daß der Wundstarrkrampf etwas Schreckliches ist. Haben Sie schon mal einen Wadenkrampf erlebt?«

»Ja, das sind fürchterliche Schmerzen.«

»Wenn Sie sich nun vorstellen, Sie hätten den Krampf nicht nur in der Wade, sondern am ganzen Körper, und das ununterbrochen über Stunden und Tage hinweg, dann haben Sie eine kleine Ahnung von dem, was Wundstarrkrampf heißt. Hätten wir kein Gegenmittel und könnte Mister Bush nicht schnellstens in ein Krankenhaus gebracht werden, wäre er verloren. Bis zu seinem Ende müßte er bei vollem Bewußtsein die entsetzlichsten Schmerzen ertragen. Er würde Hunger und Durst empfinden, könnte aber nichts zu sich nehmen. Er würde todmüde sein, könnte aber nicht schlafen. Das Atmen würde immer schwerer für ihn werden, bis schließlich Erstickungsanfälle die ›Gnade‹ hätten, ihn von seinen Schmerzen zu erlösen.«

Lars Larsen räusperte sich, um seine Aufgewühltheit zu

verbergen. »Hoffentlich helfen die Medikamente Mister Bush schnell.«

»Das kann man nur wünschen.«

Sie erreichten das Ufer und setzten zum Flugzeug über, das im Nebel einem vorsintflutlichen Ungeheuer glich und viel größer wirkte, als es in Wirklichkeit war.

»Wir nehmen den Sanitätskasten heute mit«, sagte der Captain, als er auf den Schwimmer stieg und die Kabinentür öffnete. »Dennoch möchte ich mich gleich hier über alles informieren, was ich wissen muß. Drüben ist es jetzt unmöglich, sich zu konzentrieren.«

Der Fischereiaufseher legte ein Seil um die Strebe des Schwimmers. »Ich warte.«

Peter Flemming stieg in den Passagierraum und öffnete den Blechbehälter, dem er beim letzten Mal schmerzstillende Mittel entnommen hatte. Er fand auch bald das Präparat, das er suchte, und las auf dem beiliegenden Zettel: *Tetuman-Berna. Humanes Anti-Tetanus-Globulin zur Prophylaxe und Therapie des Tetanus.* Es konnte also vorbeugend und zur Heilbehandlung angewendet werden. Weiter hieß es: *Therapie: 1000 I. E. oder mehr intramuskulär.* Das bedeutete: zur Heilbehandlung sind 1000 Injektionseinheiten oder mehr zu geben. Vier Ampullen zu 2 ml = 500 I. E. standen ihm zur Verfügung. Wieviel sollte er injizieren? Randolph Bush mußte von Schmerzen befreit *und* transportfähig gemacht werden. Unter den gegebenen Umständen war es gewiß das beste, die größtmögliche Menge zu wählen. Wäre das gefährlich, würde der Hersteller ganz gewiß nicht einfach geschrieben haben: 1000 Einheiten oder mehr.

Nachdem Peter Flemming das Injektionsgerät geprüft und festgestellt hatte, daß alles, einschließlich der Nadeln, antiseptisch verpackt war, legte er die benötigten Dinge sorgfältig zurück, schloß den Behälter und reichte ihn dem Fischereiaufseher hinunter.

»Allright?« fragte der erwartungsvoll.

Der Captain nickte. »Alles okay. In spätestens ein bis zwei Stunden wird Mister Bush von seinen Schmerzen erlöst sein.« Noch während er dies sagte, befürchtete er plötzlich, das Präparat könnte vielleicht erst nach Stunden voll zur Wirkung kommen. Er nahm sich deshalb vor, auf alle Fälle zunächst Morphium zu injizieren. Und zwar intravenös. Dann erst Tetuman. Auf diese Weise mußte der Kranke in spätestens einer Stunde von seinen entsetzlichen Schmerzen befreit sein. Lars Larsen wriggte so schnell wie möglich dem Ufer entgegen, das schemenhaft aus dem Nebel auftauchte. Zu seiner Verwunderung wurden sie von Claudia und Kikki erwartet.

»Ich habe die Schmerzensschreie nicht mehr ausgehalten«, sagte die Frau des Regisseurs wie zu ihrer Entschuldigung. »Wäre ich im Haus geblieben, würde ich zu meinem Mann gegangen sein.«

»Das kann ich verstehen«, erwiderte der Captain. »Um Sie aber zu beruhigen«, er hob den Sanitätskasten, »alles, was wir benötigen, ist vorhanden. Es dauert nicht mehr lange, dann wird Ihr Mann in einen tiefen Schlaf sinken.«

Er sollte recht behalten. Bereits eine halbe Stunde nach

den Injektionen verebbten die Schmerzensrufe. Nach einer weiteren Viertelstunde glichen sie dem stillen Weinen eines Kindes, und schließlich wurde Randolph Bush völlig ruhig. Er schaute seine Frau und den Captain an, als wisse er nicht, wen er vor sich habe. Seine Augen wirkten verschleiert.

»Das Schlimmste hast du überstanden«, versuchte Claudia ihn anzusprechen.

Ihre Worte schienen das Erinnerungsvermögen in ihm zu wecken. Seine Hand tastete zu ihr hinüber.

Claudia traten Tränen in die Augen. »Ich bin ja so froh, daß du keine Schmerzen mehr hast.«

»Ja«, sagte er tonlos. »Ja.« Etwas Weltentrücktes lag in seiner Stimme. Er wurde apathisch. Schlaf überfiel ihn.

»Kann ich noch etwas für Sie tun?« fragte Peter Flemming.

»Sie?« Randolph Bushs Augen schlossen sich. »Ich glaube nicht. Es herrscht doch – Nebel?«

»Ja.«

Der Regisseur kämpfte darum, seine Augen offenzuhalten. »Sie müssen sich – also noch eine Weile – gedulden. Ich kenne den Nebel – hier oben. Nach schweren Regenfällen – hält er zumeist – mehrere Tage an.«

Claudia schaute entsetzt zum Captain hinüber.

Der gab sich hoffnungsvoll. »Ich möchte annehmen, daß wir morgen gegen Mittag starten können.«

»Vielleicht«, erwiderte Randolph Bush. »Wenn nicht –, dann – müssen Sie eben – etwas länger – warten. Ich habe – keine Eile – mehr.«

*

Randolph Bushs Kraft und Wille waren verbrannt im Feuer der Schmerzen. Über Nacht hatte sein Wesen sich gewandelt. In gewisser Hinsicht glich er nun dem norwegischen Menschen, den Wetter, Schmelzwasser, zerklüftete Berge und endlose Weiten zum wissenden Schweiger gemacht haben. Er war demütig geworden.

Claudia wich nicht mehr von der Seite ihres Mannes. Auch nicht, als dieser in einen tiefen Erschöpfungsschlaf gesunken war. Sie blieb an seinem Bett sitzen, jeden Moment bereit, Hilfestellung zu leisten.

Peter Flemming hatte zunächst geglaubt, das sei eine Flucht vor ihm. Er verstand sie. Dann aber erkannte er, daß es ihr nicht darum ging, seine Nähe zu meiden. Es entsprach ihrem Wesen, ganz für ihren Mann dazusein. Immer hatte sie an seiner Seite gestanden und sich seinen Eigenarten angepaßt. Stets war es selbstverständlich für sie gewesen, ihm in einsamste Gebiete zu folgen und sich für Dinge zu interessieren, die ihr im Grunde nichts bedeuteten. Für sie war es deshalb gerade jetzt das Natürlichste von der Welt, nicht an sich zu denken, sondern sich ausschließlich ihrem Manne zu widmen. Was zwischen Peter Flemming und ihr geschehen war, lag plötzlich unendlich weit zurück und war bedeutungslos geworden. Die geistige Bindung an ihren Mann assimilierte die menschliche Schwäche, der sie nachgegeben hatte.

Der Captain kam sich wie verbannt vor, als er in später Nacht allein zur roten Hütte zurückkehrte. Kikki würde ihn gerne bis zur Brücke begleitet haben, aber sie hatte nicht den Mut gehabt, es zu tun.

Der Nebel schien ihm noch dichter geworden zu sein. Er versuchte, dem Wiesenpfad zu folgen, verlor ihn jedoch aus den Augen und ging, ohne einen Anhaltspunkt zu besitzen, auf den tosenden Fluß zu, den er unmöglich verfehlen konnte. Als er ihn erreichte, wußte er allerdings nicht, ob sich die Hängebrücke rechts oder links von ihm befand. Kurz entschlossen wandte er sich zur rechten Seite, um dem Ufer zuerst einmal in dieser Richtung zu folgen. Dabei versuchte er, sich das vor ihm liegende Gelände zu vergegenwärtigen. Als routinierter Blindflieger besaß er so etwas wie ein optisches Gedächtnis, und dieses gab ihm das Gefühl, daß er sich genau nach Norden bewege. Denn der Lauf des Flusses entsprach in seinem unteren Teil absolut der Richtung des Fjords, der, wie er bei seinen Startübungen festgestellt hatte, exakt von Norden nach Süden verlief.

Bei diesem Gedanken brach der Pilot in Peter Flemming durch. Wie breit ist eine Piste, fragte er sich. Höchstens fünfzig Meter. Und wie breit ist dieser Fjord? Zwei- bis dreihundert Meter! Von einer Piste ist noch niemand abgekommen. Auch nicht im Nebel. Dafür hat man seine Instrumente. Es besteht also durchaus die Möglichkeit, ohne Sicht aus diesem Fjord zu starten. Voraussetzung wäre freilich, im Nebel den Punkt zu finden, von dem aus ein gradliniger Start durchgeführt werden könnte, ohne an eine der Felswände zu geraten. Die *Take-off-position* ohne Sicht zu fixieren erschien ihm aber unmöglich. Ein Blindstart kam somit nicht in Frage. Zumal auch das Boot, das als ›Wellenmacher‹ vorausfahren müßte, im Nebel nicht in der

Lage wäre, sich auf einer zuverlässig geraden Linie zu bewegen.

Deprimiert schob Peter Flemming, der einen Augenblick lang schon gehofft hatte, den Fjord am nächsten Tag auf alle Fälle verlassen zu können, seine Überlegungen beiseite. Seit Randolph Bushs Bemerkung über den lang andauernden Nebel saß ihm die Vorstellung, nicht starten zu können, wie ein Gespenst im Nacken. Was sollte er tun, wenn der Kranke erneut einen Anfall bekam? Der Gedanke allein genügte, ihm den Schweiß auf die Stirn zu treiben. Alles durfte geschehen, nur das nicht. Es stand kein Anti-Tetanus-Präparat mehr zur Verfügung. Das Leben des Regisseurs müßte furchtbar enden.

Peter Flemming war wie gerädert, als er die Fischerhütte erreichte. Schlafen aber konnte er trotzdem nicht richtig. Immer wieder schreckte er hoch. Seiner Selbstsucht war es zuzuschreiben, daß Randolph Bush nicht längst in einem Krankenhaus lag. Durch sein unverantwortliches Handeln hatte er sich in höchstem Maße schuldig gemacht. Am Nachmittag hätte er noch starten können, doch er hatte es nicht gewollt. Nun herrschte Nebel im Fjord der Lachse.

Unruhig eilte er schon in aller Frühe zum Bauernhof hinüber, um sich nach dem Befinden des Regisseurs zu erkundigen. Die Familie Larsen war noch nicht aufgestanden. Das hohe Bett neben der Eingangstür, in dem Nøkk gewöhnlich schlief, war leer. Jedes Geräusch vermeidend schlich er zu Randolph Bushs Kammer, deren Tür geschlossen war. Vorsichtig drückte er die Klinke hinunter und öffnete die Tür.

Claudia, die zurückgelehnt auf ihrem Stuhl saß, richtete sich auf und blickte ihm ängstlich entgegen.

Er trat leise in den Raum.

Sie legte ihren Finger auf den Mund, um anzudeuten, daß der Kranke schlief.

»Wie geht es ihm?« fragte Peter Flemming gedämpft.

»Er atmet ruhig.«

»Ist er inzwischen mal wach geworden?«

»Nein.«

»Sie sollten sich jetzt etwas hinlegen. Kikki wird Ihnen ihre Kammer zur Verfügung stellen. Ich halte solange die Wache.«

Claudia schüttelte den Kopf. »Ich bleibe.«

»Aber Sie müssen...«

»Nein«, unterbrach sie ihn bestimmt.

Er betrachtete Randolph Bush, dessen Wangen eingefallen waren. Im diffusen Licht des Raumes schimmerte sein Gesicht wächsern. Seine Lippen schienen aufgesprungen zu sein und zeigten helle Ränder. Es mußte gelingen, ihn in den nächsten Stunden nach Bodø zu fliegen. »Ich schaffe unser Gepäck sobald wie möglich zur Maschine«, sagte er nach kurzer Überlegung. »Ist von Ihnen noch etwas einzupakken?«

Es war Claudia peinlich, Peter Flemming zu bitten, ihr Nachtzeug sowie ihre Toilettengegenstände in ihren ansonsten reisefertigen Koffer zu legen. Aber es blieb ihr nichts anderes übrig, wenn sie nicht jemand anderen beauftragen wollte.

»Ich werde alles erledigen«, erwiderte er. »Wissen Sie zufällig, wo Nøkk geblieben ist?«

»Das Ehepaar Larsen hat ihn zu sich in die Kammer genommen.«

Den Captain wunderte nichts mehr. Den Norwegern schien keine Belastung zu groß zu sein. »Ich gehe in den Wohnraum und warte, bis Larsens kommen«, flüsterte er. »Ich möchte Ihnen nochmals ans Herz legen, jedes Geräusch zu vermeiden. Vielleicht ist dies nicht mehr unbedingt erforderlich, auf keinen Fall aber kann es schaden. Lassen Sie auch die Vorhänge geschlossen.«

Sie nickte ihm zu.

Er verließ die Kammer, schloß behutsam die Tür hinter sich und dachte: Mich treibt das schlechte Gewissen. Sie hingegen ist erfüllt von Liebe. Die Kehle war ihm wie zugeschnürt. Er ging ins Freie. Wenige Meter vom Eingang entfernt lag die vom Fischereiaufseher gezimmerte Tragbahre. Sie war primitiv, jedoch sinnvoll. Drei Bretter, die Lars Larsen mit dem Captain tragen wollte, waren parallel zusammengefügt, so daß der Kranke mitsamt einer entsprechenden Unterlage auf sie gelegt werden konnte. Quer darunter war ein einzelnes Brett genagelt, das der Stabilität diente und von Claudia und Kikki gestützt werden sollte. Der Transport zur Bucht bot somit keinerlei Schwierigkeit. Und von der kleinen Uferrampe aus war es bequem möglich, Randolph Bush mit seiner Unterlage in die Kabine zu schieben. Die hinteren Sitze hatte Peter Flemming bereits ausgebaut und im vorderen Teil des Passagierraumes verzurrt. Es war alles auf das beste vorbereitet. Sie konnten starten, sobald der Nebel sich lichtete.

Der aber lag gleich einem grauen Ungeheuer über dem Fjord und ließ die braunviolett-, rosa-, blau- und grünschimmernde Landschaft in das Reich der Fabel versinken. Was fließend und schwungvoll, romantisch und phantastisch gewesen war, lag nun eingebettet in einer beklemmenden, tristen Kühle, die keinen Unterschied zwischen Tag und Nacht kennt und das herrliche Land der Mitternachtssonne zum gespenstigen Reich der Trolle und Kobolde macht.

Angesichts dieses grauen Nichts aber zeigte Randolph Bush, der im Feuer der Schmerzen eine Katharsis, eine seelische Reinigung, durchgemacht hatte, die zu einer grundlegenden Veränderung seiner Persönlichkeit führte, plötzlich eine Größe, die ihm nicht zuzutrauen gewesen war. Ruhig und gefaßt sah er seinem Schicksal entgegen.

»Sie dürfen nicht ungeduldig werden«, ermahnte er Peter Flemming mit schwacher Stimme, als dieser ihm am Spätnachmittag bedrückt mitteilte, daß der Nebel sich immer noch nicht aufgelöst habe. »Nervosität führt zu nichts Gutem. Ich weiß das aus Erfahrung. Wenn ich Regie führte . . .« Er unterbrach sich, als habe er sich bei einer unrechten Aussage ertappt. »Führte?« wiederholte er dann nachdenklich. »Ja, meine Zeit ist vorbei. Endgültig. Regie führt jetzt ein anderer.«

Claudia, die nach wie vor nicht von der Seite ihres Mannes wich, mußte sich beherrschen, nicht aufzuschluchzen. In ihrer Hingabe und Fürsorge erinnerte sie an eine der ergreifenden Skulpturen des großen norwegischen Künstlers Gustav Vigeland.

Thora Larsen, deren hoheitsvolle Art eigentlich immer hatte erkennen lassen, daß sie einem alten Bauerngeschlecht entstammte, das selbst in Zeiten der Unterjochung voller Stolz geblieben war, fühlte sich Claudia nun zutiefst verbunden.

Nicht anders erging es Kikki, die heimliche Abbitte dafür leistete, daß sie die Frau des Regisseurs einmal eine ›schillernde Brasse‹ genannt hatte.

Ihr Vater hingegen war verzweifelt und haderte mit Gott und der Welt. Warum nur hatte er sich nicht bereit erklärt, mit Randolph Bush zu sprechen, als dieser dies wünschte. Würde er sich in jener Stunde nicht mit arktischer Kälte gewappnet haben, wäre alles anders verlaufen.

Die meisten Vorwürfe aber machte sich Peter Flemming. Unentwegt suchte er nach einem Weg, den schwer Erkrankten aus dem Fjord der Lachse herauszubringen. Immer wieder überlegte er, ob nicht doch die Möglichkeit für einen Blindstart bestünde. Wenn nicht alles täuschte, reichte der Nebel höchstens bis zu zwei-, dreihundert Meter Höhe. Mit dem Flugzeug konnte er diese Schicht in einer einzigen Minute durchfliegen. Sollte Randolph Bush wegen eines solch lächerlichen Hindernisses weiterhin auf das äußerste gefährdet sein?

Er befahl sich, systematisch vorzugehen. Als erstes mußte er ermitteln, ob der Nebel tatsächlich nur am Boden lag. Um dies festzustellen, brauchte er bloß auf einen der das Tal umgebenden Berge zu klettern.

Kikki war begeistert, als er ihr seinen Plan vortrug und sie fragte, ob es einen Pfad gebe, den man trotz des Nebels finden und einhalten könne. »Das nicht«, erwiderte sie. »Hier kein Weg. Aber ich kenn Stelle, wo viel kleine Bäume und man gut kann steigen nach oben. Oft getan. Nicht weit von Haus Bäume beginnen. Rechts und links davon Felsen. Verlaufen nicht möglich.«

Lars Larsen bestätigte Kikkis Angaben und erteilte ihr die Erlaubnis, den Captain noch an diesem Abend die Waldschneise hinaufzuführen. Sie war glücklich, er aber bald außer Atem. Das Gelände stieg wesentlich steiler an, als er es sich vorgestellt hatte. Doch das hatte auch sein Gutes. Die einzuhaltende Richtung lag dadurch eindeutig fest.

Nach gut einer Stunde wurde der Nebel heller. Bald darauf zeigten sich Wallungen und wolkenähnliche Konturen. Wenig später schimmerte vereinzelt blauer Himmel durch. Und dann plötzlich standen sie in glasklarer Luft. Ein weißer Teppich breitete sich vor ihnen aus. Fasziniert schauten sie auf einen Kranz von Bergen, deren Färbung durch den roten Sonnenball im Norden so ungewöhnlich war, daß sie fast kitschig wirkte.

Sie setzten sich auf den Boden und betrachteten das phantastische Panorama, das sich ihnen bot.

»Glauben Sie«, fragte Peter Flemming nach einer Weile, »daß es möglich wäre, mit dem Motorboot bei Nebel von der Bucht aus genau jene Stelle anzusteuern, von der wir seinerzeit unsere Startversuche machten?«

Sie sah ihn fragend an. »Und warum Sie das wollen wissen?«

»Weil ich von dort aus in der Lage wäre, ›blind‹, das heißt ohne Sicht, zu starten.«

»Das Sie nie dürfen versuchen«, erregte sich Kikki in einer Weise, die den Captain verblüffte. »Nie! Sie dann würden rennen gegen Felsen.«

Ihre Sorge um sein Wohlergehen tat ihm gut, wenngleich er im Augenblick mehr an Randolph Bush als an sich selber dachte. Er erkannte aber auch, daß es keinen Sinn hatte, das angeschnittene Problem mit Kikki zu erörtern. Er mußte mit ihrem Vater sprechen.

Das tat er gleich am nächsten Morgen. »Ich befürchte, daß es noch Tage dauern wird, bis die Sicht sich bessert«, sagte er, absichtlich pessimistisch. »Wir sollten deshalb ernstlich prüfen, auf welche Weise ich starten könnte, wenn es brenzlig werden würde.«

Die Falten im Gesicht des Norwegers vertieften sich. »Sie befürchten, daß Mister Bush . . .«

»Nein, nein«, unterbrach ihn Peter Flemming hastig. »Ich befürchte gar nichts. Aber wir müssen mit allem rechnen. Und das zwingt mich, gewisse Überlegungen anzustellen. Nachdem ich gestern festgestellt habe, daß der Nebel nur bis zu einer Höhe von zweihundertfünfzig Metern reicht, suche ich krampfhaft nach einem Weg, aus dieser verdammten Brühe herauszukommen. Der Fjord hier ist eine ideale Startbahn. Er verläuft gradlinig und ist zwei- bis dreihundert Meter breit. Was mir fehlt, ist die Bestimmung eines Punktes, der sich etwa in der Mitte dieser zwei- bis dreihundert Meter befindet. Wenn ich ihn durch irgend etwas fixieren könnte, wäre ein Blindstart möglich.«

Lars Larsen schaute nachdenklich vor sich hin. »Sie haben doch mal das Starten bei Glattwasser geübt. Wäre es nicht möglich, von der gleichen Stelle zu starten?«

»Freilich. Aber wie finde ich den Punkt? Damals hatten wir Sicht.«

»Etwas Sicht hat man immer. Wenn ich an der Insel entlangfahre, sehe ich genug, um sagen zu können: Da ist die Stelle, von der aus Sie damals gestartet sind.«

Peter Flemming war wie elektrisiert. »Sie meinen wirklich, den Platz bestimmen zu können?«

»Gewiß.«

»Wollen wir gleich mal losfahren?«

»Jetzt ist das unmöglich. Die Strömung würde uns forttreiben. Flut ist heute gegen elf Uhr. Dann können wir fahren.«

Die Zeit bis dahin ließ der Captain nicht ungenutzt verstreichen. Er setzte mit Kikki, die ihm nur zu gerne behilflich war, zum Flugzeug über und baute den Kompaß aus, der sich vor dem zweiten Führersitz befand. Dann nagelte er ein kleines Brett vor den hinteren Sitz des Motorbootes und befestigte daran den Kompaß, um von diesem, wenn er mit Lars Larsen zur Insel hinüberfuhr, den anliegenden Kurs ablesen zu können.

Sein Tun mißfiel Kikki. Sie spürte, daß er seinen Plan, blind zu starten, nicht aufgegeben hatte. Der Gedanke, daß er sein Leben riskieren wollte, um ein anderes zu retten, brachte sie zur Raserei. Sie überlegte, wie sie sein Vorhaben durchkreuzen könne, doch als ihr Vater um elf Uhr kam, um mit Peter Flemming, wie er sagte, »etwas auszuprobieren«, da hielt sie es für gefährlicher, am Ufer zurückzubleiben, als mit in das Boot einzusteigen.

Der Fischereiaufseher betrachtete verwundert den Kompaß. »Sie meinen, ich brauche den für die kurze Fahrt zur Insel?«

»Das nicht«, antwortete der Captain ausweichend. »Ich möchte lediglich sehen, wieviel Grad anliegen, wenn Sie die Bucht verlassen.«

Er ist unheimlich raffiniert, dachte Kikki, nunmehr voller Hochachtung.

Lars Larsen ließ den Motor an und steuerte behutsam aus der Bucht heraus. Der Kompaß zeigte 230 Grad. Eine kurze Weile sahen sie nur Wasser und Nebel. Dann tauchte die Insel vor ihnen auf. Sie erreichten sie an fast genau der Stelle, an der sie am Tage der Ankunft das Gepäck ausgeladen hatten. Die Sicht betrug etwa vierzig Meter. Das Ufer und einige charakteristische Merkmale waren verhältnismäßig gut auszumachen.

»Von hier aus sind Sie damals gestartet«, sagte der Fischereiaufseher und wandte sich an seine Tochter. »Stimmt's?«

Kikki nickte. Ihre Augen waren trotzig.

Peter Flemming betrachtete die Insel. Das Ufer bildete an dieser Stelle eine kleine, vorgeschobene Landzunge. Das ist soweit recht einprägsam, dachte er und blickte auf den Kompaß. »Legen Sie das Boot mal genau auf Nordkurs.«

Lars Larsen entsprach dieser Bitte.

»Und nun bringen Sie den Motor ein wenig auf Touren.

Gerade so viel, daß wir uns langsam vorwärtsbewegen und jederzeit stoppen können.«

Der Norweger schaute mißtrauisch auf den Flugzeugkompaß. Er kannte nur schwere, kardanisch aufgehängte Schiffskompasse. »Zeigt der auch richtig an?«

»Natürlich.«

»Wir würden sonst im Nebel nicht zurückfinden.«

»Darüber bin ich mir im klaren.«

Lars Larsen gab Gas und ließ das Boot gemächlich laufen. Seine Augen waren auf den Kompaß gerichtet.

»Das machen Sie nicht zum erstenmal«, sagte der Captain anerkennend, als er sah, daß der Fischereiaufseher mühelos Kurs hielt.

Das Gesicht des Alten erhellte sich. »Als junger Mann hab ich auf einem Krabbenpott Dienst getan und oftmals das Steuer übernommen.«

Peter Flemming warf einen Blick auf seine Armbanduhr, deren Zeitnehmer er im Moment des Starts hatte anlaufen lassen. »Achten Sie weiterhin darauf, daß Sie genau auf Nordkurs bleiben. Kikki hingegen soll in die Fahrtrichtung schauen und sofort rufen, wenn ein Hindernis in Sicht kommen sollte.«

Ohne sich dessen bewußt zu sein, begeisterten sich Vater und Tochter plötzlich für die Fahrt ins Ungewisse. Sie meldeten auch keine Bedenken an, als der Captain nach drei Minuten die Tourenzahl des Motors erhöhte und das Boot mit etwa halber Kraft laufen ließ. Nach exakt fünf Minuten wies er den Fischereiaufseher an, über West nach Süden zu drehen, drosselte zwei Minuten später den Motor wieder auf die anfängliche Drehzahl und rief nach fast zehn Minuten Gesamtfahrzeit: »Achtung! Jetzt muß die Insel sichtbar werden.«

Kikki kam aus dem Staunen nicht heraus, und Lars Larsen war sehr beeindruckt, als tatsächlich wenige Sekunden später das Ufer vor ihnen auftauchte. »Wie haben Sie das bloß gemacht?« fragte er anerkennend, als das Boot still im Wasser lag.

»Wir nennen es Koppelnavigation«, antwortete Peter Flemming, über den Erfolg seines kleinen Tricks zufrieden. »Wenn man alle Kurse zeitgerecht hintereinanderkoppelt, weiß man stets, wo man sich befindet. Es kommt dabei natürlich auf die Sekunde an.«

Er ist wirklich unheimlich raffiniert, dachte Kikki schwärmerisch.

»Aber Kompaß hin, Stoppuhr her«, fuhr der Captain angeregt fort, »ich bin sehr glücklich über das Ergebnis unserer Fahrt. Eindeutig steht jetzt fest, daß wir starten können. Bei der nächsten Flut geht's los. Sie fahren mit Kikki vor und machen Wellen, und ich zieh die Maschine binnen einer Minute aus dem Dreck heraus.«

Davon wollte Lars Larsen nichts wissen. Weder er noch Kikki waren bereit, das Wagnis eines Blindstarts einzuleiten und dabei zu riskieren, mit hoher Geschwindigkeit gegen eine der steil aus dem Fjord herausragenden Felswände zu prallen.

»Wenn ich Kurs halten soll, muß ich auf den Kompaß schauen und kann die Stoppuhr nicht verfolgen«, erklärte der Fischereiaufseher unmißverständlich. »Und wenn Kikki auf Hindernisse aufpassen soll, kann sie nicht auf die Stoppuhr sehen. Nein, das ist unmöglich. Wir machen, was möglich ist. Aber es geht zu weit, daß wir jetzt auch noch unser Leben riskieren sollen.«

Insgeheim gab Peter Flemming dem Alten recht. Was er durchführen wollte, war ein gewagtes Experiment. Weniger von der Sache her als bedingt durch den Umstand, daß mit der Materie nicht vertraute Menschen sich zwangsläufig überfordert fühlen mußten. Daraus konnten nur Hemmungen und Angst resultieren. Mit solchen Komponenten ließ sich kein Blindstart durchführen. Und ohne ›Wellenmacher‹ war es unmöglich, die Schwimmer des Flugzeuges aus dem still daliegenden Wasser herauszuheben. Es blieb ihm nichts anderes übrig, als seine Hoffnung zu begraben.

Randolph Bush aber hatte das Motorboot gehört und seine Frau verwundert gefragt: »Löst der Nebel sich auf?«

Sie war ans Fenster getreten und hatte nach draußen geschaut. »Es sieht nicht danach aus. Die Sicht beträgt nur wenige Meter.«

»Dann führt unser Pilot etwas im Schilde.«

Claudia setzte sich wieder auf ihren Stuhl.

»Stell fest, was er treibt. Er soll sich gedulden und nichts Unmögliches versuchen.«

Es fiel ihr schwer, ihrem Mann zu widersprechen. »Nimm's mir nicht übel, wenn ich nicht nach draußen gehe«, entgegnete sie resolut. »Ich möchte dich keinen Augenblick allein lassen.«

»Das ist aber unvernünftig«, gab er zu bedenken. »Frische Luft würde dir guttun. Mir übrigens auch. Ich hab schon überlegt, ob es nicht gut wäre, wenn wir das Fenster öffneten.«

»Was beweist, daß deine Unvernunft größer ist als die meine.«

Er tastete nach ihrer Hand. »Möglicherweise würde ich leichter atmen können, wenn hier frische Luft herrschte.«

Sie streichelte seine Hand. »Fällt dir das Atmen immer noch schwer?«

»Ach, nein«, antwortete er beschwichtigend. »Schlimm ist es auf keinen Fall. Ich werde nur das Gefühl nicht los, eingeschnürt zu sein. Vielleicht sind die Bronchien angegriffen.«

Claudia gab sich gelassen, obwohl die Sorge um ihren Mann zunehmend wuchs. Seine Gottergebenheit war beängstigend. Die Unruhe, die ihn in den vergangenen Wochen erfaßt hatte, war wie weggeblasen. Er lag da, als habe er endgültig mit sich selber Frieden geschlossen.

»Was könnte Peter wohl vorhaben?« fragte er nach einer Weile und rang gleich darauf sekundenlang heftig nach Luft. »Also, das ist schon sehr lästig«, sagte er danach mit schwacher Stimme.

Claudia strich sich eine Strähne aus der Stirn. »Ich werde Peter bitten, nachzusehen, ob sich im Sanitätskasten etwas gegen Atemnot befindet.«

»Das ist unwahrscheinlich«, entgegnete er.

»Aber es wäre doch möglich.«

»Freilich. Möglich ist alles. Ich habe übrigens darüber nachgedacht, was den Wundstarrkrampf herbeigeführt haben könnte. Zunächst einmal die Verletzung der Hand. Unter Umständen war es aber auch der Angelhaken, den ich mir einige Tage zuvor einschlug. Und dann gibt es noch eine Möglichkeit. Erinnerst du dich des Karpfens, den ich aus dem Lago Maggiore zog?«

»Das liegt doch schon Wochen zurück«, erklärte Claudia unwillig. Es bedrückte sie, daß ihr Mann sich mit solchen Fragen beschäftigte.

»Ja, ja«, erwiderte er. »Ich habe aber irgendwo gelesen, daß die Inkubationszeit beim Tetanus-Bazillus sehr lang sein kann.«

»Du solltest nicht so viel sprechen«, ermahnte sie ihn besorgt.

Er entsprach ihrem Wunsche nur zu gerne. Die Erörterung seiner Krankheit bereitete ihm wahrhaftig keine Freude. Auch fiel ihm das Sprechen schwerer, als er es sich anmerken ließ. Bei jedem Wort spürte er ein Zerren in der Kehle. Die Atemwege schmerzten ihn. Manchmal hatte er das Gefühl, den Unterkiefer nicht mehr bewegen zu können. Wenn er dennoch nicht davon abließ zu reden, so tat er es in der Absicht, seine Frau systematisch auf das vorzubereiten, was seiner Meinung nach unabänderlich geworden war. Er wurde das Gefühl nicht los, seiner letzten Stunde entgegenzugehen. Zwar lehnte sich alles in ihm dagegen auf, der Gedanke jedoch, den Fjord der Lachse nicht lebend wieder verlassen zu können, machte ihn seltsamerweise nicht unruhig. Er betrachtete das Leben nun mit anderen Augen. Es schien ihm vergleichbar mit einer Hochebene zu sein, die glänzende Ausblicke gestattet, aber zu einer Zone des

Schreckens werden kann, wenn sie von Stürmen heimgesucht wird.

Doch hatte es Sinn, seine Tage mit philosophischen Betrachtungen zu beenden? Am Schluß könnten die bittern Erkenntnisse überwiegen. Er hatte den Wunsch gehabt, sich von einer Last zu befreien, und in gewisser Hinsicht war ihm dies gelungen. Der Preis, der ihm dafür abverlangt wurde, war hart. Aber schachert man, wenn man mit sich selbst ins reine kommen will?

Randolph Bush schloß die Augen. Schlafen, dachte er. Nicht mehr aufwachen. Ein krankes Dasein kann zur Tortur werden. Für den Kranken und für seine Umgebung.

Er öffnete nochmals die Lider und betrachtete seine Frau. Für ihn war sie von unendlicher Schönheit.

Claudia spürte, was er dachte. Das Blut stieg ihr in den Kopf.

»Du hast dir viel erhalten«, flüsterte er müde. »Wie gerne würde ich noch einige Jahre an deiner Seite sein.«

Sie biß die Zähne zusammen. Warum nur sprach er immer, als ginge sein Leben zu Ende. »Versuche zu schlafen«, empfahl sie ihm.

Er nickte und schloß die Augen.

*

Gegen vier Uhr morgens stürmte Kikki in die rote Hütte und riß Peter Flemming unsanft aus seinem Schlaf. »Schnell kommen«, rief sie, gegen die Zimmertür trommelnd. »Mister Bush Anfall. Er keine Luft bekommt.«

Das Endsymptom des Wundstarrkrampfes, dachte er erschrocken. War das Tetanus-Serum zu spät gegeben worden? »Moment«, rief er, schlüpfte in seine Hose und öffnete die Tür. »Ist es sehr schlimm?«

»Furchtbar. Er immer macht: Ch-h, ch-h, ch-h!«

»Hätten wir doch den Start riskiert«, erregte er sich. »Dann läge er jetzt im Krankenhaus!«

»Sie meinen, er kann sterben?«

Der Captain zuckte die Achseln und streifte einen Pullover über den Kopf. »Ich weiß es nicht. Auf die Dauer ist er jedenfalls ohne Arzt verloren.«

Das erklärte er auch Thora und Lars Larsen, die ihn vor der Haustür erwarteten und mit ängstlichen Fragen bestürmten.

»Ich kann ihm nur eine schmerzstillende Spritze geben«, antwortete er resigniert. »Und ich weiß nicht einmal, ob das im gegenwärtigen Zeitpunkt das richtige ist. Mister Bush gehört unbedingt schnellstens in eine Klinik. Ohne Arzt ist er verloren.«

Als er in die Kammer eintrat, packte ihn das Entsetzen. Das Kinn des Kranken hing schlaff herab. Er rang schwer nach Luft. Seine Atemzüge riefen beängstigende Töne hervor.

»Helfen Sie meinem Mann«, flehte Claudia verzweifelt.

Auch auf die Gefahr hin, daß es falsch ist, werde ich ihm Morphium geben, schwor sich der Captain. Mir bleibt gar nichts anderes übrig. »Gedulden Sie sich«, antwortete er und verließ den Raum. »Ich komme gleich wieder.«

Thora, Kikki und Lars Larsen umstanden ihn und sahen

zu, wie er die Morphiumspritze vorbereitete. »Wenn sich der Nebel heute nicht auflöst, geht's mit Mister Bush zu Ende«, sagte er in der wohlberechneten Absicht, den Fischereiaufseher zu erschrecken und zu zwingen, den Vorschlag, ohne Sicht zu starten, nochmals zu überdenken. Er spürte dann auch, daß seine Bemerkung dem Norweger zu schaffen machte. Unwillkürlich schöpfte er neue Hoffnung.

Als er in Randolph Bushs Kammer eintrat, stellte Claudia ihren Stuhl zurück und machte ihm Platz.

Obwohl der Kranke sichtbar litt, blickte er dem Captain irgendwie gelöst entgegen. »Danke, Peter«, sagte er, mühsam nach Luft ringend.

Um ihn zuversichtlich zu stimmen, erwiderte der Pilot: »Ich hoffe, nachher starten zu können. Das Schwerste liegt hinter Ihnen. Wenn es soweit ist, bekommen Sie eine zweite Injektion. Sie werden den Transport dann nicht wahrnehmen.«

»Sicht – besser?«

»Hier noch nicht«, antwortete Peter Flemming ausweichend. »Aber weiter oben sind erste Auflösungserscheinungen zu erkennen.« Er schob die Bettdecke zurück und führte die Injektionsnadel mit einem kurzen Stoß in den Oberschenkel des Regisseurs.

Randolph Bush schlief bald darauf ein. Sein Atem wurde ruhiger.

Claudia und der Captain sahen sich erleichtert an. Es war seit jener Nacht das erstemal, daß sie sich wieder frei in die Augen schauten.

»Löst der Nebel sich wirklich auf?« fragte sie besorgt.

»Ich kann es nicht sagen«, antwortete er ohne Ausflucht. »Dennoch hoffe ich, mit Hilfe von Kikki und Lars Larsen starten zu können. Wir haben gestern mittag etwas ausprobiert.«

»Mit dem Motorboot?«

»Ja.«

»Sie wollen im Nebel . . .?«

»Sofern die beiden mitmachen. Ich werde jetzt mit ihnen sprechen.«

»Ist das, was Sie vorhaben, nicht zu riskant?«

»Ja und nein«, antwortete er nach kurzem Zögern. »Aber es ist die einzige Chance, Ihren Mann zu retten.«

Sie senkte den Kopf.

Er verließ die Kammer und trat an den Tisch des Wohnraumes, um die Spritze in den Sanitätskasten zurückzulegen.

Lars Larsen rieb sein unrasiertes Kinn. »Die Flut ist heute um halb zwölf.«

Peter Flemmings Kopf flog herum. »Sie haben sich entschlossen, mir zu helfen?«

Der Alte strich weiterhin über seine Bartstoppeln. »Thora meint: Halbe Hilfe nützt nichts. Ganze muß sein. Sie wird sich vorne ins Boot setzen und auf Hindernisse aufpassen. Kikki schaut auf die Stoppuhr. Ich auf den Kompaß. So wird es gehen.«

In Anbetracht der Tatsache, daß Thora Larsen mit im Boot sitzen sollte, kamen dem Captain nun doch Bedenken. Konnte er es verantworten, eine ganze Familie in Gefahr zu bringen?

Der Fischereiaufseher schien seine Gedanken zu erraten. Sein Gesicht verzog sich. »Thora mag nicht allein sein, wenn es schiefgeht. Sie ist Norwegerin. Denken Sie an Amundsen. Der suchte nie Sonne und Wärme, stets Kälte und Eis. Thora ist genauso.«

Peter Flemming lachte trocken. Es paßte zu Lars Larsen, eine Bereitschaftserklärung, zu der er sich schweren Herzens durchgerungen hatte, auf solche Weise zu kaschieren.

Thora strich über ihren Rock. »Ich stolz auf mein Mann.«

Kikki sah den Captain an, als frage sie sich: Was wird er nun tun?

Peter Flemming schaute von einem zum anderen: »Wenn ich nur wüßte, wie ich Ihnen danken soll.«

»Indem Sie noch einmal mit uns fahren und üben«, erwiderte der Fischereiaufseher schlicht.

»Das ist doch selbstverständlich«, entgegnete Peter Flemming, der im Geiste bereits einen kompletten Ablaufplan entwarf. An vieles war jetzt zu denken. Und niemand durfte im Augenblick des Starts überanstrengt sein. Randolph Bush mußte mindestens eine halbe Stunde vor der Startzeit an Bord geschafft werden. Das wiederum bedingte ein noch früheres Warmlaufenlassen des Motors. »Kommen Sie«, sagte er an Kikki gewandt. »Sie schreiben auf, was wann, wo und wie gemacht werden muß. Erst dann beginnen wir mit der Arbeit. Sonst wird etwas vergessen oder falsch gemacht. Und das könnte tödlich sein.«

Das Vorgehen des Captains befriedigte Kikki nicht nur, weil er sie zu seiner Mitarbeiterin machte. Sie war mit einem

Male davon überzeugt, daß er nichts leichtfertig riskieren würde.

*

Wie es für jeden Flugzeugtyp eine bestimmte *Cockpit Check List* gibt, in der Punkt für Punkt aufgeführt ist, was und in welcher Reihenfolge die Besatzung vor dem Anlaufen der Motoren, während des Anlassens und danach zu tun hat, beziehungsweise welche Kontrollen vor dem Rollen zum Startplatz, während des Rollens und unmittelbar vor dem Take-off durchzuführen sind, so erstellte Peter Flemming mit Kikki eine Liste, die eindeutig festlegte, in welcher Reihenfolge was erledigt werden mußte. Selbst unwichtig erscheinende Dinge wurden notiert. So hieß es zum Beispiel am Anfang der Liste: ›8 Uhr 00 – Matratze von Fischerhütte holen; 8 Uhr 30 – Frühstück; 9 Uhr 00 – Flugzeug abdecken.‹ Jede Kleinigkeit wurde eingeplant. Nur so war es möglich, genau zur Flutzeit startbereit zu sein. Und Kikki, die Peter Flemmings Armbanduhr angelegt hatte, sorgte dafür, daß die Zeiten eingehalten wurden. Sie war nicht mehr nur das schwärmerische kleine Mädchen. Was der Captain vorhatte, belastete sie in hohem Maße. Obgleich sie wußte, daß er das Risiko, das sie alle eingehen sollten, durch gewissenhaftes Vorgehen stark reduzierte, war ihre Angst um ihn nicht gewichen. Nach menschlichem Ermessen mußte der Start gelingen. Es genügte allerdings ein geringfügiger Fehler, um eine Katastrophe heraufzubeschwören.

»Jetzt fünf vor neun«, sagte sie und erhob sich von der Tafel, an der sie mit ihren Eltern, Nøkk und Peter Flemming gefrühstückt hatte. Jeder bemühte sich, kein unnötiges Geräusch zu verursachen.

Der Captain legte seine Hand an die Stirn. »Aye, aye, Miss! Wir können gehen.«

Sie wandte sich an ihren Vater. »Vergiß Nøkk nicht!«

Er nickte. »Hab drei ausgelegt.«

Sie lächelte und verließ mit Peter Flemming das Haus.

»Was ist mit Nøkk?« fragte er, als sie im Freien waren und auf die Bucht zugingen.

»Er nicht wird stören. Vater gelegt drei Steine mit Loch vor Stall. Nøkk wird finden. Dann er bleibt und suchen und suchen.«

Der Captain legte seinen Arm um Kikkis Schulter. »Ihr seid eine prächtige Familie.«

Ihre Wangen glühten.

Er spürte ihre Erregung. Um sie abzulenken, fragte er: »Wie spät ist es?«

Sie schaute auf die Armbanduhr, die er um ihr Handgelenk gelegt hatte. »Zwei Minuten vor neun.«

»Und was sagt die Checkliste?«

Sie schlug ein Oktavheft auf. »Neun Uhr: Abdecken von Plane. Neun Uhr fünfzehn: Motor anlassen. Neun Uhr dreißig: Magnetkontrolle.«

»Ich sehe schon kommen, daß Sie eines Tages ein richtiger Pilot werden.«

Kikki überhörte das Kompliment. Je mehr sie sich dem Flugzeug näherten, um so bedrückter wurde sie. War es zu verantworten, daß fünf Menschen ihr Leben riskierten, um ein einziges zu retten? Der Nebel war so beängstigend dicht.

Mit geringfügiger Verspätung erreichten sie das Ufer und ruderten sogleich zur LN-LMM hinüber, deren Abdeckplane Kikki nun schon wie im Schlaf löste, zusammenlegte und Peter Flemming hinunterreichte. Dann stieg sie zu ihm in das Cockpit und verfolgte aufmerksam seine Handgriffe, die er zum Teil nur andeutete und nicht voll durchführte. Dabei veranstaltete er ein ihr völlig unverständliches Frage-und-Antwort-Spiel, das er *Preflight Check* nannte. Unter Fragen wie: *Hydraulic Pump? Window Heat? Compasses? Radio Master Switches?* konnte sie sich noch etwas vorstellen. Die Antworten aber blieben ihr rätselhaft. Sie lauteten: *In! On! Off! Open! Closed! Checked! Received! As required! Forward! Cut off! Auto! Reset! Normal! Set! On Board!* Und nachdem das seltsame Spiel gut zehn Minuten gedauert hatte, jaulte der Anlasser plötzlich auf. Er machte ein fürchterliches Geräusch, das jedoch harmlos gegen den Lärm war, der beim Einkuppeln des Motors entstand. Man hätte meinen können, einer eisernen Figur würde der Hals umgedreht. Erst das satte Donnern des anspringenden Motors verdrängte den schrillen, an den Nerven zerrenden Ton.

Peter Flemming schaute zu Kikki hinüber, die verwirrt wirkte. Er versuchte, sie aufzumuntern. »Würden Sie das Steuer mal halten?«

Darum brauchte er nicht zweimal zu bitten. Ihr Gesicht erhellte sich so sehr, daß er im Geiste ihre Sommersprossen tanzen sah. Warum eigentlich hatte er sie zu Anfang für nicht hübsch gehalten?

Kikki riß ihn aus seinen Gedanken. »Wenn Steuer ziehen, Maschine steigt?«

»Ja, dann steigt sie. Aber wir wollen uns lieber darüber unterhalten, was Sie nachher im Boot tun müssen, wenn es soweit ist.«

»Uhrzeit stoppen. Vater muß abdrehen nach hundert Sekunden.«

»In welche Richtung?«

»Nach links. Westen. Zweihundertsiebzig Grad.«

»Wie lange?«

»Zehn Sekunden.«

»Richtig. In zehn Sekunden legt das Boot zirka achtzig Meter zurück. Dann befindet ihr euch etwa fünfzig Meter vor der Felswand. Es heißt also aufpassen. Der Spielraum ist gering. Denn hinter euch brause ich mit voller Geschwindigkeit vorbei.«

Sie nickte, als wollte sie sagen: Der Gedanke läßt mich schon jetzt erzittern.

»Was tut ihr, wenn die Maschine vorbeigejagt ist?«

Sie ließ das Flugzeugsteuer los und schaute in ihr Heft. »Boot drehen nach Osten. Neunzig Grad. Dann Vollgas zehn Sekunden. Danach kurven nach Süden. Hundertachtzig Grad. Vollgas höchstens neunzig Sekunden. Dann halbe Kraft. Nach zwanzig Sekunden Insel vor uns. Wenn Insel sehen, schießen mit Leuchtpistole. Senkrecht nach oben. Dann Sie wissen: Alles okay.«

»Großartig«, begeisterte sich Peter Flemming. »Ich habe

keine Sorge mehr. Es wird vorzüglich klappen. Bei der Probefahrt geben Sie die Anweisungen. Ich werde sie kontrollieren.«

»Und wo ist Leuchtpistole?«

Er zog ein unförmiges Schießeisen aus einer Halterung neben der Tür. »Sie ist geladen. Um zu feuern, brauchen Sie den Hahn nur zu spannen und dann abzudrücken. Aber nun müssen wir weitermachen.«

Alles verlief programmgemäß. Um zehn Uhr lag die Maschine startbereit an der Rampe, die der Fischereiaufseher gebaut hatte. Das Flugzeug dorthin zu rollen war nicht schwierig gewesen, da die Flut das Wasser bereits hatte steigen lassen.

»Jetzt beginnt der ernste Teil des Unternehmens«, sagte der Captain, als sie die Maschine verankert hatten und durch den Nebel zum Bauernhaus zurückkehrten.

»Sie glauben, Mister Bush noch kann gerettet werden?«

»Wäre ich davon nicht überzeugt, bliebe ich hier, bis der Nebel sich auflöst«, erwiderte er. »Der geplante Blindstart ist nur zu verantworten, wenn man an seine Rettung glaubt.«

Lars Larsen erwartete sie, auf der Schwelle der Tür sitzend. »Alles in Ordnung?« fragte er erwartungsvoll.

»Bestens«, erwiderte Peter Flemming und ging in das Haus, um dem schlafenden Kranken eine zweite Injektion zu geben. Danach trugen Thora und Kikki die von der Fischerhütte herübergeschaffte und am Küchenofen erwärmte Matratze ins Freie und legten sie auf die vorbereitete provisorische Tragbahre. Claudia verließ indessen die Kammer, um den beiden Männern, die den nunmehr tief schlafenden Randolph Bush aus seinem Bett zu heben hatten, Platz zu machen. Ihn vor das Haus zu bringen, war der schwierigste Teil des Transportes. Lars Larsen und Peter Flemming bewältigten die Aufgabe jedoch reibungslos, und gemeinsam mit Claudia und Kikki trugen sie den Kranken zur Rampe, von der er mühelos an Bord gebracht werden konnte. Die Tragbahre wurde einfach mitsamt Randolph Bush und der Bettunterlage in die Kabine geschoben. Laut Zeitplan sollte der Kranke um elf Uhr an Bord sein. Die Türen der Kabine, in die Claudia sogleich einstieg, schlossen sich jedoch bereits zehn Minuten früher.

»Mistress Bush furchtbar blaß aussieht«, sagte Thora, der beim Abschiednehmen Tränen in die Augen gestiegen waren.

»Das ist kein Wunder«, erwiderte der Captain. »Keine Minute weicht sie von der Seite ihres Mannes. Ich bin froh, daß er bald in einer Klinik liegen wird. Hier wäre sie ebenfalls krank geworden.«

Lars Larsen nahm Peter Flemming unauffällig zur Seite. Seine Augen blinzelten, als würden sie von der Sonne geblendet. »Hm. Mister Bush hat mir einen Scheck gegeben. Ich wollte ihn nicht haben, mußte ihn aber nehmen. Er war ganz aufgeregt. Ist es nun schlimm, wenn der Scheck bis zum Herbst hierbleibt?«

»Den können Sie getrost auch im nächsten Jahr noch vorlegen.«

»Er verliert nicht seinen Wert?«

»Bestimmt icht.«

»Hm. Ja, wollen wir dann jetzt die Übungsfahrt machen?«

»Wenn die Strömung es schon zuläßt.«

Der Alte blickte zum Wasser hinüber. »Vielleicht warten wir noch eine Viertelstunde.«

Der Captain kletterte in das Cockpit. Er würde etwas darum gegeben haben, wenn er auf den Übungsstart hätte verzichten können. Mit jeder Minute wuchs seine Unruhe. Säße ich doch schon hinter dem Steuer, dachte er. Mit niemandem mehr reden müssen. Sich einfach auf die Instrumente konzentrieren. Aber ich muß mich ja um alles kümmern.

Er schaute durch die Tür in die Kabine und fragte Claudia, wie es dem Kranken gehe.

»Eigentlich recht gut«, antwortete sie lebhafter als in den vergangenen Stunden. »Er atmet gleichmäßig und wesentlich ruhiger. Vor allen Dingen ist das pfeifende Geräusch beim Luftholen nicht mehr zu hören.«

Peter Flemming seufzte. »Ich glaube, das erleichtert mich noch mehr als Sie.«

Claudia sah ihn irritiert an.

»Verstehen Sie mich nicht falsch. Die Flughöhe bereitet mir Sorge. Ich werde natürlich so niedrig wie möglich fliegen, eine gewisse Höhe aber muß eingehalten werden. Das bedeutet: weniger Sauerstoff als am Boden. Deshalb meine Erleichterung.«

»Es ist großartig, wie Sie sich einsetzen und an alles denken«, entgegnete sie mit warmer Stimme.

»Ich versuche, mich von einer Schuld zu befreien«, erwiderte er und fuhr übergangslos fort: »Ich habe übrigens drüben zwei Seile bereitgelegt. Wenn Sie diese durch die Schlaufen an der hinteren Wand ziehen, ist Ihr Mann mitsamt seinem Bett festgeschnallt.«

*

Kurz vor der festgelegten Abflugzeit hörte Claudia das Motorboot des Fischereiaufsehers zurückkommen. Sie schaute durch das Kabinenfenster und sah, daß Peter Flemming sich von Thora und Lars Larsen mit vielem Händeschütteln verabschiedete und schließlich auf den Schwimmer des Flugzeuges überstieg. Kikki folgte ihm. Er sagte ihr etwas und wies auf das Verankerungsseil, das sie gleich darauf gemeinsam lösten. Dann hantelten sie sich nach vorne und entschwanden ihrem Blick. Eine Weile sah Claudia nur den Schwimmer des Flugzeuges und die im Nebel liegende Bucht. Dann tauchte Kikki nochmals auf. Über ihrem nebelnassen Gesicht lag der Glanz eines unverhofften Glückes. Sie bückte sich, hob das Verankerungsseil, warf es ins Wasser und ging wieder nach vorne.

Der Captain arretierte die ausgeschwenkte Cockpittür, so daß sie nicht zuschlagen konnte, wenn der anlaufende Motor die Luft aufwirbelte.

Kikki schaute fragend zu ihm hoch.

Er nickte ihr zu. »Wenn du dort stehenbleibst, hast du beim Rollen freie Sicht zur Insel hinüber. Und wir können uns gut verständigen.« Er versuchte, über die Motorhaube hinwegzuschauen. »Siehst du deine Eltern?«

Sie zeigte schräg voraus. »Dort, direkt an Ausgang von Bucht.«

Peter Flemming blickte zurück in die Kabine. »Alles in Ordnung?«

»Ja«, antwortete Claudia.

»Ich schließ die Kabinentür, weil das Cockpit bis zum Start offenbleiben muß.«

»Von mir aus können Sie die Tür auch während des Fluges geschlossen halten.«

Er schüttelte den Kopf. »Ich möchte schon in Verbindung mit Ihnen bleiben.« Damit wandte er sich Kikki zu. »Aufpassen! Es geht los! Gut festhalten!«

Sie preßte die Lippen zusammen, als stünde sie bereits im Wind der Luftschraube. Ihre Augen aber strahlten.

Er ließ den Anlasser anlaufen und kuppelte, als dieser auf hohe Touren gekommen war, den Motor ein.

Ohrenbetäubendes Donnern brauste auf. Weiße Wolken schlugen aus den Auspuffen. Der Propeller warf gewaltige Luftmassen nach hinten und ließ Kikkis Haare wirbelnd flattern. Nur Sekunden dauerte der Spuk, dann wurde der Motor gedrosselt.

Kikki blickte lachend zu Peter Flemming hoch.

Der blinzelte ihr zu und hob den Daumen, um seine Startbereitschaft anzudeuten.

Sie schaute zum Rand der Bucht hinüber und bewegte ihren Arm langsam auf und ab.

Er gab etwas Gas und rollte in die Richtung, in die Kikki wies. Dabei versuchte er, über die Motorhaube hinweg das

Terrain vor sich zu übersehen. Vergebens. Der Nebel war zu dicht.

Kikki schlug mit der flachen Hand gegen den Rumpf.

Er drosselte sogleich den Motor.

»Ende von Bucht!« rief sie und zeigte in die Richtung, in der sie die Insel vermutete.

Der Captain drehte bei und las den Kompaß ab. 230 Grad! Den gleichen Kurs hatte der Kompaß des Bootes angezeigt. Die so erhaltene Bestätigung erleichterte ihn aber nicht. Im Gegenteil, seine Nervosität wuchs. Irgendwo vor ihm lag das Boot des Fischereiaufsehers. Wenn der eine oder andere falsch manövrierte, konnte es zur Kollision kommen. Und das bei laufendem Propeller! Er drosselte den Motor vorsorglich ein wenig.

»Weiter, weiter!« schrie Kikki aufgeregt. »Hier Strömung!«

Im Flußwasser durfte die Maschine keinesfalls zum Stillstand kommen. Das konnte eine gefährliche Versetzung herbeiführen. Peter Flemming gab deshalb schnell wieder Gas.

Eine Weile schaute Kikki angestrengt voraus, dann schwenkte sie ihren Arm im Kreise und gab damit zu verstehen, daß sie die Insel sehen könne.

Sie ist ein großartiges Mädchen, dachte der Captain, als er wenig später die kleine Landzunge erkannte, von der aus der Start erfolgen sollte.

Kikki schlug gegen den Rumpf.

Er drosselte den Motor auf Leerlauf.

»Eltern kommen!« rief sie, hinter sich weisend.

Lars Larsen näherte sich mit dem Boot von hinten, um keinesfalls in die Luftschraube zu geraten.

Kikki kletterte zum Cockpit hinauf.

Der Fischereiaufseher legte das Motorboot parallel zum Schwimmer.

»Jetzt du kannst drehen!« sagte sie zu Peter Flemming.

Da dieser sah, daß Lars Larsen eine Strebe des Rumpfes erfaßt hatte, trat er in das Seitensteuer, gab etwas Gas und drehte die Maschine mitsamt dem Boot auf 360 Grad. »Okay?« rief er dem Norweger zu.

Der schaute auf seinen Kompaß und nickte.

Der Captain drückte Kikkis Hand. »Ich halte mein Versprechen und komme so schnell wie möglich zurück.«

Ihre Augen blickten ernst wie nie zuvor. »Bye, bye, Peter!«

»Auf Wiedersehen, Kikki!«

Als müsse sie vor sich selber flüchten, kletterte sie hastig auf den Schwimmer hinab und sprang in das Boot.

Peter Flemming ließ das Flugzeug einige Meter vorlaufen, damit Lars Larsen ungefährdet zur Seite abdrehen und sich vor die Maschine setzen konnte. Dann schloß er die Cockpittür, öffnete das Fenster und beugte sich nach draußen. Boot und Flugzeug lagen wenig später genau auf Nordkurs und in einer Linie. Er hob seinen Arm, sah, daß Kikki das gleiche tat, gab im nächsten Moment das Startzeichen und drückte auf die Stoppuhr.

Das Motorboot schoß davon und war bald darauf im Nebel verschwunden.

Der Captain verfolgte den Zeiger der Stoppuhr. Er spürte

sein Herz klopfen. 20 – 30 – 40 Sekunden! In seiner Nervosität justierte er den Kurskreisel neu. 50 – 60 Sekunden! Er stemmte die Füße gegen die Steuerpedale. 70 Sekunden! Mein Gott, er hatte vergessen, die Tür zur Kabine zu öffnen. 75 Sekunden! Er gab Vollgas und korrigierte gleich darauf den eingeschlagenen Kurs. Kreisel und Kompaß zeigten 360 Grad. Drehzahl und Ladedruck stimmten.

85 Sekunden! Ihm brach der Schweiß aus.

95 Sekunden! Das Motorboot mußte nun unmittelbar vor dem Flugzeug sein.

100 Sekunden! Wenn Lars Larsen jetzt nicht abdrehte, würde er mit seiner Familie überrannt werden.

Wellen schlugen gegen die Schwimmer. Peter Flemming setzte sie augenblicklich auf Stufe. Dann zog er das Steuer an, hob die Schwimmer aus dem Wasser, verbesserte eine kleine Ungenauigkeit im Kurs, drosselte den Motor und verfolgte angespannt den Höhenmesser.

100 – 150 – 200 Meter! Schwaden jagten vorbei. Den Bruchteil einer Sekunde fiel ein Sonnenstrahl in das Cockpit. Blauer Himmel tauchte auf. Wolkenfetzen hüllten die Maschine noch einmal ein, bevor sie endgültig aus dem Nebel herausstieg; knapp fünfzig Meter von einer steilen Fjordwand entfernt.

Ein unendliches Glücksgefühl erfaßte den Captain. Und Dankbarkeit. Er hatte das Bedürfnis, ein Gebet zu sprechen. Aber welches? Ihm fiel keins ein. Gebete waren ihm fremd geworden. An wen sollte er sie auch richten? Der Gott der Technik duldet keine Nebengötter. Sein Vaterunser lautet: *Flaps? Up! Manifold pressure? As required!* Kurs einkurbeln! Errechnen, in welcher Höhe die ›Quasi-optische Reichweite‹ von *VOR* Tromsø gegeben ist.

Von der kristallklaren Luft und dem azurblauen Himmel, der sich über den braunviolett aus dem Nebel aufsteigenden Bergen wölbte, sah Peter Flemming nichts. Er hatte zunächst das ihm zugefallene Pensum zu erledigen. Nicht einmal an den Schwererkrankten, um dessentwillen er den Start ohne Sicht riskiert hatte, konnte er in diesem Augenblick denken. Gefühle des Glücks, der Befriedigung und Erleichterung hatten vor routinemäßigen Handgriffen und nüchternen Überlegungen zurückzutreten. Instrumente waren zu kontrollieren, Regulierungen vorzunehmen, Berechnungen anzustellen. Und das alles, noch bevor feststand, ob die Familie Larsen die Insel glücklich wieder erreicht hatte.

Der Captain leitete eine weite Kurve ein, öffnete die Kabinentür und sah zu Claudia hinüber, deren Wangen Spuren von Tränen zeigten. Die Anspannung war offensichtlich zu groß für sie gewesen. Dann schaute er durch das Fenster in die Richtung, in der er unter dem Nebel die Insel vermutete. Erst in diesem Moment erinnerte er sich an Randolph Bush. Sogleich blickte er erneut in die Kabine zurück und fragte: »Geht es ihm gut?«

Claudia nickte.

Gott sei Dank, dachte er erleichtert. Im Donnern des Motors hörte er plötzlich die brausenden Bässe einer gewaltigen Orgel. Der Himmel wurde für ihn zur Kuppel eines unendlich hohen Domes. Er hatte das Beten eben doch noch nicht verlernt.

Aus der Nebeldecke stieg sekundenlang eine rote Leuchtkugel auf.

Es war geschafft! Auch Familie Larsen war nicht mehr in Gefahr!

Peter Flemming hätte jubeln mögen. Statt dessen verschwammen die Instrumente vor seinen feuchten Augen. Nur gut, daß ihn niemand sah. Seine Nerven rebellierten. Er zwang sich, zur Karte zu greifen, prüfte diese und schaute über die Höhenrücken vor ihm hinweg. Der Tag schien vergoldet zu sein. Blau-weiß schimmernde Berge badeten in der Sonne. Silberglänzende Wasser flossen in tiefgekerbte Täler hinein. Nebelfelder brodelten und lösten sich auf. Erste Dörfer wurden überflogen. Grandiose Herbheit wechselte mit überraschenden Idyllen. Wildes Geklüft, drohende Überhänge, grünende Sommerwiesen. Blendend und gewaltig das ganze Land.

Narvik lag querab. Schwarzäugige Fjorde griffen tief in Felsen hinein, schienen sie zu zerreißen, zu zerfetzen.

Peter Flemming schaltete sein Sprechfunkgerät ein, rief Bodø Tower und meldete: »Hier ist Lima November – Lima Mike Mike. Komme vom Fjord der Lachse. Habe Schwerkranken an Bord. Wundstarrkrampf. Verständigt Chefarzt des Krankenhauses. Dringende Hilfeleistung erforderlich. Sendet Krankenwagen zur Anlegestelle. Landung voraussichtlich vierzehn Uhr zwanzig. Over.«

Es dauerte nicht lange, da erhielt er den Bescheid: »Lima Mike Mike, hier ist Bodø Tower. Wir haben alles veranlaßt. Krankenwagen sowie Arzt sind rechtzeitig zur Stelle. Over.«

Der Captain blickte in die Kabine zurück. »In einer halben Stunde ist Ihr Mann in ärztlicher Behandlung. Der Krankenwagen ist bereits unterwegs.«

Claudia schloß die Augen. Sie hatte kaum noch die Kraft, sich aufrecht zu halten. Unmöglich hätte sie sagen können, seit wieviel Tagen sie an der Seite ihres Mannes ausharrte. »Danke«, erwiderte sie mit matter Stimme. »Herzlichen Dank.«

Sie gehört ebenfalls ins Krankenhaus, dachte Peter Flemming und drückte die Maschine an. Die Luft war ruhig. Er konnte es riskieren, etwas tiefer zu fliegen. Je mehr Sauerstoff Randolph Bush bekam, desto besser war es für ihn.

Der Motor dröhnte sein gleichmäßiges Lied. Seitlich voraus kam das Meer in Sicht. Die letzten Bergketten wurden überflogen. Der Captain drosselte den Motor und setzte zum gestreckten Gleitflug an. Bodø tauchte auf. Er sah den Krankenwagen am Kai stehen. Die Schlepp-Barkasse lag in der Nähe der *Approach center line*. Er fuhr die Bremsklappen aus, leitete die Landung ein und setzte die Schwimmer nahe der Barkasse weich auf das Wasser. Nachdem der Gischt versprüht war, schaltete er den Motor ab und schaute zurück in die Kabine.

Claudia lag schluchzend über ihrem Mann.

Peter Flemming wurde blaß. Ihm brauchte nichts mehr gesagt zu werden. Alle Bemühungen waren vergebens gewesen. Randolph Bush war tot.

*

Das fahle Morgenlicht, das durch hohe Altostratus-Wolken auf Bodø herabfiel, paßte zu der Stimmung, in der Claudia sich befand, als sie einen letzten Blick aus dem Fenster ihres Hotelzimmers warf. Das Wasser des in der Frühe wie verlassen daliegenden Hafens war grau. Die Berge im Norden glichen stumpfsinnig dahintrottenden Bären. Vereinzelt umherfliegende weiße Möwen hoben sich scharf gegen den Himmel ab. Die am Kai verankerten Wasserflugzeuge dippten in der Kräuselung des Hafens.

»Claudia sah, daß eine der Maschinen das Kennzeichen LN-LMM trug. Augenblicklich wandte sie sich ab und verließ den Raum.

In der Hotelhalle wurde sie von Peter Flemming erwartet. Er hielt eine schmale Ledermappe unter dem Arm. »Ich hoffe, Sie haben etwas geschlafen«, sagte er zur Begrüßung.

»Danke«, erwiderte sie ausweichend. Ihr Gesicht war blaß. Der Schnitt ihres dunklen Reisekostüms wirkte ungewöhnlich streng.

Er deutete auf eine Sesselgruppe. »Wenn es Ihnen recht ist, möchte ich die Papiere gleich hier übergeben.«

Sie nickte.

»In dieser Mappe finden Sie alle Dokumente der Behörden und die Reiseunterlagen. In Oslo wird Sie die Chefstewardeß zur Anschlußmaschine bringen. Am Airport Zürich erwartet Sie der Überführungswagen.«

Claudia entnahm ihrer Handtasche ein Tuch. »Ich danke Ihnen dafür, daß Sie mir das alles abgenommen haben.«

»Das ist doch selbstverständlich.«

»Sind noch irgendwelche Verbindlichkeiten zu regeln?«

»Nein«, antwortete der Captain. »Ich habe alles erledigt. Das Scheckheft ist ebenfalls in der Mappe.«

Irgendwie war es erschreckend, wie nüchtern und sachlich das Gespräch zwischen ihnen verlief. In der gegenwärtigen Situation aber konnten beide nichts anderes tun, als jedes Wort über den Toten und über die gemeinsam verbrachten Tage zu vermeiden.

Peter Flemming schaute auf seine Armbanduhr.

Claudia bemerkte, daß er eine neue, modische Armbanduhr trug, deren grellfarbiges Lederband nicht recht zu ihm paßte.

»Es wird Zeit«, sagte er.

Sie erhob sich. »Ich fürchte, Sie werden mir manchmal sehr fehlen. Wenn ich bedenke, wieviel Wege Sie mir hier abgenommen haben . . .«

Er führte sie zum Taxi. »Mir wäre wohler, wenn ich etwas anderes hätte tun können.«

Sie legte ihre Hand auf seinen Arm. »Nicht daran denken.«

Die Fahrt zum Flughafen dauerte nur wenige Minuten. Jeder hing eigenen Gedanken nach.

Die Uhr wird für Kikki sein, ging es Claudia durch den Sinn.

Peter Flemming sah im Geiste Randolph Bush vor sich. Er konnte es immer noch nicht fassen, daß dieser vitale, kraftstrotzende Mensch nicht mehr unter den Lebenden weilte. Welch ein Widersinn lag doch darin, daß ausgerechnet dieser Mann, der ausgezogen war, seine Schuld zu bekennen, seine Vergangenheit zu bewältigen und sein Gewissen zu entlasten, ein Opfer ebendieses Wunsches geworden war.

»Werden Sie nun in Norwegen bleiben?« erkundigte sich Claudia, als der Wagen auf das Flughafengebäude zufuhr.

»Ja«, antwortete er spröde.

Das Taxi hielt an.

Der Captain war Claudia beim Aussteigen behilflich und übernahm das Gepäck, an das er in der Abfertigungshalle, wie auf vielen norwegischen Flughäfen üblich, selbst die Beförderungsetiketten anbrachte. Danach stellte er die Koffer auf den Transportkarren mit der Aufschrift: *Bagasje til Oslo*. Dann führte er Claudia zum Flugzeug.

Ihre Augen schimmerten naß, als sie ihm zum Abschied die Hand reichte. »Ich hoffe, Sie einmal in Ascona zu sehen.«

Er nickte. »Bestimmt, Claudia.«

»Und vergessen Sie nicht, Familie Larsen nochmals herzlich zu grüßen. Kikki natürlich besonders. Vielleicht kommt sie mit nach Ascona.«

Peter Flemming umarmte Claudia.